目录 [上册]

目 录 [下册]

第一章
傅先生，好久不见

总统套房。

顾念坐在沙发上，举止优雅地系着胸前的衬衫纽扣，胸前葱白的肌肤好似美玉一般诱人。

房间内还弥漫着淡淡的香味，充斥着荷尔蒙的气息，显得旖旎勾人。

顾念抬眸看向大床上因为药效过后逐渐醒来的男人，嘴角噙着一抹妩媚动人的笑，美眸深处则晦暗不明。

“傅先生，好久不见，嗯，昨天晚上，我们做了，而且，不止一次。”

“顾念？”

男人冷漠的嗓音透着疏离，几乎毫无温度可言，顾念被男人锐利的眸子盯着，觉得浑身汗毛竖起。

顾念努力地控制自己的情绪，才不会让自己在傅景深面前缴械投降。

顾念嘴角绽放一抹妖娆动人的弧度，玩味地开口道：“没想到傅先生还能记得我的名字……我的荣幸。”

顾念笑得明媚，笑意却不达眼底。

“一直觉得狗血剧是发生在言情小说里的，没想到也发生在我们身上了，昨天晚上……我们一夜情了，傅先生。”

顾念说着玩味的话，手心里却都是汗。

自己之所以选择坐在沙发上，而不站起身子，也是因为来自男人身上无形的压迫力。

“顾念，没想到三年后，你居然干起投怀送抱的事了。”

顾念脸色苍白了几分，嘴角扯了扯，凤眸重新落在男人身上。

“既然傅先生都这么直白地说了，那么我也言归正传，你睡了我，我是不是可以提要求了？”

顾念直截了当地开口，明知道傅景深的眸子锐利得好似利刃一般，会把自己刺得鲜血淋漓，让自己逃无可逃，自己现在却不能躲闪。

“顾念！”

听着男人冷冽的话语，顾念继续开口道：“嗯……我只会提一点小要求罢了，如果傅先生你不答应我的话，那么我现在就打电话报警，说你强暴我，到时候……再去医院做个检查，我是声名狼藉无所谓，傅先生倒是一世英名被我毁于一旦了。”

傅景深因为顾念的话，攥紧大手，手上青筋暴起，尽是愤怒，墨眸更是散发着慑人的寒气。

“你想要什么？”

“先给张支票吧，我刚回国，手上不是很充裕，要得不多，一千万就好。”说完，顾念直接伸出葱白的小手。

傅景深眯了眯墨眸，视线最终定格在顾念妖媚的小脸之上，眸子越发深邃。

三年了，女人蜕变得越发妖娆、妩媚、迷人，精致的五官，一颦一笑都是在诱导男人犯罪，和三年前青涩的女人判若两人。

哪怕是现在伸手跟自己要支票的动作，都该死地诱人。

“好，如你所愿。”

傅景深快速站起身子，随后拿起一旁的衬衫穿在了自己身上。

顾念看着男人举止优雅地穿着衣服，随后衣冠楚楚地站在了自己面前，整个人散发着迷人的矜贵，让人欲罢不能。

顾念轻抿唇瓣，将心底的酸涩压下，就看到傅景深快速从口袋里掏出一张支票，然后苍劲有力地签下了自己的名字。

“顾念，事后措施你懂的吧，你没有资格生下我的孩子。”

顾念闻言脸色苍白了几分，攥紧小手，随后嘴角扬起无比绚烂的弧度。

“当然明白了，傅先生还真的是出手阔绰啊，多谢了。”

顾念站起身接过傅景深递给自己的支票，随后放在唇边妩媚地吻了吻。

紧接着，顾念就看到男人看向自己无比嫌恶的眼神，随后男人夺门而出，好似一刻都不愿意跟自己待在一块儿。

伴随着砰的一声关门声，顾念嘴角扬起一抹淡淡的弧度，嗯，顾念，你赢了。

傅景深走后，顾念跌坐在沙发上，好半晌都没有回过神来，她咬了咬唇，缓缓地从口袋里掏出手机，拨通了顾伟的电话。

“喂，爸，哥的手术进行得怎么样了？”

“念念，车祸之后的后遗症，得截肢，你妈她刚刚知道你哥要截肢，因为伤心过度，现在也躺在病床上输氧呢。”

顾念闻言脸色煞白。

是啊，自己本来该在国外攻读大四的学业的，一周前被顾伟的电话给紧急召回。

因为顾氏遭人陷害，导致项目亏损，资金链短缺，顾氏一度岌岌可危。

自己的大哥顾城碰巧出了车祸，情况严重，在重症监护室躺一周了。

“念念，你昨天晚上去找景深，拿到钱了吗？”

电话里传来顾伟为难的话，顾念知道顾伟一向骄傲，如果不是逼到份上了，断然不会让自己来找傅景深的。

比起哥哥他更加宠爱自己这个小女儿。

“嗯，拿到了一千万，我马上送到医院去。”

“好好好……有了一千万，你哥的手术费就有着落了，只是这公司啊，是个无底洞，念念，嫁给傅景深才是一劳永逸的办法啊。”

傅景深，k市最矜贵的男人，永远踩在金字塔的顶端。

出身世家，傅家世代从军从政，是k市的名门望族。

男人对于国内乃至亚洲的商界震慑力让人惊叹，涉足领域更是广泛，总之……没有这个男人得不到的。

除了……三年前的顾念。

“爸……”

“念念，你三年前不是和景深爱得死去活来的吗？他那么爱你，你要星星他摘下星星给你，你要月亮他摘月亮给你，现在……你从国外回来愿意嫁给他，他一定愿意娶你的。”

顾念咬了咬唇，顾伟并不知情，当初自己决然离开，傅景深曾经说过和自己老死不相往来，这辈子也不愿意再和自己有任何牵扯。

他……一向是骄傲的。

“咳咳……”

电话那头传来顾伟激烈的咳嗽声，顾念赶忙开口道：“爸，您怎么了？”

“这些天因为公司的事儿累坏了，还有你哥的事儿……现在你妈也倒下了，爸就怕自己也撑不住，到时候顾家就只剩下你一个人了。”

顾念因为顾伟的话，眼泪水在眼眶之中打转。

“爸，我会让傅景深娶我的。”

“顾家资金链断了，现在是个无底洞，念念，除了傅景深，没人帮得了我们了……”

顾念抿了抿嘴角，良久之后，哑声道：“嗯，我明白。”

“对了，念念，你还没有告诉爸，三年前，你到底为什么突然要和景深分手，然后出国留学啊？明明那个时候，你和景深订婚宴都订好了……”

甚至还有传闻，当初顾念是因为其他男人抛弃傅景深的。

顾伟因为尊重顾念自己的选择，所以这三年来都没有问过。

明明顾念和傅景深青梅竹马，两小无猜地长大，关系亲昵，更被看作天作之合。

听了顾伟的话，顾念再度咬了咬嘴角，美眸中闪过一抹暗光，眼神越发荒芜。

“爸……过去的事儿就不要再提了，总之，我……一定会嫁给傅景深的。”

“好，爸爸相信你。”

顾念在总统套房休息了片刻之后，才离开赶去医院，赶到医院的时候，顾城的手术已经结束了。

左腿膝盖以下被截肢！

顾念不敢想象，顾城那么骄傲的一个人，醒来之后发现自己的残缺会是何反应。

顾伟好似一日之间足足苍老了十岁，顾念看着心疼，安抚了顾伟之后便赶去病房照顾正在吸氧的母亲。

一周后。

事实证明，一千万对于顾家到底是杯水车薪，刨去顾城的手术费用之后，剩下的全部填补了顾氏的资金漏洞。

但是远远不够……

顾伟只能把唯一的希望寄托到了顾念身上。

否则顾氏随时随地会崩盘，同时欠下巨额债务。

顾念想了想，再度找上了傅景深。

顾念驱车赶到傅景深的公寓的时候，傅景深还没回来。

傅景深成年之后便从傅家搬出来独自居住了，这座公寓所在的地皮还是三年前自己和他一块儿选的。

曾经，顾念和傅景深在这儿也留下了许多开心的记忆。

那个时候，两人并不想住大大的别墅，总觉得公寓虽小，但是五脏俱全，够温馨。

顾念眯了眯眼眸，看着公寓门前的指纹识别，下意识地伸出了左手的无名指。

当初这座公寓的指纹识别锁，录下的就是自己和傅景深的左手无名指指纹。

“指纹错误，请重新识别。”

顾念本就不抱希望，当初他的确说过，要和自己切断一切联系的。

顾念安静地倚靠在墙壁上，等着傅景深归来，因为长时间在医院照顾母亲和顾城，顾念有些打瞌睡，靠着墙壁，不自觉地就睡着了。

傅景深回到公寓的时候，就看到顾念娇小的身子蜷缩在角落处。

到了深秋，气温越发冷峭，顾念本就穿得单薄，此时此刻还靠在冰冷的墙壁上，瞬间让傅景深冷了脸色，声音也变得冷冽起来。

“顾念，你怎么在这儿？”

顾念睡得浅，听到傅景深冷冽的声音打了个哆嗦，睁开眼眸，就看到男人寒意慑人的眸子。

顾念心里了然，大抵傅景深是不愿意看到自己的。

他三年前曾经说过，老死不相往来。

顾念想要站起身，可因为蹲的时间久了，加上后背一直靠着墙壁，也有些冻僵了，她勉强地站起身子，嘴角挤出明媚动人的弧度。

“我来，当然是为了找你。”

“顾念，我不是让你永远都不要出现在我面前吗？”

男人的话语好似尖锐的利刃一般，几乎是瞬间让顾念脸色苍白得厉害。

“现在，从我眼前消失。”

“我……”

顾念还未完整地说完这句话，傅景深已经直接越过她，用食指指纹识别打开了公寓门。

砰的一声。

顾念就这么被傅景深关在了门外。

顾念眼神闪了闪，他取消了她左手无名指的指纹识别，同时也用食指取代了无名指。

心底五味杂陈有些不是滋味，可现在的首要任务，是寻求傅景深的帮忙，一想到这儿，顾念忙抬手按门铃。

“傅景深，我有事求你帮忙。”

顾念连续按了三下门铃之后，傅景深才打开公寓门站在顾念面前。

“顾念，谁告诉你，你有事，我一定会帮你的？”

“另外，你是不是想说一周前，我睡了你那一晚的事？怎么，还想借着这个再要一笔？我认为，我给你一千万，已经是绰绰有余了。”

听着男人劈头盖脸的怒斥，冷漠的腔调里尽是冷冽和嫌恶，顾念的心剧烈颤抖收缩得厉害。

如果可以，顾念现在想要掉头就走，只不过……现在顾家一大家子，都在指望着自己。

她无法退缩。

“傅景深，我知道三年前……”

“够了，顾念，你没有资格在我面前提三年前的事情。”

明明自己已经想要在男人面前伪装得妩媚、没心没肺的，但是事实上，真的很难。

顾念嘴角挤出一抹笑，点了点头。

“好，那傅景深……能不能看在当初爸妈的分上……帮一下顾家？”

顾家和傅家两家交好，所以儿时傅景深时常来顾家玩，顾伟夫妇和他的关系很亲昵。

傅景深深深地睨着眼前的女人，薄唇抿起。

“你当初带给我那么大的羞辱，顾家能够全身而退，顾念，你认为是偶然吗？”

话既然说到这个份上，一些都显得苍白无力了。

“所以，现在从我的眼前消失，我不想再看到你。”

顾念看傅景深转身要走，下意识地伸出小手拉住了男人的大手。

顾念的小手很冰很凉，对比之下，傅景深的大手则炙热许多。

但是温暖的触碰并未持续太久，傅景深直接一个甩手，将顾念的小手甩开：“不要碰我，我嫌脏。”

砰的一声，是男人的关门声。

顾念心如死灰，看样子，傅景深的确不想帮自己。

也对，他恨自己都来不及，怎么会帮自己呢。

傅景深关上公寓门之后，高大的身子站在玄关处，听着外面的动静。

女人叹气，沮丧地离开。伴随着脚步声离去，傅景深走到书房，站在高大的落地窗前，视线看向窗外的公寓楼下。

三分钟之后，傅景深看到顾念从公寓楼下离开，眸色变得深沉。

顾念的车就停在公寓楼下，她走得很慢，脚步显得很沉重。

傅景深薄唇抿起，直到顾念坐进车，开车扬长而去，他高大的身子一直保持着凝视的姿态，迟迟没有移动过。

虽然整个身子站得僵硬、麻木，傅景深的眼眸深处却激荡着错杂的目光。

头一天晚上在公寓和傅景深谈崩了，第二天，顾念起了个大早赶到傅氏集团。

顾念有些头昏脑涨，多半是昨天晚上着凉了，入秋之后，气温变化实在是太大了。

“您要见傅先生，请问您有预约吗？”前台问道。

“抱歉，没有，可以现在帮我预约一下吗？就说我是顾念。”

前台小姐听到“顾念”这两个字，诧异地抬眸看向眼前精致绝美的女人。

顾念，顾家小姐。

傅氏的工作人员几乎每个人都听过这个名字，因为这个女人差一点就成为傅氏集团的女主人。

三年前，传闻傅景深宠得顾家小姐无法无天。

但是订婚之际，顾念突然悔婚，为了其他男人远走海外。

从此傅景深性情大变，生人勿近，更是不近女色，成为工作狂。

顾念这个名字从此成了傅氏的忌讳，任何人都不敢在傅景深面前提及，生怕触了霉头。

众人皆知，顾念是傅景深心底的伤疤。

前台小姐咽了咽口水，颤声道：“好的，顾小姐，我马上帮您预约。”

“麻烦了。”

顾念脸色苍白得厉害，额头冒着冷汗，很是不舒服。她身子打战地走到一旁，从包里取出口红和粉扑，使自己气色看起来红润些。

顾念，加油!

顾念暗暗给自己加油鼓劲。

“抱歉，顾小姐，总裁他不想见你。”

前台毕恭毕敬地上前，歉意地开口道。

“嗯，他现在人在哪儿?”

“在会议室。”

“好。”

顾念咬了咬唇，径直向着电梯方向走去。哪怕傅景深不愿意见她，她也得凑上前去见他。

会议室内。

“傅先生，顾小姐到会议室门口了。”

“嗯。”

听到助手的话，傅景深眯了眯眼眸，视线却并未看向会议室门口，继续会议内容，只是整个人的气场更加冷冽了几分。

股东们看向会议室门口的顾念，立刻就了然了。

在座的均是傅氏的元老，自然是对顾念不陌生的，可以说是看着顾念和傅景深长大的。

两个人曾经青梅竹马的美好时光，一度被人津津乐道。

顾念知道傅景深在开会，所以并未上前打扰，只是她体力逐渐透支，站不住脚，随后眼前一黑，直接昏了过去。

“顾小姐，您怎么了?”

助手见顾念昏了过去，立刻上前道。

正在会议室开会的傅景深听到门外助手的话，脸色一变，快速站起身向着门口走去，顺带撂下一句话：“会议结束。”

股东们面面相觑，能让工作狂的傅景深工作的时候不专心或者停下手上工作的人，只有那顾家小姐，顾念!

傅景深疾步走出会议室的时候，就看到顾念已经昏倒在地。

助手局促地上前扶着顾念的肩膀试图摇晃她，唤醒她的意识。

“顾小姐，您醒醒。”

傅景深锐利的眸子扫向助手落在顾念肩膀上的双手，吓得助手立刻缩回了自己的手。

“傅先生。”

“立刻准备车子去医院。”

“是。”

傅景深将顾念抱入怀中，蹙着眉，快速向着车库方向走去。

顾念瘦了。

这个是傅景深最直观的感受。

三年前的顾念还有些婴儿肥，现在女人小脸只有巴掌大，五官也越发立体分明了。

傅景深抿了抿唇，视线落在怀里脸色苍白的女人身上，黑眸深处闪过一抹不易察觉的心疼。

赶到医院的时候，顾念已经彻底失去意识了。

“傅先生，急诊室的医生已经安排好了，特地请来了院长。”

“嗯。”

傅景深似乎想到了什么，补充道：“等一下，重新安排一位女医生。”

助手闻言神色一怔，反应过来之后随即开口道：“好的。”

下午，顾念醒来的时候很快就意识到自己并不是在傅氏，而是在医院，周遭是刺鼻的药水味。

自己怎么来的她已经记不得了，只记得自己在会议室门前焦急地等待傅景深……结果眼前一黑，人事不省。

是傅景深送自己来医院的吗?

顾念随即摇了摇头，现在傅景深对自己满是嫌恶，多看一眼都觉得恶心，又怎么会关心自己的生死呢?

只是顾念有些懊恼，原本想求傅景深出手帮助顾氏，看样子这下子又黄了。

“你醒了。”

病房的房门被推开，傅景深颀长的身子出现在顾念面前，俊脸紧绷，说出来的话更是毫无温度可言。

顾念心底一喜，见傅景深还在，顾不得身体虚弱，开口道：“傅先生……”

“苦肉计？”

顾念还未开口，傅景深已经接着道：“你的生死，对我而言，无足轻重。”

傅景深如刀子一般锐利的话说出，顾念脸色瞬间煞白。

顾念强忍住心颤，嘴角挤出一抹明媚的笑。

“嗯，我知道了。”

“既然你没有什么问题，那我就先走了，医药费就当是为了傅氏省去麻烦，以后不要再出现在我面前了。”

顾念见傅景深转身要走，立刻将手背上的针管给拔了下来，快速上前拉住傅景深的手腕。

“傅景深，给我一分钟的时间，一分钟就够了。”

傅景深：“……”

感性告诉自己要甩开女人的手，但是理性告诉自己，顾念现在经不起自己的动作。

因为注射点滴，顾念的小手很凉。

傅景深缓缓地转过身子，视线扫向眼前的女人，最终落在女人还在溢血的手背上，抿唇道："你还有五十秒的时间。"

"傅先生……还是想请你出手帮一下顾家，挽救一下顾家的僵局。"

顾念艰难地将这句话说出口之后，视线看向傅景深，后背布了一层薄汗，如果自己是傅景深的话，也绝不会帮自己的……

三年前，她一走了之，给了他莫大的羞辱。

只是，现在她也没有办法，毕竟顾家的现状摆在这儿……

傅景深是顾家唯一的希望。

"顾念，你只有三十秒的时间了。"

傅景深淡淡地开口道，神色如常，根本洞察不了男人心底的情绪起伏。

顾念完全没想到傅景深的反应会是这样，咬了咬唇，继续开口道："顾氏现在给不了你任何回报，但是如果顾氏重整旗鼓的话，一定会拿出自己每年收益的百分之五十作为答谢。"

顾念攥紧小手，男人身上的气场越发凌厉。

"顾念，你觉得我会在乎顾氏的蝇头小利吗？"

的确，傅景深确实是不在乎的。

傅氏只手遮天，资金链更是骇人。

男人话语冷漠、决然，顾念贝齿咬着唇瓣，心头酸涩十足。

好吧。

难道说……真的只有那一个办法了吗?

顾念吸了吸鼻子，嘴角挤出一丝妩媚动人的笑。

"傅先生，如果……除了每年顾氏的盈利之外，筹码再加上我呢，你是不是可以考虑一下？"

傅景深视线落在顾念身上，并未出声，看着女人苍白的小脸，最终缓缓地开口道："时间到了，现在，我可以走了吗？"

顾念面如死灰，见傅景深要走，看向男人的后背，反问道："如果说……我怀孕了呢？"

"上一次，我明明告诫过你做措施了。"

顾念听着男人冷冽的话，缓缓地抬眸看去。

"我的确做了，但是凡事都有意外，所以，我刚刚是假设。"

顾念抬眸看向眼前的傅景深，并不闪躲，美眸清丽，透着虚弱的病态姣美。

"我从来都不回应假设，何况……这是不可能发生的事。"

砰的一声，伴随着病房房门被关上，男人扬长而去。

顾念跌坐在病床上，蹙着美眸。

看样子……确实得拿出撒手锏了。

傅景深走出病房的时候，助手快速上前开口道：“傅先生，费用已经结清。”

“嗯。”

“傅先生，您上午的会议已经推后四个小时了，股东们已经打了十多个电话询问您的情况。另外，半个小时前本应该举行的视频会议，已经帮您往后推了一个小时。”

“全部取消。”

傅景深淡淡地开口道，话语之中是不容置喙的威严。

“是……傅先生。”

助手大惊失色，却不敢质疑傅景深。

傅景深坐进车内，并未离去，一个小时后，助手看着顾念脸色苍白地从医院虚弱地离开，当下就明白傅景深的用意了。

傅先生把价值几个亿的会议取消，原来是为了看顾小姐平安离开医院啊。

顾念抬手招了辆出租车离开，傅景深薄唇抿起，淡淡地开口道：“跟上……”

“是，傅先生。”

傅景深的车一直和顾念乘坐的出租车保持安全车距，直到顾念平安走进顾家，傅景深才吩咐助手开车离开。

助手看着傅景深紧绷冷冽的俊脸看向窗外，整个人好似凝了一层冰霜，欲言又止。

其实傅先生明明是关心顾小姐的，只是硬是在顾小姐面前伪装高冷和不在意。

顾念回到顾家之后，发现顾伟正在等着自己。

见顾念到家，顾伟原本坐在沙发上喝茶，赶忙上前道：“念念，你脸色那么难看，怎么了？”

“不碍事。”

看着顾伟神情疲惫，顾念嘴角挤出一丝笑意，主动开口道：“爸，你不在医院，怎么回来了？”

“爸担心你……”

顾念有些语塞，顾伟眸子里满是希冀，分明是等着自己带回一些好消息。

“我没事的。”

“嗯，那景深怎么说？”

顾伟问到了关键点，顾念将美眸之中的暗淡压下，开口道：“我办事儿，您还不放心啊。”

“那就好……爸还想着不如请他来家里吃顿便饭……”

顾伟自言自语，老态龙钟。

“念念，爸去医院了啊，你哥和你妈都在医院，爸不放心。”

“好。”

顾念点了点头，目送顾伟离开。

顾伟离开之后，顾念顾不得自己身体的状况，快速驱车向着顾氏开去。

顾氏现在是群龙无首，一片混乱，顾伟无心顾及，顾念在大学的时候主修经商管理，所以主动担起重任。

顾念到了公司之后，便收到了秘书送来的一沓辞呈。

“顾小姐，这个是昨天顾氏职员最新递交的辞职申请，总共三十二份。”

“嗯，我知道了，放下吧。”

“好的。”

“张行长、周行长、李行长电话拨通了吗？”

顾氏庞大的资金链漏洞，需要顾念向多家银行借贷来缓解一下局面。

“打不通，给他们的秘书打电话，秘书说，他们出差去了。”

“嗯。”

顾念点了点头，有些头疼，抬手揉了揉眉心，开口道：“他们摆明不想帮我们。”

“那通过黑市借贷呢？”

“不行，风险太大……弄不好，会满盘皆输。”

顾念摆了摆手，所以，唯一的希望就在傅景深身上，只有傅氏的资金链才能将顾氏从水火之中拯救出来。

“那顾小姐，现在该怎么办？”

顾念攥紧小手，美眸中闪过一抹暗光。

“帮我预约一下k市人民医院的妇科门诊。”

“啊……是……”

秘书虽然诧异，看着顾念并不像是开玩笑的模样，只能快速退下去准备。

顾念用了一周的时间四处碰壁，寻求帮忙，却被拒之门外。

众人谈顾氏色变，一个个都准备落井下石，更别说出手相助了。

顾念密切关注傅景深的行踪，却被告知傅景深去法国出差了。

说是法国，顾念派人查了傅景深的机票，机场根本没有傅景深出行的任何资料。

顾念明白了……

傅景深也躲着自己。

顾念打定了主意逼婚，虽然傅景深不见自己，心境却平静了许多。

只是威逼傅景深，与虎谋皮……自己根本不可能全身而退，而是飞蛾扑火。

两周后的一天，下午6点，傅氏下班的时间，顾念将车停在傅氏楼下，然后拨通了傅景深的电话。

电话拨通之后很久，傅景深才接通电话。

“顾念，我还以为你已经死心了。”

“嗯，确实死心了，所以，傅先生，这一次我并不求你帮忙，而是有事要通知你。”

“说吧。”

“电话里说不太好，我们见面说吧，我在傅氏楼下等你，不见不散。”

顾念率先挂断了电话，视线落在自己面前的检查报告上，眯了眯美眸。

十分钟之后，傅景深颀长的身影出现在顾念的车前，顾念屏住呼吸，缓缓地踱步下车走到了傅景深面前。

傅景深个子很高，足足有一米九，对比之下，顾念一米六六的身高则显得矮了许多。

顾念穿着一身修身的职业套装，身形纤细，透着一抹女强人的干练。

她缓缓地将手中的文件袋递给了傅景深，樱唇抿起，笑意迷人。

“傅先生的小蝌蚪真厉害，连避孕药都弄不死……恭喜你要当爸爸了，我怀孕了，孕期四周。”

傅景深并未抬手接过文件袋，而是目光深邃地凝视着眼前的女人，反问道：“算计我？”

顾念脸色微变，傅景深的反应倒真是快。

顾念控制着面部表情，抬眸看向傅景深，神色明艳而动人。

“嗯，反正不是第一次了，一回生，两回熟。”

顾念樱唇上扬，继续开口道：“那么明人不说暗话，傅景深，娶我吧……

“你知道的，顾家资金链断了，放眼整个K市，除了你，没人帮得了我。”

傅景深听闻顾念的话，眯着黑眸，气势骇人。

“顾念，你凭什么认为，我会如你所愿？”

“嗯，傅家是k市最显赫的世家……傅老爷子更是思想传统，如果未婚先孕的事儿被媒体知道了，对于傅家而言是天大的丑闻，所以，傅先生应该不想赌吧。”

顾念一鼓作气，将心底早已准备好的台词给背了出来。

傅景深早期入伍的时候，更是一度成为特种兵之王，战功赫赫。

退役之后从商，还被聘请为顾问，总之，今时今日傅景深的影响力还是不同凡响的。

傅景深黑眸越发深邃。

“好，如你所愿。”

顾念终于听到自己期许的回答，如释重负。

傅景深开了金口，愿意娶自己，顾念便觉得此刻是春暖花开。

只是下一瞬，男人毫无温度的话直接给她浇了一盆冷水。

“顾念，我之所以娶你，只是为了你肚子里的孩子。”

顾念脸色微微一变，结婚之后，只要自己和傅景深够努力，孩子……会有的吧？

顾念眯了眯凤眸，努力地控制自己的面部表情，嘴角抿起。

“嗯，我有自知之明。”

“所以，婚讯我会派人通知出去，但是婚讯里并不包括新娘名单。”

是啊……

到时候诚如傅景深所言，有了孩子，那么就是傅家的子孙，孩子的母亲是谁并不重要。

重要的是，孩子并不是私生子。

所以傅景深的婚讯是给孩子一个名正言顺的出身，而并不是给自己。

顾念眼神微闪，感觉到无形中有一只大手攥住她的心脏，让她呼吸都变得艰难，脸色苍白了几分。但是此时此刻，她只能极力扬起一抹明媚的笑。

“好，只要婚后……傅氏的资金到位，缓解顾氏的燃眉之急就好。”

见男人脸色平静，顿了顿，顾念心底闪过一抹错杂情绪，补充道：“如果……到时候和我的婚姻对你而言是一件痛苦的事，放心……我会等到顾氏转危为安之后选择离开的。”

顾念站得笔直，如果不是顾氏如今形势迫在眉睫，自己断然不会再出现在他面前的。

当初……自己离开得决然，而他绝望的神情自己至今也忘不了。

再度见他，受煎熬的人并不只有他。

现在……自己更是拿孩子做幌子逼婚……

总之，她无所不用其极，这般伤害自己，何尝不是在互相伤害。

殊不知，傅景深听闻顾念的话，并未如顾念预期一般脸色好转，而是更加冷冽。

“顾念，我在你心目中就是这么可有可无，可以让你肆无忌惮地抛弃吗？”

男人的大手攥住她的胳膊，随之用力，顾念立刻感觉到疼痛感袭来。

因为傅景深拉扯的动作，顾念下意识地抬眸看向眼前的男人，男人目光深沉，眼神凌厉。

顾念想要开口解释，自己只是想随他心愿……

“如果你嫁给我，虽然如今我已经退役，但是按照傅家的传统，我们就是军婚，除非我想离婚，否则，这辈子你都别想离婚。”

傅景深话语之中是不容置喙的威慑，顾念脸色白了白。

“嗯……那我们什么时候领证？”

顾念吃痛地皱眉，想要为紧绷的氛围换一个话题。

看着顾念疼得蹙眉的模样，傅景深迅速松开大手，暗暗责难自己，每次在顾念说离开的时候，自己总是会控制不住情绪。

“现在。”

会不会太赶了？

顾念轻抿唇瓣，越早和傅景深结婚，越可以让自己踏实。

“好，户口本在家里，等下可以顺道去取一下。”

“好。”

顾念将自己的车钥匙交给助手，随后坐上了傅景深的车。

傅景深的车开得很快，好似有些着急。

顾念回到顾家之后快速拿到户口本重新坐上了车。

“傅景深，你户口本带了吗？”

“嗯。”

顾念见傅景深不想过多言语的模样，轻抿唇瓣，便不再多问了。

其实顾念想问的是，户口本这种东西，傅景深为什么会随身带在身上。

领证的时候还算顺利，除了拍照的时候，摄影师再三开口。

“新娘靠新郎近一点，两个人面带微笑。”

傅景深气场强大，一直是生人勿近的样子，顾念一直不敢靠男人太近。

“新娘？”

“嗯。”

顾念点了点头，还有些不知所措的时候，傅景深已经张开手臂，将她纳入怀中。

“拍吧。”

傅景深一声令下，摄影师不敢造次，只能捕捉镜头。

顾念则因为男人靠近的动作，下意识地抬眸看向傅景深，抿了抿唇。

等到拍完照之后，傅景深迅速松开了手。

顾念见自己肩膀处已无男人的手，眼眸中闪过一抹失落之色。

从民政局走出来的时候，顾念看着自己手中多了两个红本本，有些恍惚。

就这么……和傅景深结婚了。

自己从此以后是傅太太了吗？

顾念轻抿唇瓣，跟着傅景深的脚步，男人腿长，所以步伐也比较大，顾念跟得比较吃力。

问题来了。

今天自己和傅景深领证了，那么晚上就是两个人的新婚之夜。

今天晚上要怎么住？

顾念沉浸在自己的思绪内，全然没有留意到前方的男人突然停下脚步，随后她重重地撞了上去。

顾念吃痛地捂住额头，一连向后退了几步。

傅景深转过身子就看到顾念吃痛的模样，蹙了蹙眉。

“顾念，我今天晚上去法国出差，一周左右，顾氏的资金链我已经安排傅氏财务介入，这个是南城别墅的钥匙，等下我会安排司机送你过去，你以后就住在那里养胎。”

说完，傅景深从口袋里掏出钥匙递给了顾念。

顾念抬手接过钥匙，听着男人的话，有些诧异。

傅景深要出差？

顾念看着男人冷漠的俊脸，洞察不了男人心底的情绪，只能嘴角挤出一抹笑。

“好，一路……一路顺风。”

无论如何，傅氏的资金注入是做到了，可以缓解顾氏的燃眉之急了。

顾念不敢奢望傅景深再多的东西了。

“嗯，顾念，你会扮演好妻子的角色是吧？”

傅景深眼神犀利，让顾念无处遁形，听着男人的话，轻咬唇瓣，嘴角扬起一抹明艳动人的笑。

“当然。”

“好，记得你所说的话。”

傅景深缓缓转过身，扬长而去。顾念凝视着男人离去的背影，不知道为何，自己脑海之中居然一闪而过“孤寂”这两个字。

司机将车子缓缓地停在了南城别墅前，偌大的山脉下，只有这一栋别墅，曲径通幽，坐北朝南，鸟语花香，占据天时地利人和。

顾念暗暗咋舌，曾经有经济学家给这栋别墅估价，据说一亿都不止。

“夫人，您请进。”

“好。”

顾念点了点头，走进别墅。

整栋别墅采用的是欧式风格，总共三层，大理石地面，墙壁上镶嵌着壁画，顶上是精致的水晶吊灯。

最吸引顾念的是顶楼的空中花园，花园很大，有专门的温室，种植了一些名贵的花草。

顾念赤脚踩在地板上，走进花园，好似置身世外桃源一般，有些恍惚。

还记得初中的时候，有一次语文作文课，作文题目就是我梦想的家。

那个时候，顾念就在作文里幻想着，我梦想的家，不需要很大，坐北朝南，阳光通透就好。

我梦想的家，不需要很奢华，有一个花园就好，花园里长满花花草草，如果可以的话，最好在空中，这样的话，走进花园，就会有一种翱翔的感觉。

顾念嘴角扬起淡淡的弧度，眼前的空中花园，算是实现了自己的梦想。

不过……整栋别墅，够大，够奢华，却不够温馨。

顾念倒是有种成为下堂妻的感觉。

嗯，还好，至少有自己梦想之中的空中花园。

一楼主要是休息区，分布厨房、客厅，二楼则是卧室、书房，三楼是健身房、家庭影院等。

顾念参观完三楼，回到卧室的时候，看着眼前的淡粉色公主床，再度恍了神。

从前在傅景深的公寓的时候，她总是嘴巴里塞着薯片，然后往男人怀里凑。

“傅景深，以后啊，我们结婚的话，就用公主床做婚床吧？哎呀，你不知道，每个女孩子都是有公主梦的……所以啊，都想成为公主，睡在公主床上。”

见傅景深不为所动，顾念继续开口道：“喂，你不是想生女儿吗？唔，说不定躺在公主床上的概率会大大增加啊。”

“幼稚。”

那个时候傅景深一边看着文件，一边会随手将薯片塞到顾念的嘴巴里，堵住顾念喋喋不休的小嘴。

“唔，那你……到底买不买嘛。”

顾念小嘴里塞满薯片，忍不住嘟囔道。

“嗯。”

回应顾念的是男人高冷的嗯字。

难道说，傅景深还记得……

顾念心底闪过一丝希冀，但是很快就化为哀凉了。

不可能……

结婚都是自己步步紧逼，傅景深才答应娶的。

恐怕卧室里的公主床也只是巧合吧。

整栋别墅很干净，虽然没有服侍的用人，却看得出来有人固定在打扫。

顾念晚上的时候回了一趟顾家，和顾伟说了自己和傅景深领证的事。

顾伟大喜过望，询问顾念什么时候办婚礼，顾念深知既然傅景深选择不给自己妻子的正名，自然是不会举办什么婚礼的，所以便以傅景深工作繁忙为由，说婚礼时间未定。

顾伟担心着医院里的妻子和儿子，知道顾氏有救了，便不再多问，匆匆和顾念聊了几句之后便赶去了医院。

顾念之前三年都住在国外，所以家里的东西几乎没有什么要收拾的。

顾念简单地收拾了一套睡衣、一套换洗的衣服便赶到南城别墅了。

第二天，顾念赶到顾氏的时候，秘书主动上前欣喜地告知道：“顾小姐，傅氏财务部的人过来了。”

“好。”

顾念一身干练的职业套装，内衬白色衬衫，直接走进了会议室。

“顾小姐，好久不见。”

“嗯，麻烦了。”

顾念嘴角上扬，伸出自己的手握住了对方的大手。

傅氏资金高达十亿的强力注入，及时地填补了漏洞。

不过问题随之而来，之前顾氏的产品出现问题，让顾氏口碑一落千丈，与此同时，众多合作商也选择放弃和顾氏过往的合作。

顾念虽然学的是企业管理，但是实战经验偏少，面对顾氏凌乱的现状，也觉得非常棘手。

顾伟近期深受打击，早已顾不上顾氏了。

顾念知道顾氏的情况不容乐观，只是没想到会这么差。

一个星期，顾念都在浑浑噩噩之中度过，拆东墙补西墙，虽然有傅氏的资金链可以用，但是顾念并未把全部希望放在傅氏的资金链上。

自己的本意也只是借用，等到以后顾氏发展起来的话，会全数还给傅景深的。

这个是自己的原则，顾念心底深处的自私想法是想和傅景深结婚，却不想用金钱捆绑两个人的婚姻。

晚上8点，顾念结束一天繁忙的工作回到南城别墅的时候，看着客厅里通透的灯光，脸色微微一变。

傅景深……今天从法国出差回来了。

自己居然忙忘了。

顾念的心瞬间变得忐忑不安起来，整个人都有些僵硬。

对于傅景深，自己是又畏惧，又忐忑，又期许。

顾念轻抿唇瓣，视线落在自己平坦的腹部。一个月前，她晚上只是给傅景深下了迷药，其实……两个人并未发生关系。

所以，她根本就没有怀孕。

自己却以孩子逼婚……

顾念美眸暗了暗，给自己加油鼓劲。

既然结婚了，傅景深身子骨硬朗，自己又年轻，要个孩子并不难吧。

顾念当初之所以没有设计和傅景深发生关系，主要是不想拿孩子作为婚姻的牺牲品。

同时……还牵扯到自己心底的一个秘密。

那就是……她对于男女之间的情事，极其畏惧，这来自三年前的阴影……

昔日的阴霾记忆让顾念脸色煞白，随后就看到傅景深从楼梯口缓缓地向下走，一步一步走到自己面前，居高临下，浑身散发着冷漠的气息，让人不寒而栗。

伴随着傅景深的走近，顾念嗅到了男人身上淡淡的酒香味。

三年前，男人分明是不饮酒的。

顾念抿了抿唇，极力抑制住自己的心颤，嘴角扬起一抹明媚的弧度。

“傅先生，你出差回来了啊。”

顾念攥紧小手，傅景深回来了……如果想要孩子的话，最好是趁现在。

可是自从三年前那件事后，她便厌恶男人的靠近，哪怕对方是傅景深……此时此刻，顾念也是忐忑的。

“嗯。”

“你喝酒了。”

顾念想也没想，直接开口道。

“嗯，应酬。”

傅景深反应平淡，黑眸落在眼前的顾念身上，顾念又瘦了些，神情看起来有些疲惫。

傅景深将心底的异样压下，三年前，顾念背叛他离开的时候，他曾经发誓，永生都不会原谅她。

但是世界上总是会有那么一个人，恨她千百回，但结果是，哪怕自己受尽委屈，也舍不得怪她分毫。

而三年后，他送上了傅氏的资金链。顾氏是个无底洞，如果经管不善，可能会废了大半个傅氏，意味着他近三年的打拼可能付诸东流，他却在所不惜。

她提出结婚，他明知道是逼婚、算计，甚至……包括一个月前的那一次。

她虽然给他下了迷药，让他人事不省，但是醒来之后，有些事，做没做，他是明白的。

但他顺水推舟……如了她的心愿。

也……满足了自己的小心思。

娶这个女人，是他的毕生心愿。

男人目光深邃，沉淀着错杂的情愫，客厅内的气氛有些尴尬，顾念嘴角挤出一丝笑。

“那傅先生，我先去洗澡。”

“好。”

卧室是有独立浴室和洗手间的。

顾念洗完澡换上睡衣出来，就看到傅景深站在阳台上，修长的手指间夹着一支烟。

哪怕是吸烟的动作，傅景深都表现得极其优雅，伴随着薄唇轻吐白雾，男人整个人被白雾缭绕着，平添了几分矜贵和邪魅。

三年前，傅景深是不吸烟的。

三年的时间，真的改变了太多事。

时间将男人雕琢得越发狂狷、高冷、深邃，但是同时也带走了男人的青涩。

顾念抿了抿唇，并不希望男人吸烟。

一想到这儿，顾念踱步上前，抬手敲了敲阳台的拉门。

傅景深听到敲门声，转过身，就看到顾念湿湿的长发散落在肩头，赤脚踩在地板上，蹙着黛眉，凤眸泛着水润的光泽凝视着自己，一身淡粉色的睡衣，衬托出女人肌肤的白皙和可人。

傅景深见不得顾念蹙眉的模样，将燃到一半的香烟丢进烟灰缸里，散了自己身上的烟味，走进卧室。

“有事？”

傅景深话语冷漠，不掺杂任何温度，顾念想了想，开口道：“以后不要吸烟了，孩子不能吸二手烟。”

其实，我也不希望你吸烟，吸烟对身体不好。

只不过后面这句话顾念并未说出口，现在暂且用孩子做借口罢了。

傅景深因为顾念的话，神情微怔，随后开口道：“好。”

刚刚一个人在卧室一个人在阳台，倒没有那么尴尬，现在两个人均置身卧室，倒显得尴尬了。

顾念攥紧小手，努力克服心底的恐惧，开口道：“我先睡了。”

“嗯。”

顾念快速上床，假意闭眸休息，很快就感觉到公主床的另一侧凹陷下去。

顾念呼吸一紧，暗暗给自己加油鼓劲，告诉自己，对方是傅景深……是傅景深。

是傅景深。

顾念狭而长的睫毛颤动着，过往的回忆、不安、惶恐扑面而来，自己好似溺水的孩子一般，被人困在洪水深渊之中。

孩子！

如果被傅景深发现假怀孕的话，后果不堪设想。

一想到这儿，顾念暗暗下定决心，下一瞬，男人大手一挥，自己便被男人扯入怀中。

伴随着男人狂狷的气息扑面而来，顾念的心瞬间揪住。

“不要……小心孩子……”

人的下意识永远快于理智，顾念想也没想，哪怕自己之前已经做了心理建设，下定决心，事实上，当男人靠近的时候，噩梦一般的记忆还是困得她呼吸都变得艰难。

傅景深深深地凝视着眼前的女人，薄唇抿起。

“我会注意的。”

有没有孩子，傅景深比顾念更清楚。

男人的话带着不容置喙，顾念下意识地抬手推搡着男人的胸膛。

“顾念，你已经嫁给我了，这个是你作为妻子的义务。”

“我……”

“或者说，你讨厌我的碰触？”

傅景深的话让顾念有些语塞，傅景深凝视着女人闪躲抗拒的模样，黑眸冷冽如冰。

三年前，女人好似猫儿喜欢腻歪在自己怀里。

三年后，女人却抗拒自己的亲昵。

果真如她三年前所说的，不爱了，所以……和不爱的人做这般亲昵的事，她是接受不了的。

所以一周前，她选择给自己下迷药，却并非催情药。

这样她可以全身而退。

傅景深越发觉得身体内的血液冷凝成冰，周遭的空气也变得冷冽极了。

顾念看着男人紧绷的俊脸上难掩怒火之色，暗叫不好，下一瞬，男人便似野兽一般撕扯着她身上的棉质睡衣。

顾念来不及反应，身上的睡衣已经被男人扯开大半，露出白皙的肌肤，散发着凝脂一般的光泽，在夜色之中无比诱人。

“啊……”

傅景深薄唇直接落在顾念的脖颈处，发狠似的撕咬着、啃噬着，吻得迫切。

女人的力气不及男人，顾念无力反抗，只能承受着。

“傅景深……疼……”

因为傅景深的薄唇在自己脖颈处啃噬，大手游走在自己的身体上，顾念浑身都抑制不住地紧绷起来，小手更是无意识地握成了拳头。

伴随着女人那一声绝望的喊疼，傅景深虎躯一震，她叫了疼，他便舍不得继续了。

傅景深薄唇缓缓地从女人的脖颈处离开，自然是没有错过女人握拳的动作，冷了黑眸。

因为刚刚吻得狠，女人白皙的脖颈处向外渗着血丝。

顾念整个人更是紧闭美眸，瑟瑟颤抖。

傅景深下意识地伸出大手准备触碰女人正在流血的脖颈，顾念却似受到了天大的惊吓一般，快速推开男人的大手。

“走开……不要碰我。”

顾念的话彻底激起了傅景深的怒火，傅景深快速伸出大手扣住女人纤细的手腕，一个用力，将顾念扯入怀中。

“不要我碰你？那你希望谁碰？嗯？”

从她今天以孩子为借口，抗拒自己的时候，傅景深的情绪就一直在克制。

现在无疑是到了要溃堤的程度。

男人话语冷漠，透着蚀骨的寒冷，顾念一时之间有些语塞。

她慢慢消化着心里的恐惧，意识到自己刚刚说错了话，抿唇道：“我……”

“顾念，你不要我碰你，难道你是希望季扬碰你吗？”

顾念：“……”

他记得，他一直记得。

当初……自己就是跟着季扬离开k市的。

事实上……傅景深当年和季扬还是挚友。

整个卧室里的气氛仿佛降至冰点，傅景深深深地睨了一眼眼前的女人，薄唇抿起，目光冷冽如冰。

“和他无关，只是我还没有准备好。”

顾念冷静下来，垂下美眸，淡淡地开口道：“那正好……我也不想碰你……你拒绝，我也不用履行丈夫的义务了。”

说完，傅景深松开顾念的小手，起身下床，扬长而去。

顾念轻抿唇瓣，傅景深离开之后，她顿时觉得整个身体好似被掏空一般，浑身散发着无力感。

顾念嘴角噙着一抹苦涩的笑。

自己和傅景深的关系怎么会变成今天这个模样?

有些话就在嘴边，却难以说出口。

顾念缓缓地起身，顾不得自己身上睡衣凌乱，整个人有些狼狈地走到阳台处，站在刚刚傅景深站的位置，看到楼下的傅景深驱车离开，顾念凝视着车子的背影，思绪有些恍惚。

顾家和傅家均是k市的名门望族，两家来往频繁，傅景深也是顾城的好朋友。

准确地说，傅景深、顾城、季扬三人是好朋友，三家关系也是极好的。

顾念上初一的时候，傅景深、顾城、季扬高二。

她侥幸和他们哥仨在一个学校，那个时候，傅景深、季扬和顾城无疑是学校里的风云人物，家境好，成绩优，总之是佼佼者。

顾念对于傅景深和季扬而言，就像是个长不大的小妹妹。

事实上，季扬为人阳光开朗，是个大男孩，而傅景深高冷深沉，平日里不苟言笑，人长得帅，效力学校篮球队，浑身散发着禁欲的气息，对顾念爱理不理的。

所以，对比傅景深，顾念其实更喜欢季扬。

但是事实上，在学校里，众多女孩子均是傅景深的迷妹。

那个时候，班上还有个班花叫赵萌的，是傅景深的顶级脑残粉，顾念见不得赵萌成天在自己午休的时候黏傅景深，扰自己休息，便说道：傅景深有什么好的啊……

众人便起哄，说顾念分明是吃不到葡萄说葡萄酸。

顾念便脑子一抽，说回头把傅景深培养成自己的忠犬男朋友。

话抛了出去，就收不回来了。

顾念一直心高气傲，不轻易服输，所以从初一到初二这两年的时间里，对傅景深展开了猛烈的追求攻势，为的就是把高冷男收到麾下。

她送情书、送爱心便当、看男人打球、主动搭讪、制造个意外邂逅等，结果傅景深爱理不理。

殊不知，傅景深越是这般模样，顾念越是斗志昂扬。

那个时候，学校里经常看到顾念追逐傅景深的身影。

“景深哥，我喜欢你，做我男朋友吧？”

“抱歉，我对恋爱没有兴趣。”

“那我做你女朋友吧？”

“我身边暂时不需要一个女朋友的角色。”

你妹。

“景深哥……你知不知道你命里缺个我。”

“……”

有一次放学的路上，傅景深推着单车，顾念穿着校服跟在男人身后，笑眯眯地伸出小手，趁着男人不注意的时候握住了男人宽厚的大手。

“景深哥，我知道你比较害羞……那个，我们先从拉手开始……从纯洁的友情慢慢往下发展吧。”

那个时候，顾念觉得傅景深的大手很暖，很有安全感。

傅景深想要缩回大手，却被顾念死死地握住，说什么都不松开。

“我靠，景深哥，没想到你是这种男人，牵了手就想不负责了。”

“不许说脏话。”

“唔，那我不说好啦，但是你得被我牵着手。”

顾念笑得明媚，让人如沐春风。

傅景深好似天生的衣服架子，校服穿在身上极其俊逸，好似不食人间烟火的男神一般。

“兔子不吃窝边草……顾丫头，我是你哥的朋友，你怎么下得了手？”

“此言差矣，景深哥，你难道不知道，借钱都是管朋友借的吗？哪有跟外人借的啊……所以找对象也是这么一回事啊，逮熟人下手啊，熟人以后不好意思退货呗。”

傅景深淡淡地扫了一眼眼前笑意明媚的小丫头，顾念的身高还不到他的胸口，此时此刻却口出狂言。

“对了，以后让傅叔买房的时候往我家跟前买，这样的话，你住我隔壁，咱们就是青梅竹马，两小无猜。”

夕阳西下，模样精致的少女说着天真烂漫的话，殊不知，少年却已然当了真。

顾念初一下学期的时候，傅家真的换房子了。

没想到傅家搬到了顾家跟前，从此，傅家和顾家便成了邻居。

顾念对此有些诧异，然后暗暗自封了“小算婆”的称号。

嗯，料事如神，非自己莫属啊，对此，顾念没少在傅景深面前显摆，但是傅景深多是高冷无视。

从此以后，顾念不仅在学校撩傅景深，而且上学路上撩、放学路上撩，时不时地往傅家跑，假借顾城的名义把傅景深往顾家哄。

顾念时时刻刻想要把两个人牵手的纯洁关系再升华一下。

某一天，回家的时候，顾念刚学了一个撩汉的法子，便用在了傅景深身上。

“景深哥，看我的手势……”

傅景深看着小妮子穿着校服，扎着双马尾，煞有介事地冲着自己比画了一个拳头、一个布，薄唇抿起。

“嗯？”

“呃……看不出来吗，你是我的拳布啊……嘿嘿，你是我的全部，浪漫吧？小爷我招数还有很多，所以快快从了我吧。”

傅景深紧绷的嘴角因为顾念俏皮可人的话有些松动，薄唇若有若无地扯了扯。

“幼稚。”

说完，傅景深直接走进了傅家。看着男人高冷的模样，顾念冲着傅景深的背影吧唧着小嘴儿，小声地嘀咕道：“哼，高冷什么嘛，迟早把你收了，让你成为全k市头号忠犬男友，哈哈哈……”

顾念自我感觉良好，哼着小歌便往家的方向走了。

傅景深故作镇定地走进傅家之后便快速来到二楼的卧室，凝视着楼下的小妮子一蹦一跳好似孩子一般欢快地回了顾家。

黑眸清澈，却有着同龄人没有的深邃……

如烟花一般激昂的情愫在少年的黑眸深处愈演愈烈。

少年嘴角缓缓扬起一抹明媚的弧度，极其明艳。

回忆戛然而止，顾念站在傅景深刚刚所站的位置，足足站了一个多小时，直到身上感觉到凉意才折回卧室。

三年前，自己用了一秒的时间悔婚决然离开。

事实上，自己足足用了三年的时间在回忆。

顾念嘴角噙着一抹浅淡苦涩的笑，如果有来生的话，真想做荒漠里的一棵树，只有时光的流逝，却没有记忆。

傅景深走后，顾念毫无睡意，反复折腾了很久，最后枕着男人留下的气息才睡去。

清晨，顾念是被秘书的电话吵醒的。

“顾小姐，大事不好了，赵氏总裁赵文伯突然打电话来说，他不给咱们提供精油了。”

顾氏三分之一的经济收入来自香水，香水的原料之一就是精华油。

赵氏负责草本植物精华油的提供，顾氏负责提炼，制作成香水。

顾氏因为资金出了问题，现在均是压货状态，说白了，也就是用货抵钱。

货如果出了问题，无疑钱又得出大漏洞了。

秘书继续补充道：“他是在咱们签署协议三天内毁约的，所以按照原先协议上的条款，他可以全身而退的。”

秘书的电话让顾念瞬间瞌睡虫跑了大半。

协议漏洞当初自己在签约三天前就发现了，只是顾氏和赵氏合作这十来年均是这么签的，所以只能不了了之。

赵氏集团声称草本会被花期、气候等因素影响，所以他们需要三天时间来进行最后确定。

“顾小姐，需不需要通知顾总啊？”

“暂时不用，爸爸心思都在医院里，我等下直接去赵氏吧，你在赵氏门口等我。”

“好的。”

挂断电话之后，顾念快速洗漱后，赶到了赵氏集团，秘书张琳已经率先到了。

“顾小姐，我已经帮您预约了和赵总的见面，对方说，上午赵总的日程已经全部排满了，但是赵总今天中午和女儿用餐，邀请您一块儿去。”

“嗯。”

顾念点了点头，樱唇抿起，开口道：“帮我查一下近期活跃在圈内的高品质精油提供商，我们现在就去依次拜访。”

赵文伯临时变卦一定不是偶然，顾念要做好两手准备，而且她并不打算从此之后就被赵氏牵着鼻子走……

瘦死的骆驼比马大，对比顾氏，赵氏还是不值一提，只能算是原料商而已。

赵文伯如果想从此之后断了和顾氏的合作，那么……如今是他先挑事的，顾念并不介意顺水推舟，从此将赵氏从顾氏的合作商里剔除。

中午，赵文伯将饭局定在了龙图腾二楼的包间。

顾念赶到的时候，不仅发现赵文伯和一个年轻女子已经入座，同时……还有傅景深。

顾念脸色微微一变。

傅景深怎么来了？

傅景深坐在主座上，身侧坐着助手，赵文伯和年轻女子则坐在客座上。

顾念眯了眯眼眸，赵文伯葫芦里卖的什么药？

顾念之所以怀疑赵文伯，是因为按照傅景深的脾性，是断然不会约自己一块儿用餐的，尤其昨天晚上两个人还不欢而散。

顾念抿了抿唇，视线落在赵文伯身侧的年轻女人身上，美眸一怔。

这个女人……好熟悉。

顾念反应片刻之后，脸色微微一变。

赵萌！

自己的初中同学，那个时候傅景深的脑残粉。

当初顾念也是见不得她总是在自己面前吆喝着傅景深的事儿，扰人清净，才口出狂言要把傅景深收为自己的忠犬男友的。

顾念抿了抿唇，没想到……赵萌居然是赵文伯的女儿。

完了，这下子梁子算是彻底结下了。

现在顾念明白为什么赵文伯要突然取消和顾氏的合作了。

原来是因为……赵萌啊。

明明是赵文伯派人邀请顾念来吃午餐的，如今顾念到了，男人却没有开口让顾念入座的意思。

顾念眯了眯眼眸，优雅地和秘书坐在了位置上。

“抱歉，赵总，让你久等了，来晚了，今天二环堵车厉害。”

顾念开口的用意很明显，是赵文伯邀约自己，而并不是自己往上凑的，同时也是告诉傅景深，自己并不是故意出现在他面前的。

赵文伯看着顾念并不觉得尴尬的模样，赔着笑脸道：“不碍事，顾小姐是个大忙人啊，听说现在顾氏全靠你一个人撑着，你大哥和顾夫人还在医院躺着呢，顾伟则忙着照顾妻子和儿子。现在顾氏的处境很艰难啊……产品出现问题，还有资金短缺这些大问题，听说股票一直在跌吧。”

事实上，顾氏的内部情况已经慢慢开始稳定了，因为外人还不知道傅景深已经派秘书注资。

顾念嘴角噙着一抹淡淡的弧度，听着赵文伯冷嘲热讽的话，嘴角上扬。

“人红是非多，公司规模大了，难免会遇到这些问题，不像是小公司，人力资源少，还有公司规模小，这些均不用太操心的。”

顾念的话明摆着说赵氏规模有限，做不到今时今日顾氏的地位。

赵氏和顾氏本来就是合作关系，谈不上顾氏高攀赵氏，非得求着赵氏给自己送原料。

今日赵文伯出言冷嘲热讽，顾念也不是吃素的，自然是要顶回去的。

“你……”赵文伯脸色有些难看，原先以为顾念是个刚出道的小菜鸟，顾家最受宠爱的顾小姐，被宠得飞扬跋扈，万万没想到，女人居然伶牙俐齿，气场强大，丝毫不退让。

见赵文伯吃瘪，赵萌狐媚的眼睛在顾念身上停留，眼神越发冰冷，仿佛淬了毒汁一般。

当初和顾念在学校的时候，顾念样样比她出色，比她厉害，她在这女人面前，永远像是矮一头一般，处处被压制。

就连自己喜欢的傅景深，也都被这女人给抢走了。

当初明明是她最先喜欢上傅景深的，结果被顾念捷足先登，这叫赵萌如何不恨。

“念念……好久不见，不知道你还认不认识我？”

赵萌将眼眸里的恨意收起，主动亲切地开口道。

顾念慢条斯理地双腿叠放，对上赵萌不怀好意的美眸，嘴角上扬：“抱歉……记不太清了。”

“我是赵萌啊……我们初中、高中可都是一个学校，初中还是一个班呢。”

“是吗……好久不见。”

顾念反应平静，并不亲昵，显得她和赵萌并不熟的模样。

呵……挑衅滋事……

这个赵萌还真是不让人省心啊。

“爸，今天念念怎么来这儿一块儿吃饭了，不是说好了，单独请傅先生用餐的吗？”

赵萌主动拉着赵文伯的胳膊一阵撒娇，视线却直勾勾地看向傅景深。

自始至终，顾念走进包间之后，傅景深的眉眼就没有抬起来过，更别说落在顾念身上了，完全把顾念当成陌生人一般。

傅景深越是这般模样，赵萌心里越是得意。

当初傅景深爱顾念爱得死去活来的，恨不得把最好的都给她。

这个顾念却自寻死路，订婚的时候跑了，让傅家成为笑柄。哼……傅景深那么骄傲的人，是不会原谅她的。

“是这样的，顾小姐因为赵氏不提供精油的事儿来找我，我上午实在是太忙了，索性就移到中午一道用餐了。”

赵文伯赔着笑脸，傅景深却并不领情。

赵萌则是故作诧异地捂嘴道：“爸，你怎么可以这样随便瞎安排呢……傅先生想必根本不想见念念吧。”

顾念：“……”

赵萌，这梁子结下了。

顾念眼神冷了几分，听着赵萌的话，视线落在傅景深身上。

赵萌和她是高中同学，那么当年发生的事，赵萌应该是知道的。

顾念樱唇抿起，看着傅景深紧绷的俊脸，心底闪过一丝异样，昨天和傅景深不欢而散，没想到今天会在这个情况下见面。

赵萌更是旧事重提，显然是准备挑事的。

“不碍事。”

傅景深淡淡地应了声，抬眸看向眼前的顾念，两人的视线在空中交会，男人眼眸深邃，顾念心漏跳了半拍。

昨天男人的冷漠，包括男人欺身压下，仿佛就在刚刚。

顾念不自然地避开视线，转移话题：“既然傅先生和赵总要用餐，那么我长话短说……不耽误你们时间了。”

“赵总，顾氏和赵氏合作近十年，一直以来，无论是资金链还是货源，彼此均没有出现过问题，更没有出现过三天内毁约的情况。”

“那个还是你父亲掌舵顾氏的时候……顾小姐啊，你还太年轻，商场的事，你不知道，乱着呢。”

“嗯，我虽然不懂商场的事，但是人情世故我是知道的……扶持一把，永远比落井下石要好得多……不是吗？”

顾念一语戳中赵文伯的心事，赵文伯脸色微微一变。

赵文伯板着脸，摆了摆手。

“罢了，顾小姐，你不必多说了……赵氏确实是供应不上精油了，最近气候不好，玫瑰都提前凋谢了，根本提炼不出来。再者说了，顾氏这个情况……我是有心扶持也救不了啊，这分明就是一个大烂摊子啊。”

顾念听闻赵文伯的话，美眸冷了几分。

言尽于此，她也多说无益了。

“嗯，既然这样的话，那我也不逗留了……”

说完，顾念准备和秘书离开，赵萌却站起身道：“念念，午饭的时间，走什么啊，一切等吃完饭再说吧。”

赵萌挽着顾念的胳膊，笑得灿烂，顾念却看得出来女人一脸不怀好意。

“傅先生，您说呢？”

顾念看着赵萌眼睛里的挑衅，分明是希望留下自己，让自己在傅景深面前招烦。

伴随着赵萌开口，包间内的众人看向傅景深，等待着傅景深发号施令。

顾念下意识地在饭桌下攥紧小手，心被拎起，昨天得罪了傅景深，今天又意外地出现在男人面前，想必傅景深并不想见她。

“点菜吧。”

傅景深磁性的声音从薄唇中逸出，掷地有声。

男人性子冷，说出来的话更是透着慑人的寒气，不容置喙，伴随着强大的压迫感，带着生人勿近的气息。

傅景深道了一声“点菜”，顾念便知道自己走不了了。

此时此刻，如果她走了，那就是驳了傅景深的面子。

赵萌心里窃喜，招来了服务员，客气地将菜单递给傅景深，顺势在傅景深面前刻意地弯低腰身，傅景深却看都没有看她一眼。

“傅先生，您点菜吧。”

“嗯。”

傅景深下意识地要将菜单推向顾念，猛地意识到自己做了什么，又不动声色地将菜单推给了身侧的助手，薄唇抿起。

“你来点吧。”

助手有些受宠若惊，脸色微微一变：“好……好的，傅先生。”

顾念：“……”

顾念轻抿唇瓣，美眸中闪过一丝涩然，习惯真的是一件很可怕的事。

其实刚刚傅景深接菜单的时候，她下意识就要去拿。

原先和傅景深在一块儿的时候，每次去餐厅，傅景深都会把菜单推到她面前。

那个时候，在她和傅景深看来，桌子上的菜只有她喜欢吃的和她不喜欢吃的。

不爱吃的，顾念丢在一旁，便成了傅景深吃的。

然后顾念爱吃的，吃剩下来的，也变成傅景深吃的。

顾城经常看不下去，便会教育顾念一番，让顾念别这么欺负傅景深。

顾念会嘟着小嘴，满是不在意，傅景深多是一笑置之。没法子，这个女人的脾性，是他宠出来的。

事实上，傅景深并不是一个做事极其有耐性的人，但是对顾念，他付出了所有的专注和耐心。

助手拿到菜单之后如临大敌。

傅景深要让他点餐，助手也不傻，自然是要点顾念爱吃的了。

助手凭借着自己的记忆力，点了几个顾念爱吃的菜，顺带又点了几个招牌菜，便让服务员收去了菜单。

随后，助手小心翼翼地看向傅景深，琢磨着傅景深的表情，见傅景深表情无异，这才放了心。

饭碗算是保住了。

本来今天这个饭局傅景深是不打算出席的，只是听说赵文伯断了顾氏的精油原料，料想顾念会找上门来，便允诺了。

事实上，傅景深料事如神。

顾念的确找上门来了……

助手暗暗纳闷，傅景深用了超乎常人的工作量，将法国一个月的事放在一周内做完，昨天从机场回来之后便直接赶去了南城别墅。

结果，他今天早上去公司，才发现傅景深一个人站在公司的落地窗前，身侧堆了一烟灰缸的烟头。

助手看在眼中，其中的酸涩与疲惫不言而喻。

菜品上了桌。

顾念没有什么胃口，简单地动了几下筷子便想走。

傅景深眯了眯黑眸，扫向一桌子顾念都没怎么动过的菜品，随后责难的眼神扫向了助手。

言下之意，你点的是什么玩意？

助手接收到傅景深责难的眼神，紧张得心惊肉跳的。

顾念没有留意到傅景深和助手的互动，如今在包间里，感觉到极其压抑。

她对赵文伯和赵萌这样的人并不想搭理，只是……傅景深……

顾念脑海之中一闪而过的是昨天晚上两人的亲昵，她早上醒来，脖颈处还可以看到昨天晚上傅景深留下的吻痕。

赵萌见气氛尴尬，主动端起手中的高脚杯，赔着笑脸道：“傅先生，我敬你啊……”

“不必，我不饮酒。”

傅景深摆了摆手，态度坚决，赵萌有些尴尬，却不泄气：“没事，喝酒伤身。”

“对了，念念，我记得咱们上初中的时候啊，你是班上性格最开朗的女孩子呢。”

顾念闻言心里咯噔一下，看样子来者不善。

“傅先生，你不知道，那个时候你在高中部特别迷人，班上好多女孩子都喜欢你。那个时候啊，念念见其他人总是嚷嚷着喜欢你，还放言要把你收入麾下，培养成忠犬男友呢。”

完了。

顾念闻言脸色一白，下意识地看向傅景深所在的方向。当初自己是因为赌气说要追傅景深，事实上，男女之间就是那么一回事，你来我往……她就被傅景深迷住了。

只是傅景深一向骄傲，如果知道当初自己是因为和其他人赌气，玩游戏性质地去追他……顾念不敢想象傅景深会不会大发雷霆。

整个包间，因为赵萌的话，安静得诡异，仿佛听得见落针的声音。

顾念看向神色晦暗不明的傅景深，缓缓地开口道：“赵萌，你都说是初中时候的事了，那个时候年纪小，很多事是不能作数的，而且，我自认为也没有跟你熟到可以翻旧账的关系。”

“我只是见傅先生在这儿，作为当年的当事人，和傅先生简单聊两句嘛。”

赵萌故作无辜地娇嗔，随后捂嘴故作意外地看向傅景深，开口道：“哎呀，傅先生，您该不会还不知道这件事吧？”

傅景深黑眸中闪过一抹锋芒，薄唇抿起，冷冷地道：“滚出去……”

赵萌脸色一白，下意识地看向顾念所在的方向，难道说傅景深发现真相要让顾念滚了？

赵文伯心里暗喜，看样子说不定赵萌和傅景深有戏啊。

要是能攀上傅景深的高枝，那么以后赵家可就是顺风顺水了。

听傅景深道了一声“滚”，顾念眼神暗了暗。

傅景深动怒了。

暴怒的男人好似猛兽一般，让人畏惧。

尤其是男人浑身散发出来的气势，更是让人震慑，难以直视男人的威严。

整个包间的气氛瞬间降至冰点，赵萌小心翼翼地看着傅景深的脸色，随后目光一转，趾高气扬地冲着顾念阴阳怪气地开口道：“念念，抱歉啊，我真的不知道傅先生不清楚当年的事，唉，这么大的事，你怎么可以瞒着他呢。”

“那个，既然傅先生让你走……不如你今天先走吧，不好意思啊，今天组错局了，下次再约呗。还记得初中的时候，我们俩关系好着呢。”

顾念听着赵萌的话，扯了扯嘴角，好一朵白莲花啊。

原先上学的时候，只以为赵萌是被宠坏了罢了，比较喜欢仗势欺人，现在看来，岂止如此啊。

道歉这类话确实不适合在外人面前说，再者自己和傅景深的梁子不止这一件，所以，先走倒是上上之选。

顾念眯了眯美眸，淡淡地开口道："嗯，今天这顿算我的……傅先生、赵总、赵小姐用餐愉快，我先走了。"

说完，顾念准备站起身。听顾念说要走，坐在对面的傅景深气场更加冷冽了几分。

"站住……"

听着男人冷漠如冰的话，顾念停下了脚步，秘书更是不明所以地看向顾念，暗暗在想是不是有所转机。

下一瞬，傅景深凌厉的黑眸扫向赵萌所在的方向，惹得赵萌心惊肉跳。

"我说的是让你滚出去。"

什么？

赵萌整个人呆愣在原地，煞白了脸。

自己该不会得罪傅景深了吧？

要知道在k市，得罪傅景深可是没有好下场的，意味着这个人日后得在k市销声匿迹。

赵文伯赶忙站起身，赔着笑脸开口道："傅先生……"

"嗯，也包括你。"

顿了顿，傅景深薄唇抿起，缓缓地开口道："你们给我滚出去。"

傅景深的话语十分冰冷，没有任何温度可言，赵文伯脸色同样难看得厉害。

助手见赵家父女傻眼的模样，暗暗讥讽，迅速站起身开口道："赵总、赵小姐，麻烦你们离开……否则的话，我会安排人强制送你们离开。"

赵萌整个人呆若木鸡，难以置信地看向傅景深以及顾念。

难道说，傅景深还喜欢顾念？

又或者是……有什么隐情，自己刚刚得罪傅景深了？

赵萌绞尽脑汁也想不出个所以然来，身侧的赵文伯也算是见过世面的人，快速拉住了赵萌的胳膊："萌萌，别闹了……"

现在识时务者为俊杰，如今得罪了傅景深，切不可变本加厉。

原先他以为顾念和傅景深只是之前有过那么一段，赵文伯也是过来人，现在明白两人关系匪浅了。

至少……这个顾念是傅景深心里的刺尖。

"那个，傅先生、顾小姐，我们先走了，不耽误你们用餐了。"

"嗯。"

顾念见傅景深没什么表示，淡淡地开口道了一声“嗯”，其实不仅是赵萌琢磨不透傅景深的心思，自己同样也是。

顾念有些头疼……更是有说不出的无力感。

秘书和助手见赵家父女离开之后，知道傅景深和顾念的隐婚关系，也识相地找理由离开了包间。

一时间，包间里只有顾念和傅景深两个人。

顾念攥紧小手，缓缓地开口道：“抱歉……”

无论是昨天晚上的事，还是三年前的事，还是……当初她是带着某种打赌的目的追求傅景深，顾念知道，自己都欠了一句抱歉。

砰——

伴随着男人大手一挥，整个桌子被男人掀开，桌子上的饭菜撒落一地，一片狼藉，顾念更是听到瓷器摔碎的声音。

顾念脸色微白地向后退了一步，傅景深则站起身，高大的身影强势逼近。

“我还以为大名鼎鼎、一向骄傲的顾小姐，永远都不会开口说对不起的。”

听着男人冷漠如冰的话，顾念攥紧小手，知道傅景深是在讽刺她。

“嗯，但是别忘了，前些天我还求着你……救顾氏，所以再骄傲也是三年前的我，现在我的骄傲在你面前不值一提。”

顾念深吸一口气，努力让自己做到宠辱不惊。

“抱歉，傅先生，耽误你用餐了，我先走了。”

说完，顾念准备离开包间，却被傅景深更快速地攥住了手腕，男人手腕炙热，顾念觉得自己的手腕都开始发烫。

“慢着，你现在肚子里怀的是我的孩子，我得确保你营养供给充足，你才可以离开。”

孩子？

顾念眼神闪了闪，她在傅景深面前撒下了弥天大谎，其实哪来的孩子。

顾念脸色微微一变，就看到傅景深按响房间内的响铃，招来了服务员，重新换了一间顶级包间。

顾念抿了抿唇，尴尬地开口道：“孩子的营养，我会注意的。”

“点菜吧。”

顾念看着傅景深将菜单推向自己，神色一顿。

那个时候，每次她和傅景深单独用餐，男人都是这个动作……

顾念想要抬起手，犹豫片刻后，重新把手放了下去。

“还是你来吧。”

“嗯，那每样菜都要……”

“好的，先生。”

站在一旁等着的服务员听到傅景深这么说，忍不住咽了咽口水，大手笔啊，好阔气啊。

要不要每样菜都点?

这里最顶尖的包间，每道菜都是米其林主厨的精品菜肴，价值不菲。

顾念有些头疼，见男人笃定的模样，识相地没有开口阻拦。

傅景深眯了眯黑眸，如果单单是把女人喜欢的菜给拎出来点，势必会暴露自己的心思，所以倒不如直接全点。

因为傅景深将餐厅里的每道菜都点了一遍，等到所有菜都上来，已经过去了两个小时。

顾念扯了扯嘴角，她的胃口的确一般，但是每道精致的菜肴都品尝一遍，她也饱了。

用餐的时候，两个人更多的状态是缄默。

男人眼神犀利，气场强大，虽然不言语，却有着无形的压迫感，让自己无处遁形。

顾念的心跳漏了半拍，她想言语些什么，最后便不再言语了。

事实上，傅景深之所以将全部菜色点了一遍，是为了争取和顾念有更多的独处时间。

傅景深简单地动了几下筷子之后，深邃的眼神落在眼前清丽逼人的女人身上，随后落在顾念筷子上正夹着的可乐鸡翅，目光微闪。

说起来，顾念最爱吃的就是鸡翅了。

无论是可乐鸡翅，又或者是炸鸡翅、烤鸡翅都喜欢。

还记得那个周末，自从自己搬去顾家旁边之后，周一到周五，小妮子在学校里缠着自己，而逢周末，顾念一大清早就会拉着他去炸鸡店。

顾念会自顾自地点全家桶，吃得满口香甜，小嘴油光，她却浑然不知。

“景深哥，你喂我呗……喏，喂个香辣鸡翅好了。”

傅景深一如既往地高冷道：“自己吃……”

“不要啦，人家男朋友都是喂给自己女朋友吃的。”

“顾念，我不是你男朋友。”

见男人满脸不情愿，顾念瞬间想到了自己的忠犬男友计划，瞬间动力百倍。

“哎，反正快是啦，真搞不懂你在挣扎什么……”

傅景深听着顾念俏皮可人的话，虽然嘴上说着拒绝的话，但还是伸手给顾念递过去一块鸡翅。

顾念小嘴里原本就塞了薯条、蛋挞，此时此刻再塞了块鸡翅，满满当当的，很是可爱。

“唔……对了，景深哥，你除了给我喂过鸡翅，还给谁喂过啊？”

顾念这一招是间接打探敌情。

虽然傅景深和顾城交好，顾念对傅景深并不陌生，知道他身边没个女孩子，但是再三确认是女孩子的习惯，而且这样也可以知道傅景深有没有经验，方便以后调教成忠犬男友。

对上顾念期许的眼神，傅景深薄唇抿起，淡淡地开口道："来福……"

顾念："……"

来福是傅景深他爷爷养的军犬。

顾念当下黑了脸，因为傅景深的话剧烈地咳嗽起来，噎住了。

傅景深回想起女人那个时候可爱娇嗔的表情，忍不住黑眸微动，嘴角也情不自禁地上扬了几分。

顾念小口小口吃着自己口中的可乐鸡翅，见傅景深走神上扬嘴角，眼神一怔。

妖孽的俊脸、精致的五官，笑意倾城，让人情不自禁地恍了心神，眼前一亮。

似乎……她好久没有看到过傅景深笑的模样了。

还记得三年前，男人也不爱笑，但是和自己在一块儿的时候，总是能情不自禁地上扬嘴角。

自己还一度以逗乐男人为终极目的。

现在想想，有些恍如隔世了。

见菜全部上齐，时间也差不多了，顾念嘴角噙着一抹酸涩的笑，放下手中的筷子，低声道："傅先生，我吃饱了。"

"嗯。"

回忆戛然而止，傅景深的视线重新落在顾念身上，他恢复了一贯的冷漠，只是凡是刚刚顾念动了超过三筷子的菜他已全部记下了名字。

和三年前相比，女人口味变化不大。

傅景深眯了眯黑眸，三年前他为了给她惊喜，曾经学过做菜，准备等到订婚之后做给她吃。

在傅景深看来，男人应该认真工作，赚钱养家，解决家里日常开销，同时，更应该身体力行地解决吃饭问题。

让女人跟着自己不饿死，不只是要赚钱，更应该会做。

傅景深并不指望顾念马大哈的个性可以进厨房，女人倒是心大，他却舍不得。

毕竟动刀子动天然气的，还有一些家用电器，傅景深会担心伤到她。

只是可惜，顾念应该至今还不知道他为她学了做饭吧。

一想到这儿，傅景深黑眸中便闪过一抹涩然。

傅景深站起身，优雅地抽出纸巾擦拭自己的嘴角，淡淡地开口道："顾念，你现在肚子里怀了我的孩子，我是坚决不能允许孩子饿着的，或者说营养不良，所以一日三餐希望你准时吃。另外，你的体重也需要严格控制，只许变重，不许变轻……否则，我会立刻断了顾氏的资金链。"

男人话语冷冽、果决，不容置喙。

顾念有些犯难了，自己最近胃口一直不是很好，全身心忙着公司的事，有的时候早出晚归，饮食自然是不规律的，有的时候为了节约时间，只能吃盒饭。

所以，体重只许升不许降对于顾念而言，难度系数偏高。

顾念轻抿唇瓣，心里有些酸涩。

从前男人喜欢把她养得圆嘟嘟的，说这样抱着有手感。

现在开口闭口都是孩子……顾念心里多少有些不是滋味，心理负担也更加重了。

“傅先生……”

“不要辩驳，我只是通知你。”

还真的是狂、酷、拽。

顾念听了傅景深的话，咬了咬唇，傅景深已经直接越过她，扬长而去。

她根本不知道，男人的眼睛里看似没有她，但是余光里，都是她的影子。

傅景深前脚离开包间，顾念等了片刻，走了出去。

秘书莱雅见顾念脸色苍白，赶忙上前道：“顾小姐，您没事吧？”

“嗯，没事，我们去公司吧。”

“好的……”

顾念和莱雅刚走出酒店，就看到赵萌挡在她面前，眸子里充满了嫉恨。

“顾念，没想到三年后你这么厚颜无耻，死活缠着傅先生不撒手。”

这个女人，为什么戏这么多?

顾念琐事缠身，所以并不打算和赵萌纠缠，准备越过赵萌径直离开，赵萌却不死心地在身后喊道：“顾念，你拽什么拽。顾家今时不同往日了，你再也不是那个高高在上的小公主了，哼。对了，你妈和你哥还没出院吧？哎呀，可真的是一家子病秧子啊。是不是担心出院之后家都回不去，房子要被银行拿去做抵押？”

落井下石的小人。

赵萌的话让顾念停下脚步，眯了眯美眸，嘴角勾起一抹冷笑。

顾念缓缓地转过身子，看向眼前的赵萌，淡淡地开口道：“原先不大明白‘虎落平阳被犬欺’这句话的意思，可我现在觉得好理解了那么一些。”

“你……你说谁是狗。”赵萌有些气急，脸涨成了猪肝红。

顾念走到赵萌面前，眼神冷冽。

“当然是你，另外，赵萌，你哪只眼睛看见我缠着傅景深了？唔，有句话叫吃不到葡萄说葡萄酸，三年前，傅景深不是你能染指的，三年后，你也想都别想……这个男人，只有可能是我的。”

顾念美眸坚定不移，说出来的话更是无比自信。

赵萌闻言脸色微微一变，还记得当初上初中的时候，顾念就是这般神采奕奕，狡黠笃定地说傅景深迟早是她的人。

女人无比自信的模样，一直是赵萌的梦魇，挥之不去。

事实上，赵萌一直怀着看笑话的心，没想到，顾念用了两年的时间，初二的时候，真的拿下了傅景深。

而后，傅景深宠她宠得无法无天，让人羡慕嫉妒恨。

顿了顿，顾念继续开口道："最后，别以为我今天来赴宴就是求着赵氏非得给我原料。上午的时候，我已经和三家原料商联系过了，其中两家我已经付了定金。原本想中午的时候给赵氏个机会，如果赵氏识相的话，我可以看在过去的情面上，继续用赵氏的原料，没想到赵氏不领情，那么我也就只好勉强换个合作商了。"

顾念笑意明媚，随后美眸之中盛满了水光，显得极其璀璨。

"据我所知，顾氏每年和赵氏的合作占据了赵氏年度收益的百分之三十，想了想，失去顾氏这个合作商，赵氏可就亏大发了。"

说完，顾念极其满意地看着赵萌惨白了脸色，以及不远处脸色难看的赵文伯，向着身侧的轿车走去。

"赵萌，你好自为之。莱雅，我们走吧……"

"是，顾小姐。"

赵萌看着顾念离开，气得牙痒痒，赵文伯则是快速赶了过来，怒斥道："萌萌，你看你做的好事，这下可好了，今天可是一下子得罪傅景深和顾念两个人了。"

赵文伯原先以为胜券在握，没想到今天却接二连三地吃瘪。

"爸，我也不想这样的，我只是没想到……"

没想到三年后，傅景深居然还向着那个妖精。

赵萌气得眼泪都要下来了，没好气地开口道："爸，我不管，无论如何，我也不能让顾念好过，傅先生一定还是讨厌她的。"

"嗯，先走一步看一步吧，我去打听打听哪一家原料厂把货卖给了顾氏，看看能不能拦下来。对了，还有啊，傅先生看顾念的眼神不一般，爸是个男人，懂男人的。"

赵文伯语重心长的话让赵萌脸色更加难看了。

顾念坐进车内，轻揉眉心，眯了眯眼眸，她刚刚所说的话半真半假。

关于精油原料的合作是在谈，不过并不是那么轻而易举就能谈成的。

"莱雅，下午有什么行程安排吗？"

"顾小姐，公司积压了很多事务等着您去处理。"

"嗯，先去医院吧，我想看看爸妈和哥。"

"好的。"

到了医院，顾念在下车之前收拾了自己的情绪，同时补了妆，使得自己看起来气色不错。

顾城手术之后在进行复健，顾母则陪伴左右，唯一的儿子，自然是疼爱的。

顾念走到病房门前，顾城和顾母去做复健了，顾伟一个人神色有些呆滞地坐在沙发上，一支接一支地吸着手中的烟。

顾念见状赶忙推门上前道："爸，您怎么抽了那么多烟啊。"

顾念伸手把顾伟手中的香烟给夺下来丢在了一旁。

"念念，你来了啊。"

顾伟见顾念来了，神色有些欢喜，却难掩疲惫。

"爸就是觉得自己太没用了，没有保护好你们兄妹二人，还有你的母亲……"

说到这儿，顾伟歉意地开口道："你哥现在是个废人了，顾氏资金链断了，没法子，算是又把你卖给傅先生了。"

顾伟嘴上不说，心里有数，知道顾念和傅景深关系水深火热。顾念心里有些不是滋味，想要开口解释，又觉得有些词穷。

"对了，念念，爸还没问你，你是用了什么法子嫁给他的？傅先生当年可是气得不行。"

见顾念有些犹豫，顾伟叮嘱道："念念，不要瞒着爸……"

"嗯，我说我怀孕了。"顾念淡淡地开口道。

顾伟脸色一变，大致明白了。

逼婚啊。

顾伟抬手拍了拍顾念的肩膀，颤声道："是爸爸对不起你啊。"

"爸……您别说了。"

"念念，如果真的能有个孩子让你和傅先生关系稳定下来……就要了吧，你们俩啊……本就是相爱的，爸爸看得出来。如果……没有孩子，让傅先生发现被骗了，怕不仅是顾氏，包括顾家都会遇到灭顶之灾。"

"嗯，我知道了。"

顾念宽慰着顾伟，事实上，夜深人静时，傅景深靠近她都会让她难受，浑身紧绷，更别说是进一步生个孩子了。

但是顾伟说得对……如果傅景深发现她欺骗了他。

后果真的是不堪设想。

一想到这儿，顾念心思就变得凝重起来。

顾念陪着顾伟聊了会儿，见他情绪稳定了，便又去复健室看了一下顾城的情况，不过顾念并未露面，而是站在窗前见母亲好似在开导顾城。顾念轻抿唇瓣，足足站了一个小时才离开。

回到车内，莱雅见顾念并未现身见顾城，忍不住开口道："顾小姐，您为什么不和大少爷与夫人打声招呼啊？"

"哥那么骄傲，在我面前肯定会伪装没事的样子……我不想看他在我面前强颜欢笑。"

至于母亲，顾念也担心她询问自己和傅景深的情况，自己词穷，只会让她更担心。

“明白了。”

“嗯，帮我继续约精油的原料厂，明天，我要拿下顾氏最新的精油供货商。”

“好。”

莱雅送顾念回了南城别墅，走到别墅，只有她一个人，顾念微微松了口气，看了一眼手机上的时间，才意识到已经到晚上了。

下午她被傅景深硬是拖着吃了近三个小时的饭，又去了医院，时间就这么耽搁了。

顾念没有什么胃口，晚饭想要不了了之，简单应付下，泡个麦片就算了，却忽然想到下午傅景深在包间里对自己的警告。

体重只许升，不许降。

嗯，毕竟傅景深以为自己肚子里有个孩子。

一想到这儿，顾念快速进卧室换了一套家居服进厨房，随意地拿根皮筋将长发扎成了马尾辫。

顾念围上围裙，熟练地切了西红柿，又打了两个鸡蛋，随后用筷子搅拌均匀。

本来三年前，她是十指不沾阳春水的顾家小姐，出国留学这三年时间里，独居的生活，让她变得更能自理。

从一开始依靠外卖，然后到泡方便面，慢慢转变成黑暗料理，最后倒是简单的家常菜信手拈来，现在爸妈都还不知道她会做饭。

思索间，顾念麻利地将一碗香喷喷的西红柿鸡蛋面端到了餐桌上。

香味扑鼻，顾念顿时胃口大开。

昨天傅景深摔门而去，今天也不知道会不会回来。

顾念暗了暗美眸，如果让傅景深知道自己会做饭了，恐怕男人会笑掉大牙吧。

一想到这儿，顾念嘴角扬起一抹淡淡的弧度，心里有些酸涩，小口小口吃着自己碗里的西红柿鸡蛋面，虽然朴素，却很有家的味道。

顾念刚吃了几口，就听到别墅外的车声。

顾念的身子瞬间变得紧绷起来，随后是男人沉稳有力的脚步声向着她走来。

顾念快速站起身，整个人有些局促，这是见到傅景深之后下意识的反应。

她没想到他居然今天回来了。

“傅先生。”

顾念艰难地开口，傅景深却眯了眯黑眸，视线落在女人白皙的小脸上，褪去修身的职业套装，换成家居服，她整个人显得娇小可人，还有束起的马尾辫，更是让顾念瞧着年纪小，好似高中生一般。

傅景深眼神微动，简单地扫了一眼眼前的顾念，随后视线落在顾念身侧热气腾腾的西红柿鸡蛋面上，神色一怔。

傅景深随后看向厨房里的垃圾箱，发现里面有蛋壳和被剥下的葱皮，抿起薄唇，心里了然。

很难想象……顾念居然会下面。

从前，她可是从来不去厨房的。

在国外这三年，她到底是如何过的？季扬又是怎么照顾她的？

自己捧在手心怕化了的女人，季扬居然敢让她受罪。

傅景深的眼神冷冽如冰，盛满了冰霜，让人不寒而栗。

顾念看着男人突然变冷的神色，暗叫不好。

傅景深将顾念面前的西红柿鸡蛋面端了起来，随后推到一旁，冷言质问道："顾念，你就给孩子吃这个？"

顾念有些语塞，想要反驳傅景深的话，想了想，西红柿鸡蛋面确实比不上山珍海味。

"那我重新做吧。"

顾念淡淡地开口道，识相地没有反驳傅景深的话。

"不用，我让人做了送过来。"

"嗯，那我把剩下的面先吃了吧，不然丢了挺可惜的。"

"不许吃，没有营养。"

"嗯……"

约莫半个小时后，便有助手送来了丰盛的菜肴，摆在餐桌之上，顾念小口小口地吃着，傅景深则双腿叠放优雅地坐在位置上。

"傅先生，您不吃吗？"

"我在外面吃过了。"

"嗯。"

顾念咀嚼着面前的食物，虽然胃口并不是很好，但还是给面子地吃了很多。

孩子……

这是个问题。

自己从哪儿给傅景深变出一个孩子？

又或者是……意外失去？

顾念有些苦恼，当初如果不是傅景深怎么都不愿意搭理自己，自己断然不会想出以孩子为理由逼婚的。

真是一失足成千古恨。

觉得自己胃里实在是塞不下了，顾念嘴角挤出一丝笑意："傅先生，我吃完了。"

"嗯。"

傅景深眯了眯黑眸，对于顾念的饭量还算比较满意。

回国之后，顾念日益消瘦，过去的婴儿肥也都慢慢没有了。

傅景深薄唇抿起，见不得她瘦。

见顾念站起身，准备将餐桌简单地收拾一番，就听到傅景深淡漠如水的声音在身侧响起。

“晚点我会派人来收拾的，你是孕妇，需要养胎休息。”

“好，那我先上楼了。”

顾念没有反驳傅景深，便径直向楼上走去，心思凝重。

傅景深开口闭口都是孩子……

顾念嘴角泛起苦涩的笑。

傅景深凝视着女人离开的背影，大手不着痕迹地攥紧。

很快助手安排的用人便赶到了别墅，畏惧傅景深的威严，用人手脚麻利地迅速拾掇着。

“傅先生，这里的东西全部倒掉吗？”

“嗯。”

傅景深翻看着手中的文件，淡淡地开口道，随后似乎想到了什么，缓缓说道：“等一下，除了那碗面。”

用人听傅景深这么说有些诧异，桌子上的菜肴看着都是名贵的，唯一最不起眼的就是那碗西红柿鸡蛋面。

其他菜全部倒了，为何单单留下这碗面呢？

对于傅景深的吩咐，阿姨不敢多说什么，快速收拾着餐桌，留下了那碗鸡蛋面。

“傅先生，这面需要放冰箱，或者是我帮您热一下吗？”

“不必。”

傅景深眼神落在眼前的西红柿鸡蛋面上，薄唇抿起。

夜凉如水，傅景深独自坐在餐桌前，用人早已收拾好离开了。

偌大的客厅只有傅景深一个人，男人笔挺的背影显得十分孤寂。

傅景深缓缓抬手将顾念吃剩下一半的西红柿鸡蛋面端到自己面前。

修长的手指落在碗边，面已经凉了，因为煮的时间久了，已经泡烂了，作为食物，这碗面的卖相实在太差。

傅景深是出了名地有洁癖，例如有的时候对于食物的摆盘都有着极其严苛的要求。

如果摆盘做不到精致，食材不够新鲜，菜色不诱人，傅景深看都不会多看一眼的。

但是，唯独不嫌弃顾念吃剩下来的东西。

例如薯片，傅景深一直觉得是垃圾食品，对其嗤之以鼻，偏偏顾念喜欢得不得了，有的时候可以拿它当饭吃，有的时候吃了一半，就喜欢恶趣味地往他嘴巴里塞。

总之，傅景深哭笑不得，哪怕他故作高冷，同样也治不了她。

顾念后来习惯了喂他，便经常东西吃一半丢给他，去尝新的了。

因此，虽然傅景深对于食物要求严苛到可怕，却对顾念吃剩下来丢给自己的食物毫无要求，来者不拒。

傅景深深邃的视线落在了眼前的西红柿鸡蛋面上，

她亲手做的面，他怎么舍得丢掉。

哪怕是吃了一半，冷掉、泡烂了，最朴素的西红柿鸡蛋面，傅景深现在也觉得是美味。

因为这个是她亲手做的。

夜色渐深，傅景深拿起筷子，夹起碗里的面，优雅地品尝着，好似在吃山珍海味一般满足。

虽然凉了，泡的时间久了，但是味道适中，还不错……

放在三年前，傅景深很难想象顾念会做出如此美味的面。

傅景深丝毫没有因为顾念下了厨房而感觉到喜悦之情，对比之下，是心疼和愤怒。

心疼女人十指不沾阳春水却下了厨，愤怒……季扬是如何照顾顾念的？

卧室内，顾念回到房间便坐立不安，今天又得和傅景深独处一室。

对于男人的靠近，她是畏惧的，所以夫妻之间的义务，这个无疑是个问题。

另外，怀孕这件事……肚子是瞒不了的，如果傅景深带自己去做检查，那么岂不是露馅了？

况且，自己和傅景深结婚这么大的事，傅家人肯定会知道的。

到了那个时候，自己势必得面对傅家的人。

一想到要见到傅家人，过往的记忆便扑面而来，顾念脸色顿时煞白了几分……

担心待会儿和傅景深面对面尴尬，顾念率先洗了澡，然后穿着家居服就直接进了被窝。

昨天那身睡衣被傅景深扯坏了，她根本穿不了。

顾念现在还可以感觉到自己脖颈处火辣辣地疼得厉害，抿了抿唇，昨天被傅景深都给咬出血来了。

男人是属狗的吗？

顾念心里对傅景深怨念着，听到脚步声从门外传来，便迅速闭上眼睛装作熟睡的模样。

没有做好心理准备和傅景深亲昵接触，她现在能做的就是装睡。

伴随着推门声，以及男人脚步声的逼近，顾念浑身变得紧绷起来。

傅景深走进卧室就看到顾念安静地躺在大床上，蜷缩在角落处。

傅景深薄唇抿起，眯了眯黑眸。

顾念很快就听到浴室里响起水声，随后，感觉到身侧床铺凹陷，瞬间鼻息间全是男人身上好闻的薄荷味，顾念紧张得心都要从嗓子眼里跳出来一般。

男人并未有什么其他过激的动作，伴随着傅景深关了灯，顾念攥紧小手，紧闭的眼睛才敢缓缓睁开。

傅景深感觉到顾念身子的紧绷，薄唇抿起，黑眸中闪过一抹暗光，快速抬手将顾念揽入怀中。

顾念：“……”

那一瞬间，顾念几乎感觉到自己身上的血液都凝结成冰，整个人僵硬着，不敢动弹分毫。

只是傅景深并未有其他动作，而是将大手落在了她的腹部。

“别紧张，我不碰你，我只是摸一下孩子。”

好吧。

男人大手炙热，因为要抚摸她的腹部，所以必须环抱住她。

顾念呼吸变得急促起来，虽然男人大手炙热，身上却散发着冷冽的气息，让她不寒而栗。

想必如果不是因为孩子，傅景深根本不会想碰她一下吧。

傅景深觉得自己真是幼稚，为了抱女人入怀，用了这么蹩脚的借口。

他明知道……她肚子里什么都没有。

月光下，女人扑闪着狭长的睫毛，显然是紧张不安的。

良久之后，顾念紧绷的身子还是没有得到任何缓解，反倒浑身冒着冷汗。傅景深蹙了蹙眉，神色越发冷冽。

自己的触碰，已经让她抗拒到这个程度了吗？

良久之后，顾念觉得彻底要喘不过气来的时候，男人的大手却离开了她的腹部。

“顾念，以后不用担心我会碰你，刚巧，我也不想履行夫妻义务，我只会和你同床，做好基本胎教，对你，我提不起任何性趣。”

男人的声音冷漠如冰，好似刀刃一般插进顾念的胸口，顾念脸色瞬间白了几分。

明明……她应该开心的，却抑制不住地心颤。

从前，是谁总是缠着她亲个不停，然后告诉她，等她长大了，一定不会放过她，要把她拆吃入腹。

现在……他却说对她提不起任何性趣。

顾念轻抿唇瓣，颤声道：“傅先生，我知道了。”

“嗯。”

傅景深淡淡地应了声，在女人看不到的地方，黑眸中闪过一抹哀痛之色。

顾念，并不是只有你有骄傲，我也有……

第二章
你让我的等待变得苍白

顾念觉得自己和傅景深好似走进了死胡同。

明明两个人此刻同床共枕，是夫妻，人近在咫尺，心却远在天涯。

顾念折腾到半夜才辗转入睡，第二天醒来的时候，傅景深已经不在身侧了。

顾念有些发怔，伸出小手落在身侧的床铺上，上面仿佛还残留着男人留下来的薄荷味，很是好闻，枕头一尘不染，极其符合傅景深洁癖的个性。

想到早上还得继续联系精油原料的合作商，顾念快速起身，走进浴室洗漱干净之后下了楼。

顾念到了客厅，意外地发现了熟悉的身影。

“春嫂……”

春嫂十几岁的时候就来傅家做用人了，照顾着傅家一代又一代人，傅景深从小就是被春嫂照顾长大的。

顾念儿时经常往傅家跑，和春嫂也极其熟悉，知道傅家上下对春嫂均很客气。

“顾小姐，真的是您啊。”

春嫂见到顾念很是激动，春嫂年过六十，但是身体保持得还不错，手脚麻利，已经准备了一桌子丰盛的早餐。

“少爷通知我来照顾，我还在想会是谁呢……仔细想了想，除了您，还会有谁啊。”

其他人对于傅景深而言一直是空气，顾念则是傅景深的命根子。

顾念听闻春嫂的话，心里微微一动。

春嫂许久没有见顾念，拉着顾念仔细询问顾念在国外三年的情况，顾念报喜不报忧，不过也并未深入聊什么，至于傅家的事，顾念想了想，也还是没有询问。

“少爷说了，以后啊，您的健康就是我的事儿了。”

顾念抿了抿唇，傅景深多半是担心自己肚子里的孩子吧，其实自己昨天的西红柿鸡蛋面真的还不错……

“对了，春嫂，你瞧见一碗剩下来的西红柿鸡蛋面了吗？”

“那个啊，丢……丢了。”

春嫂原本想说没见到，只是早上少爷离开别墅的时候刻意叮嘱过，如果顾念问起，直接说丢了，春嫂只能照傅景深说的做。

顾念：“……”

丢了啊，好可惜，自己亲手做也耗了一番工夫的。

顾念抿了抿唇，心底有些酸涩，随后轻声道：“丢了就丢了吧。”

春嫂见顾念脸色有些难看，想了想，还是没开口。

这小两口的事，外人是理不清楚的。

顾念吃了丰盛的早餐，随后驱车离开了南城别墅。

有了傅氏强有力的资金注入，虽然顾氏的情况在好转，但依旧是一大片烂摊子等着收拾。

莱雅见顾念到了，主动上前道：“顾小姐，帮您联系了一个精油新卖家。”

“嗯，资料给我。”

“是。”

顾念从莱雅手中接过文件翻开。

景氏集团，总裁景瑞，二十五岁，k市的太子爷。

顾念眯了眯美眸，对于这个名字她并不陌生。

她和他还是校友，只是并不是同年级，景瑞和傅景深是一个年级的。

傅景深和景瑞在众人看来是一正一邪的两号人物。

如果说傅景深是一个根正苗红，最后长成参天大树的人。

那么景瑞无疑是一个根正苗红，最后随意生长的人。

景家和傅家一样，均是k市名门望族，涉政、涉商。

无论是景家的哪一个主儿单拿出来，都权势逼人，足以吓死人。

对比景家的其他人，景瑞有着一副好皮囊，却是个玩世不恭的主儿，还有些流氓气。

k市的媒体更是给了男人别致的赞美，能够将西装穿出痞气的人，全k市，只有景瑞一人。

景瑞现在继承了景家的产业，将原先的产业大刀阔斧地改革，众人原先都在等着看男人出洋相，没想到男人却为景家开辟了新天地。

总之，景瑞就是这么一个亦正亦邪的主儿。

顾念有些头疼，这个男人，是不好招惹的，和傅景深一样……

“除了他呢？”

“昨天的三家暂时还没有回复。顾小姐，目前而言，景瑞手上的精油资源是我们唯一的机会。”

“嗯，帮我查一下景瑞现在的行踪。”

“是。”

莱雅很快查到了景瑞的行踪，在魅力会所玩桌球。

顾念便迅速坐进车，和莱雅赶了过去。

莱雅见顾念面色凝重，忍不住开口道：“顾小姐，您的脸色不是很好，是不是景瑞很难搞啊？”

“嗯，主要是我之前和他结下过梁子……”

“啊……”

莱雅面色一惊，顾念嘴角噙着一抹苦恼的笑，抬手揉了揉眉心。

“以前上高中的时候，同寝室的女孩子说，他把她肚子搞大了，然后还劈腿，我一时脑子抽了，找上门了……”

“喀喀，顾小姐，您去揍他了？”

“没，我溜去男生宿舍……嗯，找到他的衣柜，然后把胡椒粉撒在他的内裤上……”

提及往事，顾念说完之后有些不好意思，莱雅已经傻眼了。

“顾小姐，您好厉害啊。”

“然后……我又送他雨伞，上面写着，你若不举，便是晴天。”

莱雅震惊了，没想到现在瞧着成熟冷静的顾念曾经做过这等事。

顾念也很懊恼，当初她是一根筋，见不得好朋友受委屈，尤其是听说好朋友被搞大肚子了，就二愣子似的直接上了。

加上那个时候她已经收了傅景深，又从小被顾家给惯坏了，傅景深更是将她宠到了极致，自己便无法无天了。

所以顾念读书的时候，做了好些疯狂事。

听说当初景瑞穿了自己撒上胡椒粉的内裤，因为天生对胡椒过敏，愣是去男科医院住了一个月。

现在想想，顾念真的是恨不得找个地缝钻进去。

早知道日后有求于人，当初就不该做得那么绝。

顾念和莱雅赶到魅力会所的时候，景瑞已经包下了整个会所，表明生人勿近。

景瑞在k市的霸道专横是出了名的，顾念已见怪不怪。

顾念借故说有合作的事项要和景瑞联系，这才和莱雅混了进去。

穿过走廊，走进唯一一间VIP包间，景瑞正单手撑着球杆，一手品尝着高脚杯里潋滟的红酒，极其闲散，一身淡紫色的西装显得男人纨绔妖孽，胸前的领带被男人扯得松了，露出精壮的锁骨，甚是诱人。

顾念眯了眯眼眸，不拘一格，放飞个性，景瑞还真的是个妖孽啊。

比起三年前，男人越发干练，但是不改的是男人身上的痞气。

“景少……”顾念主动开口，还未近景瑞的身，已经被景瑞身侧的人给拦了下来。

“听说景少手上有一批精油原料，景少开个价吧。”

开门见山，明人不说暗话，顾念并不打算和景瑞兜圈子。

景瑞闻言眯了眯黑眸，视线从自己面前的桌球上移开，转过身子，玩味地扫向眼前的顾念，抬了抬手，顾念面前的保镖便识相地退了下去。

时隔三年，女人出落得更加精致了。

一身黑色的无领开襟西装，内衬白色薄纱，纤细的腰身不盈一握。

至于女人下身的短裙，更是将顾念的屁股衬托得极其性感。

顾念的身材虽不算是最好的，但绝对是最有味道的。

如此诱人的尤物，要么占为己有，要么……毁掉她。

从未有那么一个女人，让他恨得牙痒痒的。

顾念，好久不见。

“原来是大名鼎鼎的顾小姐啊……”

景瑞的话语充斥着玩味，随后他伸出大手从托盘中端过一杯红酒，递到了顾念面前。

果然是个难缠的。

顾念抿起唇，还未开口，景瑞已经漫不经心地开口道：“怎么，不想给我面子？”

“怎么会呢，景少，我敬你。”

顾念优雅地举着手中的高脚杯，抿了一大口之后，递给了莱雅。

景瑞满意地眯了眯眼，随后举杯致意，一饮而尽，慢条斯理地走近顾念，居高临下地看着眼前柔白如玉的女人。

“出国三年，顾小姐倒是修身养性了，脾气没有那么粗暴了。”

好吧。

她就知道景瑞死都不会忘记自己的。

当初顾念激怒景瑞之后，顾城和傅景深联手帮她摆平了，事后她没少被顾伟教育。

说是……她差一点让景家断子绝孙。

毕竟景家到了景瑞这里是一脉单传，很是矜贵。

顾念嘴角挤出一丝笑意，暗暗在想，恐怕今天自己不吃瘪，景瑞是不会乐意把精油交出来的。

“景少说笑了……以前是我年轻不懂事，如果有所得罪，景少千万别跟我一般见识啊。”

“不巧，我这人，爱记仇。”

景瑞慢条斯理地伸出修长的手指落在了顾念的红唇上。

几乎是下意识地，顾念想要往后躲，碍于不想驳景瑞的面子，她只能整个人保持僵硬的站姿，景瑞却极其闲散地擦拭着女人的嘴角，眼神要多纯洁就有多纯洁。

“酒渍。”

景瑞的嗓音充斥着玩味、挑衅，多是戏弄，顾念暗了暗眼神，不着痕迹地向后退了退，淡淡地开口道：“嗯，多谢景少了。”

景瑞嘴角噙着一抹轻佻的笑，并未言语，随后走到桌球台前，开口道：“顾小姐，想要我手上的精油原料，不如我们玩一局，你赢了，价值三千万的精油，我免费赠送，作为顾小姐的归国大礼。”

筹码很给力。

顾念眯了眯美眸，反问道：“如果说我输了呢？”

“顾小姐，当初我可是因为你留下了身体隐疾，难道……你不该负责吗？”

果然是个记仇的男人。

顾念攥紧小手，当初可是他先搞大人家的肚子，顺带劈腿的啊。

而且，她又不是医生，如何负责？

顾念轻抿唇瓣，视线落在身侧的桌台上。

她高中时候喜欢玩桌球，但是景瑞自然是没少玩，因此她想要赢，是个难事。

“景少未免太强人所难了吧，毕竟您是高手，而我是新手。”

“我全程单手。”

“没问题，三局两胜。”

“嗯，女士优先，你先。”

“好。”

顾念接过景瑞递过来的球杆，随后优雅地弯腰、瞄准、出杆，球进洞。

顾念的打球姿势行云流水，极其漂亮，景瑞眼前一亮。

顾念基本上是属于零失误的状态，所以第一局，全部击中，球入洞，一旁的莱雅简直看呆了。

没想到顾小姐这么厉害啊，她还以为顾小姐输定了呢。

顾念嘴角扬起淡淡的弧度，看向眼前的景瑞，轻声道：“景少，第一局承让了。”

“顾小姐还真的是真人不露相啊。”

顾念摇了摇头，轻声道：“凡事讲的是个公平，你单手和我水平相近，这样竞技才有意思，景少也算是以实力取胜，不然您的一世英名岂不是毁了吗？”

“不错。”

景瑞的确不是浪得虚名，打球的时候神色变得专注起来。

杆杆进洞，顺利地拿下第二局。

顾念看着男人单手也打得如此行云流水，暗暗钦佩。

到了第三局，顾念率先开局，只是刻意地将球打得混乱，让景瑞跟着棘手。

景瑞用的是单手，平衡力势必不如自己，所以在两个人势均力敌的情况下，唯有让桌球布局变得曲折，她利用双手的平衡感优于景瑞，获得胜利。

景瑞是个明白人，一眼就看出顾念的用意，眯着眼眸，缓缓开口道："看样子顾小姐对我手上的精油志在必得啊。"

顾念闻言抬手抚摸着球杆，反驳道："主要还是景少布局好，之前从未涉足精油生意，今儿却突然做了……而且刚巧昨天放出消息说你有货，恐怕是醉翁之意不在酒啊。"

景瑞闻言，眼中闪过一抹幽深的暗光。

顾念嘴角扬起浅淡的弧度，毕竟明人不说暗话，当初结下的梁子，也确实躲不过。

今日……自己的保护伞——顾城和傅景深均不在。

伴随着球桌上的局面变得紧张，包间里的气氛也变得凝重起来。

景瑞被顾念戳中心事，倒也不恼，傅景深看上的女人，到底不是蠢的。

只是女人太聪明，可不是一件好事，尤其是长得漂亮、诱人，还聪明，更加诱人犯罪。

景瑞并未回应顾念的话，而是将视线落在了眼前的桌球上，神情玩味十足，尽是痞气。

"到我了。"

"嗯。"

现在到了关键球，局面是花式台球。

一般来说，得算好角度，控制好力度，让母球击中子球入袋。

顾念的心变得紧绷起来，事实上，目前的局面已经超出她的预估。

景瑞哪怕是单手，平衡力依旧不弱，和她势均力敌，她的胜算并不大，除非景瑞失误。

事实上，从两个人交手到现在，男人几乎是零失误。

而顾念已经在失误的边缘了，毕竟她好些年没有碰桌球了。

景瑞眼神犀利地观察着台球布局，随后邪佞十足地拿出巧克粉擦拭着手中的球杆，目光若有若无地扫向紧绷着的顾念，嘴角的笑越发痞气。

"顾小姐，如果我解决这颗球，那么剩下那颗球轻而易举，你就输了。"

顾念听着景瑞痞气的话，抿了抿唇，努力放松下来，淡淡地开口道。

"愿赌服输，关于景少您的治疗费用，我全部承担。"

顾念此话一出，景瑞脸色微微一变。

这个女人，当自己是什么了！

她明明懂他的意思，却故意曲解。

景瑞眯了眯黑眸，嘴角噙着一抹痞笑："景家可是等着我继承香火，顾小姐单单是开口赔钱，岂不是太容易了？当初你害得我进了医院，学校里可是传得沸沸扬扬说我不举，下面不行。"

最后四个字，景瑞刻意地咬重了。

当初是谁搞大人家肚子还劈腿的？

顾念充其量算是为民除害，在学校里，这个景瑞可是祸害了不少良家少女。

顾念轻抿唇瓣，努力面不改色地道："这样好了，我给景少发个征婚启事吧，钱算我的。"

顾念说得仗义，景瑞的脸色却更差了。

好一个伶牙俐齿的顾念啊……

景瑞似乎明白顾念的有趣之处，也明白为什么傅景深和季扬都会对这个女人倾心。那个时候，这个女人可是把两个男人迷得团团转啊。

一向温文尔雅的季扬为了她态度强硬地和傅景深决裂。

而一直冷漠如冰的傅景深，为了她更是难得脸上有笑意。

景瑞但笑不语，妖娆地弯腰，随后屁股撅起，准确无误地击中母球，母球撞击桌边，然后反弹击中子球，入洞。

漂亮啊。

顾念玩桌球玩了这么些年，还没有见过这么漂亮的花式台球。

况且，景瑞还是单手。

单手比起双手，难度岂止高了一倍啊。

顾念轻抿唇瓣，虽然有些不悦，但还是抬手鼓掌祝贺，心底的失落一点一点化为尘埃，输了也心服口服。

"顾小姐，如果我这一球再进了，那么我可就赢了。"

"嗯，我提前祝贺景少了。"

顾念点了点头，剩下一个球是直线球，没有什么技术含量，说实话，水平一般的人都可以进，更何况是景瑞。

顾念眼神暗了暗，看样子自己得换个法子拿到景瑞手上那批精油了。

听闻顾念的话，景瑞嘴角上扬，眼眸缓缓地眯起，一抹暗光在男人的眼中悄然滑过，他弯下腰，缓缓地将球杆对准母球，嘴角扬起痞笑。

下一瞬，让所有人大惊失色的是，男人居然打出了空球，并未击中母球。

顾念心里一喜，诧异地看向景瑞，是失误吗？

为什么她竟然觉得是不可能发生的事？

"果然，心高气傲了，便会失手。顾念，现在到你了。"

"好。"

视线从男人身上离开，顾念有些发怔，还是没能缓过神来，美眸看向男人难以琢磨的俊脸，迅速俯下身子，完美地击中子球入洞。

顾念最终拿下了第三局，身侧的莱雅激动不已：“顾小姐，您太厉害了啊。”

“嗯。”

顾念淡淡地应了声，暗暗在想，景瑞是真的失误，还是刻意让她？

景瑞挑了挑眉，玩味十足地看向眼前的顾念，双手鼓掌，调侃道：“顾小姐巾帼不让须眉，不愧是让傅景深心痒痒的女人，果然厉害啊。”

“这一次，是真的承让了。”

顾念淡淡地开口道，抬眸迎上眼前的景瑞，随后开口道：“那我也不矫情了，精油我等下派人去景氏取，但是我从来不白拿别人的东西，在确认货没有问题之后，钱我会正常打到景氏财务的。景少，这一次，多谢了。”

景瑞听闻顾念的话，眸子微眯，随后扬起嘴角。

“顾念，你认为，我在乎这区区三千万吗？”

男人的话语深意十足，顾念有些局促，攥紧小手，嘴角挤出一抹笑意反问道：“那景少该不会还念着旧账，为了当年的事怪我吧。”

“怎么会，我可不是记仇的男人。”

笑话，天大的笑话。

他明明就是……

她开口要给钱，男人不要，顾念也不矫情了。

随后，顾念故作豁然开朗，笑容灿烂地道：“既然景少如此宽容大度，那么我就放心了，一早就知道景少宰相肚子里能撑船，那今天我就先告辞了。”

“嗯。”

景瑞看着女人扮猪吃老虎的模样，薄唇扬起，痞气十足。

顾念则和莱雅迅速离开包间，走为上策。

景瑞眯了眯眸子，视线落在女人玲珑有致的背影上，薄唇勾起，身侧的手下忍不住开口道：“景少，您就那么容易让顾念拿到精油了？”

“傅景深是绝对不允许自己的女人白拿其他男人的东西的……所以，我很好奇，傅景深知道顾氏的精油来自我的无偿提供，他会作何反应。”

手下豁然开朗，瞬间明白了景瑞的用意。

手下想了想，继续困惑地询问道：“景少，可是三年前，顾小姐不是退婚，撇下傅景深，和季扬私奔去国外了吗？傅景深还在意顾念的死活吗？”

“没记错的话，当初傅景深可是放了话，老死不相往来的。”

退婚的事，让全k市的人哗然，更是一度让傅家成为笑柄。

包括景瑞，听到消息之后，同样是诧异吃惊的，毕竟当初顾念和傅景深走到一块儿，让众人跌破眼镜，没想到像个孩子一般爱闹的顾念居然拿下了高冷好似神明一般的傅景深。

而后，顾念选择退婚，舍弃傅景深，和季扬远走国外，更是让人费解，当初傅景深可是宠她入骨。

景瑞可没有忘记，当初顾念惹上自己之后，顾城和傅景深是如何护着她的。

景瑞嘴角挂着痞气十足的笑容，邪佞地勾了勾唇，好似妖孽，倾国倾城。

“爱与不爱，深爱或者是虚伪的爱，话可以骗人，但是行为和表现骗不了人。”

景瑞笃定，三年前，傅景深视顾念如自己的生命一般，女人早已是男人的命根子，割舍不掉。

“这样啊。”

手下似懂非懂，景瑞薄唇抿起，漫不经心地继续道：“不过这顾念，倒着实是招人喜欢。”

手下听闻景瑞的话，心里大骇，自己可是从未听他说过对哪一个女人感兴趣的话啊。

这个顾念是个特例。

顾念和莱雅从魅力会所离开之后，莱雅便接到公司的电话，随后挂断电话激动地对顾念道：“顾小姐，刚刚公司管理仓库的人说，景少已经派人把精油送去顾氏了。”

莱雅欣喜若狂，却并未在顾念脸上看到任何激动的表情，忍不住开口道：“顾小姐，怎么了？有什么问题吗？”

“我们前脚刚离开，后脚景瑞已经派人把货送到了，显然不可能是刚刚安排的，也就是说，景瑞一早就有意把这批货给我。”

顾念有些头疼，平白无故受人恩惠，到底不是一件让人安心的事。

正所谓无功不受禄。

况且她又不瞎不傻，刚刚分明是景瑞让了她最后一球。

莱雅看到顾念眸子里的浅忧，这才明白，想了想，开口道：“顾小姐，按理说这个景少不是该记恨当年的事，伺机报复吗？现在居然拱手把精油让出来了，您说是为什么啊？”

顾念勾了勾嘴角，随后摇头道：“不清楚，我不是他肚子里的蛔虫，但是不管怎么样，拿到货是最重要的，回头这三千万，你和景氏的财务联系一下，让他们接了这笔款项吧，如果对方不接的话，以景氏的名义做慈善吧。”

现在顾氏是非常时期，虽然资金短缺，但是景瑞的钱是烫手山芋，拿不得。

“好的。”

莱雅点了点头，和顾念在一块儿工作日子久了，越来越看出来女人工作上极具魄力，极其迷人。

中午，顾念忙于处理公事，直到莱雅前来敲门，说春嫂拎着饭盒来见她，才想起自己午餐还没吃。

顾念连忙请春嫂进了休息室，看着春嫂手中拎着的饭盒，心里一暖。

"顾小姐，这个是我给您做的午餐，全部是您原先爱吃的。"

春嫂将饭盒里的饭菜在顾念面前打开，春笋、宫保鸡丁、麻婆豆腐、麻辣虾，还有药膳鸡汤，极其丰盛。

顾念闻着香气扑鼻的饭菜，忍不住嘴角上扬道："春嫂，别那么客气，还和以前一样，叫我念念吧。"

"那敢情好，念念，瞧你都瘦了，一定要多吃点啊。"

"嗯，我知道了。"

顾念乖巧地点了点头，春嫂的关心，让她洗去了一身疲惫。

"对了，春嫂，你怎么想起来给我送午餐了啊？"

"当然是少……"

春嫂差一点脱口而出是少爷吩咐的，想到了傅景深的叮嘱，连忙道："您是我看着长大的，自然想要好好照顾您啊。再者说了，我现在也没有什么事……闲着也是闲着。"

春嫂很是困惑，其实少爷心里明明是有顾小姐的，却不表露对顾小姐的关心。

甚至言辞之中还尽是冷漠，唉，越来越不知道少爷心里在想什么了。

顾念点了点头，和预期的差不多。

她看着春嫂为难的模样，多半也是有傅景深要求春嫂养胖自己的缘故吧。

"多谢春嫂，我一定会多吃的。"

"好的。"

春嫂见顾念吃得不少，脸上的笑容也多了起来，不敢打扰顾念工作，等到顾念吃完午餐之后便快速拾掇饭盒离开了顾氏。

刚走出顾氏，春嫂就接到了傅景深打来的电话。

"她吃了多少？"

"念念今天胃口很好，吃了一大半呢。"

"嗯。"

电话那头是傅景深淡淡的话语，让人感知不到男人的任何情绪。

"少爷，其实您还是很关心念念的吧？"

"春嫂，你问得太多了。"

唉，这孩子，春嫂是看着长大的。

原先顾小姐追着少爷跑的时候，少爷也是这么一副高冷的模样说，黄毛丫头，谁喜欢她啊。

时过境迁，现在少爷可是把顾小姐当成了宝。

如果没有当初悔婚的事，想必两个人现在很幸福吧。

一想到这儿，春嫂忍不住有些惋惜。

待到春嫂离开，顾念站在办公室落地窗前看向窗外，神色微微一怔。

儿时她挺喜欢跑来和顾伟嬉闹，然后站高望远的。

顾念嘴角挂着浅淡的弧度，心底却酸涩一片。

桌子上的手机响起，是一条陌生号码发来的短信，顾念拿起手机一看。

“顾小姐，晚上八点，凯运天地202包间——景瑞。”

景瑞还真的是……

顾念眯了眯美眸，若有所思。

这个景瑞可不是省油的灯，和男人周旋，想要全身而退是个难事儿。

单单看男人的所作所为，分明是设了一个大局，等着她跳下去啊。

精油也只是个幌子。

男人明明记恨自己，却并不急于出手，而是一步一步把自己变成困兽，任由他为所欲为。顾念想了想，迅速删去短信，装作不曾看到的模样。

有些时候，人可以适当地装傻。

总不能明知道自己和对方有梁子，还白莲花地凑上前吧？

到了下班的时间，顾念和莱雅走出顾氏大楼的时候，就看到景瑞颀长的身子倚靠在一辆骚包的跑车前。

限量版的兰博基尼雷文顿，独家的碳纤维钻石编织技术，在光照下整个车身好似钻石一般璀璨夺目。

顾念轻抿唇瓣，搭配景瑞的痞气，男人站在车前并不显逊色，这辆豪车却好似点缀了男人的玩世不恭。

景瑞的出现，吸引了众人的视线，男人好似闪光点一般，让人目光集中，尤其是迷人的五官、好似车模一般完美的身材、举手投足间难掩的傲气，无不吸引人。

顾念嘴角上扬，将心底的异样压下，和莱雅走上前，主动热络地开口道：“不知道什么风把景少给吹来了。”

顾念笑容明媚，美眸清澈如水，好似景瑞发来短信的事没发生过一般。

景瑞知道女人揣着明白装糊涂，倒也不恼，而是直接将副驾驶位置上的车门打开，嘴角弯了弯：“请顾小姐赏个面儿，晚上请你吃饭。”

顾念故作惋惜道：“实在是不好意思啊，我约了人。”

“那顺带捎上我吧，我不介意一块儿。”

好厚颜无耻的男人啊。

“难道顾小姐介意？景氏刚刚帮顾氏解决一个大难题，顾小姐不会这么不近人情，驳我的面儿吧。”

好吧。

理都被景瑞说光了，顾念无话可说。

顾念抿了抿唇，随后轻声道：“不介意，那今天我赴景少的约吧，回头我把朋友的约给推了。”

“嗯。”

顾念轻声对着莱雅交代几句，让女人先离开，随后坐进车内。莱雅有些放心不下，顾念安抚着女人的情绪，示意自己没事。

景瑞满意地看着顾念坐进车内，随后开车扬长而去。

坐进车内，顾念装作不懂地询问道：“不知道景少准备带我去哪儿？”

“夜宴……”

如果不是顾念反应快，差一点就要反问不是凯运天地202包间了？

那样就暴露了自己看到景瑞的短信的事实了。

夜宴，k市权贵的娱乐场所，经常是盛大宴会的举办场地。

顾念暗了暗眼神，反问道：“景少喜欢去夜宴用餐吗？如果是这样的话，下次我摆一桌，专门宴请景少，感谢景少慷慨。”

“表示感谢的话，就不用隔天请我吃饭了，今天就可以拿出点实际行动来。”

“嗯？”

“我缺个女伴，而你，刚好合适。”

女伴你妹啊。

顾念扯了扯嘴角，面不改色地继续道：“景少说笑了，您身边的莺莺燕燕不胜枚举，怎么会缺女伴呢。”

“这你会不清楚？毕竟经历当年的事，我身体可是落下了隐疾，女人对我可不是趋之若鹜，而是离得远远的。”

怎么可能。

这些年，景瑞可是花名在外，怎么可能会有隐疾，骗鬼的吧。

顾念心底对景瑞尽是嫌弃，攥紧小手，努力平复着自己心头的怒火。

车子在夜宴前停下，景瑞却并不着急下车，慢慢悠悠地欺身上前，双手撑在顾念身侧，眯着的黑眸中透着迷人的痞气。

“怎么，顾小姐很怕我？”

男人眼神透着危险的气息，话语听着是玩味，却透着几分试探和冷冽。

陌生男人的靠近，让顾念有些头皮发麻，顺带身体紧绷。

她并未否认，而是煞有介事地点了点头。

“总是担心景少记仇，伺机报复，我毕竟是个女孩子……势单力薄。”

刚刚如果景瑞还占有优势，现在立刻因为顾念的话败下阵来。

她是女孩子，势单力薄？

这个女人，不简单啊。

现在顾念成了受害者，他反倒成恶人了。

景瑞轻笑出声，嘴角扬起一抹玩世不恭的笑，随后慢条斯理地将顾念胸前的安全带解开，开口道：“放心，当年的事，我早就记不清了，只是这身体上的隐疾时时刻刻提醒着我，我也没有法子。”

骗鬼的吧。

顾念头皮发麻，这景瑞怕是要缠上自己了。

该死的……

顾念和景瑞下了车，很快就有人毕恭毕敬地上前道：“景少，您需要的礼服已经准备好了。”

“嗯，送去VIP休息室。”

“好的。”

礼服？给谁准备的？

顾念眼神闪了闪，就听到景瑞玩味地开口道：“顾小姐，晚上你是我的女伴，你不会想穿着一身工作服陪我出席吧？”

见男人眉眼之中尽是玩味和笑意，顾念淡淡地点了点头。

“嗯，麻烦景少了。”

休息室内，顾念换上景瑞给自己准备的礼服之后，站在落地镜前。

仔细算算，她好些年都没有穿礼服了。

顾念看着镜子里一身白色长裙的女人，白色的珍珠点缀，裙摆采用的是镂空的蕾丝，好似公主裙一般别致动人，但是长裙整体显得很女神范儿，将人衬托得极其高贵。

海藻般的长发随意地散落在肩头，使她添了几分知性，手腕处是刚刚化妆师给她送来的手腕花。

“真漂亮。”

顾念看向镜子里男人妖孽的身影，听着景瑞的赞美，扯了扯嘴角。

当初自己怎么心慈手软在男人内裤上只撒胡椒粉呢，应该撒砒霜……

“走吧。”

景瑞以眼神示意顾念挽上自己的胳膊，顾念嘴角挤出一丝笑，抬手挽上了男人的胳膊。

走进宴会大厅，顾念才发现今天的宴会很是隆重，k市的权贵悉数到场。

这些天忙着顾氏的琐事，顾念完全无暇关心这些宴会的事儿。

顾念抿唇，其实自从三年前，她做出悔婚的惊人之举，便不想再出现在大众面前。

“想走？”

身侧的景瑞准确无误地说出她的心思，顾念并未否认。

“嗯。”

“顾念，你现在刚刚接手顾氏，商场打拼，人际关系很重要。”

顾念听着景瑞难得一本正经的话，转头对上男人邪魅的黑眸，轻抿唇瓣。

“景少，你的话，会让我误会你在善意地提携我。”

顾念说得玩味，美眸却清澈如水，透着几分认真。

“我以为我拱手让出精油，已经是很明显的事了。”

骗鬼去吧。

顾念心里嘀咕，现在她和傅景深隐婚的事无人知晓，在外人看来，顾氏是个烂摊子，而她更是弱势群体。

所以景瑞要出手对付她轻而易举。

偏偏男人却手下留情……

景瑞是想放长线钓大鱼?

顾念有些头疼，和景瑞周旋，真不是一件容易的事……

“傅先生来了。”

不知道是谁唤了一声，众人的视线便齐刷刷地看向大厅外奢华的黑色跑车，顾念认得出来那是傅景深的车。

之前她和傅景深去领证的时候，坐的就是男人的这辆车。

来的人均有女伴，傅景深也不例外。

颀长的身子从驾驶位上下来，傅景深神色冷漠如冰，一副生人勿近的姿态。

一个身着红色长裙的女伴从男人的后座上下了车，紧随男人身后。

景瑞眯了眯黑眸，神色玩味十足，傅景深来了，这才热闹。

宴会里的其他人因为景瑞已经眼尖地认出了顾念的身影，纷纷喋喋不休地交谈着。

“快看，是顾念，她从国外回来了。”

“啊，顾念什么时候勾搭上景少了啊，这个女人不简单啊。”

“可不是嘛，前有傅先生，中间有季扬少爷，现在又变成景少了啊，当初景少不是和她结下梁子了吗？”

“你懂什么啊，瞧见没，顾念越来越美了，女人的美貌是男人挡不住的。”

“哈哈，傅先生来了，有顾念好看的了，还以为自己是公主，还有傅先生宠她啊，现在啊，顾氏是个烂摊子，她也是赔钱货，没人要了。”

“别说了，人家现在可是景瑞的女伴，傍上景少了啊。”

……

听着周遭人的议论声，顾念身子有些僵硬，却依旧站得笔直。

在众人眼中，她是k市最声名狼藉的女人吧。

不过……顾念最担心的是傅景深，他来了，而自己现在是景瑞的女伴，这可尴尬了。

昨天晚上，男人冷漠如冰的话，仿佛还在耳边。

对你，我提不起任何性趣……

傅景深走进宴会大厅，身后的女伴迅速跟了上去，并未挽着傅景深的胳膊，而是站在他身后。顾念认出那是傅氏的秘书安萱。

“我们去旁边吧。”顾念和景瑞站在大厅中央，哑声道。

“这怎么行，得和傅先生打声招呼才行。”

顾念目光落在身侧的景瑞身上，反问道：“景少，你的目的是傅景深吧？”

放长线钓大鱼，大鱼应该是傅景深。

景瑞还以为她对傅景深很重要吗……

“聪明又漂亮的女人，真的是不讨喜。”

景瑞宠溺地伸出大手慢条斯理地将顾念额前凌乱的发丝理至耳后。

男人的动作宠溺十足，好似在对待自己最珍爱的艺术品一般，嘴角挂着痞气的笑，说出来的话却危险十足。

顾念明白，景瑞是故意的。

傅景深走进宴会大厅，就看到景瑞温柔地帮顾念整理着头发。男人高大的身影和女人娇小的身影重叠，显得亲昵十足。

郎才女貌，十足登对。

傅景深薄唇抿起，深意十足的视线从顾念身上移开。

“傅先生，好巧啊。”

景瑞装作刚看到傅景深一般，亲昵地搂着顾念的双肩主动和傅景深打招呼。

顾念因为陌生男人的靠近，身体瞬间变得紧绷起来。

景瑞留意到了女人的异样，并未怀疑太多，而是以为是顾念见到傅景深之后的下意识反应。

“嗯。”

傅景深浑身散发着冷冽的气息，内敛从容地应答着，视线对上景瑞，却并未落在顾念身上。

这视而不见的态度，仿佛顾念对他而言只是陌生人一般。

跟在傅景深身后的安萱却感受到了来自男人身上的戾气，视线落在景瑞身侧的顾念身上，随后心里明了。

能让傅景深控制不了情绪的人，除了顾念，别无其他。

景瑞眯了眯黑眸，将男人的表现尽收眼底，随后扬起嘴角，玩世不恭地开口道：“介绍一下，我的女伴，顾念。”

顾念：“……”

景瑞这孙子绝对是故意的。

“瞧我，傅先生怎么会不认识顾小姐呢……念念，你当初和傅先生可是校友啊。”

顾念的脸色苍白了几分，攥紧小手，指甲几乎要嵌入手心。

如果是无人的地方，顾念一定会扭头就走。

但是现在众人都看着她，等着看她的笑话，顾念知道，她无论如何也不能走，而且得表现得得体。

“傅先生，你好。”

顾念优雅地伸出自己白皙的小手，嘴角挂着得体的笑，表情很是明媚。

“嗯。”

傅景深黑眸扫向眼前的女人，薄唇抿起，缓缓地伸手握住了女人的小手。

女人的手很冷，还有些发颤。

傅景深眯了眯眼眸，随后面无表情地抽离自己的手，淡淡地开口道：“有几个朋友需要打招呼，你们聊。”

说完，傅景深直接越过顾念扬长而去。

完了，傅景深怒了。

和男人相识多年，顾念能敏锐地捕捉到男人的情绪。

景深走后，顾念后背已经遍布冷汗了，脸色也有些苍白。

周遭的人在傅景深离开之后，便又开始喋喋不休了。

“瞧见没，三十年河东，三十年河西啊，现在傅先生眼中根本没有她，刚刚都没正眼瞧她。”

“可不是嘛，长得再漂亮也没用，男人啊，是不会喜欢红杏出墙的女人的，更何况还是和自己兄弟有一腿的女人。”

“是啊，尤其傅家这种有头有脸的人家，还有，傅先生是何等骄傲的人啊。”

听着周遭人的冷嘲热讽，顾念轻抿唇瓣，心里早有准备，随后转过身，看向身侧的景瑞，开口道：“景少的如意算盘可能打错了，我对于傅景深的影响力，可有可无。”

景瑞听闻顾念的话，浅眯黑眸，凌厉的视线扫向四周，成功地让长舌妇闭嘴之后，嘴角挂上一抹痞痞的笑：“顾念，千万不要妄自菲薄。”

听着景瑞的话，顾念反问道：“嗯，那我就不妄自菲薄了，那么不如让我猜一下，你想利用我借机报复傅景深？”

否则她也想不到其他的理由了。

三年前，想要利用她对付傅景深的人数不胜数。

商场中尔虞我诈，说实话，若景氏和傅氏结怨，顾念也并不意外。

“对你，我开始舍不得了。”

景瑞回避了顾念的问题，直接揽着顾念向一旁的自助餐区走去。

“作为补偿，等下帮你引见几个对顾氏香水业有帮助的人。”

“嗯。”

顾念点了点头，已经得罪了傅景深，也是没有办法的事。

既然来了，景瑞说得对，在商场混，这个圈子人脉很重要。

顾念美眸一暗，在心里盘算，回头找机会一定虐死景瑞这孙子，在他的内裤上撒砒霜。

景瑞并未食言，的确给顾念引见了几个同样做香水的圈内人。

“据我所知，顾小姐还没毕业，新人做事难免毛躁，不知道顾小姐怎么看香水这一行呢？”

“闻香识女人，香水就像是女人，让人享受无尽的神秘和美好。陈叔叔是圈内的老人了，按理我不该在您面前班门弄斧的，只是我是女人，我想，可能比起您，我更懂香水吧。”顾念不卑不亢，笑容得体，说话风趣又幽默，应对自如。

景瑞嘴角噙着满意的笑，顾念的表现着实精彩。

一番应酬后，顾念意外地看到了赵文伯和赵萌父女的身影。

尤其是赵萌，穿着一身极短的红色短裙，站在傅景深面前搔首弄姿。

顾念扯了扯嘴角，美眸冷了几分。

赵文伯则刻意将空间留给赵萌和傅景深，前来和顾念打了声招呼，还以为顾念正苦于没有精油原料的事。

“顾小姐，好巧啊，又见面了。”

“嗯，赵总好。”

赵文伯目光在顾念和景瑞身上打量，随后奉承道：“顾小姐和景少看着还真的是般配啊。”

赵文伯的声音不大不小，却刚好落入了傅景深的耳朵里，傅景深闻言黑眸一冷。

顾念听着赵文伯乱点鸳鸯谱，又怎么会不明白赵文伯有心让赵萌嫁入傅家。

只是赵文伯的如意算盘打错了，自己已经逼婚成功了。

傅景深现在是她的男人。

顾念嘴角扬起淡淡的弧度，轻声道：“我和景少不过是合作伙伴罢了，多亏赵总拿不出精油原料，我才和景少有了精油上的生意往来，景少为顾氏提供了最新一季的精油原料。”

顾念不着痕迹地和景瑞划清了界限，嫣然一笑百花迟。

赵文伯脸色有些难看，原先是想端着架子提高价格，没想到顾念这么快就找到下家了。

“对了，赵总，最近国内的香水行情并不太好，您不做精油生意是对的，现在啊，供大于求……手上囤货的人多了去了，要知道，精油这东西可是有保质期的，囤到明年，可就没人要了。”

顾念说得无辜，暗讽赵文伯偷鸡不成反蚀一把米，看赵文伯手上的精油原料何去何从。

赵文伯更是火冒三丈，只是碍于众人在场有火撒不出。

“是啊，是啊。”

顾念眼神流转如水，最后落在了赵萌身上。

怪就怪赵文伯有个坑爹的好女儿吧。

“我还有事，先告辞了。”

顾念不想留下来周旋，便随意找了个理由离开。傅景深的视线太过强烈，顾念担心自己再留下来，会被男人的视线灼伤。

“我送你。”景瑞想也没想，直接开口道。

“不必了，等下莱雅会来接我。”

顾念小手不着痕迹地从景瑞的手中离开，随后扬长而去，纤细柔美的背影，足以让任何男人心仪。

景瑞眯了眯黑眸，为什么他觉得顾念这丫头越来越讨人喜欢了？

“傅先生，我陪您跳支舞吧。”

赵萌见顾念离开，便主动热情地对傅景深开口道。

“不必。”

傅景深话语冷漠如冰，随后抿唇道：“我晚上九点还有视频会议，先走了。”

说完，傅景深踱步离开，留给众人漠然的背影，安萱见状忙快速跟了上去。

走出大厅，安萱见傅景深上了车，便下意识地伸出小手准备拉开副驾驶位置的车门。

安萱是个绝对聪明的女人，在傅氏蛰伏多年，就是为了得到傅景深。

刚刚顾念激怒了男人是显而易见的事，多年来，她一直隐藏着自己的野心，现在刚好是自己乘虚而入的时候。

“滚下去。”

刚刚坐在后座，安萱想换到副驾驶位置上就近好好安抚一下傅景深的情绪，谁知却看到男人勃然大怒，戾气骇人。

安萱脸色惨白。

“傅先生，您不送我回去吗？”

傅景深是个绝对绅士的人，没有逾越的亲昵动作，事后都会例行公事地送人回去，今天无疑是个例外。

“我再说一遍，滚下去。”

傅景深的话语宛如利刃，吓得安萱赶紧下车，关上了车门，随后傅景深便迅速开车扬长而去。

安萱见状，愤然不已，暗暗在想自己到底是哪儿做错了。

傅景深视线迅速扫向四周，周遭已经没有顾念的身影了。

傅景深抿起薄唇，向着南城别墅的方向开去，视线落在自己身侧的副驾驶位置上，思绪有些游离。

“景深哥，你开车的时候，副驾驶位置只能我坐，这样才能表明我是你女朋友的身份。”

“顾念，你不是我女朋友。”

“哎，我们不是拉手了嘛，纯洁的友谊都开始变质了，你还矫情个啥啊。”

“重要的事说三遍，以后傅景深开车的时候，坐在副驾驶位置上的人，只能是人见人爱、车见车载、考试都及格的顾念小美女，哈哈哈。”

思绪戛然而止，傅景深握住方向盘的手不着痕迹地收紧。

傅景深是在开车拐过转角的时候发现顾念娇小的身影的。

女人一身柔白色的礼服，安静地走在街道上，很是娇小，让人怜爱，并未见到莱雅的身影。

傅景深眯了眯黑眸，放慢车速，跟在女人身后，就这么跟了半个小时。顾念似乎走累了，抬手叫了一辆出租车，开向了南城别墅。

傅景深见状加快车速跟了上去，随后拨通了春嫂的电话。

“春嫂，准备一碗桂圆莲子羹。”

顿了顿，傅景深补充道：“我想吃。”

“好的，少爷。”

春嫂极其困惑，傅景深哪是吃莲子羹的主儿啊，真要说爱吃莲子羹的，非顾念莫属。那个时候，顾念总是假借勾搭傅景深为名，其实来傅家是专门蹭春嫂做的莲子羹吃。

春嫂做的莲子羹可是出了名地好吃。

快要到南城别墅的时候，傅景深抄近路，在顾念之前回到了别墅。

春嫂见傅景深归来，赶忙上前道：“少爷，桂圆莲子羹做好了，现在给您盛出来吗？对了，念念还没回来，需要给她也做一份吗？”

“不必盛了，直接倒了吧，我没胃口。”

傅景深直接开口说道，随后似乎想到了什么，补充道：“等一下，既然我不喝了，那就不必专门再为她做一份了，把我那份拿去给她喝吧。”

春嫂见傅景深这么说，应答道：“好的。”

傅景深点了点头，神色晦暗不明，让人觉察不了男人心底到底在想什么。

顾念战战兢兢地回到南城别墅，意外地在别墅门前看到了傅景深的车子，心里咯噔一下。

完了，还以为傅景深会在宴会上多待一段时间，没想到居然在她之前回来了。

顾念轻抿唇瓣，攥紧小手走进客厅，春嫂见状忙迎上前道：“念念，哇，今天真漂亮啊，我做了莲子羹，快尝尝吧。”

顾念在宴会上并未吃多少东西，现在已经饿了，见春嫂做了莲子羹，心里一暖，点了点头：“谢谢春嫂。”

“傻孩子，客气个啥。”

顾念在吃莲子羹的时候，春嫂已经主动离开别墅，这是她在傅家帮佣多年来养成的好习惯，不打扰主人的生活。

顾念心事重重地吃着莲子羹，想着如何和傅景深解释晚上的事。

因为景瑞给了自己三千万的精油原料，然后威逼利诱让自己给他做女伴，于是就有了晚上这一出？

事实上，她原先是拒绝的，只是景瑞找上门，自己也没办法？伸手不打笑脸人啊。

这个解释虽然是事实，顾念却知道，傅景深是绝对不会认可的。

顾念深呼吸一口气，知道如果再拖下去也不是个事儿，便一副赴死的勇士姿态上了二楼。

“去洗澡。”

顾念刚走进卧室，就听到男人冷冽如冰的嗓音响起，男人颀长的身子坐在沙发上，轻晃着杯中的红酒，浅眯黑眸地看着她。

顾念瞬间有种无处遁形的感觉，琢磨不透傅景深的情绪，点了点头：“好。”

顾念僵硬地转过身走进浴室，将身上的礼服褪去放在一旁，礼服价值不菲，顾念还打算回头干洗之后还给景瑞，免得落人口舌。

顾念洗完澡走出浴室，小手攥了攥，湿润的发丝散落在肩头，女人褪去精致的妆容后，更显得清丽逼人。

“傅先生，其实今天……”

顾念开口想要解释，就看到坐在沙发上的傅景深直接抬手：“解释的话不必多说，如果我信，你不用解释我也信你，如果我不信，你说再多我也不信。”

听着男人冷冽如冰的话，顾念轻抿唇瓣，不可否认，傅景深说的是对的。

“好。”

顾念拿着手机躺在了公主床的一侧，心里有些不是滋味。

傅景深是不想听自己的解释，还是不关心、不在意呢？

顾念嘴角噙着苦涩的笑，很快就感觉到身侧床铺凹陷，随后是男人冷冽的气息靠近，强有力地将她扯入怀中。

“傅……”

顾念神色一惊，随后就看到傅景深快速扯开她的上衣，然后俯下身咬住了她的肩膀。

傅景深咬得很重，带着啃噬，异样的触觉传遍顾念全身，似乎是来自男人薄唇的薄凉，以及男人身上的狂狷。

殊不知，傅景深咬的刚好是景瑞触碰过的肩膀。

顾念心跳如擂鼓，来自身体的疼痛远远没有来自心底的抗拒猛烈。

那坠入深渊的感觉瞬间席卷着她，让顾念不由得浑身剧烈地颤抖起来。

只是……这似乎是个契机，她又刚好需要一个孩子。

他是自己的丈夫……

顾念眼神闪了闪，虽然僵硬得好似木头一般，却不敢推搡傅景深的肩膀。

女人毫无反应，好似没有灵魂的木偶一般，傅景深深邃的视线凝视着眼前的顾念，薄唇抿起。

原先他亲吻她的时候，顾念都会推搡自己，嚷着好痒，又或者是主动咬他的唇瓣。

无论是哪一种，均是爱的反馈。

而不像现在，一副哀莫大于心死的模样。

她厌恶他的碰触，却还在死扛。

理由无非为了孩子、顾氏……

傅景深的眼神冷冽如冰，大手用力扣住顾念的双肩，随后更加疯狂地伸手捏住女人的下巴，吻住了女人的红唇。

与其说是吻，不如说是啃噬。

更不如说，傅景深是希望依靠这些疼痛上的刺激，让顾念给予他一些反馈，而不是这般好似提线木偶，毫无灵魂。

分别三年以来的第一个吻，可能是刺激了疼痛神经，顾念美眸泛着湿润，心里不是滋味。

推搡不及，她只能闭目承受。

顾念努力放空自己，让自己忘记过去的噩梦，结果身体还是抑制不住地颤抖，指甲几乎要嵌入手心。

良久之后，当顾念以为自己身上的衣服会被傅景深全给剥了的时候，男人却突然停下了动作。

"果然，对你，我真的是毫无性趣。"

冷漠的话语，毫无温度可言，随后男人撇下顾念离开。

砰的一声，房门被关上。

整个卧室里又剩下顾念一个人……

顾念眼神微微一颤，傅景深离开许久之后都没有缓过神来。

不知道是因为男人激烈的动作给她留下的疼痛感，还是因为恶言留下的羞辱感，顾念嘴角扬起苦涩的笑。毫无性趣……

她一早就知道傅景深毒舌，只是从未想过有一天男人的毒舌会用在她身上。

顾念颤抖地起身整理自己的衣服，随后将肩膀处的狼藉清理好，重新回到大床上，却毫无睡意。

寂静的夜晚，思绪错杂一片。

顾念第二天醒来的时候，身侧的床铺并未有动过的痕迹，大致想想，也知道傅景深离开之后并未再回来。

顾念洗漱之后，便从衣柜里挑了一套职业装穿上，然后走出卧室。

她到了楼下，春嫂已经提前来到别墅，准备了丰盛的早餐。

"春嫂，早。"

"念念，早啊。"

春嫂见顾念脸色有些苍白，赶忙说道："我做了红枣羹，回头啊，你多喝点补血补气。”

“嗯嗯。”

顾念应了一声，视线看向四周，没有见到傅景深的身影，抿唇道：“他呢？”

“少爷啊，早上就出去了。”

春嫂没说傅景深早上看着脸色很差，她整理书房的时候，还发现许多烟头，整个书房烟味很浓。

顾念点了点头，没有追问傅景深到底去了哪儿，乖巧地坐在餐椅上吃着碗里的早餐。

没多久，就看到傅景深穿着运动衫，手里牵着一条哈士奇走了进来。

顾念：“……”

大王？

顾念一眼就认出了傅景深手中牵着的哈士奇，那是自己高中的时候在学校门口捡的。

那个时候大王刚出生，还很瘦弱，眼睛也没有睁开，顾念猜想多半是哪一家熊孩子悄悄把大王从狗窝里抱出来的。

顾念花了一个晚上的时间也没有找到大王的家，最后就把大王带回傅家了。

之所以丢到傅家去，是因为顾伟有哮喘，不能接触狗毛。

其实丢去傅家的时候，顾念心里也是忐忑的，因为傅景深是出了名地有洁癖。

在她软磨硬泡外加撒娇之后，傅景深还是留下了大王。

虽然三年没见，但大王嗅觉敏锐，嗅到了熟悉感，见到顾念之后激动不已，冲上前来就激动地往顾念怀里扑。

“汪汪。”

“大王……”

顾念试探性地叫了一声大王之后，大王更加呆萌地在地上打滚，惹得春嫂笑出声。

“少爷，原来您是回傅家把大王接来了啊。”

“嗯。”

傅景深淡淡地应了声，随后开口道：“早上去运动，顺带接它一起运动。”

傅景深深深地睨了一眼身侧的顾念，黑眸中闪过一抹深意。

以前他对动物不待见，因为顾念，从被迫接受到喜欢……再到因为女人而执念。

一个男人，会因为爱一个女人，将所有自己能改变的都改变，直到毫无底线。

“吃饭吧。”

傅景深率先坐在了餐桌前，视线并未看向顾念，一副视女人如空气的样子。

顾念重新去洗手间洗了手之后，示意大王先到一边玩去，回头自己再去陪它。

大王极其乖巧懂事，摇摆着尾巴，开心地在客厅乱窜，随后好似嗅到了什么气味一般快速向着楼上跑去。

傅景深嘴角若有若无地上扬了几分。

顾念和傅景深面对面用餐，两人在春嫂面前强装着和睦，气氛一时有些尴尬。

顾念脸色发白，又琢磨不透傅景深的心思，只能味同嚼蜡地吃着餐盘里的上司。

没多久，就看到大王嘴巴里叼着一大团白布，激动地往楼下蹿。

汪汪。

大王好似打了兴奋剂一般，撕咬着口中的白色礼服，礼服上的装饰品早就被大王咬得乱七八糟掉了一地。

顾念看清楚大王嘴巴里撕咬的东西后，脸色一变。

这礼服她还打算还给景瑞的，可不能就这么被大王给咬坏了啊。

顾念慌忙站起身，大王已经把口中的礼服全部咬成一块块布条。

“大王，松开嘴，不可以。”

“嗷呜……”

大王以为顾念在盛情地赞美自己，撕咬得更加起劲了。

顾念暗叫不好，赶忙上前将大王口中剩下的礼服给扯下来，但是已经来不及了。

原本精致的礼服已经变成碎布条，面目全非了。

好吧。

顾念暗暗算着礼服的价格，以及自己要赔给景瑞的钱。

“汪汪。”

大王冲着傅景深所在的方向激动地叫唤着，好似在等着男人夸赞它一般。

傅景深淡淡地扫了大王一眼，薄唇勾起，开口道：“不是和你说过了，叼臭抹布的习惯得改掉。”

“汪汪。”

大王乖巧地坐在原地，傅景深则慢条斯理地站起身子，擦拭自己的嘴角，随后走上前，蹲下身捡起一块碎布条，淡淡地开口道：“这么劣质的东西，做抹布都不够格。春嫂，清理掉。”

“好的，先生。”

什么抹布……这个是礼服，看得出来是绸缎材质啊。

啊啊啊，顾念几乎要疯了，原本只需要干洗之后派人还给景瑞就可以了，现在还得赔钱。

“汪汪。”

大王见顾念好像心情不好的模样，摇摆着狗尾巴往顾念怀里凑。

哈士奇永远有种神奇的自信力，明明自己做错了，却还是一副无辜的模样。

顾念小脸黑得厉害，傅景深则是满意地上扬嘴角。

春嫂不敢怠慢，赶忙上前将一堆破布收拾一番，困惑地嘟囔道：“瞧着材质还可以啊，不像是破抹布啊。”

顾念看着春嫂上前拾掇，忍不住上前仔细瞧了瞧，大王还在不遗余力地撕扯着，礼服早已面目全非，碎成布渣，一片狼藉，想要抢救一下都不行了。

傅景深眯着眸子，看着顾念上前，薄唇抿起，神色透着几分不悦。

他并不大喜欢女人的注意力放在其他男人身上。

哪怕是其他男人送的礼服都不行……

春嫂快速将撕碎成布片的礼服丢进垃圾桶，随后离开了客厅，准备将垃圾丢向门外的垃圾桶。

春嫂担心大王太激动，打扰顾念和傅景深，便牵着大王一道出门了。

偌大的客厅内，顿时只有傅景深和顾念两个人。

顾念重新坐回椅子上喝着碗里剩下的粥，傅景深冷冽的嗓音带着讥讽开口道："顾念，没想到昨天你居然穿那么廉价的礼服，而且设计那么草率，丝毫谈不上时尚。"

"……"

顾念喝粥的动作一滞，听着傅景深的话，轻抿唇瓣。

虽然礼服不算昂贵，但也绝对不是廉价吧。

"嗯，下次我会注意的。"

参加宴会也不是她愿意的，顾念却顺着傅景深的话去说，乖巧得她自己都觉得不可思议了。

"顾念，你身上的衣服也不怎么样。"

"……"

是不是过分了？

顾念听着傅景深的话，扯了扯嘴角，一时之间不知道该接什么话。

"合适的衣着，对你和宝宝都好。"

"嗯。"

说到底，还是孩子。

"晚点我会安排人给你准备每天的衣服，包括鞋子和礼服。"

顿了顿，傅景深故作不情愿地继续开口道："这一切都是看在孩子的分上，另外，虽然我们俩现在是隐婚，但是你作为我的妻子，衣着也应该有所注意。"

"好。"

顾念握紧手中的汤匙，消化着傅景深所说的话。

傅景深对于顾念的伪乖巧还算是比较满意，浅眯黑眸，见顾念吃得差不多了，才放下手中的筷子，淡淡地开口道："另外，希望你作为傅太太，注意避嫌，不要和陌生男人随意出现在宴会场合。"

"明白。"

"嗯。"

顾念和傅景深多待一秒，都觉得后背满是凉意，顾念快速喝完碗里的粥，迅速擦拭着嘴角，跟傅景深道了别之后开车前往顾氏。

只是可能人倒霉，喝口凉水都塞牙。

顾念的车在半路抛锚了，南城别墅前不着村后不着店，她想在这儿打车是个难事，让莱雅来接她也需要时间。

顾念无奈得直跺脚，直到傅景深的车子在她面前缓缓地停了下来。

顾念并未留意到，其实傅景深一直开着车缓慢地跟在她身后。

傅景深缓缓地摇下车窗，扫了一眼顾念的车况，言简意赅地开口道："上车吧。"

顾念并未上前，不想麻烦傅景深。

"我只说一遍。"

"好。"

听着男人冷冽的话，顾念犹豫片刻，还是打开了副驾驶位置的车门。

傅景深见顾念坐上车，轻抿唇瓣，发动了引擎。

和男人独处在车内，气氛有些诡异，顾念有些局促，美眸忍不住看向身侧正在开车的男人，思绪有些飘远。

那个时候，她还嚷嚷着，傅景深开车的时候，只有她可以坐在副驾驶位置上。

顾念轻笑出声，学生时代真是很幼稚很盲目。

现在想想，似乎傅景深考到驾照之后，便真的只让她坐在副驾驶位置上。

儿时的戏言，男人现在恐怕早就不当真了。

顾念抬手揉了揉眉心，傅景深已经熟练地开车送她到顾氏楼下。顾念犹豫片刻，轻声道："多谢傅先生。"

"嗯。"

傅景深淡淡地应了声，神色冷漠，毫无温度可言，随后在顾念下车之后扬长而去。

顾念没有留意到，男人发动引擎之后放慢了车速，通过后视镜凝视着她进了顾氏大楼，才真正加大马力离开。

顾念回到办公室之后，莱雅已经主动上前道："顾小姐，昨天您跟景少离开，没事吧？"

"没事。"

顾念淡淡地应了声，随后见莱雅忧心忡忡，柔声道："对了，精油进场之后进度怎么样？"

"工人们已经在加班加点赶出这一批香水了。"

"嗯。"

顾念坐在办公椅上仔细查看眼前的合同，随后询问道："目前顾氏用了傅氏多少钱？"

"十三亿四千万，另外，顾氏可能还有五亿的缺口。"

"……"

顾念有些头疼，顾氏还真的是烂摊子啊。

“好，我知道了。”

顾念并不想欠傅景深太多钱，现在拿傅氏财务部的资金，一笔一笔，以后她都得还回去的。

按照现在顾氏的情况来看，还在亏损，要想等着日后盈利偿还债务，看样子还需要很漫长的时间。

那么就意味着，她和傅景深还将维持这么个畸形的关系。

莱雅见顾念忧心忡忡的模样，主动道：“顾小姐，傅先生说是无偿的……”

顾念嘴角噙着一抹苦涩的笑，谈不上无偿，算是自己威逼利诱吧。

奉子成婚……顾念啊，你居然做了这档子事。

“嗯，但是用人家的，总是得还的，莱雅，让财务部把款项都记清楚，以后偿还的时候方便。”

“好的。”

莱雅离开之后，顾念便快速熟悉着顾氏的业务，接手顾氏，她对很多东西还是陌生的。

中午的时候，春嫂送来了丰盛的午餐，顺带送来了一张支票，支票上清楚地写着一百万。

“春嫂，这个是？”

“少爷让我送给您的，说今天大王咬坏的是别人送您的礼服，这个是大王的责任，也算是他的责任，这笔钱，他来给别人。我就说嘛，那个布料那么好，一点儿也不像是抹布，大王平时很乖的啊，不乱咬东西的，不知道今天是怎么了。”

顾念听着春嫂的自言自语，捏着支票的动作顿了顿。

大王虽然有些自来熟、调皮，但确实不是那种轻易撕咬东西的狗。

不过顾念转念又想了想，大王突然情绪变得激动，撕咬礼服……应该只是意外，不是偶然。

毕竟傅景深不是那么无聊的人。

毕竟使唤得了大王的，除了傅景深，没别人了。

捏着手中的支票，顾念也明白傅景深的用意是和她算清楚。

心底一涩，顾念吃着碗里的美食，随后主动换了一个话题：“对了，春嫂，爷爷身体还好吧？”

“老爷子啊，身体还不错，就是想少爷早点结婚呢。”

顾念听闻春嫂的话，抿了抿唇。傅老爷子思想传统，毕竟入伍多年，当领导当习惯了，总是喜欢强制别人，不过顾念很喜欢他。

原先她总是往傅家跑的时候，傅老爷子还叮嘱傅景深善待她，要从一而终。

在老爷子那个年代的人的想法里，爱情必须得这样，婚姻也必须如此。

认准一个，死心塌地，此生无怨无悔。

只是听着春嫂的话，傅景深多半还未对傅家人说他已婚的事。

也对……那个人如果知道她和傅景深结婚了，恐怕不会这么镇定的，早就找上门了吧。

顾念抿了抿唇，知道老爷子身体还不错，她也就放心了。

“念念，其实啊，老爷子一直记挂着你呢，有空的话，回去看看吧，老爷子知道，也就你可以收少爷的心，其实少爷……这么多年都没有忘记你。”

不知傅景深是没有忘记她，还是……记恨当年的事？

顾念嘴角扬起一抹苦涩的笑，春嫂多半也不知道自己怀孕的事吧，否则以春嫂的直肠子，多半会叮嘱自己怀孕的注意事项。

不知道傅景深葫芦里卖的是什么药。

“嗯，谢谢春嫂，我知道了。”

“嗯嗯，你和少爷可得好好的啊，从头开始，破镜重圆。”

破镜重圆终有隙，覆水难收语抢地。

顾念笑而不语，随后快速将碗里剩下的汤喝完，收拾好了递给春嫂。

“春嫂，你我都知道，景深哥是个骄傲的人。”

天底下，她比任何人都了解他的脾性。

因为真的刻骨铭心地爱过。

正是因为知道男人的骄傲，所以当初她才会以那么决然的方式离开。

因为只有那么一个方法。

换成任何一个法子，当初自己和季扬都不可能那么轻而易举地离开k市。

春嫂大致明白顾念话语之中的深意，没有再多说什么。

是啊，傅景深出身名门，从小就天资聪慧，众星捧月，自命不凡。

男人的矜贵和骄傲，是出生就自带的。

当初顾小姐和季扬少爷离开，着实让傅家颜面扫地，更是让少爷从此变了一个人一般。

待春嫂离开之后，顾氏来了个不速之客。

是景瑞。

当莱雅内线通知顾念的时候，顾念准备以出门为由拒见，男人却已经嘴角噙着一抹痞笑来到总裁办公室。

男人一身骚包的白色西装，将不俗的容颜衬托得淋漓尽致，倚靠在门边的动作，更是邪魅无比。

顾念嘴角扬起一抹明媚的笑，笑意却不达眼底：“什么风把景少吹来了。”

顾念主动站起身，看向景瑞身后的莱雅，开口道：“给景少泡茶。”

“是，顾小姐。”

莱雅暗叫不好，知道景瑞难对付，赶忙跑去茶水间给景瑞准备茶水。

景瑞则慢条斯理地上前，径直坐在顾念对面的真皮沙发上，双腿叠放，那叫一个闲适，丝毫没有把自己当外人。

“想见你，所以就来了。”

不知道这算不算是公然挑衅？

顾念浅眯眼眸，倒也不恼，知道景瑞现在盯上她了，请神容易送神难，她拿了景瑞的精油，现在就得被男人这般纠缠着。

“我的荣幸。”

顾念宠辱不惊地应了声，随后将桌子上的支票递给了景瑞：“景少，昨天礼服的钱，抱歉，礼服一不小心被我家的狗给咬坏了，原先准备洗干净还给你的。”

景瑞并未抬手接过女人递来的支票，而是简单地扫了一眼支票上的数字。

一百万。

可不少啊。

现在的顾氏拿出一百万的流动资金……看样子顾念可是下血本了。

景瑞眯了眯眼眸，神态越发痞气。

“顾念，你当我是什么人，我从不接女人给的钱。”

“亲兄弟还得明算账，一码归一码，弄坏了你的东西，该我赔。”

“不必了，给我喜欢的女人送礼服，我还不打算收回来。”

又一次公然的挑逗啊。

既然景瑞不收，顾念倒也不执意地递了：“那这样的话，晚点我派莱雅把支票送过去。”

说完之后，顾念嘴角扬起一抹得体的笑，事实上，昨天她陪着景瑞去参加宴会，对商场上的事大致明了了一些。

作为女人，难免被调戏。

事实上，只要是言语调戏，公司利益没有损失的情况下，顾念觉得自己是能忍的。

否则……如果这都接受不了，她根本无法应付商场上的人际往来，恐怕顾氏在她手上也撑不了半年。

顾念权当景瑞在开玩笑，小手慢条斯理地翻着面前合同的边角：“景少，你还没说，今天你来我这儿，到底是什么事儿？”

“顾氏最近资金短缺，我让人保守估计过，最起码需要二十亿填补目前的漏洞，我愿意为你提供这笔钱。”

顾念：“……”

大手笔啊。

那景氏算是倾家荡产供着顾氏了。

顾念宠辱不惊，脸色不变：“条件？”

“做我的女人。”

听闻男人的话，顾念缓缓抬眸对上男人痞痞的眼神，知道男人并不是在开玩笑。

顾念听着景瑞的话，思绪有些散，迅速从惊讶之中恢复镇定，努力控制自己的情绪，慢条斯理地开口道：“做你的女人？”

顾念用了疑问句，随后轻笑出声，当成玩笑地摆了摆手：“真逗，景少还真说笑了，景家人太矜贵了，我沾不起。”

如果说傅家根正苗红，对家族声望看得极重，那景家也差不到哪儿去……

景家权势只手遮天，涉及政界、商界，随便景家的哪一个主儿，都不是顾家招惹得起的。

顾念自知三年前她可是已经声名狼藉，所以率先把自己的短处给抛了出来。

“顾念，在对待女人的态度上，我想我和傅景深是一类人，对于想要的女人，志在必得，任何人都阻拦不了。所以，我，你不仅沾得起，也染得起。”

景瑞笃定地开口，封掉了顾念所有的退路。

顾念扯了扯嘴角，随后眯了眯眼眸，再度换了一个话题：“景氏资金链的确惊人，但是顾氏需要的是流动资金随时填补漏洞，就这么随意地拿出二十亿的流动资金……景少未免也太拼了吧。”

顾念还未说完，景瑞已经笃定道：“顾念，你在拒绝我。”

景瑞挑了挑眉，嘴角还挂着玩世不恭的笑，眼神却冷冽如冰，散发着危险的气息，整个人的痞气也越发彰显。

话既然说开了，顾念抿了抿唇，并未遮掩：“抱歉，我想景少应该不会强人所难吧。”

顾念嘴角挂着明媚得体的笑，事实上，她并不想得罪景瑞。

多年前，她可是把男人得罪惨了，还是靠着傅景深和顾城携手帮她把事情给圆过去的。

多年后，顾城现在还在医院做复健，傅景深不见得会再护她了。

所以，顾念并不想和景瑞为敌，自讨没趣。

“的确，我对于强人所难这种事，一直没有太大的兴趣。”

景瑞并不否认顾念的话，随后眯了眯黑眸，凌厉的视线聚焦在顾念身上，意味深长地开口道：“但是遇见你之后，我对强人所难的事……感兴趣了。”

言下之意，顾念是他的囊中之物，他志在必得。

看样子景瑞真的是盯上自己了。

顾念差一点脱口而出自己已婚的事，但是景瑞势必会追问结婚对象是谁。

在她和傅景深隐婚的状态下，顾念并不想将她已婚的事公诸天下，惹怒傅景深。

那么……该怎么办？

顾念犯了难，小手翻动合同边角的动作一滞，没有留意到景瑞嘴角的笑越发浓郁。

多年前，顾念得罪他的时候，景瑞是勃然大怒的。

他是景家的独子，往上有三个姐姐，景家独宠他一个人，他可谓含着金汤匙长大的。

景瑞自小就没受过什么委屈，却在顾念身上第一次栽了跟头。

景瑞薄唇若有若无地扯了扯……当时知道对方是个上高中的黄毛丫头时，他想死的心都有了。

他一直是高高在上的太子爷，内裤上居然被女人撒了胡椒粉，还过敏住院，差一点造成严重后果，真是丢死人了。

这么一个黄毛丫头，哪来的野劲儿。

简直是……太够味了。

景瑞在医院因为过敏躺了大半个月，就想着好好废了这丫头，一雪前耻……

结果大名鼎鼎的傅景深来护她……

顾家的长子顾城也来护着，还有季扬。

景瑞这才知道，这丫头叫顾念，顾家的小姐……

据说她是全k市最不像名媛的女人……也是唯一近得了傅景深身的丫头。

景瑞来了兴趣，只是她被傅景深护着……加上景家和傅家实力相当，景家并不愿轻易得罪傅家。

所以那件事就不了了之，可一个叫作顾念的丫头，在他心尖留了刺。

后来，这丫头又闹出让全k市人诧异的事。

悔婚傅景深……和季扬远走他乡。

景瑞得知之后，心底竟然有那么一丝异样。

思绪戛然而止，景瑞浅眯黑眸，见顾念不再开口，继续道："怎么，觉得我开出二十亿的筹码不够多？"

并不是。

景瑞居然能拿出二十亿，这远远超出顾念的预料。

她以为他会落井下石，报当年的胡椒粉之仇的。

顾念摇了摇头。

"那么，顾念，还是说你想要得更多？"

听闻男人的话，顾念一时有些语塞。

"景家少夫人的位置……我能给，你想要吗？"

听了景瑞的话，顾念几乎是想都没想，立刻开口道："你并不爱我，为什么要娶我？"

"难得遇到一个自己感兴趣的女人，想留在身边……"

不想错过，怕错过就不再有了。

这个男人简直是疯子，拿婚姻当儿戏啊。

顾念听着景瑞的话，忍不住摇头。

“景少拿婚姻当游戏，抱歉，我不感兴趣。”

说完，顾念缓缓地站起身子，轻声道：“实在抱歉，顾氏的漏洞，我会想办法解决的，不劳景少费心了。”

对于顾念的拒绝，景瑞挑了挑眉。

二十亿，女人居然不为所动。

“顾念，莫非，你在等着傅景深出手相助？”

景瑞站起身，走到顾念面前，居高临下地看着眼前的女人，眼神犀利，不错过女人的任何面部表情。

顾念听闻景瑞的话，攥紧小手。

她在想，自己什么时候在听到“傅景深”三个字之后能心如止水、宠辱不惊，恐怕就真的修炼出门道来了。

顾念轻抿唇瓣，低喃道：“昨天傅先生对我的态度，我想你已经看到了，我对于他而言形同陌路。”

“越是骄傲的男人，越会刻意隐藏自己的内心。”

听着景瑞不再痞气的话，顾念有些诧异地抬眸。

这个模样的景瑞，真不像是她认识的那个人。

景瑞看似玩世不恭，实则心思了然，痞气只是他的伪装。

顾念嘴角扬起淡淡的弧度，主动开口道：“我和景少只是生意伙伴，关于我和傅景深的私事，我想景少应该没有八卦的心。”

“我的确不爱八卦，但是因为对你感兴趣，所以对你的一切我都极其有兴趣。”

两人的视线在空中交会，男人的黑眸之中占有欲愈演愈烈。

顾念嗅到一抹危险的气息，知道和景瑞继续纠缠下去没个尽头，便主动走到门口，嘴角扬起明媚的笑：“呃，不巧，景少，我今天事比较多，就不款待您了。”

言下之意，逐客令已下。

景瑞倒也不恼，慢条斯理地上前，嘴角扬起痞气的笑，恢复了一贯的玩世不恭：“好。”

景瑞走到门口，抬手落在顾念的身侧，强有力的臂膀成功地将顾念困在他和办公室门之间。

伴随着男人邪佞的气息靠近，那一抹不适感又卷土重来，顾念慢慢地消化着。

这里是公共场合，可她没想到景瑞居然丝毫不在意。

这么亲昵的姿势，如果被人看到传出去，恐怕豪门圈又得闹开了。

“顾念，你知道吗？昨天你我出现在宴会上的事，今天已经传得沸沸扬扬了。”

顾念心里早有预料，只是没想到会传得这么快，她眼神暗了暗，随后反问道：“你故意的？”

故意带她抛头露面，如果她只身一人，恐怕关注度就不会那么高了。

怪就怪在她跟在景瑞身边，骚包的男人，享受着众人的高度关注，也让她被人关注了。

“不错，顾念，你既然回来接手顾氏，抛头露面是在所难免的事，总得面对，躲得了一时，躲不了一世。”

虽然顾念想要反驳，但是不得不承认，景瑞说的是对的。

顾念有些琢磨不透男人的用意究竟是什么了。

景瑞凝视着女人蹙眉的模样，薄唇若有若无地勾了勾。

“当然，使你聚焦在众人之下，你哪一天扛不住压力了，找上我……是必然的事。”

三年前，顾念无疑是声名狼藉了，如今顾氏没有傅景深这个高枝攀着，势必会墙倒众人推。

总之……今时不同往日。

顾念上一秒是有些感动和困惑，下一秒却对男人嗤之以鼻，嘴角勾起一抹冷笑，听着景瑞的话，攥紧了小手。

当初……胡椒粉还不够，应该再撒辣椒面。

见女人恼怒蹙眉，景瑞痞气的嗓音再次响起：“顾念，我先走了，关于我刚刚的提议随时有效。”

说完，景瑞嘴角扬起一抹玩世不恭的笑，径直离开。

还真是无耻。

顾念有些心塞，扯了扯嘴角，随后抬手轻揉眉心。

这事儿一波未平一波又起，真的是没完没了了。

惹上景瑞这样的人，真可怕……

安萱前一天晚上离开宴会的时候不知何故惹怒了傅景深，一直摸不清头绪。

犹豫片刻，她还是决定在下班之前假借工作之名来见一下傅景深，打探一下他的口风。

安萱是安家的独生女，安家算是k市的小康之家，家里有个不大不小的企业，虽然盈利可观，但是比起傅氏，简直是小巫见大巫。

所以安家处心积虑地将安萱培养成名媛淑女，送到傅景深身侧，毕业之后，又来到傅氏做秘书，竭尽所能地为女儿能成为傅家少夫人而努力。

安萱为人聪慧，十分识大体，善于隐藏自己的心思，这些年在傅氏也算是兢兢业业，不仅有工作能力，谈吐也极其上得了台面，所以晋升很快，又深得傅家人的心。

安萱穿着一身极其显露身材的修身职业套装，在总裁办公室外调整好自己的情绪后，敲了敲门。

“进。”

傅景深头也没抬，视线落在自己面前的合同上。

“傅先生，这个是新安集团和傅氏的土地开发案，请您过目。”

“嗯。”傅景深淡淡地应了声，并未伸手去接，“放下吧。”

“好的。”

安萱见傅景深连眼睛都没有抬一下，心里不是个滋味，越发贪婪地看向眼前的男人。

傅景深如此矜贵的男人，让女人为之疯狂，付出一切都心甘情愿。

安萱一直在为了成为傅家少夫人而努力……

之前出现那么一个顾念搅局，如今顾念虽然归国，傅景深却视其如陌路人，安萱在想，任何人都阻止不了自己了。

安萱故作犹豫片刻，随后开口道：“傅先生，抱歉，昨天晚上的表现让您失望了。”

安萱的话让傅景深蹙了蹙眉，随后放下手中的金笔抬眸扫向眼前面含歉意的安萱，薄唇抿起，眼神冷冽如冰，毫无温度可言。

昨天晚上？

傅景深眯了眯黑眸，其他女人在他心尖不会留下任何波澜。他简单回忆了下，才想起来是因为安萱想要坐副驾驶位置，导致自己大发雷霆。

“不碍事，以后副驾驶的位置别碰。”

安萱：“……”

听着男人冷漠的话语，安萱有些花容失色。

为什么副驾驶的位置不能碰？

安萱消化着男人这句话的意思，随后佯作无知地询问道：“您不喜欢开车的时候被人打扰吗？”

“安萱，你问得太多了。”

傅景深的话语带着几分恼怒，安萱立刻识相地弯腰道歉：“抱歉，傅先生，那我先出去了。”

“嗯。”

任何人都不知道，那个位置留给一个叫作顾念的女人了。

就好比他的心一般……只留给那个女人，任何人都别想沾边，更别说进去了。

安萱离开傅景深的办公室之后面目瞬间变得狰狞，原先脸上的淑女伪装顿时消失。

为什么副驾驶的位置不能碰？

安萱眯了眯眼眸，随后走向了傅景深助手木凡的办公室。

木凡在傅景深身侧多年，是最了解傅景深脾性的人。

“木凡，在忙吗？”

“安萱姐啊，有事吗？”

安萱平日待人极其亲切，因为和傅景深同龄，所以木凡都亲切地叫她一声安萱姐。

“是这样的，昨天我不是坐傅先生的车去参加宴会吗？口红落在后座上了，能不能麻烦你帮我取一下啊，我没有钥匙。”

“好的。”

木凡从抽屉里取出钥匙，向着车库方向走去，安萱则快速跟了上去。

傅景深的车子非常多，平日里都是木凡在打理。

“对了，木凡，你说傅先生为什么不让人坐副驾驶的位置啊？”到了车库，安萱佯装好奇地询问道，“平时你和傅先生一块儿做事的话，能坐吗？”

“我哪有那个殊荣啊……能坐在傅先生的副驾驶位置上的人啊，只有顾念小姐。”

木凡打开车门便开始在后座翻找安萱的口红，没有留意到安萱闻言煞白的脸色。

什么？

安萱难以置信地愣在了原地。

没想到傅景深的副驾驶位置是留给那个叫作顾念的女人的。

她知道当初傅景深宠顾念，却没想到，居然这样宠……

她还以为早已时过境迁，没想到，是根深蒂固了。

安萱浑身发冷，面目有些狰狞，多年来的伪装也即将土崩瓦解。

“是……是吗？我还以为傅先生早就忘了顾小姐呢。”

木凡没有留意到安萱话语之中的颤抖，自顾自地开口道：“安萱姐，你确定口红落车上了吗？没有啊。”

木凡的话让安萱回了神，安萱立刻改口道：“我想起来了，我昨天在化妆间化完妆之后落在化妆间了，没在车上。”

“这样啊，那就好。”

木凡闻言离开车子，随后将车门关上。

“木凡，麻烦你了。对了，别和傅先生说，我担心他会认为我做事马虎。”

“放心吧，安萱姐。”

木凡开朗地一笑，并未发现安萱的异样，安萱则借故快速离开，不然担心自己在木凡面前控制不了自己的情绪。

因为前一天晚上晚归，顾念不想再惹怒傅景深，所以下班之后便迅速回到了南城别墅，在男人之前回到了家。

春嫂已经不在别墅了，将做好密封好的晚餐放在了餐桌上。

因为傅景深还没有回来，顾念识相地没有先吃，准备等会儿男人再说。

顾念正倚靠在沙发上看电视，顾伟打来电话，顾念蹙了蹙眉，接通电话：“爸。”

“念念啊，你和景少是怎么回事啊？”

顾念：“……”

果然不出她所料，没有不透风的墙，爸爸还是知道她和景瑞参加宴会的事了。

顾念轻抿嘴角，解释道：“他为顾氏提供了精油原料。”

“顾氏不是一直在和赵家合作吗？”

“赵家临时毁约，我已经取消和赵氏的合作了。”

顾念言简意赅地说明了重点，顾氏的事，顾伟也有段时间没过问了，所以顾念这么一说，顾伟也就没有再说什么。

顾念主动安抚着顾伟的情绪，轻声道：“爸，你好好照顾妈和哥，我没事的，公司里的事有我呢。”

“爸就是担心景少还记恨当年的事，让你日子不好过啊。”

听见顾伟的话，顾念心底微微一动：“没事儿，我和傅景深结婚了，他会护着我的。”

顾念说着自己都心虚的话，企图蒙混过关。

“嗯，那就好。”

多件烦心事堆在心头，顾念视线落在自己平坦的腹部之上。

孩子的事……也是个问题。

想必傅家人也知道自己回国了，那么……和傅家人碰面也是迟早的事。

傅景深晚上十点之后才回到南城别墅，走到客厅的时候，意外地看到顾念已经趴在沙发上睡着了。

女人身上什么毯子都没有，蹙着黛眉，很是疲惫的模样。

傅景深黑眸一冷，现在已到了初秋，天气转凉，女人这样极其容易着凉。

傅景深迅速上前将身上的西装外套脱下来准备盖在顾念身上，却意识到这样过于亲昵，动作一滞，改为抬手推了推女人的胳膊，“顾念，谁让你在这儿睡了。”

男人冷冽的嗓音好似魔咒一般，顾念顷刻间惊醒，随后迅速坐起身，低喃道：“我……等你吃晚饭。”

顾念的声音很低，却很清澈，好似溪水一般动听。

听闻顾念的话，傅景深眼神微微一动。

他不是和春嫂说了，让顾念不用等他吃晚饭吗？晚上傅氏有应酬。

顾念则嗅到了男人身上淡淡的酒香，再看了眼时间，已经十点了。

男人早就在外面吃过了，只有她还在这儿傻乎乎地等着。

“以后不用等我吃饭。”

“好。”

顾念点了点头，刚醒来身体有些发冷，她便向厨房走去，简单地热了两个菜之后，小口小口吃着，吃完之后收拾餐桌，才发现春嫂留下的字条。

念念，今天少爷公司有事，我得回傅家，你自己赶快趁热吃啊。

好吧，她真的要被自己蠢哭了。

顾念抬手揉了揉眉心，收拾好餐桌之后，向着楼上卧室走去。

她刚走到卧室门口，就听到卧室里男人冷冽磁性的声音响起：“嗯，爸，她的确是回来了。”

她……是指的自己吗?

顾念准备开门的动作僵住，随即男人低沉磁性的嗓音继续传了出来：“爸，这个是我自己的事，您和爷爷还有妈妈就别参与了。”

傅景深的性子很冷，因为入伍更是性格独立，这句话虽然看似平常，实际上已经有了疏离意味，暗示父亲别插手了。

顿了顿，傅景深继续道：“嗯，我没有忘记当年的事。”

“我没有忘记当年的事”这句话好似魔咒一般在顾念耳边回响着，顾念嘴角扬起一抹苦涩的笑。

她不是蠢人，仔细一联想，也可以弄清楚前因后果。

多半是傅家人打来电话质问傅景深有没有和她联系，或者是担心被她干扰吧。

自己归来后，全k市人的目光都聚焦在了傅景深身上。

顾念轻抿唇瓣，良久之后，腿都有些僵硬了，觉得时间差不多了，才缓缓地抬手推门而入，装作什么事都没有发生过一般。

顾念走进卧室的时候，傅景深正在扯领带，似乎是有些烦躁。

顾念则赶忙打开衣柜准备拾掇衣服去洗澡。

她打开衣柜之后，看到摆了一排价值不菲的最新款裙子，眼神一怔，反应片刻才想起来，傅景深嫌弃自己的衣服，所以给她搭配了一衣柜的衣服。

顾念抿了抿唇，小的时候她曾在作文里写过，希望长大之后，可以有一衣柜裙子。

顾念暗暗笑自己小的时候爱幻想，打开第一个衣柜之后并未看到睡衣，便打开了第二个衣柜，第一个衣柜里是裙子，第二个衣柜里则是裤子、小西装、外套等，均是香奈儿等国际一线品牌，价格不菲。

她终于在第六个衣柜找到了睡衣，棉质的、丝滑的应有尽有。

顾念暗暗咋舌，选择了一套棉质睡衣，样式普通，但是摸起来手感很好。

顾念拿出棉质睡衣之后，犹豫片刻又重新换成了丝质睡衣。

孩子的事……得解决一下吧。

尤其现在傅家人知道自己回来的事，傅景深应该还未说他被自己逼婚的事。

一想到这儿，顾念咬了咬牙，选择了一套款式比较暴露的丝质睡衣。

哪怕昨天男人称对她毫无性趣，但是为了稳住傅家少夫人这个位置，顾念决定不惜一切代价，哪怕克服心底的梦魇。

傅景深见顾念选择一套丝质睡衣进了浴室，眯了眯黑眸。

不知道是不是喝了酒的缘故，傅景深竟然感觉小腹有那么一丝灼热，一直挥之不去，思绪也变得游离。

那年夏天，还在上初中的顾念放出豪言要追他之后，便开始死缠烂打。

傅景深从未想过这顾家小姐平日里瞧着古灵精怪的，穷追不舍的本事也是可以的。

顾念无所不用其极，尤其是傅家搬到了顾家旁边之后，她更是主动。

那个时候不知道小妮子从哪儿搞来一套丝质睡裙套在身上，晚上摸黑爬上了他家二楼，溜进了他的卧室。

“哎呀，妈妈的裙子好长啊……”

傅景深虽然躺在床上，却并未入睡，就听到房间里突然响起小妮子自言自语的声音：“唔，睡觉了啊，正好，方便下手。”

下手?

“喀喀，景深哥……你瞧我美吗？我都这么美了，你居然忍心不做我男朋友？不行不行，这个尺度太低了，不是我的菜。”

尺度太低?

“那个……看小黄书上说，男人都喜欢女人穿丝质睡衣，喏，我穿了，从了我吧，否则我榨干你……可是这里也没有油锅啊，怎么榨干他啊，我说这句话他一定不怕的。”

顾念年纪尚小，对于一些话，也只懂得字面意思。

闭着眼睛的傅景深实在是忍不住，扯了扯嘴角，笑意从嘴角溢出。

“倒不如，我写个忠犬男友协议书，趁他睡着了，咬破他的手指，按上指纹，从此他就是我的忠犬男友了?

“顾念，你是不是傻，咬破他的手指，他不是疼醒了吗?

“喀喀，那咬破自己的？然后把血弄在他的手指上?

“不不不，太血腥太残忍了。

“好吧，今天暂时没想到好主意，先撤吧，穿着这个睡衣怪冷的呢。”

说完，顾念便打道回府，只是刚想去阳台翻阳台下楼的时候，却被长长的丝质睡裙绊住了，猛地往前摔去。

“哎哟……”

傅景深听到女人的惊叫声，立刻爬起身打开灯，就看到顾念疼得龇牙咧嘴躺在地板上，撇着小嘴儿，大眼睛更是水汪汪的，真的是摔疼了。

“糟糕，小爷暴露了，一世英名没有了。”

顾念懊恼地伸出小手拍了拍自己的脑门，马失前蹄了。刺眼的灯光下，少年穿着一身家居服站在她面前，迷人得不像样子。

傅景深：“……”

从女人溜进房间开始，他就敏锐地反应过来了。

她早就暴露了。

少年抿起薄唇，有些嫌弃地看着眼前的顾念，小妮子搓衣板的身材硬是套了丝质睡衣，虽然没有料，却意外地撩拨了他的心弦。

因为傅景深从未见过女孩子穿着吊带出现在他面前。

顾念学着电视上的样子做了一个妩媚的动作，然后试探性地开口道："景深哥……做我女朋友吧？啊呸，是男朋友……"

"顾念，大半夜的，你是来扮鬼吓人吗？"

算你狠。

你才扮鬼吓人呢，呜呜，人家那么美。

顾念见傅景深并不打算绅士地上前拉自己起身，噘着小嘴儿爬了起来，然后揉了揉被摔疼的膝盖，差一点再度摔下，傅景深手疾眼快地抬手接住了。伴随顾念入怀，少女馨香扰乱了他的心弦，傅景深忙推开顾念。

顾念没有留意到少年有些发红的耳垂，尴尬道："喀喀，路过路过，我先撤了。"

傅景深看着顾念熟练地从阳台上翻了下去，麻利地消失在夜色中，扯了扯嘴角。

从未见过这样的名媛淑女。

少年重新回到床上，已经睡意全无，翻身好久才辗转睡去。

第二天惊醒的时候他意外发现身下异样。

因为某个小妮子，青春期的傅景深，第一次做春梦了。

顾念洗完澡之后在浴室里磨蹭了许久。

她选择的睡衣拿着就单薄，穿在身上跟没穿似的……

而且，被自己蠢哭的是，她刚刚只顾着拿睡衣，连内衣都忘记拿了。

顾念小脸发烫，看向镜子里自己白皙的肌肤，水汽氤氲，刚刚洗完澡的缘故，还透着粉，极其诱人。

丝质的睡裙是吊带的，所以胸前的美景一览无余，而且睡裙足够短，两条白皙的大长腿更是无所遮挡。

这般模样，任谁看到都是在勾引男人犯罪。

傅景深还是个成年人……

而且他对自己的心思心知肚明。

顾念抬手揉了揉眉心，傅家人已经来干预了，自己得稳住傅家少夫人的位置……

总之，自己和傅景深如果想要继续过日子的话，这道坎，一定得过。

顾念眼神暗了暗，想着如何克服自己的心理障碍，思前想后，开始翻箱倒柜，印象中，浴室里有个医药箱。

顾念熟练地找到医药箱之后翻出了安眠药，然后倒出两颗丢进嘴巴里，干咽下去。

嗯……意识模糊，说不定就没有那么抗拒了。

一想到这儿，顾念信心又增加了些……

当初她既然单枪匹马地闯过傅景深的卧室，穿着睡衣勾引他，现在就不能𡸣……

傅景深也真是的，当初她晚上走的时候还好好的，第二天见到少年的时候，男人就黑着脸冲她发火，冷言相对，好像她做了什么天大的错事一样。

她又没怎么他，倒是她自己摔了几个跟头。

顾念压根就不知道傅景深在她走后做春梦的事。

顾念准备就绪，担心安眠药药效来得太快，便迅速回到了卧室。

卧室里，傅景深正站在窗前，一副若有所思的模样。

顾念看着男人嘴角的笑，神色一怔。

他居然笑了……

顾念都觉得有些不可思议了。

不过……肯定不是因为自己。

男人神色好温柔，如水一般……

顾念有些贪恋男人眉宇之间的温柔了，那种感觉，很暖。

傅景深听到身后的动静之后转过身来，就看到顾念赤脚踩在地板上，长长的头发散落在肩头，还湿湿的，巴掌大的小脸未施粉黛却很是精致，肌肤胜雪，肩膀处还有昨天自己啃噬留下的伤口。

不知道是不是男人的摧毁欲在作祟，傅景深竟然觉得那个伤疤为女人增添了美感。

傅景深喉结滚动了几下，视线不着痕迹地从顾念身上收回。

顾念已经明显感觉到有那么一点困意，咬了咬唇，主动走了上去。

“那个……时间不早了，睡觉吧。”

“嗯。”

傅景深眯了眯眼眸，随着女人的靠前，身上的那一抹幽香蹿入他鼻间，让他蠢蠢欲动起来。

比起儿时穿得青涩、搓衣板身材没看头的顾念，现在的她无疑是精致的玉石，散发着让人窒息的魅力。

尤其是女人现在的身材，更是让男人骨子里的冲动爆发出来。

顾念见傅景深应允之后点了点头，一步一步向着大床走去，却被傅景深攥住了手腕，整个人被他揽入怀中，抱着坐在了落地窗前的沙发上，随后傅景深欺身压下。

“穿成这个模样，勾引我？”

顾念感觉到意识有些混沌，眼神也变得迷离了些。

不知道是不是意识模糊的缘故，她感觉到对傅景深的靠近也没那么抗拒了，在她的承受范围之内。

听着男人磁性的声音，嗅着男人身上淡淡的酒香，顾念咬了咬唇，嘴角挤出一丝笑：“嗯，不知道你对我有没有兴趣。”

“呵……”

傅景深磁性的嗓音从薄唇中逸出，灼热的呼吸喷洒在顾念的耳畔，顾念更加觉得整个人发烫得厉害，头也变得更眩晕了。

顾念主动伸出小手环住傅景深的脖颈，以此缓解心底的恐惧和不安。

傅景深因为女人的亲昵和不抗拒，高大的身子僵硬得厉害，心底的某根弦更是被撩拨着。

傅景深，你可真没骨气。

他所有的自尊和骄傲，其实都被这个女人拿捏在手中。

傅景深猛地俯下身发狠地吻住了顾念的唇。

“唔……”

男人邪佞的气息蹿入鼻息之间，顾念默默地承受着，许是药效的缘故，抗拒并不是那么大了。

顾念可以明显地感觉到傅景深的大手落在她的腰间，心底那一抹蠢蠢欲动的恐惧，被顾念压了下去。

顾念在想，下次是不是得吃四颗。

吃完睡着了……便什么都不知道了。

傅景深察觉到女人身子僵硬，少有地犯了难，他的实战经验并不是很多，不知道这个时候该如何撩拨女人的情绪……

傅景深直接将顾念抱在怀里，使得顾念双腿分开跨在了他的腰间，更加亲昵地贴在了他的怀里。

顾念则因为这般亲昵的动作，更加感觉到男人的占有欲，难免打了退堂鼓。

“傅景深……”

“嗯？”

女人的声音软软的，带着一抹困顿之意，听在他耳中极其柔软。

“没事……”

顾念深呼吸一口气，强迫自己承受，身上的丝质睡裙不知道什么时候已被男人褪去。

傅景深大手落在女人的腰间，炙热的掌心让顾念觉得身体都变得发烫了。

顾念咽了咽口水，缓缓地闭上眼眸……

嗯，药效来得更猛烈一些吧，让自己昏睡过去就最好了，然后就什么都不知道了。

事实上，傅景深将他获知范围内的挑逗手法全数用上了，然后尽可能地撩拨着女人的敏感点。

不知道是顾念天生在这方面反应迟钝，还是对这方面极其淡漠，一切显得极其生涩。

傅景深都怀疑女人有些迷离的眼神是因为困意，而并不是沉浸。

时间消磨得差不多了，傅景深试探性地开始攻城略地，却看到顾念疼得蹙眉。

“疼……”

困意之余是突然的疼痛，顾念下意识地伸出小手推搡着男人的胸膛，嘟囔着，有些不悦。

女人喊疼，傅景深当下就不敢再有任何动作了，酒意也醒了大半。

“嗯。”

傅景深在这方面几乎是零经验，不知道该继续还是该停下所有动作，或者还有没有其他的补救措施等。

直到看到顾念疼得眼泪都下来了，傅景深便快速地抽离。

“现在还疼吗？”

所谓箭在弦上不得不发，傅景深却见不得顾念蹙眉流泪。

疼……好疼啊。

疼痛之余是困意侵袭。

因为注意力的高度不集中，顾念都没有留意到傅景深关切的眼神和话语。

“不了……”

好困，顾念努力强撑着，实际上体力已到了极限，很快她就沉沉睡了过去。

傅景深原本打算让顾念休息一下再继续，没想到女人却突然睡着了，发出浅浅的呼吸声，好似很疲惫的模样。

傅景深简直是哭笑不得。

她睡了，那么自己怎么办?

不过说来倒是讽刺，如今只有顾念入睡之后，他才敢这么贪婪而肆无忌惮地看着女人。

傅景深见顾念沉睡，抬手将女人揽入怀中，大手描绘着女人的五官轮廓。

顾念巴掌大的小脸，怎么都谈不上惊为天人，可是他瞧着瞧着就在心里扎了根，怎么都除不去。

原本他以为，三年前她和季扬离开，那么她和季扬……

但想到刚刚女人青涩的反应，他几乎可以笃定顾念和季扬之间并未发生过什么。

傅景深嘴角勾起一抹淡淡的讥讽。

傅景深，遇到顾念之后，你就是一个俗人。

本来他以为自己毫不在意那方面的事，最在乎女人的这个人……可事实上，当知道顾念还是完整的时，那一种拥有全世界都远不及她的惊喜感瞬间充斥心头。

“唔。”

顾念睡得香甜，入了深秋之后有些凉意，下意识地便会去找温暖源，她伸出小手环抱住男人健硕的腰身，更加靠近男人的胸膛，以方便汲取男人身上的温度。

顾念因为熟睡，做了平日里完全不敢做的事，在男人怀里找了个舒适的位置，沉沉睡去。

傅景深见女人孩子气的表现，薄唇上扬了几分。

真淘气。

两个人之间就算是千沟万壑，只要她肯走出一步，他便想去走剩下的九十九步。

傅景深，你可真是有骨气。

今天女人不过是服了软，主动靠近他，就让他缴械投降了。

不过问题来了，傅景深觉得是不是在某方面，自己的经验很差……

刚刚的问题，主要是因为自己经验不足？

傅景深耳根泛红，身体更是因为女人柔若无骨的身子靠近变得紧绷起来。

她是一夜好眠，他却毫无睡意。

第三章
她是他的情绪，他的一切

顾念的确是一夜好眠，醒来的时候已经是早上十点了，身侧早已没有傅景深的身影。

事实上，自从顾家出事，加上归国以来的一系列事情，早已压得她喘不过气来了。

没想到借助两片安眠药，倒是让她睡了个好觉。

顾念嘴角上扬，准备起身，却发现薄被之下，自己不着片缕。

顾念脸色微微一变，脑海之中快速捕捉到了昨天晚上的画面。

为了和傅景深生孩子，她尝试了两片安眠药，只记得好困，然后疼……然后就睡着了。

自己和傅景深成功了吗？

顾念迅速起身查看沙发上是否有小说里说的落红，再感应一下自己是否有传说中的不舒适感。

没有……

她想起来了。

傅景深刚试图开始的时候，她因为疼，忍不了了。

后来就不了了之了。

换句话说，还没开始，就结束了。

顾念懊悔不已，好可惜啊。

好不容易不抗拒男人的靠近了，结果还是卡在了半道上。

好在最起码已经成功一小半了。

顾念暗暗欣喜，果然，穿丝质睡衣是很有诱惑力的……

初中的时候，就可以看出她智商超人啊。

那个时候男人还真的是块木头，不为所动。

顾念红着小脸，迅速穿好衣服准备下楼，刚打开房门，就看到大王激动地扑了过来。

“汪汪。”

大王？

昨天晚上没瞧见它，她还以为它回傅家了。

“早安，大王。”

顾念激动地抬手摸了摸大王的脑袋，大王则激动地摇摆着尾巴，很是热情，顾念轻笑出声，随后向楼下走去。

时间已经是早上十点了，顾念以为傅景深早去公司了，却没想到男人居然气定神闲地坐在沙发上看报纸。

顾念原本上扬的嘴角瞬间变得有些僵硬，整个人顿时无所适从了。

春嫂见到顾念之后欣喜地开口道：“念念，早上好，早餐都准备好了，快坐下吃吧。”

“好。傅先生早、春嫂早。”

“嗯。”

回应顾念的是男人淡淡的不苟言笑的应和声。

“对了，春嫂，你昨天晚上带大王回傅家了吗？昨天晚上没瞧见它。”

“是啊，少爷说了……”

“春嫂，给我泡杯茶。”

“好的。”

春嫂还想说些什么，被傅景深打断了，便迅速向着厨房走去，忙碌起来。

顾念轻抿嘴角，有些困惑，傅景深到底说了什么？

傅景深眯了眯眼眸，视线落在不远处的大王身上，看着大王肆无忌惮地往顾念怀里蹭，目光变得幽深，且泛着凉意。

嗯，自己昨天晚上的决定是对的。

让春嫂把狗带走，否则这么一只单身狗留在别墅，就是打扰自己和顾念的二人世界，同时也会分散顾念的注意力……

春嫂离开之后，客厅里便只有傅景深和顾念两个人了。

呃，大王忽略不计。

顾念想到昨天晚上火辣辣的画面，多少有些尴尬。

虽然……自己那个时候意识模糊，大多数细节已经记不清了，但是她也依稀记得是自己主动贴上去的，然后被男人困在沙发上，以极其亲昵的姿势跨坐在男人的腰间……

顾念硬着头皮吃完早餐之后，便放下筷子，开口道：“傅先生，我吃完了，先走了。”

“嗯。”

傅景深淡淡地应了声，眯着黑眸看着顾念局促地向着门外走去，嘴角若有若无地勾了勾。

大王则激动地尾随顾念，准备跟着顾念一道去上班。

“汪汪。”

见大王摇摆着尾巴，极其热情，顾念无奈道：“乖，我得去上班了，不能陪你玩。”

“嗷呜……”

顾念看着大王都要哭了的模样，哑然失笑：“瞧瞧春嫂去……乖。”

大王好似听懂顾念在说些什么，顺着顾念手指的方向快速跑开。

顾念顺势进了驾驶位置上，开车扬长而去。

大王再度跑出来的时候，已经见不到顾念的身影了，立刻委屈了，重新往傅景深的方向跑去。

“汪汪，嗷呜……”

傅景深淡淡地扫了一眼眼前激动的大王，随后抿唇道：“她走了，难过的不只是你。”

大王似懂非懂地趴在傅景深的脚边，蹭了蹭傅景深的脚面，言下之意：我只有你陪着玩了，别走。

傅景深缓缓地站起身，大手摸了摸大王的头顶，抿唇道：“中午的时候，让春嫂带你去陪她。”

“汪汪。”

大王好似听懂了傅景深说的话，瞬间变得激动不已。

傅景深眯了眯眼眸，连大王都可以肆无忌惮地不受限制去见顾念，有的时候，人还不如狗啊。

顾念刚到顾氏总裁办公室就接到了顾伟的电话。

“念念，我和你妈妈商量了一下，你和景深结婚也有段时间了，该带着景深回家来吃顿饭吧。”

顾念：“……”

顾伟倒是给她出了个难题啊。

顾念抬手揉了揉眉心，随后轻声道：“爸，景深和我都忙。”

“再忙不过是吃顿饭的时间，不行的话，那就去傅氏旁边的酒店，他再忙也是要吃饭的吧。再者说了，你看你妈，最近心情一直不好，难得有这么件让她开心的事……你还非得推三阻四的。”

顾念听顾伟话都已经说到这个份上，都不好拒绝了：“嗯，我知道了，我问一下他的时间。”

“好，那我和你妈说，让她好好准备一下，等你通知时间。”

“嗯。”

顾念挂断了电话后，琢磨着顾伟的用意，多半是她近期归国的事在豪门圈传得沸沸扬扬的，加上傅景深在宴会上对自己的态度，自然让她成为大家茶余饭后的笑谈，爸爸担心自己和傅景深的关系，所以想看看情况。

可怜天下父母心啊。

但是真的是给她出了难题。

到现在她都没能把傅景深给睡了，孩子还没个影儿……

现在傅家少夫人的位置，她坐得还非常不稳啊。

她该怎么跟傅景深说？男人会同意吗？

等到晚上意乱情迷的时候说？

顾念仔细想了想，也没想出好的法子，实在是……头疼。

中午的时候，春嫂来给顾念送饭，顺带把大王也给捎过来了。

顾念看着大王闹腾的模样，扑哧笑出声，春嫂也带来了狗粮，让大王和顾念一块儿吃。

顾念吃完午餐之后，轻声道：“谢谢春嫂。”说着抬手将大王抱入怀中，揉了揉大王的大肚子。

好可爱啊。

春嫂见顾念心情好，主动道：“就知道您看到大王之后心情会好，所以啊，就给您带来了。”

“嘿嘿，还是您懂我。”

春嫂笑而不语，这哪是自己懂顾念啊，分明是少爷懂，只是少爷高冷，不说罢了。

唉，矫情的人啊。

顾念想了想，为了避免和傅景深正面接触，顾念选择给男人打了个电话。

电话在嘟了三声之后被接通，顾念立刻就浑身紧绷起来。

“傅先生。”

“有事？”

“嗯。”

顾念暗暗觉得，自己和傅景深作为新婚夫妻，确实瞧着不像，对话都干巴巴的，若是回到顾家吃饭，岂不是很快就露馅了？

顾念想了想，缓缓说道：“爸妈想请你到家里用餐，我妈因为哥出事，身体不是很好，我不想让她担心我，所以……得麻烦你。”

顾念说得为难，屏住呼吸听着电话那头傅景深的回应。

良久之后都没有听到男人开口，顾念眼神暗淡下去。

“如果你觉得不方便，为难的话，能不能……看在孩子的分上去一下？”

说完这句话，顾念都恨不得把舌头给咬掉。

实在是太无耻了。

“嗯。”

顾念听见傅景深应了一声，神色一喜：“这么说的话，你同意了？”

“嗯，今天晚上吧，等一下我去顾氏接你去顾家。”

“好。”

傅景深做事干净利落，顾念心里一喜，点了点头：“麻烦傅先生了。”

“嗯。”

随后便是忙音，男人挂断了电话。

顾念挂了电话之后便给顾伟打去电话，告知她和傅景深晚上会回顾家吃饭，明显感觉到顾伟瞬间变得喜悦的心情。

顾念心里顿时不是滋味。

挂断电话之后，傅景深视线落在已经黑屏的手机上，薄唇抿起。

回国之后，她这是第二次给他打电话。

嗯，是个好现象。

不过问题来了，昨天晚上，傅景深对于自己的表现有些质疑。

那么某些方面没有经验，该如何提高？

傅景深蹙着眉坐在办公椅上，神色有些肃然。

昨天晚上顾念若有若无的靠近、亲昵，就已让他溃不成军，今天思绪更是被彻底扰乱，无心工作，脑海之中挥之不去的都是女人的一颦一笑，还有女人叫疼的模样。

能让工作狂的傅景深无心工作，除了顾念，也没别人了。

嗯，经验……

如何提高是个问题。

傅景深抬手轻揉眉心……他一直认为这档子事是无师自通的。

例如少年的时候他不谙情事，因为顾念穿着丝质睡衣靠近，当夜就做了春梦。

后来凡是顾念靠近、撩拨，都会导致他身体异样，以及做春梦等。

所以，傅景深觉得……这事儿自己无师自通，虽然没有经验，但是他天赋不差，哪怕零经验值学起来，应该也不成问题。

现在主要的问题是他并不知道该如何去学习经验。

高中的时候，周围的同学或多或少都通过一些片子来学习。

他那个时候被顾念缠着，根本无暇顾及这些。虽然也有其他同学试图拉着他一块儿看，但是被他回绝了。

他的兴趣，只在顾念身上。

傅景深薄唇抿起，询问人？

问谁？

问谁傅景深都觉得问不出口。

了解一些生理课？

单单是想想，傅景深的耳根就有些不自然地发红，时间很快消磨到了下午五点。

傅景深仔细想了想，自己在学习方面能力不差，这东西就差实践了。

所以他得出的结论是，经验这东西靠实践，今天晚上他就开始实践。

时间又消磨了一点，到后面的半个小时对于傅景深而言简直是度秒如年。

时间怎么过得那么慢……

傅景深迫不及待地想去见顾念，却不乐意提前到，提前到了，藏好的心思也就暴露了。

好不容易消磨了半个小时，傅景深便快速站起身，拿起车钥匙离开了办公室。

木凡是傅景深的助手，见傅景深没到下班时间就出了办公室，神色一怔。

“傅先生。”

“嗯，不需要跟着。”

“好的。”

木凡点了点头，看着傅景深扬长而去，很是诧异，周遭的秘书更是忍不住隔着窗户议论开来。

“木凡，怎么回事啊？傅总今天居然走得那么早。”

“是啊，平时傅总可是出了名的工作狂啊。”

“哇，奇闻啊……不知道傅总去赴谁的约了。”

秘书们交头接耳说个不停，一旁的安萱脸色微微一变。

赴约……

是顾念的吧。

自己不能再这么坐以待毙了，得和傅家人知会一声，让傅家人警醒。

傅家人肯定不会愿意看到傅景深和顾念纠缠在一块儿的。

因为知道傅景深下午六点过来，顾念便提前十分钟下楼在顾氏门口等着傅景深。

见傅景深的车六点准时出现在顾氏门前，便快速上前坐在了副驾驶位置上。

“傅先生。”

“嗯。”

傅景深表情冷静，让人难以洞察他心底的情绪。

傅景深视线淡淡地扫向一旁的顾念，随后开口道：“你就穿这身？”

顾念瞧着自己身上的衣服，小西装，似乎显得干练了点，一点儿都不淑女……确实不像是赴约吃饭的。

“公司里没有合适的长裙，就只有穿来上班的这一套了。”

“嗯。”

傅景深应了声，熟练地加快车速，最后将车停在了市区的一家精品时装店门口。

“下车。”

顾念听傅景深这么说，神色一怔。

来买衣服吗？

“傅先生，不用了，南城别墅的衣柜里有很多。”

“我不可能让你穿这一身去顾家的，否则，他们会怎么看我？”

“好吧。”

顾念无奈地点了点头，跟上了傅景深的脚步。

进了精品店，顾念有些恍如隔世。

高中的时候，傅景深就喜欢带她来这家店买东西……

那个时候她还在上学，傅景深已经在部队混出名堂来了，但每个月的工资并不高，都攒着全部给她花，买吃的喝的，还有衣服，以及玩乐。

他手底下的人，都说他是妻管严。

顾念看了一眼店员，三年多，店员也给换了。

“先生、夫人好。”店员主动上前招呼道。

夫人……

自己和傅景深瞧着那么有夫妻相吗？

顾念没有留意到傅景深因为“夫人”两个字上扬的嘴角。

“想看点什么啊？”

“嗯，长裙好了。”

顾念快速扫向挂满一排的长裙，最后视线落在了不远处的棉质淡紫色长裙上：“那条吧，拿165的给我试一下。”

“好的，小姐。”

店员熟练地去拿适合顾念的款式，顾念悄悄地瞄了一眼身侧的傅景深，轻声询问道：“傅先生，你觉得刚刚那件怎么样？”

“可以。”

干净利落，符合傅景深一贯的做事风格。

“嗯。”

顾念换长裙的时候，傅景深走到高跟鞋前面，挑了一双白色的皮鞋递给店员：“等下夫人出来的时候，拿给她换上。”

“好的。”

店员纳闷为什么男人不亲自拿过去，却不敢多问。

顾念换好长裙之后，店员便送来了高跟鞋，是顾念喜欢的简单款式，素雅文静。

“谢谢。”

顾念换好高跟鞋之后，站在了镜子前面，随后将长发散落在肩头。

从小西装换成了长裙，确实整个人显得文静淑女了，有点女神范儿了。

小的时候顾念总想着穿裙子，这样显得自己女神……

结果裙子没个半天就被弄脏了……

幼时她性子毛躁，喜欢玩闹，没想到，现在性子倒是平静下来了。

唔，不知道这算不算是爸妈说的长大了。

傅景深凝视着盛装的女人，薄唇抿起，黑眸中闪过一抹惊艳之色，随后将卡递给了店员。

“刷卡。”

店员接过卡之后神色一惊，用得上这张黑卡的人，全k市只有一个。

店员原先就觉得傅景深面相矜贵，不是普通人，见男人掏出那k市唯一的黑卡，更是战战兢兢，能得到傅景深的光临，实在是觉得荣幸之至。

顾念见傅景深刷了卡，抿唇道：“傅先生……”

“你是我的妻子，穿我买的衣服很正常。”

顾念还未将话说完，傅景深已经开口打断，顾念咬了咬唇，也就没有再说什么。

多年来，傅景深对于她的心思心知肚明，她在男人面前好似透明人一般。

顾念和傅景深在店员的热情欢送下离开了时装店，顾念坐在车内看向时装店，有些感慨。

店面还是原来的地址，倒是人都换了。

这样也好，之前的人可都认识她和傅景深。

毕竟那个青春年少的时光里，总是有个穿着校服、扎着马尾的女孩子，拉着穿着戎装的少年进店，让他为自己刷卡埋单。

任谁都记忆深刻。

傅景深的豪车停在了顾家门口，顾念樱唇抿起，视线看向身侧驾驶位上的男人，有些紧张和忐忑。

主要是她和傅景深现在貌合神离，形同陌路。

顾伟倒是知道她和傅景深关系紧张，但是妈妈张琳不知道。

顾念知道顾城的事耗费了张琳太多心力，着实不想让她再为自己担心了。

傅景深见顾念在发呆，直接欺身上前。

顾念因为男人陡然靠近，身子变得紧绷起来。

咔嗒——伴随着她身侧的安全带被解开，顾念微微松了一口气。

傅景深则是淡淡地扫了一眼眼前的女人，开口道：“下车吧。”

“好。”

顾念跟着傅景深下了车，手心紧张得有些出汗，倒是傅景深镇定自若，主动伸出大手落在了她的肩膀上。

好亲昵的动作。

顾念有些恍惚……

原先站在顾家门口就可以瞧见傅家，三年前，她悔婚之后，傅家也就搬离了这儿，顺带拆去了原来的房子。

现在站在顾家门前，周遭都是空地了。

"景深、念念，你们回来了啊。"

顾伟和张琳热情地出门迎接，早在听到车声就出了门。

尤其是看到傅景深亲自为顾念解开安全带的模样，更是赞许不已。

顾念见张琳瞧着气色还不错，主动上前挽着张琳的胳膊，关切地询问道："嗯，妈，哥呢？"

"你哥还在医院做复健呢……妈知道你和景深回来，特地给你做了一大桌子爱吃的菜。"

"谢谢妈。"

顾念心里一暖，见张琳心情好，心底的负担却越来越重了，不知道傅景深的底线是什么，会不会突然大发雷霆，扬长而去。

"外面凉，快进去吧，这气温最近降得是越来越夸张了。"

"好。"

进了顾家，用人泡了茶，顾念和傅景深坐在沙发上，可以明显感觉到身侧的顾伟和张琳的紧绷。

眼前的傅景深早已不是当初和顾念青梅竹马的少年了，而是足以震慑整个k市的帝王。

加上三年前的事，顾伟和张琳对傅景深均心怀愧疚，所以再见面时，更加局促了。

尤其是现在顾家没落，全靠傅氏的资金链在撑着，顾伟和张琳越发觉得受制于人。

"念念，你和景深结了婚以后就好好的。"

"妈，我知道了，景深他对我很好，今天身上的裙子啊，就是他给买的。"

顾念见张琳担忧，大胆地伸出小手挽住傅景深的胳膊，嘴角上扬，笑得甜美。

傅景深因为顾念亲昵的动作，身子变得紧绷僵硬起来。

顾念则误以为男人不悦，顾不得其他。

"那就好。"张琳和顾伟对视一眼，点了点头。

这顾念啊，是两个孩子当中最顽皮的，可事实上也是最乖巧、懂事听话的……否则也不会在顾家出事之际，她一个女孩子挑起大梁来。

顾伟和张琳是既心疼又欣慰。

傅景深淡淡地扫了一眼身侧的顾念，瞧着女人笑靥如花的模样，心里不知不觉开了花，但是俊脸依旧冷漠，一副不苟言笑的模样。

"时间不早了，吃饭吧。"

顾伟主动开口道，张琳便立马热情地招呼顾念和傅景深入座。

顾念偷偷瞄了一眼身侧的傅景深，小手弱弱地从男人的胳膊上抽离，担心惹怒男人。

傅景深则因为女人抽离的动作冷了俊脸。

顾念可以明显感觉到男人身上的冷冽……有些不明所以。

刚刚她挽上男人的胳膊，男人表现僵硬，现在她抽离了，怎么男人又不高兴了?

顾念琢磨不透傅景深的情绪，只能跟在男人身侧坐在了位置上。

一大桌子菜，全部是顾念和傅景深爱吃的。

其实张琳和顾伟误以为傅景深爱吃的一些菜，都是顾念爱吃的。

傅景深对于吃的不挑，所以只要是顾念爱吃的，都是他瞧得上的。

顾念担心顾伟和张琳看出自己和傅景深的端倪来，便主动给傅景深夹菜……

"你……多吃点。"

"嗯。"

傅景深回应平淡，不温不火，顾念心里紧张不已。

傅景深虽然反应冷淡，却把碗里的饭菜全数吃完了。

傅景深的个性一向如此，除了对顾念才偶尔展露笑颜，顾伟和张琳也早就习惯了。

吃完晚餐，顾念不想在顾家逗留，想尽早离开，天公却不作美，下起了滂沱大雨。

顾念脸色微微一变，暗叫不好。

顾伟则赶忙道："下这么大的雨，今天晚上就别走了……景深啊，你和念念在念念的房间里住吧，自从念念回来后，她的房间被收拾得干干净净的。"

顾念闻言赶忙转过身看向傅景深，希望从男人口中听到否定的回答，没想到傅景深却欣然接受："好……爸，我知道了。"

这一声爸，着实让顾伟和张琳惊喜不已。

顾伟因为傅景深叫了一声爸都没有反应过来，还是张琳推搡他的胳膊他才回过神来："景深，别跟爸妈客气，有什么需要的和我们说啊……家里都有。"

"嗯，好。"

顾念一来是吃惊傅景深叫了爸，二来是诧异男人居然要留宿顾家。

傅景深还真的是不按常理出牌啊。

男人跟着她回来顾家全是应付，她还以为男人会迫不及待地离开的。

"念念啊，时间不早了，你先领着景深回屋吧……"

张琳柔声道，脸上满是欣喜之色。

顾念则味同嚼蜡，嘴角强挤出一丝笑："嗯，妈，我们先上楼了。"

"妈，晚安。"

傅景深淡淡地开口，但是一声爸妈无疑承认了顾伟和张琳的身份，也承认了他是顾家女婿的身份。

顾伟和张琳心中的石头终于落了地。

不容易啊。

看样子傅景深心头的刺算是去得差不多了，否则为人父母，总是担心顾念跟着傅景深受委屈。

当初傅景深有多爱顾念是所有人都看在眼里的。

只是这顾丫头被他宠坏了，不知道哪根筋搭错了，三年前居然悔婚和季扬那小子一走了之。

唉……

顾念跟着傅景深回了卧室后，顿时变得有些局促。

这里倒是承载了两个人少年时期的很多欢乐……

那个时候傅景深和顾城关系较好，傅景深时常来顾家玩。

少年们玩模型，顾念就玩娃娃。

后来自打她扬言要追傅景深之后，便时常缠着傅景深跟她回家，然后以询问作业为名实施调戏。

“景深哥，二元二次方程好难啊……喀喀，那你觉得我美吗？”

“顾念，我不瞎。”

“……”

“景深哥……请问你对早恋怎么看？”

“我认为你的班主任和数学老师会比较想回答这个问题。顾念，你是不是上课和其他男生传字条了？另外，你跟我说你数学考了六十分及格了，并没有告诉我，满分是一百五。”

顾念：“……”

回忆戛然而止。

顾念看向四周，卧室还是原先的装饰，公主床色系偏亮色，满室青春洋溢。

如果是三年前，顾念倒是喜欢这样的风格，三年后，不知道是不是她的个性变了，倒是喜欢安静的冷色系了。

房间里的摆设和之前差不多，书柜、书桌，以及衣柜……

顾念并不是一个非常热爱学习的人，所以单独给自己开辟了一处天地用来摆放玩具。

她从小到大的照片摆放在桌子上，照片上的小妮子笑靥如花，不难看出从小就是个美人坯子。

傅景深视线落在不远处书桌上的照片上，薄唇抿起。

这张照片是顾念和顾城、季扬以及自己的四人合影。

那个时候顾念上初中，自己和顾城、季扬在高中篮球队……

顾念打小就鬼灵精怪的，见自己和顾城、季扬在篮球队人气高，便主动担任起经纪人的角色。

例如帮忙给其他女生递情书、递礼物……从中筛选自己喜欢吃的东西，顺带威逼利诱让其他女孩子给她写作业……

总之无所不用其极。

因此，顾念经常坐在篮球场上瞧着他和顾城、季扬打篮球，时不时地欢呼，然后称这仨都是她哥……

顾念因此也被优待……

顾城是无可奈何，季扬是对顾念宠溺，傅景深则是伪装高冷，对此嗤之以鼻。

她不知道，那一球场的观众，只有她是他心中唯一的观众。

她不来，他便毫无动力与激情。

换言之，她不来，他打球给谁看？

两个人独处一室，顾念有些尴尬，整理好思绪后，主动开口言谢："傅先生，刚刚在爸妈面前，多谢您了……"

其间顾念挽过傅景深的胳膊，男人僵硬过，顾念还担心男人动怒了，所以用词格外客气，还用了"您"，希望缓解一下傅景深的怒火。

殊不知，顾念客气地用了一个"您"字，让傅景深的脸色顿时变得冷冽起来。

"顾念，我的时间很宝贵，一般我晚上会办公到十一点，从今天下午六点计算，到晚上十一点，你足足浪费了我五个小时的时间。"

就知道傅景深不是那么一个……好说话的人。

"嗯，抱歉。"顾念硬着头皮点了点头。

"另外……顾叔和顾婶也是我的长辈，我并不是看在你的面子上，纯粹是看在过去他们对我的照顾。"

"嗯。"顾念轻抿唇瓣，再度点了点头。

"其实你觉得为难的话，我们刚刚可以回去的。"

傅景深听闻顾念的话，脸色微微一变，随后劈头盖脸地怒斥道："顾念，下雨开车危险，难道你不知道吗？"

好吧。

顾念点了点头，在傅景深面前，她好似做错事的孩子。

那么今天晚上，她和他无疑得留宿顾家了。

问题来了……

本来今天晚上她还想为了孩子努力一下的，但是这里……没有丝质睡衣啊。

顾念觉得，自己搓衣板的身材，没有丝质睡衣的帮忙，似乎……没有什么成效啊。

昨天傅景深对她来了"性趣"，顾念认为很大程度上是丝质睡衣帮了忙。

因此她犯难了……

还有一个很重要的问题，这里似乎也没有安眠药啊，如果没有安眠药，连傅景深的靠近，她都是抗拒的。

窗外的雨声越来越大，逐渐变成了滂沱大雨。

房间里倒是显得静悄悄的。

顾念借口去给傅景深找睡衣，顺带跟张琳要了两颗安眠药，谎称自己下雨失眠。

顾家原先是没有安眠药的，家里出事之后，张琳也失眠，所以备上了。

顾念小手攥着两颗安眠药，拿着干净的睡衣回到了卧室。

浴室内响起了阵阵水声，顾念下意识地咽了咽口水……

现在是不是个好机会？不需要丝质睡衣？

一想到这儿，顾念小手有些发抖地将两颗安眠药送到了嘴里，随后咽了下去。

稳定心神之后，顾念颤抖地踱步到浴室门口，然后伸出小手敲了敲。

“傅先生。”

她这么直接进去……着实尴尬。

想了想，顾念抬手将卧室的大灯给关了，顺带给浴室留了小灯。

傅景深侦察力满分，浅眯黑眸，可以准确地听到浴室门被打开，随后女人娇小的倩影溜了进来。

傅景深脸色微微一变，快速将身上冲洗干净，随后关上水，顾念则借着微弱的灯光靠近了傅景深。

“我……”

窗外的雨声很大，顾念因为害羞，声音好似蚊子一般，很轻、很低，却似在挠傅景深的心尖。

“那个，啊……”

顾念没注意，脚下一滑，整个人直接撞向前，傅景深手疾眼快，迅速将女人搂入怀中，大手落在女人纤细的腰间。

傅景深显然是刚洗好，顾念的脑袋直接摔向了男人健硕的胸膛，疼得不行。

顾念咬了咬唇，被撞得有些头晕目眩。

顾念咽了咽口水，鼻息之间是男人身上淡淡的沐浴乳的味道。

那个刚好是自己最喜欢的味道。

顾念虽然吃了安眠药，困意袭来，可是伴随着傅景深的靠近，还是止不住地身子微微发颤。

无须任何言语，足以看出女人的主动，傅景深薄唇抿起，微弱的灯光下，女人长而翘的睫毛颤抖着，惹人怜惜。

傅景深的黑眸变得炙热起来，凝视着眼前的女人，眼中闪过一抹错杂的异样神色。

三年了……

女人的一颦一笑，总是深深印刻在他的脑海里。

哪怕他闭上眼睛……给他纸和笔，他也能够勾勒女人的容颜。

时间仿佛在这一刻定格了，气氛变得冷凝，顾念有些发颤，琢磨不透傅景深的用意。

是生气，还是……可以继续？

她毕竟没穿丝质睡衣……

顾念想了想，轻抿唇瓣：“衣柜里……没有丝质睡衣了……”

傅景深：“……”

听着女人这般娇嗔的话，傅景深仿佛见到了三年前的顾念，迷糊、可爱、撒泼。

“啊……”

顾念此话一出，整个人被傅景深迅速抱在怀里，向着卧室方向走去。

意识到男人可能要做些什么，顾念紧张地攥紧小手，随后整个人被男人放在了大床之上，男人随即压了下来。

比起上一次，这一次，傅景深脱衣服的动作更加娴熟了些。

顾念很快就感觉到身上一凉，但是越发衬托出男人胸膛的炙热。

顾念紧张地咽了咽口水……

殊不知，紧张的不只顾念一个人。

还有傅景深。

傅景深虽然坚信实践是检验真理的唯一途径，但是真的到实践的时候，却又有些紧张……

毕竟，傅景深对自己进行了重新定位，他并不是经验少，而是零经验。

傅景深试探性地撩拨着顾念，却迟迟没有得到顾念的反应。

傅景深蹙了蹙眉，不知道自己是哪个步骤错了。

或者是……技术不够？

傅景深薄唇落在女人的红唇之上，极尽可能地诱哄着顾念放松自己。

“放松一点……不要那么紧……绷……”

“嗯。”

顾念点了点头，颤抖地闭上美眸，想着睡觉的事，这样就可以分散自己的注意力了……

至于放松，紧绷……

顾念其实也是个生手，她如果想着这方面的事，就会更紧张，过往的一些噩梦般的记忆就会席卷而来。

所以傅景深让顾念放松，顾念就想着让自己入睡，并不是情动。

总之……两个人好似擦肩而过，分道扬镳。

傅景深努力了很久，却没能察觉到顾念的情动。

傅景深蹙了蹙眉，到底是顾念这方面反应慢，还是他真的技术不好？

顾念觉得自己越来越瞌睡，意识变得模糊起来，主动伸出小手环住男人的腰身，下意识地鼓励男人的行径，否则她担心自己真的睡着了可就不好了。

傅景深因为女人的暗示，试探性地欺身压下，凝视着女人的黛眉。

顾念的黛眉迅速蹙了起来，女人咬着唇，好似在忍耐。

傅景深抿了抿唇："疼吗？"

疼？

顾念听到傅景深的话，知道男人还没做些什么，只是自己耐不住疼。

她想要和傅景深关系更进一步，稳固她傅家少夫人的位置，不想让顾家人担心。

还有一个最主要的原因：傅家……并不欢迎她……

"不疼。"

顾念虽然说着不疼，但是声音已经发颤了。

傅景深凝视着顾念倔强的模样，手落在顾念白皙的小脸之上，强忍住体内的欲求，哑声道："嗯，那今天先这样，明天晚上再做。"

什么？

傅景深要走？

顾念可以感觉到男人从自己身上起身，随后睡到了她身侧，顾念咬了咬唇，困得不行，却也惋惜得不行。

错过了今天……明天晚上真的能成功吗？

顾念咽了咽口水，深呼吸一口气："傅先生，对不起。"

如果不是她刚刚始终没有情动，忍不了疼，毫无反应，好似木头，傅景深又怎么会停止呢。

顾念主动道了一声"对不起"，让傅景深眯起了黑眸。

顾念的小心翼翼，倒是让傅景深无所适从。

傅景深怀念的是三年前，女人的娇嗔以及飞扬跋扈，仗着自己宠她，为所欲为……

"嗯，睡吧。"

"唔……"

有了傅景深发话，顾念很快就沉沉睡去，其实她早已困得不行了。

傅景深见女人入睡，拿出手机看了一下时间，晚上十点，他刚准备放下手机，却无意间看到手机推送的天气预报的消息。

推送的城市并不是k市的，而是西雅图。

自从三年前，她离开k市，和季扬出了国，他手机里的天气预报便不再是k市，而是她所在的城市，西雅图。

顾念睡得香甜，傅景深却毫无睡意。

一夜无眠，其间傅景深实在受不了身体的紧绷，独自去浴室洗了个冷水澡。

毕竟，软玉温香在怀，任谁都受不了。

更何况……他还是个毛头小子，在她面前，自制力更是为零。

傅景深重新回到卧室，又担心自己身体冷，让顾念受冷。

傅景深等到身体暖和起来之后才主动把顾念搂入怀中，很是满足。

嗯，傅景深，你就这么点出息。

第二天，顾念是被张琳给叫醒的。

张琳将衣服递给顾念，随后喋喋不休道："念念，你这孩子，都九点半了，还在睡，景深一早就醒了。"

完了，都九点半了……

顾念抬手揉了揉眉心，打了一个哈欠，咬着红唇，看样子下次得弄闹铃了，否则又得晚起了。

"景深还是疼你，见你还在睡，不让我们叫你，但是你们俩还得上班啊。"

顾念听着张琳的念叨，快速穿上衣服，轻笑出声。

好久都没有听妈妈念叨了，她觉得好怀念："妈，我知道了……"

昨夜还是滂沱大雨，今天已经是艳阳高照。

顾念快速下楼，张琳已经准备好丰盛的早餐。

傅景深双腿叠放着优雅地坐在沙发上，顾伟不知和傅景深在聊些什么，显然兴致很高。

"念念，你和景深先吃，我和你妈去医院了。"

"好。"

顾念乖巧地点了点头。

见顾念吃得差不多了，傅景深薄唇抿起："我送你去公司。"

"好。"

顾念点了点头，嘴角挤出一丝笑，迅速将碗里的早餐吃完跟在了傅景深身后。

"抱歉，傅先生，让你久等了。"

"刚刚和顾叔下了两盘棋，所以顾念，我并不是刻意在等你……"

"嗯。"

顾念坐进车内，余光偷瞄男人，想着继续道歉，毕竟伸手不打笑脸人："傅先生，昨天晚上……"

"昨天晚上是我突然没了兴致，和你无关。"

傅景深这么把责任揽在自己身上，顾念也就没有什么好说的了。

"嗯。"顾念点了点头，系上了安全带。

顾念脑海之中突然一闪而过的是男人说"那今天先这样，明天晚上再做"。

如果今天晚上约的话，她岂不是又得吃安眠药了？

她对这件事一直是有阴影的，所以无论傅景深如何撩拨，总是不会情动，所以受不了那撕裂的疼。

这该怎么办？总不能自己再吃那种药吧？

车厢内一阵缄默。

顾念看向窗外，没有留意到正在开车的男人余光凝视着她。

到了顾氏楼下，顾念乖巧地解开安全带："多谢傅先生……"

"嗯。"傅景深语气淡漠，让人洞察不了男人的情绪。

顾念到了顾氏之后，财务又来通报了资金使用情况。

傅氏强有力的资金链并未断过，但是顾氏用得越多，表明日后偿还的压力越大。

"对了，莱雅，从景少那边拿到的精油原料使用了吗？"

"是的，不过顾小姐，顾氏的香水销售商还没有定下来，原先和顾氏合作的销售商，前些日子都取消合作关系了。"

先是被赵家断了原料，如今销售犯愁也是常事……

毕竟那些销售商多半以为顾氏从此一蹶不振，指不定顾氏垮台了，销售商根本没货去卖。

"我会想办法和合作的销售商联系的。"

"这些原先都是顾总亲自联系的，顾小姐，您要不要知会顾总一声啊？"

"不必了，我不想让他担心。"

顾念抬手轻揉眉心，随后道："等下把销售商的资料准备好了给我。"

"好的。"

没有景瑞的打扰，顾念一天的办事效率还算高。

景瑞没了动静，顾念暗暗松了一口气。

景瑞其实也就是玩心重，当初她上学的时候吸引了男人的注意力，如今见她归国，便折腾一番。

折腾一番之后应该是觉得她没有多少意思，也就不了了之。

下午六点，顾念先是去药店随意地将常见药都买了些，然后独自开车回到了南城别墅。

刚回别墅，看到别墅外停着的豪车，她脸色微微一变。

不是傅景深的车，会是谁的？

住在南城别墅这么久，她还没见外人来过。

顾念刚走进客厅，春嫂便神色慌张地迎上来使眼色："那个，念念，你回来了。"

"嗯。"顾念点了点头，视线看向坐在沙发上的傅家人，脸色微微一变。

是傅景深的父亲傅杨还有母亲袁珊。

傅杨和袁珊虽然人到中年，但是保养得极好，两人看她的眼神都并不友善。

顾念后背顿时泛起一阵凉意。

前些天她和景瑞在大庭广众下招摇过市，傅家人找上门也是迟早的事。

只是她没想到这么快就找到南城别墅了。

看样子她和傅景深的关系也瞒不住了。

顾念迅速镇定下来，嘴角挂着浅淡的弧度，礼貌恭敬地道："傅叔叔、袁阿姨，好久不见。”

“春嫂，去泡茶。”

“是。”

傅杨没有回答，袁珊则是让春嫂去泡茶了。

顾念脸色微微一变，袁珊这句话，应该是给自己下马威。

她提前差遣春嫂，是在告诉自己：自己是客，她是主。

顾念凝视着前方的袁珊，神色错杂，小手紧攥成拳，嘴角却始终噙着淡淡的弧度，轻声道：“春嫂，给我一杯牛奶就好。”

“好的。”

顾念和傅景深领证是事实，现在她是傅家的少夫人，所以并不打算被傅家人压着气焰。

这样是永远没有办法和解的。

毕竟要想和傅家和解……公平相处是最重要的。

只可惜，三年前，她把傅家上上下下得罪惨了。

顾念乖巧地坐在沙发上，神色平静，心底却已经乱成一片。

傅景深什么时候回来？

她和傅景深已婚的事，是傅景深开口说，还是自己说？

万一傅景深再把自己怀孕的事说出来怎么办？

自己这肚子可是假的。

尝试着和傅景深成真正的夫妻对她而言都是困难的事，那么短的时间，再要个孩子更困难。

顾念美眸中闪过一抹暗光，见春嫂送来了牛奶，顾念端起来轻抿一口，礼貌性地挑起话题：“傅叔叔，傅老爷子身体怎么样？”

“还不错。”

傅杨的话语不冷不热，显然是不想给什么好脸色。

顾念并不怪他……

当初自己羞辱的岂止傅景深，还有整个傅家……

“少爷……少爷回来了。”

客厅的气氛正陷入尴尬的时候，春嫂突然激动地走进客厅道。

顾念美眸一亮，不着痕迹地松了口气。

春嫂悄悄地凑近顾念身侧，小声道：“少爷效率真高，打电话才没多久就赶回来了。”

春嫂算算路程，开车回来最起码得半个多小时啊，没想到少爷居然花了不到二十分钟就飞奔而来。

原来是春嫂啊。

顾念心里感激，点了点头，“谢谢春嫂。”

傅景深颀长的身影走进客厅，黑眸瞬间定格在顾念身上，见顾念无恙，松了口气，随后视线不着痕迹地离开：“爸、妈，你们怎么来了？”

说完，傅景深直接坐在顾念身侧，袁珊和傅杨的脸色顿时不好看起来。

“你好些时间不回傅家了，妈想儿子了，所以只能找上门来，也想看看，你是因为什么不归家。”

袁珊的话透着冷意和责难，傅景深闻言轻抿唇瓣，顾念则暗暗咋舌……

袁珊的个性无疑是强势的。

当初袁珊和傅杨的结合，一度让人羡慕……

傅杨年少入伍，到现在小有成就，前途更是一片光明。

袁珊毕业于高校，天之骄女，名门淑女。

这场姻缘无疑是让周遭人叹为观止的。

傅杨因为入伍，性格古板，不苟言笑，袁珊更是骄傲。

所以傅景深的性格无疑是遗传他俩，淡漠如水，高冷得让人难以靠近。

所以，这傅家的人……均不好应对。

袁珊的话，无形之中责难了傅景深，又责难了顾念。

毕竟是顾念让傅景深不归家的……

“春嫂，准备晚餐，爸、妈，你们晚上留下来一块儿用餐吧。”

傅景深薄唇微微勾起，并未直接回应袁珊的话，打了个擦边球。

“不必了，我们吃过了。”袁珊摆了摆手：眯了眯眼，随后漫不经心地开口道。

“对了，顾小姐，季扬如今怎么样了？算算日子，当初你们一道出去留学，已经有三年没有见到他了。”

袁珊是故意的，哪壶不开提哪壶。

顾念小手攥紧了几分，嘴角挤出一丝笑：“嗯，听说把季家的一些业务拓展到西雅图了，具体的我也不太清楚。”

顾念实事求是地道。

“那孩子对你可是一往情深，你去外面留学，他啊……就把季家的业务开拓到海外。这做生意的人啊，最大的忌讳，就是换来换去的，国内的生意熟门熟路的，国外的生意哪有那么好做啊。”

袁珊此话一出，顾念可以明显感觉到身侧傅景深气场变冷，让人不寒而栗。

傅景深是个骄傲的人，季扬和顾念当年的事，无疑戳痛了男人的骄傲。

“对了，顾小姐，听说顾家出事了啊……”

“嗯，经营上遇到点小问题。”

顾念直接承认，并不打算否认。

“那你可以找景深帮帮忙……这么大的烂摊子可不是什么小问题。”

“嗯。”

“你说这人可真有意思……一走三年没见人影，出了事就见到人了。”

言下之意，讽刺顾念的突然出现是因为顾家的事。

自己如今有求于傅景深就出现了……无非利用他。

顾念心里忐忑，余光看向身侧的傅景深，袁珊的几句话还真是句句利刃，刺进她的心尖，同时也给傅景深敲响警钟。

傅杨见不得袁珊暗里藏刀，显然是不想再兜圈子了，直来直往道：“景深，你不是说不会忘记当年的事吗？”

“傅杨……你这是做什么，顾小姐还在呢。”

袁珊开口制止道，却没有丝毫拦着的意思，而是等着看傅景深和顾念如何招架。

顾念垂下美眸，该来的迟早是要来的。

“叫爸妈。”

顾念听闻傅景深的话一下子没有反应过来，神色一怔，侧头看向傅景深，就听到男人一字一顿，认真道：“还愣着做什么，叫爸妈。”

顾念迅速回过神来，知道傅景深要公布和自己结婚的事了。

调整好情绪之后，顾念恭敬地开口道：“爸、妈……我和景深已经登记结婚了。”

顾念刻意强调她和傅景深登记结婚的事实，表明木已成舟。

此话一出，傅杨和袁珊脸色一变，随后勃然大怒。

“傅景深，你吃了豹子胆了，这么大的事也不和家里知会一声。”

“是啊，景深，你娶谁不好……顾家落难，顾念归国……这一切，你难道都看不出来吗？”

傅杨和袁珊你一言我一语，顾念听得呼吸一紧。

其实她真的很担心，傅景深会爆出她怀孕的事……

毕竟这个理由足以说服他们，而且傅景深也可以不受牵连。

“她……一直是我想娶的人。”

听着傅景深的话，顾念心底深处忽然被敲动一般，怦然心动。

袁珊思索片刻，毫不犹豫地开口道：“景深，一时受了迷惑，情有可原，结了婚的人，也可以离婚。”

听着袁珊的话，顾念心底一颤。

能开口让儿子离婚，袁珊的心倒真的是狠。

傅景深不着痕迹地将顾念揽到身后，缓缓说道：“傅家男儿世代从军，妈，您和爸当初就是军婚，我虽然退伍从商，但是依旧是顾问，我和顾念就是军婚。军婚受法律保护，如果试图破坏，会受到刑法的严惩。”

没承想儿子居然如此反驳自己，傅杨气得不行：“好，你的事我不过问了……”

说完，傅杨扬长而去，袁珊心底着急，看向眼前的傅景深和顾念，厉声道：“景深，好自为之……”

傅杨和袁珊甩脸离开，顾念心里有些不是滋味，随后跌坐在沙发上。

时隔三年……又见面了，恨意不减……

顾念还以为可以视其为路人，结果发现她根本做不到。

春嫂见傅杨和袁珊赌气离开，心里着急，赶忙上前劝告道：“少爷，您明天赶快带着念念回傅家赔礼道歉吧。

“老爷子原先那么喜欢念念，一定会开心的……

“真好啊，有情人终成眷属啊，你们俩居然结婚了啊。”

“嗯，春嫂，你早点回去休息吧。”

“好的。”

春嫂走后，顾念抬眸看向眼前的傅景深，轻声道：“我还以为你会说孩子的事。”

顾念心底琢磨着傅景深的心思，因为提及孩子的事可以一劳永逸，却不知傅景深为什么放弃了这条捷径。

“无论是我，还是傅家，都不受任何人威胁……”

原来是这样。

傅景深那么骄傲，如何现在说孩子的事，无疑又把骄傲践踏在脚底下了。

顾念一下子明白了傅景深的用意……

原来是自己多想了。

“嗯。”顾念攥紧小手，脸色有些苍白，“刚刚谢谢你。”

春嫂准备了丰盛的晚餐。

顾念胃口一般，简单吃了些之后，便回到了卧室。

傅景深倒是神色平静，见不到心理波动。

顾念回到卧室，浅眯美眸，思索着傅家的事。

想必傅家现在一定是一团糟了。

她的本意不是如此的，只是自己当初好似入了局，然后一步一步着了道。

她回到k市，嫁给傅景深……从此就再无宁静。

昨天晚上傅景深说先这样，今天再做的。

嗯……丝质睡衣，洗澡……还有安眠药。

对了，她买了一大堆药在楼下……

顾念脸色微微一变，刚刚因为刚进门就看到傅杨和袁珊，药袋都没来得及收拾。

顾念快速向着楼下走去，如果被傅景深和春嫂发现，那她就解释不清楚了。

顾念下楼的时候，傅景深正坐在沙发上看报纸，双腿叠放，姿态极其优雅。

顾念见自己买来的药袋就在男人身侧，抿了抿唇。

傅景深则是看着顾念突然赤脚下楼，蹙了蹙眉：“怎么了？”

“没事……来拿一下东西。”

春嫂已经离开，偌大的客厅只有顾念和傅景深两个人，显得有些尴尬。

“嗯。”

顾念见傅景深淡淡地扫了自己一眼，随后视线移开，快速上前把袋子拎在了手里。

“那我先上楼了。”说完，顾念就想转身离开，随后男人磁性的嗓音在身后响起。

“慢着。”

“……”

顾念脸色微微一变，拎着袋子的小手泛出冷汗。

“怎么了……”

“以后不要赤脚。”

“……”

顾念重重地松了一口气，随后点了点头：“好。”

顾念拿着药袋回到卧室之后，便一股脑全部丢进了药箱里。

她比较盲目地拿了一些药，其实也不知道该吃些什么。

顾念犯了难，犹豫的时候，听到男人的脚步声靠近，便迅速将药箱收了起来。

“傅先生。”

“嗯。”

卧室内，随着男人的走近，仿佛气氛都变得紧绷起来。

顾念咽了咽口水，缓解男人带来的压迫感。

完了，她还没吃药，也没有穿睡衣，显然是不行的……

偏偏傅景深凝视着她的视线变得异常灼热起来，顾念越发觉得身上肌肤泛红，也变得发烫了。

“我……”

顾念还想说些什么，傅景深已经迅速上前，大手一挥，将她整个人揽入怀中。

完了……

随着男性荷尔蒙充斥鼻间，顾念瞬间感觉到后背一阵发凉，随后有些打战。

不过傅景深并未有什么其他举动，只是抱着她。

傅景深薄唇缓缓勾起，其实刚刚看到她赤脚的模样，他就想要抱她了，想把她抱在怀里，想宠她……

他对她向来硬不下心肠。

现在也是如此……

为了她，他和整个傅家为敌；为了她，让自己成为全k市的笑柄。

傅景深越抱越紧，顾念慢慢觉得呼吸都变得困难了，试图推开男人，借口去洗手间，但是下一瞬，傅景深就把她拦腰抱起，向着沙发处走去。

沙发比起床而言，更容易把顾念困在角落。

顾念咽了咽口水，哑声道：“傅先生……我还没洗澡。”

“等下一起去洗……”

见顾念今天有所抗拒，傅景深不悦地蹙了蹙眉。

“那个……我还没有穿睡衣……”

“对我而言，都是要脱的。”

顾念一下子想不到好的理由了，紧张得额头上都是汗。伴随着男人大手落在她的腰间，顾念整个人变得僵硬起来。

就在她时刻紧绷的时候，手机响起，顾念神色一喜：“我接电话。”

说完，顾念鼓足勇气推开了傅景深，抬手探向一旁的柜子，拿过电话。

手机屏幕上闪烁着的名字，让顾念和傅景深均脸色一变。

季扬。

顾念知道季扬是傅景深心底的刺。

如果是平日里，顾念是断然不会在傅景深面前接这个电话的。

只是如今……她不得不接。

接电话是个很好的借口，否则她在床第之间拒绝傅景深，后果更严重。

而傅景深已经看到季扬的来电，如果她不接，更加说明心里有鬼。

顾念深呼吸一口气，接通了电话，但是并未走远，而是坐在了沙发上。

毕竟她和傅景深是夫妻，而她和季扬又没有见不得光的关系……

“季扬哥……”

因为傅景深和季扬都比顾念年长，所以顾念习惯性地叫景深哥、季扬哥。

这一声季扬哥，让傅景深浅眯黑眸，记忆仿佛一下子就被拉到了三年前。

景深，抱歉，我不能和你订婚了，我爱上季扬哥了，我们准备出国，离开k市。

傅景深大手不着痕迹地攥紧，眸子冷冽如冰。

“念念，我准备回k市了。”

电话那头季扬的第一句话，无疑投下了重磅炸弹一般，在安静的卧室内，傅景深和顾念均能听到。

顾念神色一怔，心底有诧异，也有欣喜，随后轻声道：“要回来了啊……”

顾念念着季扬所说的话，慢慢消化着这个事实。

“嗯。”

你在这儿……我能去哪儿？

当初顾念想要离开k市去西雅图留学，季扬便丢下了k市季家打拼多年的市场，去西雅图重新拓展蓝图。

当初顾念并不愿意让他陪同，他便谎称早就想拓展季家的业务。

顾念也就应允了。

如今，顾念归国……偌大的西雅图只有他一个人。

而顾念在k市形单影只，他也放心不下。

“季扬哥……西雅图的业务，你开拓了三年。”

怎么舍得说离开就离开。

当初季扬白手起家，有多辛苦，顾念是看在眼中的。

华人在外创业，受人冷眼，被差别对待，总之……季扬在k市是天之骄子，在西雅图，无疑是被冷待的。

季扬磁性愉悦温润的嗓音在电话那头响起：“念念，你知道的，我并不是一个把事业看得最重要的男人。”

都说男人最重要的是事业，偏偏季扬反其道而行之。

季扬是家里独子，季家人其实心里一直盼着季扬归国。

并不是一个把事业看得很重要的男人?

当初是谁跟她说，要在西雅图大干一番事业，所以才和她离开k市?

顾念摸摸鼻子，她似乎无形之中又拖累季扬了。

“嗯，季扬哥，那你什么时候到机场，我去接你，请你吃饭。”

顾念不敢看傅景深冷冽的俊脸，男人身上散发着冷冽的气场，几乎要将她吞噬。

“一周后，这边还有些事，我得处理一下，善后。”

“好，到时候机场见。”

顾念嗓音轻柔，好似春风一般，季扬嘴角上扬，心底微微一动。

“嗯。”

顾念挂断电话，听得出来季扬欲言又止。

她归国之后，季扬比较担心顾氏和她，曾经想和她一块儿回来的。

只是她已经拖累他那么长时间，不想再亏欠他了。

顾家是个烂摊子，就得自己扛。

顾念战战兢兢地挂断了电话，视线看向身侧的傅景深，可以敏锐地察觉到男人身上的怒火。

顾念暗暗咬唇，随后看向药箱所在的位置，颤声道：“我去洗澡……”

洗澡之后换上丝质睡衣，顺带把药吃了，继续刚刚没做完的事……

是傅景深说过的，今天继续。

“顾念……你可真行。”

傅景深并不是一个有耐心的人，却在顾念身上耗费了太多耐心。

顾念的手腕被傅景深强有力地扣住，根本挣脱不开。

顾念手腕疼得厉害，轻抿唇瓣：“我……”

顾念紧张得心颤，暗暗在想，自己和季扬是清白的，但是他们的关系在傅景深心底已经扎根，落刺。

傅景深深深地注视着眼前的女人，谈不上倾国倾城，在他看来却翩若惊鸿，就是让他着了魔。

“我还有事，先回公司了。”

顾念见傅景深要走，脸色微微一变：“傅先生。”

顾念下意识地伸出小手拉住了男人的胳膊。

她心里有些着急，不知道该怎么解释和季扬的事，这原本就是越解释越乱的。

“刚刚是我没准备好……我……”

“不必了，我没兴趣。”

顾念：“……”

“昨天晚上，还有刚刚……”顾念下意识地反驳傅景深的话，说完之后就觉得自己失言了。

昨天晚上，明明是傅景深主动的……

还有刚刚，也是傅景深主动的。

傅景深听闻顾念的话，俊脸再度冷了几分。

果然，爱情之中谁先失了心，谁就开始犯贱了。

傅景深转过身，凌厉的视线扫向顾念拉着自己胳膊的小手，顾念心惊肉跳，随后缩回了小手。

还记得当初她归国，有求于傅景深，男人要离开的时候她也拉住了男人的手。

“不要碰我，我嫌脏。”

男人嫌恶的话如利刃印刻在她心尖，挥之不去。

顾念局促之际，傅景深踱步逼近。

“顾念，男女之事，谈不上谁主动，我是个正常的男人，解决自己的欲求是人之常情。再者说，你自己穿上丝质睡衣勾引我，我不为所动，岂不是不解风情。”

顾念脸色苍白了几分。

傅景深言不由衷，见顾念小脸苍白，心底一痛。

季扬是他的魔念，他就是担心控制不住自己的怒火，担心伤了她才想离开。

没想到，他还是控制不住自己，伤了她。

伤在她身、心，均是十倍百倍付诸他身上。

傅景深抿了抿唇，随后摔门离开，留下顾念一个人在卧室里。

顾念看着男人决绝的背影，攥紧小手。

明明一切在往好的方向发展，她以为可以守得云开见月明……

可事实上，她和傅景深只是不提当年的事，那件事并不是被抹去，而是被彼此压下，像是一颗定时炸弹。

现在两个人的关系，毫无好转，都是她在自欺欺人……

傅景深离开之后，驱车前往傅氏。

深邃黑眸中是复杂难言的情绪。

当年，最先知道他爱上顾念的人，是季扬……

他虽然对顾念看似不屑一顾，事实上，余光里都是她。

少年的心思，兄弟之间一清二楚。

季家书香门第，季扬为人更是温润如玉，他待所有人都很好，但均是礼节性的，唯独对待顾念的时候，有了七情六欲。

凡是顾念出现的地方，他的目光全数聚集在顾念身上。

因此，最先知道季扬爱上顾念的人，是傅景深。

傅景深大手落在方向盘上，思绪有些飘远。

他不清楚自己什么时候爱上顾念的，也可能是打小和顾城玩闹的时候，就对那个小调皮鬼动了心思。

他虽然喜怒不形于色，到底还是越来越绷不住了。

毕竟，顾念找上他是一时赌气，他何尝不明白少女莽撞、玩闹的心思。

至于季扬，到底生活是个狗血剧，情同手足的挚友爱上同一个女人。

傅景深何尝没想过要不要让步，从小到大，他可以让任何季扬感兴趣的东西给季扬，只是，顾念是他心尖之人，他根本让不了。

傅景深走后，顾念心思凝重，一夜无眠。

第二天，顾念是被大王闹醒的。

可能是没有傅景深在的缘故，大王大胆激动地往顾念怀里凑个不停。

“汪汪。”

“……”

顾念见大王一大早就无比激动的模样，终于有了好心情。

“早。”

顾念迅速洗漱好下了楼，春嫂已经准备好丰盛的早餐。

春嫂没有询问傅景深的下落，顾念本想询问昨天春嫂回傅家之后的情况，想了想，还是没问。

她和傅景深的关系暴露了，去傅家拜访是应该的。

傅家的情况，到时候她亲自体会吧。

顾念赶到顾氏后，便安排莱雅准备礼物。

景瑞倒是没个踪影，他越是不出现，顾念心里越是不安，有些像暴风雨之前的宁静。

但愿是公子哥儿对她失去兴趣了，而不是……在伺机而动。

顾念中午吃完春嫂送的午餐之后，便驱车带着春嫂一块儿回了傅家。

傅老爷子性格执拗，虽然年纪大了，身上的气势却不减当年。

多年来，虽然傅老爷子早已退位，但是长子傅杨还在。

“念念，你回傅家也不和少爷说一声吗？”

“不用了，和他说一声再回来，倒像是用他来造势似的。”

傅老爷子最厌恶的，就是假借权势作威作福。

顾念嘴角挤出一丝笑意，走到门口，却被门卫拦了下来。

“这位是顾小姐。”春嫂率先开口道。

门卫闻言愣了一下，随后脸色微微一变。

“好的，顾小姐请进。”

门卫仔细一瞧，便认出来了，三年前，顾小姐是傅家的常客，然后，顾小姐就没有再出现过了。

顾念走到客厅的时候，傅老爷子正在客厅独自下棋，琢磨着水晶棋盘上的棋局，很是认真。

傅杨和袁珊则坐在沙发上在议事，神色凝重。

“爸，您说该怎么办？景深这孩子……一定是被顾念迷惑的。”

“但是这婚姻已经是事实了，军婚……可是离不得啊。”

“前些天，顾念和景家的景瑞一同出席宴会，举止亲昵，关系不一般……三年前和季扬，如今和景瑞，这顾念啊，不简单。”

袁珊恰到好处地点到为止，正好看到顾念的身影，轻哼一声。

春嫂则赶忙开口道：“老爷子、先生、夫人，顾……不是，少夫人回来了。”

春嫂换了称呼，随后帮忙从顾念手中将顾念拎着的东西放在一旁。

顾念报以浅淡的笑，看向傅老爷子、傅杨和袁珊，主动开口道：“爷爷，爸……妈。”

傅杨并未应声，袁珊也轻哼一声没给什么好脸色。

傅老爷子眯了眯眼眸，瞧着顾念宠辱不惊的样子。

这丫头越发干练，和原先的小丫头片子的鬼灵精怪判若两人。

那个时候，他总想着这丫头什么时候能成熟些。

现在这丫头倒是脱胎换骨，女大十八变了，他倒有些不习惯了。

“顾丫头，景深终归还是没逃出你的手掌心啊。”

傅老爷子缓缓开口，话语掷地有声，透着几分威严和凉意。

顾念轻抿嘴角，随后坐在老爷子面前，主动陪着老爷子下棋。

“您倒不如说，是我没有逃出他的手掌心，三年前，想悔婚一走了之，今儿，还是乖乖地做了傅家的孙媳妇。”

“你这丫头，倒是一如既往地伶牙俐齿啊。”

傅老爷子轻笑出声，这顾念啊，骨子里还是没变，只是时间把她雕琢得成熟罢了。

顾念瞧着傅老爷子展露笑颜，微微松了一口气。

“怎么，景深没陪你一块儿回来？”

“嗯，他工作忙。”

顾念温柔地应了声，傅老爷子闻言下棋的动作一滞，琢磨着顾念脸上细微的表情。

“爷爷、爸妈……之前结婚的事没有和你们说，抱歉。”顾念主动开口道歉。

袁珊闻言反击道：“顾小姐，当年你原本该和景深结婚，结果你悔婚，消失三年……现在顾家出事了，你人也出现了，还嫁给景深，是不是太偶然了？”

老爷子最忌讳的就是利用权势，顾念闻言攥了攥小手：“的确……如您所言。”

顾念并未否认袁珊的话，而是诚实作答。

“当初顾家出事，我的确是要找傅景深帮忙的……但是找他帮忙，和想嫁给他，对我而言是两回事。”

顾念回答得诚恳，傅老爷子眸色微动。

客厅气氛正僵持的时候，门卫上前道：“少爷回来了。”

老爷子薄唇勾起，袁珊则忍不住开口道：“顾小姐，看样子你可不是一个人来的傅家，找了帮手啊。”

顾念：“……”

虽然昨天晚上她和傅景深闹了不愉快，但是傅景深的出现，无疑让顾念心安了些。

傅景深走进客厅之后，便将外套交给了用人。

“爷爷，爸妈。”

傅景深神色平静，巧妙地捕捉到了傅家紧绷的气氛。

这显然是该避风头的时候，顾念居然硬着头皮迎难而上。

如果不是自己赶到，小妮子怕是难以招架。

毕竟，这三个人可都不是省油的灯。

傅老爷子轻哼一声，随后开口道：“这顾丫头不来傅家，好几天也看不到你的人影。”

听出老爷子的话外音，傅景深薄唇勾起，走到顾念身侧，抬手将女人揽入怀中，动作极其亲昵：“怎么？和爷爷棋逢对手？”

“是……是啊……”

男人声音磁性，带着几分宠溺，顾念有些紧绷，知道傅景深在家人面前是在装亲热。

“这丫头啊，实力是越来越厉害了……说起来，当初这丫头的象棋可是你教的。”

“嗯。”

傅老爷子提及往事，傅景深和顾念眸色皆是微微一动。

傅老爷子见二人各怀心思，面不改色地继续下棋。

一盘棋下完，顾念和傅老爷子棋逢对手，加上傅景深从旁指导，顾念成功拿下。

傅老爷子敲了敲手上的拐棍，说道：“景深，陪我去花园走走。”

“好。”

顾念见傅景深要走，神色微动。

傅景深则抬手落在顾念的肩膀上，薄唇抿起："等我一下，我马上回来。"

胳膊上是男人炙热的手掌，顾念心里一暖："嗯。"

顾念嘴角挤出一丝笑意，目送傅景深扶着傅老爷子离开。

袁珊见傅老爷子离开，抿唇道："顾念，我们也聊聊吧。"

顾念心底咯噔一下，听闻袁珊的话，美眸中闪过一抹暗光。

"嗯。"

傅杨则显然不想掺和女人之间的事，看到顾念心里就来气，难免会想到三年前的事，心痛当年傅景深的委屈。

而且傅家从未被任何人践踏过尊严，顾念无疑是第一个。

无论是于公于私，这顾念，他都无法原谅。

傅杨离开之后，客厅内的其他用人也纷纷离开，将空间留给顾念和袁珊两个人。

顾念神色冷了几分，视线对上袁珊的目光，攥紧小手。

袁珊身上永远透着一股高高在上的气势，和傅景深身上的矜贵截然不同。

"顾念，你还有脸回来。"听着袁珊厉声的言语，顾念脸色苍白了几分，随后嘴角上扬，玩味地轻声道："嗯，我不仅回来了，现在还嫁给傅景深了……"

说完，顾念轻笑出声，成功地看到袁珊脸色变得狰狞。

"你……"

"顾念，傅家是不会允许不干不净的女人进门的。"

不干不净？

顾念听闻袁珊的话，指甲几乎要嵌入手心。

过往的记忆扑面而来，让她措手不及。

她做梦都没有想到，订婚前夕……自己这个准婆婆，居然会安排人强暴自己。

顾念嘴角轻抿，颤声道："不干不净？我想，比起你，我行得正，坐得直。傅家要是知道你……"

"顾念，你可以去和傅家人说，看他们信不信你。景深可是我身上掉下来的肉，我和傅杨也是几十年的夫妻……给老爷子做了几十年的儿媳妇。"

的确……当初袁珊就是这么威慑顾念的。

顾念嘴角勾起一抹冷笑，看着袁珊得意却已经气急败坏的模样，将自己的情绪收敛了些。

她早已不是三年前被袁珊唬住的小丫头了。

那个时候，她毕竟高中刚毕业，黄毛丫头，不谙世事，只是懂得受到了莫大的屈辱，百口莫辩，不想让傅景深左右为难，让顾家和傅家起冲突，于是选择一走了之……

袁珊见顾念不再说话，以为她被自己唬住了，满意地勾起嘴角，品着面前的碧螺春。

“顾念，我劝你识相点，这傅家不是你想进就能进的……”

“无论我想不想进，我现在已经进了，而且我也并不打算出去……既然袁阿姨你奉劝我，那么我也礼尚往来地奉劝你一声。”

说完，顾念嫣然一笑，“若想人不知，除非己莫为，今天，我看在傅家和景深的面儿上，不想把你做的那些破事捅出来，不代表不会鱼死网破。识相的话，别和我闹僵，否则……我定能让你不安生。”

袁珊气得手上青筋暴起，站起身刚想甩顾念一个耳光，却听到门口传来傅老爷子和傅景深的脚步声。

袁珊迅速缩回了手，气鼓鼓地坐回沙发上。

傅景深扶着傅老爷子进了客厅，老爷子见时间不早了，开口道：“晚上留下来一块儿吃饭吧。”

“好。”

顾念轻抿唇瓣，傅景深应允了，她也不好说些什么了。

她瞧着傅景深和傅老爷子神色平常，也不知道两个人刚刚说了些什么。

袁珊听了老爷子的话，乖巧地应了声：“爸，我去安排人准备一下。”

顾念瞧着老爷子坐在沙发上，心里忐忑。

老爷子神色严肃，也不知道对她和傅景深结婚的事怎么看的……

傅景深则坐在顾念身侧，和平时一般将女人柔若无骨的小手抓在手心把玩着。

顾念因为男人的动作神经紧绷着，嘴角勉强挤出一丝笑意。

“刚刚和爷爷聊什么了？”

“随便聊了些工作上的事。”

“哦。”

傅老爷子扯了扯唇，听着傅景深的话，眯了眯眼。

刚刚他这个好孙子跟他说，不是顾念这丫头回来找上了自己，而是自己布下天罗地网，设下局，就为了逼她回来，娶她，许她一世温暖。

他这一句话，便堵住了傅老爷子所有要说的话。

顾念余光时不时扫向手机上的时间，觉得在傅家简直度日如年。

如今一波未平一波又起，不知道傅家对她是什么态度……

肚子里的孩子也没有影子，顾氏更是一大摊子的事。

她和傅景深的貌合神离，顾念也担心傅家人看出端倪。

顾念嘴角噙着淡淡的笑，陪着老爷子一块儿在客厅看电视，余光看向不远处高高在上的袁珊，浅眯美眸。

她也曾怀疑过袁珊是不是傅景深的后妈……

可事实上，生活哪有那么多狗血剧。

顾念眼神暗了暗，如果傅景深知道当初袁珊是始作俑者，恐怕后果不堪设想。

只是她迫切地想知道，袁珊为什么要那么做。

晚宴刚要开始，傅家来了不速之客。

“安萱，你看你，来就来了，带什么东西啊。”

袁珊见安萱来了，热络地打招呼道。

“伯父、伯母、老爷子……”

安萱穿着长裙，显得整个人很是淑女，笑容得体。

顾念思索片刻，立刻认出了安萱的身份，是傅景深身边的秘书……

她只身来是怎么回事？

顾念神色一怔，看向身侧的傅景深，傅景深情绪波动倒是不大。

“傅总……”

安萱视线在傅老爷子、袁珊、傅杨身上转了一圈，随后落在了傅景深身上，神色一喜。

顾念眯了眯美眸，先和傅家人打招呼，随后才是傅景深……

看样子安萱是来傅家拜访的，并不是因为公司的事来找傅景深。

安萱视线锁定在傅景深身侧的顾念身上，脸色微微一变，随后笑容得体地主动打招呼道：“顾小姐好。”

“你好。”

顾念见安萱伸出手，礼貌地伸出小手回握了一下，随即抽离。

袁珊打量着顾念的反应，脸上堆着笑，主动开口道：“萱萱，快进来坐吧。”

“嗯，谢谢伯母。”

安萱坐在沙发上，随后关切地询问道：“听妈妈说，伯母您这两天有些头疼，所以让我送一些治偏头痛的药给您。”

“这么客气啊，你这孩子啊，真贴心呢。”

顾念好像明白些什么了。

看样子这个安萱和袁珊的关系很好啊。

如果自己没记错的话，安萱的个性偏沉稳，一直在傅景深身侧表现很得体，所以自己对她的印象还不错。

到底是偶然，还是这个安萱藏得深？

刚刚安萱的话，更像是撇清了关系，言下之意非自己的心思来套近乎。

见傅老爷子、傅杨和袁珊并没有人想介绍自己和傅景深的关系，顾念倒也不着急。

傅景深是个香饽饽，这k市有太多女人惦记着，顾念何必吆喝自己是傅景深妻子的身份，弄得傅氏尽人皆知，还因此树敌。

再者说……自己的身份并不是从自己口中吆喝出来最值钱，而是从傅家人口中。

顾念也不想因为安萱的出现就草木皆兵，虽然安萱把自己的心思隐藏得很好，但是顾念是女人，最懂女人的心思。

安萱看似和傅家人闲聊，实际上却在盯着自己和傅景深。

“时间不早了，伯母，我先回去了。”

见安萱开口要走，袁珊立刻挽留道：“别着急回去，留下一块儿吃饭吧。”

“春嫂，多准备一副碗筷。”

“是，夫人。”

“不用麻烦了……其实……”

“听我的。”

安萱故作为难地看了一眼袁珊，随后点了点头：“好的，那就听伯母的。”

傅老爷子浅眯眼眸，随后轻笑道：“安小姐啊，你得和念念学学，这丫头啊，以前来傅家总是先往厨房跑，然后自顾自地说，春嫂啊，今儿我想吃鱼香肉丝……再来个蒜蓉虾呗。”

被老爷子提及往事，顾念有些脸红。

“爷爷……这蒜蓉虾也是您爱吃的。”

“是啊，那你还每次跟我抢着吃……”

“我那个时候在长身体。”

“哼……”

傅景深见顾念伶牙俐齿，薄唇勾了勾，安萱则是捕捉到了傅景深嘴角的弧度，小手攥紧。

原本以为她今天来傅家示好，意外邂逅傅景深，能多几分交集。

没想到中途冒出顾念这个程咬金。

顾念！阴魂不散。

安萱原先不曾畏惧顾念的影响力，可自从傅景深让自己从副驾驶位置上滚下去……加上木凡的话，她就知道，顾念在傅景深心底扎根发芽了。

晚餐的时候，袁珊旁若无人地和安萱热聊，顺带将安萱使劲夸了一遍。

安萱表现十分得体，宠辱不惊。

顾念不难看出，傅老爷子和傅杨均不讨厌她。

在工作上，上次傅景深能带她参加宴会就足以看出，傅景深对她的器重。

如果不是女人的第六感洞察到她对傅景深的那么一点小心思，顾念恐怕也会喜欢她。

吃完晚餐，袁珊主动开口道：“景深啊，外面好像要下雨了，安萱是打车来的，不如你开车送她回去吧。”

知道儿子有媳妇了还这么折腾?

顾念美眸一冷，傅杨显然对此也没有什么意见。

夫妻多年，傅杨又怎么会不清楚袁珊的用意。

安萱的知书达理，衬托出了顾念的任性……

随便是哪一个女人，傅杨瞧着也比顾念好。

傅老爷子轻哼一声，视线定格在了顾念身上，显然是等着顾念反击。

这丫头要想守，又岂会需要他帮忙。

自己的孙子，所有心思都在顾念身上。

顾念轻抿唇瓣，随后轻声道："景深，你去送安小姐吧。"

顾念笑意明媚，随后忽然伸出小手捂住了小腹的位置："我好像肚子有点疼，先去沙发上休息一下。"

顾念知道以自己不见得留得住傅景深，索性就再拿肚子做文章了。

肚子有点疼？

傅景深没想到顾念倒是拿出了自己的筹码。

"嗯，那我先陪你回家。"

说完，傅景深看向一旁的袁珊，掷地有声地开口道："妈，我先带我媳妇回家了。"

此话一出，袁珊和傅杨、安萱脸色一变。

老爷子倒是对此喜闻乐见。

顾念则心惊肉跳，她没想到傅景深居然这样说……

媳妇……

顾念神色微微一动，傅景深关切的嗓音在耳边响起："还能走吗？需要我抱你吗？"

"不……不用，我可以走。"

"嗯。"

袁珊气不过，好好的如意算盘被顾念给搅局了。

"南城别墅和安家顺路，景深，你顺路送一下安萱吧，安萱一个女孩子回家，妈实在是放心不下。"

袁珊话既然说到这个份上，顾念和傅景深自然是不好说什么。

顾念看着傅景深蹙眉，抬手落在了傅景深的手背上，轻声道："嗯，顺路的话就一块儿走吧……毕竟安小姐今天来探望妈，也是你的下属。"

顾念笑意明媚，很是识大体，嘴角噙着浅淡的笑。

这是个机会，她倒要看看安萱是个什么样的人。

"好，我去取车。"

"嗯。"

傅家门口，傅景深去车库取车，顾念和安萱两个人站在门口等候，因为起风了，袁珊和傅杨搀扶着老爷子回客厅休息。

顾念可以敏锐地察觉到身侧的安萱在微微颤抖，似乎是在抑制自己的某些情绪。

顾念淡淡地勾起嘴角。

“顾小姐，恭喜你啊，和傅先生有情人终成眷属。”

顾念闻言点了点头，听着女人有些言不由衷的话，倒是佩服起安萱的面不改色了。

“嗯，谢谢啊。”

“其实啊，我们以前都是一个学校的……我和傅先生是一个班的，说起来，你是我们俩的小学妹。”

顾念一直瞧着安萱有几分面熟，原来如此啊。

“真巧啊。”

“是啊，看到你们走到一起，我真的是好开心啊。”

顾念看着安萱嘴角灿烂的笑容，心里不知道为何，忽然咯噔一下。

这个安萱，高手啊。

明明已经气得颤抖，却还可以说着祝福的话，甚至脸上的笑容都那么灿烂。

顾念暗了暗眼神，不知为何，忽然有几分后怕。

“对了，念念，当初啊……你那么做，我看得出来伯父和伯母都不大开心，其实你也别怪他们，毕竟当初傅家可是颜面大失，时间虽然过去三年，可他们心里始终有个疙瘩，包括傅先生也是。”

顾念似乎琢磨出安萱的个性了，白莲花啊。

“嗯，我明白。”

听着女人改口叫了念念，顾念扯了扯嘴角，自己和她有这么熟吗？

“念念，你放心吧，我和伯母很熟的，我会在她面前多念你的好的。”

说完，安萱热情地伸出手搭在了顾念的肩膀上。

顾念闻言暗了暗美眸，随后嘴角扬起一抹浅淡的弧度。

“嗯，既然这样的话，那就麻烦你了。”

“客气什么啊。”

傅景深的车子开了过来，顾念不着痕迹地向后退了一步，和安萱保持相对安全的距离，见傅景深停稳车子，习惯性地坐进了副驾驶位置。

安萱脸色一变，恨得牙痒痒的，坐进了后座。

原来能坐副驾驶位置的女人，有且只有她一个……

呵……自己还傻乎乎地触碰了傅景深的底线。

安萱收回自己嫉妒贪婪的视线，顾念却浑然不知自己坐在副驾驶位置上这么一个习惯成自然的动作，能让安萱嫉妒得发狂。

回去的路上，比起刚刚和自己热情寒暄，安萱安静了许多。

顾念刚好可以闭上眼睛休息一会儿……

傅景深则是余光扫向身侧的顾念，见女人闭目休息，衣服穿得单薄，不着痕迹地收回视线，随后默默地将车内的温度调高。

这么细节的动作落入安萱的眼中，更加刺激安萱的心理，气得她忍不住攥住了手心。

傅景深和顾念驱车离开之后，袁珊便忍不住开口道：“爸，您说景深和顾念的关系怎么处理？无论如何，我也接受不了这样的女人做傅家的儿媳妇。”

傅杨听闻袁珊的话，附和道：“爸，景深最听您的话了，不如您安排人去民政局把他们俩结婚的事儿给抹了，这事儿就当没发生过。”

傅老爷子听闻袁珊和傅杨的话，摆了摆手。

“够了，这顾念可是你们儿子娶的，他这么做一定有他的道理。”

“爸……他是被顾念那个丫头迷了心窍。”

袁珊见傅老爷子态度坚决，不死心地继续说道：“爸，不管怎么样，他们俩结婚的事不能宣扬出去……婚礼的话，也暂且不办，别让顾家以为我们傅家是好欺负的，让他们骑到我们头上作威作福。”

“嗯。”

傅老爷子点了点头，不过并不是同意袁珊的话，而是这小夫妻俩确实是貌合神离。

婚礼也得等到恰当的时机举行。

看着袁珊和傅杨气得不行的模样，傅老爷子暗暗蹙眉。

看似拖延婚礼、不宣扬结婚是对顾念不利的事，事实上……受苦的可是傅景深。

他们的儿子可是认定那丫头了。

傅老爷子断然没想到，顾念归国，居然是傅景深设下的局……

车子平稳地停在了安家的门口。

安萱礼貌得体地开口道：“多谢傅先生，顾小姐，我先回去了。”

“嗯。”

傅景深淡淡地应了声。

安萱嘴角挤出一丝笑，幽怨地看了一眼副驾驶位置上的顾念，随后恨恨离开。

哪怕安萱离开之后，顾念还可以感受到女人的幽怨。

没法子……有的时候，女人的第六感实在是太准了。

安萱离开之后，顾念立刻感觉到车内的气氛紧绷起来。

刚刚是担心安萱看出端倪，所以她佯装休息，避免和傅景深的尴尬，否则新婚夫妻，却没有什么闲聊，正常人都会觉得有问题的。

“傅先生……”

“感谢的话就不必再说了，我不需要。”

顾念：“……”

好吧。

她确实是要以感谢开口，感谢男人今天的出现，也感谢男人承认自己是媳妇的事。

毕竟伸手不打笑脸人嘛……

顾念扯了扯嘴角，随后试探性地开口道：“那你还在生气吗？”

询问完之后，顾念就后悔了。

傅景深的个性，断然是不会给她什么回应的。

“不要高估自己对我的影响力。”

果不其然，听着男人冷漠如冰的话，顾念扯了扯嘴角，点了点头。

车厢内又是一阵缄默。

到了南城别墅。

顾念率先下了车，别墅里的大王听到顾念和傅景深的动静之后，立刻飞奔出来。

顾念动作一怔，这才想起来，下午春嫂直接去了傅家，晚上自然就把大王丢这儿了。

“汪汪。”

大王激动地在顾念身侧蹭来蹭去，惹得顾念轻笑出声，傅景深则蹙了蹙眉，眼里尽是嫌弃。

“是不是饿了？”

顾念见大王越发来劲，瞧着好像是真饿了，在厨房找了一圈也没有找到狗粮，给春嫂打电话也没人接，见大王没力气地趴在地板上，抬手揉了揉狗头。

“我去瞧瞧冰箱里有什么，给你做吃的？”

“汪汪。”

傅景深正准备上楼，听到厨房里女人轻柔的声音，扯了扯嘴角，瞧向大王的目光越发冷冽、嫌恶了几分。

什么玩意？

居然还让顾念亲自做饭给它吃？

顾念……都没有亲自做过东西给他吃。

自己唯一吃过的，还是之前顾念剩了一半的面。

见傅景深上了楼，顾念在冰箱里找到些牛排，还有一些米饭蔬菜，熟练地清洗好了之后，给大王炒了牛肉炒饭。

“汪汪。”

大王嗅到香味之后，激动不已。

顾念试了一下炒饭的温度，偏高，随后勾唇道：“等冷一些。”

一般来说，狗的肠胃比较脆弱，所以食物温度控制在40度左右最好，高于50度的话，狗通常会拒食。

“汪汪。”

大王眼睛直勾勾地看向桌子上的美味，口水都要流下来了，伸出爪子不停地挠啊挠。

见大王的牛肉炒饭凉得差不多了，顾念准备将炒饭分到大王的狗粮碗里，就看到傅景深颀长的身影出现在厨房门口，面容冷峻。

“你给它吃什么？”

“牛肉炒饭。”

“它不爱吃。”

顾念准备分饭的动作一滞，轻抿唇瓣，大王明明口水都要流出来了啊，瞧着一点儿都不像是不喜欢的模样。

“可以给它一点试试看。”

“不必了，没有营养。”

好吧。

“你先出去吧，我给它准备吃的。”

“好。”

大王幽怨地看了一眼傅景深，然后眼巴巴地目送顾念离开。

傅景深熟练地从冰箱里拿出牛排，直接煎熟了丢进大王的狗粮碗里。

大王立刻狼吞虎咽起来。

傅景深视线落在了顾念准备的牛肉炒饭上，薄唇抿起。

顾念回到卧室换了一套家居服之后，不放心大王的情况，又走到厨房。

厨房内，大王还在狼吞虎咽地吃着牛排，刚刚顾念炒好的牛肉炒饭却不见了踪影，顾念神色一怔：“我做的牛肉炒饭呢？”

“它不爱吃，我就倒了。”

好吧。

男人话音冷冽，顾念心里有些不是滋味。

回到卧室，顾念觉得小腹隐隐作痛，脸色微微一变，迅速走进洗手间……

完了，“大姨妈”来了。

顾念眼神暗了暗……怀孕的人怎么会来“大姨妈”呢。

顾念有些头疼，撒一个谎，就需要不断地圆谎。

每次来月事的时候，顾念的腹部都会隐隐作痛，这次也不例外。

顾念洗了个热水澡，便快速躺在床上，小手揉着腹部。

傅景深走进卧室，就看到顾念娇小的身子蜷缩着，蹙了蹙眉。

顾念疼得直咬牙，浑身打战，却不敢在傅景深面前露出端倪来，没多久，浴室的水声停了，随后男人躺在了她身侧。

傅景深见顾念似乎在打战，抬手落在顾念的肩膀上。

“你……”

询问的话还没问出口，顾念已迅速缩回身子。

“我今天晚上有点累了。”

顾念担心傅景深真对自己做些什么，就解释不清了。

傅景深闻言黑眸一冷，这显然是抗拒他的行为。

他并没有那方面的意思，只是纯粹关心她的情况。

卧室内灯光偏暗，顾念苍白的脸色和额头上密密的汗水有所遮掩，傅景深瞧不清，见女人说话有力，便觉得自己自作多情了。

“嗯。”

顾念微微松了一口气，该死的……“大姨妈”来了，看样子丝质睡衣暂时是用不上了。

顾念疼得有些犯迷糊，睡着睡着，情不自禁地向着傅景深靠了过去。

毕竟男人对于她而言是热源。

傅景深见女人惺忪迷糊的模样，想推开她的动作停滞，转而故作无意识地将女人纳入怀中。

他脑海之中闪过下午在傅家花园，傅老爷子和他闲聊的画面。

景深，你难道忘了这三年来，顾念丫头带给你的痛苦了吗?

傅景深薄唇勾起，知道老爷子是心疼自己。

只是一辈子时间那么长，为她荒废三年算什么?

傅景深眯了眯黑眸，听着怀里的女人浅浅的呼吸，心底的不安和荒芜被填满。

原本想着傅家的难关让顾念独自去闯，但是他终究还是不忍心地在傅老爷子面前护了她。

毕竟……稳住了傅老爷子，袁珊和傅杨也得听老爷子的。

顾念醒来的时候，莱雅已经开车到南城别墅准备接她去顾氏。

出大事了。

景瑞给她的这一批精油原料手续不齐全，被工商部门给查了。

春嫂见顾念来不及吃早餐，便慌忙想找打包盒给顾念打包些早餐带去公司吃，结果翻来覆去也没找到打包盒，时间关系，顾念等不及，便和莱雅迅速驱车离开。

春嫂犯了难。

家里的打包盒……平日里她都会用来给顾念送午餐去的啊。

怎么单单少了呢。

去哪儿了啊……

顾念到顾氏的时候，工商部门的人不仅结束了工厂的原料查封，并且前往顾氏，对顾氏香水部门的研究室进行查封检查。

顾氏的员工见来了工商部门的人，一个个战战兢兢的，还以为顾氏惹上了什么大麻烦。

顾念迅速赶到香水部门，轻抿唇瓣，视线看向身侧的莱雅，开口道：“我们的人核实过了吗？是手续不全吗？”

“是的，之前景少给这批精油原料时，我们和景氏的人核实过，没问题的啊，不知道怎么回事，材料就少了。”

“嗯。”

意料之中的事，看似是工商部门在刁难，事实上，是景瑞在坏事。

顾念点了点头，小手攥紧，这也是没有办法的事情。

顾氏其他部门的员工围在香水部门外指指点点，香水部门的负责人则是着急地上前道：“顾小姐，他们不光查封了精油原料，还查封了我们香水的成品。”

“嗯，我会处理，职工那边，你安抚一下情绪，暂时休息三天，带薪休假。”

“好的，顾小姐。”

顾念眼神黯然，没想到香水成品也是在劫难逃，那么这下子玩笑可就开大了。

自己原本想解决后期销售的问题，现在看来……前期的成品都是大问题。

一些香水的单子，顾氏可是签出去了。

如果逾期交不了货……顾氏就得赔偿大量的违约金。

思索片刻，顾念直接道：“莱雅，你留下来协助工商部门的人处理一下，我去找景瑞。”

“是，顾小姐。”

顾念走出顾氏，拿出手机准备拨景瑞的电话，没想到自己的手机倒是先响起，是景瑞打来的。

呵……顾念扯了扯嘴角，随后接通了电话。

“往前走一百米，我在车里等你。”

看样子景瑞是算好了自己会找上门的。

顾念看向街道的方向，果然看到了景瑞的豪车，她强忍住心头的怒火，踱步上前：“景少还真的是料事如神，知道我今天想约您……”

景瑞慢条斯理，邪魅地坐在驾驶位置上，姿势闲适，一如既往地痞气，身上穿着西装，因为被男人扯了扯领带，露出精壮的胸膛，勾人十足。

“哟，今天吹的是什么风啊？”

“这不是景少您安排好的吗？给我设了那么大一个局，先是用精油原料诱导我找上您……没想到这精油还留了一手，手续没办全，工商部门可是找上门来了啊。”

顾念笑意明媚，宠辱不惊，随后漫不经心地补充道：“如果不是景少您授意，这普天之下，谁敢动您的东西啊。”

言下之意，明人不说暗话，景瑞也不必藏着掖着了。

真是伶牙俐齿的顾小姐啊。

瞧这女人身上这一抹野……和三年前可是如出一辙啊。

景瑞嘴角噙着一抹痞笑，随后看着顾念坐在了副驾驶位置上，勾唇道：“一个男人乐意对女人设局，说明他心上有她。”

顾念扯了扯嘴角，景瑞找上她，无外乎是为了让她做他的女人，一雪前耻，报复她三年前在他内裤上撒胡椒粉的事，顺带也报复一下傅景深，毕竟傅景深当初出手护自己了。

“这么说来，还是我的荣幸了。”

顾念美眸落在景瑞身上，随后直接开口道：“景少，您既然有本事把这工商局的人找来，自然有本事把这事给抹平了，毕竟手续是不是齐全，也只是您乐不乐意全拿出来。所以，景少，您开个价。”

顾念不兜圈子，直截了当。

现在顾氏还有一大堆烂摊子，顾念不想再滋事。

毕竟手续不全，加上工商部门查封，可都是比破产、资金漏洞更夸张的负面消息。

景瑞闻言摆了摆手，薄唇扯出一抹完美的弧度：“我想要的一直都是你，而你是无价的。”

这还真的是难办了啊。

顾念思索片刻，随后下定决心一般反问道：“如果说，我已经结婚了呢？”

话音一落，车内的气氛瞬间变得紧绷起来，景瑞脸色微微一变，浅眯黑眸：“顾念，这个笑话并不好笑。”

“我既然敢说，就不怕你去查，我确实已经结婚了……”

顾念继续道：“抱歉，没有一开始就和你说，毕竟结婚属于个人隐私的事，您不步步紧逼的话，我也没打算说出来……”

见顾念柔白的小脸宠辱不惊，不像是扯谎的模样，景瑞当下反问道：“是季扬？”

“抱歉，这个是我的隐私。”

景瑞抬手狠狠地打在了方向盘上。

顾念心头微微一颤，景瑞这般模样倒不似自己想象之中的气急败坏，似乎有些其他意味深长的情愫在其中。

“时间不早了，景少留下的这个烂摊子我还得去收拾，还是那句话……如果景少肯做出让步的话，开个价吧，顾氏为了挽回名誉，不惜付出一切代价。”

说完，顾念下车离开，将车内的空间留给景瑞一个人。

景瑞黑眸落在顾念纤细的背影上，浅眯黑眸，眼神极其意味深长。

呵……三年前他被顾念摆了一道，玩了一把，三年后……照旧啊。

景瑞，你的出息哪儿去了？

难得遇到那么一个感兴趣的女人，偏偏这女人结了婚……景瑞心头涌起难以抑制的怒火以及不知名的情绪。

顾念走下车，一时有些腿软。

周旋不开，她只能和盘托出。

自己已婚是事实，对象是傅景深的事小心翼翼地隐瞒着就好。

景瑞要是真开价愿意帮她，那这事就一劳永逸了。

如果自己刚刚又一次激怒男人了，恐怕……这事就没完没了了。

所以她得做好万全准备。

一想到这儿，顾念脑海之中一闪而过傅景深的身影。

如果傅景深出手的话，工商部门的事……轻而易举啊。

午餐时间，傅景深将办公桌上的打包盒拿了出来，薄唇抿起。

他第一次上班的时候带饭，还是昨天晚上的剩饭。

主要还是从大王口中夺下的饭。

他可没有忘记，昨天自己将牛肉炒饭倒入打包盒时，大王幽怨的眼神。

傅景深站起身，拿着打包盒向着茶水间方向走去。

傅景深亲自热饭，还是第一次。

顶楼的秘书们简直傻眼了，战战兢兢地打招呼：“傅总好。”

“嗯。”

秘书们不禁感慨，明明是最普通的热饭的事，偏偏傅景深做起来那么高贵，简直让其他男人没活路啊。

安萱原本中午的时候就一直偷瞄傅景深的动态，见男人去茶水间热饭，脸色微微一变，随后眼中闪过一抹深思。

傅景深回到办公室之后，迅速将饭盒打开，牛肉炒饭的香味瞬间扑鼻，极其好闻。

虽然过了夜，卖相已经不怎么好了……傅景深却胃口大开，毕竟是顾念做的。

傅景深薄唇勾起，准备动筷子的时候，办公室房门被敲响。

“进。”

傅景深嗓音高冷，一如既往地干净利落，安萱手拿精致的保温盒走进了办公室。

“傅先生，是这样的，昨天爸妈见您和夫人亲自送我回家，非常感激，特地做了午餐给您送来，还顺带做了些精致的点心给夫人吃。”

安萱恰到好处地客套着，而且一口一个夫人叫着顾念，把自己定位成忠心耿耿的下属。

傅景深闻言蹙了蹙眉，安萱已经主动将手上的保温盒打开。

“我妈的手艺很不错呢，做了一上午，您尝尝看，如果夫人喜欢点心的话，回头再给夫人做。”

精致的保温盒打开，简直是内有乾坤，一个个精致的小盒里都是丰盛的菜肴，色香味俱全。

至于安萱口中送给顾念的点心，也是包装精致地放在一旁。

相比安萱的热情，傅景深淡淡地开口道：“嗯，放在一旁吧。”

“好的。”

安萱视线若有若无地瞄向傅景深打包盒里的牛肉炒饭，蹙了蹙眉。

她还在想傅景深今天怎么突然吃打包的午餐了，平日里可都是吃米其林大厨亲自准备的外卖啊。

这一碗卖相并不怎么样的牛肉炒饭，她极难想象傅景深会吃。

平日里，傅景深对自己的衣着、食物都是严格要求的。

安萱在傅景深身侧做秘书多年，算是把男人的习性给琢磨透了。

看样子，今天自己送来的午餐是完胜傅景深面前的牛肉炒饭了。

呵……自己这盘棋算是下对了!

安萱原本还想留下来，见傅景深没有开口的意思，咬了咬唇，识相地开口道：“傅先生，那我先出去了。”

“嗯。”

安萱走后，傅景深满足地吃着顾念亲手炒的牛肉炒饭，对于安萱送来的精致菜肴，并未动筷子。

他之所以不推掉，让女人拿走，是因为安家和袁珊的关系不算差……

而且现在他和顾念刚结婚，傅景深并不打算得罪袁珊。

傅景深将顾念原先给大王准备的牛肉炒饭吃得一干二净，拨通了木凡的内线。

木凡快速走进总裁办公室，毕恭毕敬地询问道：“傅先生有什么事？”

“把这些倒了，然后清洗一下。”

“是。”

木凡看着精致的保温盒，明显傅景深都没有动筷子，有些惋惜。

碍于傅景深的命令，木凡不敢违背，迅速将保温盒拾掇好一块儿拎了出去。

保温盒刚拎出去，安萱见状迅速上前道：“木凡，你做什么啊？”

“安萱姐啊，傅先生吃完午餐，让我收拾一下呢。”

安萱听闻“吃完”两个字，神色一喜：“那我来吧，女孩子做的事，你们男孩子怎么会呢。”

安萱刚刚担心落人口舌，所以送保温盒给傅景深的时候，刻意避开了其他人。

因此木凡并不知道保温盒是安萱送来的。

“安萱姐，不用麻烦了。”

“你啊，别跟我客气了。”

安萱从木凡手中拿过保温盒就往茶水间走，急切地打开保温盒，想要看看傅景深吃得怎么样，却意外地看到食物没动过。

安萱脸色微微一变。

木凡则快速跟了上来：“安萱姐……”

“木凡，这个是怎么回事，傅先生……都还没吃呢，就直接倒了吗？”

“是啊，我也怀疑过，但是傅先生的态度很坚决。”

安萱表情有些狰狞，极力控制了一下自己的情绪，才没有让自己失控。

“嗯，我……我知道了，我来洗吧。”

“谢谢姐。”

木凡感激不已，没有留意到安萱死灰一般的脸色。

傅景深独自回到办公室内的休息室，将自己刚刚吃完的牛肉炒饭打包盒清洗干净，放在了柜子里。

走出办公室，看到安萱送来的点心还没有丢掉，他抬手直接将其丢进了垃圾桶。

傅景深随手打开了桌子上的笔记本电脑，今日，k市的头版头条无疑是被顾氏霸屏了。

雪上加霜？顾氏最新香水疑似产品出现问题，遭工商部门查封。

据悉，顾氏最新的企业掌门人乃顾小姐。

顾氏出事了。

傅景深蹙了蹙眉，眼神冷冽如冰。

顾念回到办公室之后，一直密切地注意着景瑞的动向。

想必她激怒了景瑞，景瑞恐怕不会对工商部门松口了。

一个下午的时间，顾念都在研究工商部门的审核。浑浑噩噩到了下班时间，顾念的手机响起，是陌生的电话。

“喂，是念念吗？”

熟悉的嗓音传来，顾念思索片刻，便认出是安萱了。

“安小姐……”

“是这样的，下午的时候瞧着顾氏出了事，家父刚好认识工商部门的人……”

安萱的用意，顾念明白了。

无事献殷勤，非奸即盗。

顾念浅眯美眸，嘴角若有若无地勾了勾，随后向着车库方向走去。

“安小姐的消息倒是很灵通嘛。”

“主要是我一直很关心顾氏的情况。”

“嗯。”

顾念不温不火地应了声，随后故作迟疑地开口道：“这一次，顾氏捅下的娄子有些大……我担心光是认识工商部门的人也不见得能通融。”

“我会让家父不惜一切代价帮忙的。”

安萱可真拼啊。

这世间有人如果真的能做到她这种程度的伪善，可是真假难辨啊。

顾念扯了扯嘴角，随后思索片刻，轻声道：“这样的话，那就麻烦安小姐了。”

“念念，我需要一些材料，你什么时候方便给我啊？”

“我已经离开公司，准备回家了。”

“那这样的话，我去取吧。”

正好，有人白莲花要帮自己，顾念何必再白莲花地装客气不要呢。

“嗯，那就麻烦你跑一趟了，我在南城别墅等你。”

听到“南城别墅”这四个字，安萱迟疑片刻，随后道：“好的。”

顾念开车到南城别墅的时候，没见到安萱，倒是瞧见了袁珊。

大王见到顾念之后激动得蹦跶不已，却被袁珊一个怒斥，乖乖地趴在了沙发旁。

见春嫂有些担忧，顾念报以浅淡的笑容：“春嫂，你去忙吧，不用管我。”

“是。”

“顾念，你可真是个扫把星，你看顾氏，现在一大摊子破事……今天听说还被工商局查封了啊。”

袁珊穿着一身奢侈品，趾高气扬，幸灾乐祸：“哼，别以为我不知道，你嫁给景深，就是有目的的。”

顾念浅眯美眸，随后端起桌子上的水杯轻抿一口：“不是在傅家提醒过你一次嘛，别和我闹僵，否则，我让你不安生……”

顾念话语轻柔，却透着冷冽。

袁珊表情有些狰狞，气得不行：“你居然敢威胁我。”

“别用‘威胁’这两个字，太严重，我可不敢威胁，只是善意地劝谏。过去的事，我既往不咎，是看在傅景深的面子上，不代表……你今后的事，我会吃哑巴亏，不言不语。”

说完，顾念明媚地扬起嘴角。

“知道这世界上最让人底气十足的是什么吗？”

“什么？”

袁珊心里莫名地咯噔一下。

“偏爱……你的儿子，傅景深，人和心都在我身上，单单是这一点，袁珊，你认为你还有跟我斗的资本吗？”

“我……”

袁珊语塞，再度看向眼前的顾念，觉得这人变得有些陌生。

现在的顾念，和三年前脸色煞白的女人判若两人。

那个时候顾念只是个黄毛丫头，天不怕，地不怕，天真烂漫。

如今的顾念……心思剔透，自己甚至都在揣摩她的心思。

袁珊这才意识到现在的顾念不那么好对付了。

顾念听到门口传来脚步声，一重一柔，猜想是傅景深和安萱，随后扬起嘴角，轻声道：“妈，您喝茶……”

话音刚落，傅景深走进了客厅。

事实上，听到妈这个字眼的时候，傅景深下意识加快了脚步，担心顾念在袁珊面前吃亏。

安萱只能快速跟上，贪婪地瞧着这南城别墅。

据传闻，南城别墅无论是装修设计，还是一草一木的栽培都是出自傅景深之手。

傅景深对其倾注了所有心血。

没想到……居然是为了做顾念和他的婚房。

安萱心里不是滋味，也只能咬碎牙往肚子里咽。

“景深，你回来了啊。”

“嗯。”

傅景深见顾念笑意明媚，倒是袁珊脸色看起来有些难看，不禁抿起薄唇。

怕是顾念没吃瘪，吃瘪的是袁珊。

“妈……”

“哼。”

袁珊气得不行，见到傅景深也没给什么好脸色。

安萱则趁机道：“伯母……”

“萱萱啊，你怎么来了？”

“听说顾氏出了点问题，我爸刚好认识工商部门的人，所以我就来和念念要一些材料，看看能不能帮上忙。”

“你啊，就是太善良了。”

袁珊对安萱赞不绝口，这话是刻意说给傅景深听的，顾念勾了勾唇。

“应该的，伯母，我很喜欢顾小姐呢，又漂亮又能干……”

“能干什么啊，黄毛丫头一个，远不如你，你在景深身边也工作好些年了吧。”

“伯母，您太抬举我了。”

顾念见袁珊和安萱一唱一和的，随后视线转向傅景深，恰好傅景深也看向自己，眼底深意一片。

顾念轻抿唇瓣，心里有些来气。

留安萱这样的人在傅景深身边，她很不爽。

傅景深见顾念撇嘴，心里大概有了数，薄唇勾了勾，扫向沙发旁的大王，俯下身子拍了拍大王的后背，随后抬手落在了大王的狗头上，将狗头的方向对向了安萱。

“汪汪。”

大王刚刚在袁珊面前还蔫着，现在立刻就来了精神，冲着安萱汪汪大叫起来。

安萱吓得一个踉跄，大王则越发来劲，一个后脚蹬，直接蹿上前，狠狠地扑向了安萱。

“啊……”

顾念始料未及，随后被傅景深护在了身后。

“不要上前，小心误伤。”

误伤？

这话说得……顾念怎么会想上前呢……

她分明是想看笑话嘛。

顾念抿着嘴，点了点头。

“嗯。”

客厅一片混乱，袁珊不敢上前，只能训斥大王，大王也不知怎么了，突然就变得神勇威猛起来。

春嫂听到动静赶来，这才把大王给训斥住。

大王并未真的动嘴咬，只是喜欢用爪子挠、抓，把安萱抓得一身狼狈。

顾念强忍住嘴角的笑意，心底对大王更加喜爱几分了。

这狗有灵气……赶明儿，自己一定得给它多做牛肉炒饭吃。

第四章
陌上人如玉，公子世无双

安萱多年来在傅景深面前维持的好形象，结果全部毁于一旦。

安萱搞得一身狼狈，知道多说无益，便快速拿了材料落荒而逃。

留下袁珊一个人也没多大意思，袁珊恨恨地看了一眼被傅景深护在身后的顾念，幽幽地开口道："景深，你看你娶的好媳妇，破事一大堆，工商局现在又盯上了。"

顾念："……"

好一句女主人的教训啊。

顾念识相地没有开口……

傅景深薄唇抿起，见顾念难得乖巧的模样，淡淡地开口道："妈，顾氏的事，只要顾念开口，我会处理。"

傅景深的黑眸晦暗不明，深意十足。

"哼，你就是被她迷了心窍。"

此话一出，袁珊倒是没了话，眸子里似淬满了毒汁看向顾念。

顾念心底微微一动……

其实早前她在袁珊面前夸下海口说傅景深护着自己，都是顾念……仗着傅景深不在家的时候说的。

现在傅景深在了，她吆喝的话反倒是不好意思说出口了。

顾念三年前可以肆无忌惮地赖着傅景深，非得让男人宠着、护着，可是如今……倒有些矫情了。

袁珊走后，大王又变得欢实了，摇摆着狗尾巴很是得意。

春嫂原先准备带着大王离开，顾念再三挽留才留下。

顾念提前了解了狗粮的存放位置，把大王喂饱了，然后一人一狗，窝在沙发上看电视。

其实她留下大王还有个原因，这样自己和傅景深两个人在家，不会尴尬。

顾念原先调了几个台，大王瞧着都不乐意，哼哼唧唧的。

结果放到韩剧的时候，大王立刻来了精神，看得津津有味。

顾念："……"

好吧，现在狗都有生活调节剂了。

心头一堆破事理不开，顾念索性抱着大王，想着怎么解决晚上的燃眉之急。

"大姨妈"来了，晚上……

顾念咬了咬唇，随后眼前一亮，不如装睡？

傅景深忙完公事下楼，就看到顾念抱着大王已经睡熟的模样。

见女人身上没盖什么东西，傅景深蹙了蹙眉，迅速上前将顾念抱入怀中。

"……"

顾念原本在装睡，以为傅景深会给她盖个毯子之类的，没想到……他却把她抱在怀里。

顾念紧张得心扑通扑通跳个不停。

随后可以感觉到自己整个人被放在柔软的大床上，伴随着脚步声离去，顾念偷偷地睁开美眸，微微松了一口气。

装睡……是个不错的法子，可以避免矛盾冲突。

没多久，窗外淅淅沥沥下起了雨，顾念本是被顾氏的事缠了一天，所以很快就睡熟了。

傅景深从浴室洗完澡回到卧室时，雨声越来越大，甚至还伴随着雷声。

轰隆——

见床上的人睡得香甜，傅景深蹙了蹙眉，迅速上前，伴随着闪电雷声响起，他几乎是条件反射地伸出手捂住了女人的耳朵，随后将顾念搂入怀中。

窗外雨声渐大，雷声轰隆，却丝毫没有影响顾念的睡眠。

傅景深薄唇抿起，凝视着怀里的女人。

顾氏出事，他见不得顾念委屈，自然是想帮的。

只是……他是她的丈夫，顾念不对他张口，他不愿意主动去帮。傅景深也是个骄傲的人。

在她面前，他已经缴械投降，只剩下仅存的骄傲和自尊了。

他在袁珊面前已经给了她台阶下，只要她开口，一切顺理成章。

傅景深抬手将顾念紧搂入怀，大手还紧紧地捂着女人的耳朵。

算算日子……顾念的生理期应该来了。

一想到这儿，傅景深迅速抬手落在了女人的小腹上，看到女人眉头更加舒展开，以他对顾念生活习性的了解，当下就明白了。

顾念一夜好眠，醒来洗漱好下了楼，傅景深正在用餐，春嫂赶忙送上了姜枣红糖水。

“来，念念，趁热喝吧……昨天下了好大的雨啊，驱驱寒。”

春嫂捂嘴偷笑，自家少爷今天早上可是特地早起，关照春嫂准备姜枣红糖水，用来给顾念驱寒。

顾念神色一怔，下意识地开口道：“昨天不是毛毛雨吗？”

她就是伴随着淅淅沥沥的雨声睡着的……

“哪是毛毛雨啊，滂沱大雨，还打雷呢，你没听到吗？”

春嫂困惑了，顾念嘴角挤出一丝笑意：“没……可能是睡得熟吧。”

“不会啊，我也睡熟了，愣是被吵醒了，昨天打雷下大雨到凌晨一两点呢。”春嫂自言自语道。

顾念没有当回事，而是坐在傅景深的身侧，小口小口地抿着姜枣红糖水。

喝着有点儿驱寒治疗痛经的感觉。

顾念安静地吃着面前的早餐，偷瞄着傅景深。

傅景深气色似乎并不是很好，有点黑眼圈。

昨天晚上傅景深的话还在耳边，顾氏的事，只要她开口……他就会帮。

顾念咬了咬唇，傅景深在袁珊面前帮衬自己的话，要不要信以为真呢？

一想到这儿，顾念就有些纠结……

比起安萱，顾念更愿意指望傅景深。

安萱只是藏得深，顾念想要给女人一些露馅的机会。

片刻之后，傅景深瞧了一眼手腕上钻表的时间，随后放下筷子准备起身离开。

顾念赶忙站起身……

傅景深见状目光微微一动，随后装作不经意地开口道：“有事？”

“嗯……”

顾念刚想开口，手机响起，是季扬的电话。

“我接个电话。”

顾念接通电话之后，季扬温润如玉的嗓音在电话那头响起：“念念，我到机场了。”

顾念：“……”

季扬提前回来了啊？

顾念神色一怔，随后扬起嘴角。

“怎么提前回来了？”

“昨天知道顾氏出事，就提前买了机票回来……”

顾念：“……”

原来如此。

殊不知，身侧的傅景深早已冷了脸色，眼神冷冽如冰，扬长而去。

顾念开车赶到机场时，季扬已经等候多时。

“念念，好久不见。”

季扬身姿笔挺，一身蓝色西装，刚毅俊朗，温润如玉。

顾念扬起嘴角，季扬的嘴角始终挂着明媚如春风的弧度，让人心情愉悦。

陌上人如玉，公子世无双。

看到季扬，顾念脑海之中总是会想到这句话。

说起来，季扬的个性和傅景深判若两人。

有时候，顾念也会好奇，季扬这般温润如玉的人怎么会和傅景深那么高冷的人打交道，做挚友。

从小到大，季扬对她总是像兄长一般悉心照顾，至于傅景深嘛，男人习惯了高冷，自己这等黄毛丫头，是他最嫌弃的。

顾念目光微微一动，还记得那个时候上小学，她被小流氓堵在了后街，她鼓足勇气，踹了领头人的命根子，然后直接跑路。

结果摔破了膝盖……

回到家里之后，她满肚子的委屈不敢和家里人说，是季扬温柔地安抚她，然后细心地给她擦药。

傅景深则嗤之以鼻，嫌弃她蠢。

后来不知道是不是因果报应，听说那几个小流氓被人暴打了一顿，还给扭送去了派出所。

到了初中，数学是女孩的天敌，顾念数学总是不及格，季扬总是耐心地给她解答。

傅景深则会吐槽她上课睡觉，下课铃声一响就往外跑，还扬言说她不可能会考上重点高中，气得顾念发愤图强，发誓要把高中录取通知书狠狠地砸在傅景深的脸上。

后来，她倒是真的如愿上了重点高中，傅景深则入了伍。

三年前，顾城、季扬、傅景深可是三人行，形影不离。

三年后……一言难尽。

季扬当年跟她离开时，便彻底和傅景深绝交。

顾念眼神暗了暗，那个时候，其实她爸妈一直想着她以后可以嫁给季扬这样温润如玉的男人。

偏偏，世事难料。

她因为初中时候的打赌，缠上了傅景深。

从此之后，不仅是傅景深的万劫不复，同样也是她的。

季扬凝视着顾念有些发蒙的模样，宠溺地抬手揉了揉小妮子的发丝，随后轻声道：“最近……还好吗？”

“嗯，还……还不错。”

顾念嘴角扬起一抹明媚的弧度，笑意却不达眼底。

季扬认识顾念多年，顾念心里想什么，季扬明白，便不再多言：“嗯。”

顾念将她的情绪收了收，随后孩子气地拍了拍季扬的胳膊，很是豪气地说道：“好了，不说了，走，我请你去吃你最爱吃的火锅。”

“好。”

季扬眼中闪过一抹晦暗不明的情绪，事实上，他并不爱吃火锅，而是她喜欢。

吃火锅的时候两人也不聊工作上的事，全部是生活上的琐事。

吃完之后，季扬跟着顾念来到了顾氏。昨天工商局盯上顾氏的新闻不知是谁爆出来了，今天顾念和季扬刚到公司，就被媒体围追堵截。

“走车库。”

“好。”

顾念迅速按照季扬的指示向着车库方向开去。

到了总裁办公室，莱雅迅速进行汇报。

“顾小姐……香水部不断有人提交辞职报告，其他部门也人心惶惶。”

“嗯。”

顾念点了点头，顾氏的情况刚因为傅氏的资金注入好转，结果……被景瑞摆了一道。

“把辞呈接了，说三天后会给他们答复。”

“是，顾小姐。”

“一杯红茶，一杯温水。”

“好的。”

莱雅送来一杯红茶和温水之后离开，季扬端起红茶之后，轻抿一口。

“最近生理期？”男人几乎是笃定地道。

什么都瞒不了他，他对自己的生活习惯了如指掌。

“嗯……”顾念点了点头，自己平时是不忌嘴的，生理期的话，会稍微注意一下下。

季扬看着顾念眉目平静，顾氏分明是一大堆棘手的烂摊子，小妮子却并未慌乱。

可见是成熟了。

季扬坐在沙发上，随后关切道：“现在的情况怎么样了？”

顾念大致把顾家和顾氏的情况说了下，回国之后，她便和季扬减少了联系。

不为别的……顾念对男人一直是心存歉意的，事实上，她并不想继续麻烦他了。

“季扬哥……我和傅景深领证结婚了。”

说完，顾念轻笑出声：“逼婚加骗婚……我跟他说我怀孕了。”

季扬听闻顾念故作轻松的话，眉目微动，良久之后，缓缓开口道：“无论如何，结婚得恭喜，结婚这种事，除非他不愿意，否则没人逼得了他……”

听到季扬这么说，顾念目光微动。

季扬察觉到顾念神色凝重，蹙着黛眉，主动开口道：“我先派人去工商局了解一下情况。”

“不必了，这局是景瑞设下的，他记恨我，你要是帮我，岂不是和他为敌，我不想让你和他起矛盾冲突，结下梁子。”

“我不在乎。”

季扬掏出手机，准备打电话，再度被顾念握住了手腕。

“这只是其中一个原因，还有一个原因是……季扬哥，我毕竟和傅景深结婚了，他的眼里揉不得沙子，这一次，如果你回国，出手帮我，那么你和他的矛盾只会越来越大。当初你们俩的关系就因为我闹僵，我并不想再让这个关系恶化下去了。”

季扬听闻顾念的话，思索片刻，点了点头。

“好，听你的。”

比起三年前，顾念成熟多了，不再是个孩子了……

“对了，这段时间，病情有复发吗？”

听闻季扬关切的话，顾念嘴角的笑凝结成冰。

病情……

顾念樱唇抿起，念叨着这两个字，她听得出来季扬的关切，随后柔声道：“季扬哥，你不是清楚的嘛，在西雅图的时候就已经好得差不多了。”

顿了顿，顾念继续说道：“说来也奇怪，心病还需心药医……回到这儿，我也以为可能会刺激我的情绪，得继续做康复治疗，没想到，状态还好，瞧我，是不是跟没事人一样。”

顾念宽慰着季扬，小手却不着痕迹地攥紧。

她不想让季扬操心她的事，尤其是一大堆破事。

“是吗？”

季扬听闻顾念的话，缓缓地站起身，随后走到顾念面前，修长白皙的手指落在了顾念额前的发丝上。

殊不知，指腹刚刚触碰女人额前的肌肤，季扬立刻感觉到顾念整个人变得僵硬紧绷。

“……”

季扬脸色微微一变，连最基本的男人亲昵她都还是抗拒的。

多年来，西雅图的心理干预治疗，还是没有让她彻底好转。

顾念察觉到季扬嘴角的笑凝结，不死心地继续道：“其实……真的好多了。”

“嗯，我信了。”

季扬随后抬手揉了揉顾念的发丝，轻声道：“那我不打扰你忙了，有事打电话给我。”

抬手揉小妮子的发丝这个动作当初也是心理医生告诉他的，以这种动作，安抚女人的不安。

“好。”

顾念没有留意到季扬转身离开的时候，攥紧了大手，眼眸里尽是凉意。

三年前，季扬和顾念到西雅图就发现了女人情绪上的异常……

心理医生和他谈过，顾念种种的迹象表明，可能是因为被侵犯导致的。

被侵犯……

三年前，到底发生了什么事？

顾念不说，季扬便不再问。

只有他知道，顾念看似出国留学，多么风光，事实上，在最初的半年间，顾念暴瘦，且自闭……

她之所以选择离开k市，是因为这儿她真的待不下去了。

季扬离开之后，顾念便接到了安萱的电话。

“念念啊，你是不是惹上什么大人物了啊，工商局那边的人可是发了话的，顾氏的事得严查，谁说话都不好使。”

顾念琢磨着安萱说的话的真假程度，不知道是不是女人虚晃一枪。

“肯定是惹上什么大人物了，否则顾氏这几个月以来一直被盯上呢。”

顾念顺着安萱的话往下说，安萱随即为难地开口道：“念念，不好意思啊，我和爸爸跑断了腿，也没能帮上什么忙，真是内疚啊。”

顾念甚至听到了安萱隐忍的几声哭腔。

顾念心底暗暗钦佩，随后嘴角挤出一丝笑：“安小姐，你不必自责……这事还是麻烦你了，多谢了。”

“不客气，我们一定会做好朋友的对不对……其实，我真的很喜欢你。”

“嗯，当然了，对了，我等下还有会，先挂了，改天请你吃饭。”

“好的好的。”

应付得差不多了，顾念迅速挂断了电话，这个安萱倒是藏得深。

头疼……有这么一个狠角色在傅景深身边，难对付啊。

所以说，老公太出彩了，也不是个好事。

以安萱的伪善个性，如果能帮忙，多半是乐意做的，毕竟……可以在傅家人面前凸显一下她的善良，也可以在自己这儿卖个人情，求个深交。

顾念仔细琢磨了一番，安萱的话，可信度有百分之八十。

看样子，确实有人给工商局施压。

莫非是……景瑞？

因为自己已婚的事报复自己？

顾伟不放心公司的事给顾念打了电话，顾念避重就轻，说问题解决得差不多了，顾伟这才放心："念念啊，你和景深毕竟是夫妻……有事儿啊，得夫妻同心。"

言下之意，傅氏是顾氏背后的参天大树，可以倚仗。

顾念岂会不知道顾伟明摆着让她去和傅景深开口："嗯，爸，我知道了……"

"对了，你和景深结婚也有些日子了，如果现在还没孩子，这肚子是瞒不住的，念念啊，景深这孩子眼睛里揉不得沙子，千万别惹怒他。"

"爸，你和妈别跟着瞎操心了，我明白的。"

"明白就好。"

顾伟知道顾念聪明，点到即止。

顾念眼神黯然，这孩子的事可以说是误诊，但是坐实夫妻关系，还是迫在眉睫的。

顾念简单地处理了一下顾氏其他积压的事，瞧见景瑞打来的几个电话，不予理会，随后便驱车准备离开顾氏。

顾氏门口的媒体记者并未离开，显然是盯上顾氏了。

顾念刚将车子刚开到顾氏门口，却被景瑞的豪车给拦了下来。

伴随着景瑞的出场，全场媒体记者迅速拍照，原本顾念还算低调，眼尖的记者看到驾驶位置上的顾念之后，忙抓拍两个人的合影。

景瑞直接弃车，随后大步走到副驾驶位置旁，敲了敲车门，示意顾念开门。

僵持之下，媒体不断拍照，顾念咬了咬牙，快速开锁让男人上车，随后开车扬长而去。

景瑞痞气十足的出场，足以使所有媒体记者亢奋，直到顾念开车前行好久，才停下脚步，不再继续拍摄。

"景少，我知道您是众星捧月，可是您高调的时候能不能撇下我，我不想火。"

顾念美眸清丽，扫了一眼身侧的景瑞，语气尽是嫌弃。

"你为什么不接我的电话？"男人说的话竟然有几分孩子气。

"在开会，忙，没看到。"

"顾念，我不介意你是二婚。"

这男人疯了。

顾念继续开车，不予理会，随后便听到景瑞继续开口道："当初我没搞大那个女人的肚子……"

顾念听闻景瑞的话，迅速将车停在路边，然后厉声道："景瑞，我对这些事没兴趣，你是不是对工商局施压，不许任何人帮顾氏？"

景瑞被顾念突然的质问给问愣住了，下意识地开口道："什么施压？"

见景瑞不明所以，顾念当下熄了怒火。

莫非……不是景瑞做的？

"有人给工商局施压，不许人出手帮顾氏，景少，不是你，还有谁？"

见顾念换了称呼，景瑞眯了眯黑眸，知道女人是在试探他：“精油的审核文件，本身就在我手上压着，没有这些文件，工商局过不了审批，我何必多此一举，再去给他们施压呢？”

的确如此，况且以景瑞的个性，都敢公然在精油的事上做手脚，又何必在她面前藏着掖着。

看样子顾氏真的是得罪不少人啊。

莫非安萱贼喊捉贼，又或者是袁珊？

也可能是傅杨和傅老爷子刻意刁难自己？

见顾念静下心沉思，景瑞继续说道：“我的个性是不乐意跟女人解释的，但是我确实没碰那个女人，是那个女人追求我无果，栽赃陷害我，以为弄个孩子为噱头就可以兴风作浪了。”

景瑞花名在外，这可能吗？

顾念怀疑地打量着景瑞，似乎在揣摩男人话语之中的可信度。

思索片刻，她觉得景瑞没有骗自己的理由。

果然，自己被人当枪使了，现在仔细想想，那个女人当初说怀了景瑞的孩子，应该是炫耀，自己却当了真，真去虐“渣男”了。

顿了顿，顾念抿唇道：“但是我那胡椒粉也是应该撒的……那些年，你欠下那么多风流债。”

总之景瑞的名声真不咋的，出了名的花花公子。

他解释了这么多，女人居然还这般固执。

景瑞迅速伸出手扣住顾念的双肩，薄唇抿起，少有地严肃道：“顾念，那些不三不四的女人，都是主动送上门的……

“我压根就没摸过那些女人的手，是她们自己在外面嚷嚷和我的关系。”

被景瑞强扣住双肩，顾念蹙了蹙黛眉，反驳道：“苍蝇不叮无缝的蛋……那些女人怎么不缠上其他人？”

这是什么歪理？

景瑞黑眸中闪过一抹懊恼，还真的是解释不清楚了。

车内的气氛一时之间冷凝成冰，顾念抬眸扫向身侧的男人，樱唇抿起：“下车吧……你把顾氏祸害得那么惨，我没理由送你一程吧？”

顾念原先为了原料，不想和景瑞为敌，现在景瑞在香料的事上使诈，顾念自然不会再给什么好脸色了。

被人这么轰，景瑞还是第一次：“顾念，真不是我给工商局的人施压。”

“那你把材料交出来……我们两清了。”

顾念伸出柔白的小手，美眸中闪过一抹精光。

景瑞渐渐被顾念给绕进去了，分明就是顾念当初误会他，撒了胡椒粉……现在他做出让步，还两清？

景瑞眯了眯黑眸，薄唇抿起，重新理了一下思路，开口道：“顾念，回到一开始那个问题，我不介意你二婚。”

离婚了，重新结婚才是二婚，她现在可还是头婚的状态。

顾念浅眯美眸，听着景瑞的话外音，揣摩着男人话语之中的深意。

景瑞……对自己有兴趣？尤其是男人今天很是努力地解释了当年的事……

顾念脸色微微一变，有些头疼，静下心沉思片刻，随后一字一顿纠正道：“景少……我现在是头婚。”

“嫁给我，那个男人能给你的一切，我全都能给你。我打算近期和景家摊牌，只要你愿意离婚，后面的事可以交给我。

“顾念，你可以理解为，这是我在追你的表现。

“之前都是那些女人主动往我身上贴，我没有什么追女人的经验，但是我相信这是男人的天性，无师自通。

“你很快就会迷上我的，当初的胡椒粉事件，我姑且认为是你吸引我注意的手段吧。”

还无师自通，分明是恋爱白痴。

谁追女人这么追？

顾念真想看看景瑞脑子里究竟在想些什么。

“我说完了，顾念，你的答案是什么？”

景瑞凝视着眼前的顾念，等着女人的回答。

“门在那边，下去。”

预料之中顾念所有期待欣喜的表情都没有，只有不耐烦。

“你还在为顾氏原料的事生气？我只是给个机会，让你……和我有更多机会相处。”

说完，景瑞直接拿出手机，拨通了助手的电话：“把顾氏的材料准备好送去工商局，我等下在工商局门口等你。下班？呵……让他们现在都给我回去加班，我递交的材料，现在就得给我审。”

景瑞挂断电话，见顾念美眸清丽地凝视着自己，随后示意女人下车坐在副驾驶位置上，他坐上驾驶位置快速向着工商局方向开去。

很快，车子停在工商局门口，原本是到了下班的时间点，此时此刻却灯火通明。

景瑞迅速下车，随后示意顾念下车。

顾念轻抿唇瓣，跟上了景瑞的脚步。

“景总。”助手迅速上前，偷瞄了一眼景瑞身后的顾念，随后歉意地开口道，“材料已经交了，但是工商局的人说了，关于顾氏递交的所有材料不看……顾氏的情况得压着。对方知道……知道是您递交的材料，也给回绝了，说顾氏问题严重。”

意料……之外。

顾念知道有人给顾氏施压，让顾氏脱不开身，却没想到，现在景瑞递交材料了，工商局都不予理睬。

难道对方的势力比景家更大吗?

由此，可以排除安萱的嫌疑了。

那么……只剩下傅家了。

是袁珊，还是傅杨?

知道解决无果，顾念也不想再耽搁了：“我还有事，先走了……景少，这事就算两清了，以后，我不再承你给我精油原料的恩情了，毕竟，你这一批精油可是给顾氏惹上了大麻烦。”

说完，顾念直接向门口走去，留下景瑞一个人在工商局大厅暴跳如雷。

这一次，在顾念面前，他真的算是丢人丢大了。

顾念迅速开车回到南城别墅，美眸中闪过一抹沉思。

景瑞都无法处理的事，看样子只能找傅景深了。

其实早上她就准备开口的，只是被季扬的电话给打断了。

傅家人使坏，傅景深负责善后……顾念顿时就不觉得理亏了，只是不知道是袁珊还是傅杨从中作梗。

看来，自家的两个公婆可都是不喜欢自己的。

对方又是傅景深的亲生父母，应付起来，顾念多少是有些心累的。

到了南城别墅，大王率先听到顾念的动静奔过来围着顾念转个不停。

“汪汪……”

顾念轻笑出声，随后瞧了一眼车库方向，看到了傅景深的车。

傅景深回来了。

春嫂已经离开，知道顾念喜欢大王，所以留下大王陪着。

顾念跟着大王进了客厅，就看到傅景深优雅地坐在沙发上看文件，神情冷漠如冰。

顾念嘴角挤出一丝笑，打了声招呼：“傅先生……”

“嗯。”

顾念见傅景深态度冷淡，心里更加犯嘀咕。

“傅先生，一起吃饭吧。”

“好。”

顾念迅速拾掇了一下餐桌，然后将春嫂做好的晚餐端上来，给傅景深和自己各盛了一碗饭。

顾念小口小口吃着碗里的米饭，琢磨不透傅景深的情绪，也不知道男人是不是因为早上季扬的电话生气了。

思索片刻，顾念缓缓开口道：“傅先生，有件事得麻烦您帮忙，顾氏最近那批精油还卡在工商局的审批里……”

傅景深听闻顾念的话，夹菜的动作停了停，眉宇缓缓舒展开，像是松了一口气，却志在必得。

顾念则快速夹了一只虾送到傅景深的碗里：“您能不能帮帮忙？”

说完，顾念屏住呼吸等着傅景深的回答……

“汪汪……”

顾念：“……”

没等到傅景深的回答，她倒是听到了大王极其委屈的叫声，好像在说，那个是我的虾，得给我吃……我吃啊。

顾念偷偷瞄了一眼眼前的傅景深，见男人黑着脸，嘴角挤出一丝笑道：“傅先生？”

“汪汪……”

大王更委屈了，在顾念身侧蹭来蹭去的，言下之意，你不给我吃的，居然还不理我，只和他讲话，他是坏人，抢了我的牛肉炒饭啊。

顾念只能硬着头皮示意大王走：“大王……不要叫了，快去一边待着去。”

“嗷呜。”

大王委屈地摇了摇尾巴，趴在地上开始装死。

顾念见了之后有些心疼，但是现在她顾不上它了。

“给我一个帮你的理由。”傅景深薄唇轻启，磁性的嗓音极其掷地有声。

顾念思索片刻，抿唇道：“也算是在爸妈面前维护我……”

“在爸妈面前维护你，利于你，我是个生意人，我想知道我能有什么好处。”

好吧。

顾念暗了暗眼神，钱财利禄，傅景深均有，他不感兴趣。

献身？

现在也不合适。

顾念犹豫片刻，随后补充道：“生意是需要谈的，也得看看傅先生您需要什么。如果您的需求我觉得合理的话，那就谈拢了。”

傅景深听闻顾念的话，浅眯黑眸，凝视着眼前的小妮子。

小妮子倒是……会谈，现在又把皮球踢到了自己这儿。

“我暂时还没有考虑好，想好了告诉你。”

“好。”

顾念心里一喜，随后点了点头，美眸之中尽是雀跃。

傅景深瞧着顾念的模样，薄唇勾起一抹淡淡的弧度。

吃完晚餐，顾念便给莱雅打去了电话：“莱雅，派人通知下去，顾氏的产品，无论是香水还是一些精油产业的商品，一经发现问题，假一赔百。”

“顾小姐，现在顾氏的精油产品可是被工商局盯着呢，工商局可是鸡蛋里挑骨头的，我们……产品是没问题，可是也难保不会被他们贴上点整改问题，到时候顾氏可赔不起啊。”

“没事，按照我说的去做，出了问题，我担着。”

“是，顾小姐。”

顾念打完电话，就把大王抱在了怀里，眸子里尽是歉意：“对不住……”

“汪汪。”大王凑到顾念怀里蹭来蹭去的。

顾念偷瞄傅景深进了书房，随后给大王倒了些狗粮：“吃吧。”

顾念抬手摸了摸大王，暗暗在想，昨天晚上装睡，今天晚上如果继续用这个法子，不见得灵了啊。

一想到这儿，顾念迅速上楼，趁着傅景深在书房的空当，快速回到卧室洗了澡，上了床。

季扬回来的事，也不知道傅景深知不知道。

似乎任何事，都瞒不住他……

傅景深回到卧室的时候，顾念正趴在床上玩手机，小脚丫晃来晃去的，很是可爱，湿湿的头发散落在肩头，旁边桌子上还有可乐。

傅景深：“……”

顾念爱喝可乐是出了名的，简直是无可乐，不成活。

只是……这两天顾念的身体不适合喝这些，更不适合受凉。

顾念前天肚子疼得厉害，稍微克制了些，晚上傅景深答应了出手相助，顾念心情好了，也就不忌嘴了。

听到门口传来男人的脚步声，顾念脸色微微一变，迅速坐正身子，回到了被窝里。

“傅先生。”

“嗯。”

看着男人猛地冷下的气场，顾念心里犯着嘀咕。

不知道傅景深哪根筋搭错了……

“顾念，我考虑好了，我可以帮你处理顾氏的事，但是我需要你答应我一个条件。”

“嗯？”

“不许再喝可乐了。”

顿了顿，他对上顾念困惑的眸子，补充道：“我是为孩子考虑。”

什么？

顾念脸色微微一变，万万没想到傅景深居然会提出这个要求。

好吧，其实原先上学的时候，傅景深可是没少因为碳酸饮料的事跟她发火……

“怎么，你不愿意？”

“没……我愿意。”

顾念嘴角挤出一丝笑，依依不舍地瞧了一眼身侧的可乐，心都要滴血了。

傅景深挑了挑眉，见顾念哭丧着小脸，继续开口道：“嗯，那丢了吧。”

“……”

好残忍，顾念觉得心好痛，苦着小脸，磨蹭着动作，将眼前的可乐给丢进了垃圾桶……

傅景深满意顾念的动作，浅眯黑眸，缓缓开口道：“以后不许再喝了。”

“嗯……”

顾念偷瞄身侧的傅景深，好奇地询问道：“傅先生……您从来都不喝可乐，是因为可乐杀精吗？”

傅景深听闻顾念的话，俊脸一黑：“闭嘴。”

顾念咬了咬唇，气氛顿时有些尴尬。

一男一女，独处一室，难免会显得暧昧。

“睡吧……”

就在顾念胡思乱想之际，傅景深低沉的嗓音在耳边响起。

顾念点了点头，咽了咽口水，随后闭上美眸假寐、可能是喝了可乐的缘故，小腹有些不舒服，顾念忍不住伸手揉了揉小腹。

傅景深见状蹙了蹙眉……

原先每次来例假的时候，顾念可是不忌嘴。

痛经对于女人是常有的事，只是顾念这个性，好了伤疤忘了疼。

偏偏傅景深拿她没法子。

见女人呼吸浅浅，已经熟睡，傅景深将小妮子搂入怀中，大手揉着女人的小腹，见顾念蹙着的眉头逐渐舒展开，才停下了动作

第二天，顾念早上下楼的时候，春嫂一如既往地送上了姜枣红糖水。

盛情难却，顾念喝了一整碗，春嫂这才满意。

吃早饭的时候，顾念偷瞄傅景深。

“顾氏的事已经处理好了。”

这就是差距……

自己求爷爷告奶奶都没用，景瑞把整个工商局的人都给张罗回去上班也没把事给解决了。

傅景深却手到擒来，不在话下。

顾念勾起嘴角，轻声道：“谢谢傅先生。”

“嗯，据我所知，顾氏的后期营销并未处理好，这一批精油虽然过了审核，但是香水名誉受损，不见得卖得出去，如果产品滞留，产生的经济损失是难以预料的。”

顾念点了点头，看来傅景深虽未插手顾氏的事，却对顾氏的事一清二楚。

“我有信心。”

傅景深点了点头，放下手中的筷子，顾念抬眸看向男人，坚定地开口道：“等到这一批香水成功卖出，稳定市场，顾氏就可以达到最基本的收支平衡，到时候，之前所有借用傅氏的资金，顾氏会连本带利定期偿还……”

一码归一码，顾念不想自己和傅景深的婚姻捆绑这些不干不净的因素。

“顾念，你认为我在乎顾氏那么点连本带利？”

男人冷冽的话语，透着几分拒人千里的意味。

顾念咬了咬唇，暗暗在想，自己是不是说错话了。

原先两个人关系亲昵，她说起话来毫无拘束，如今……两个人之间气氛紧张，哪怕是真心实意的话，听着也着实变了味。

傅景深扬长而去，大王则等到傅景深走后才敢凑到顾念身侧蹭来蹭去。

顾念刚到顾氏，莱雅就急切地上前道：“顾小姐，昨天您说的假一罚百，现在众多商家都来顾氏下订单，他们可都是等着工商局的审批下来，准备索赔呢。

“其他人都在说，顾氏这次是泥菩萨过江，自身难保啊。

“还有香水部门的那批人，之前递交的辞呈说是三天内答复，顾小姐，今天已经是第三天了。”

“嗯。”顾念点了点头，嘴角扬起一抹淡淡的弧度，“那现在就跟我去香水部吧……”

“好。”

顾念迅速向着香水部门走去，莱雅见状跟了上去，琢磨着顾念的心思。

顾氏的香水一直是公司的主打产业，已经有近二十年的历史了，原先可是做到行业内的龙头，如今却每况愈下，一年不如一年。

最主要的原因是职员倚老卖老，年轻的调香师无法进行产品升级改造，更没有发展前景和空间。

顾念当初接管顾氏的时候，就想着以香水部门作为突破口对顾氏进行整顿。

现在，刚好是个机会。

顾念走到香水部门的时候，主管和职员们正在进行罢工，吵吵嚷嚷着要闹解约。

见顾念来了，原先在职员面前吆喝的主管立刻换了脸色，谄媚委屈地上前：“顾小姐，你看看，现在香水部门可怎么办啊？我们可都是指着这个吃饭啊，如果工商局真的闹出什么名堂，以后我们在行业内也没的混了。我知道你还没毕业，虽然在国外读的是高等学府，但是实战可是和理论关系不大啊。”

这个主管……倒是会说话啊。

还真的是厉害。

率先把自己的软肋给戳了一下，让他高于自己。顾念轻笑出声，浅眯美眸：“张主管是吧，你来顾氏有二十年了吧。”

“是啊，鞠躬尽瘁，死而后已啊……外面可是有新企业想做香水，开高价挖我过去，我可都没去。”

顾念递给莱雅一个眼神，让莱雅快速去查这张主管背后的新东家是谁。

莱雅得令之后迅速离开。

顾念嘴角扬起一抹明媚的笑，轻笑道：“既然张主管这么说了，那我就恭贺你未来前程似锦，千万别让顾氏耽误了你。”

此话一出，众人一愣。

张主管则是一时语塞，没有反应过来。

香水部的张主管也是见过大世面的人，见顾念直接应允了自己的请辞，并未和自己谈判挽留，意识到可能是过了，赶忙挤出一丝笑意，赔着笑脸道：“顾小姐，你说笑了吧。不愧是年轻气盛啊，做事就是虎，年轻人嘛，你张叔理解。”

还真是会给自己找台阶下。

呵……不自量力。

顾念摆了摆手，抬手优雅地理了理袖扣，随后轻笑道：“自古真情留不住，我又何必多此一举，影响张主管你高就呢。”

顿了顿，顾念语气变冷，美眸也变得冷冽犀利起来：“张主管，顾氏管理的宗旨是问责制，根据数据显示，香水部门无论是产品质量，还是产品营销，三年内出现急剧下滑的情况，你作为第一责任人，难道不该自我问责直接请辞？难道还等着我开口辞退你？”

张主管没想到顾念反击，顿时就下不来台了。

“所以，让你主动请辞，也算是顾氏对你善始善终了……总是比开除来得好吧？”

张主管气得不行，连忙摆手道：“顾念，你还是个黄毛丫头，你说的话我不听，找顾总来跟我说。”

“不好意思，我父亲最近比较忙，无暇顾及顾氏的事，顾氏由我全权打理，授权书我来顾氏第一天就带过来了，张贴在总裁办公室门口，有目共睹。”

顿了顿，顾念笑靥明媚：“时间关系，看在你是顾氏的老人，才给了你请辞的机会，你的事就告一段落了，不用再多说。”

说完，顾念观察着其他职员的脸色，继续开口道：“我知道在座的跟张主管工作多年，如今张主管要另谋高就，谁想跟着的，现在吱个声。

“另外，顾氏的确讲究问责，但是如今我刚接手顾氏，有张主管担着责任，其他人不予追究，香水部管理部门位置空缺，能者居之。”

顾念声音清澈，美眸清丽地扫向香水部的其他职员。

一席话，直接戳到了众职员的心坎里。

其他人纷纷交头接耳，琢磨顾念话语之中的深意，不得不说，还是有所顾忌的。

虽然顾念气场强大，但是也无法掩盖年轻的事实，张主管瞧着顾念的软肋，迅速予以反击："哼……顾念，你未免太口出狂言了，顾氏的这批香水也好，原料也好，可是被工商局的人查着，都好几天了。这一次，顾氏在劫难逃。对了，虽然是销售部的事，但是我也想关心关心未来顾氏香水的销售，卖不出去，难道在家把这昂贵的香水当水玩吗？哈哈……"

呵……这个张主管还真是明白人。

其他职员听到张主管这么说，立马交头接耳起来。

"对啊，张主管说得没错啊。"

"可不是嘛……唉，我们的业绩可是和销售捆绑的啊，卖不出去，有什么发展前景啊。"

"你先别说销售了，先说说工商局吧，据说顾氏被工商局盯上了啊。"

顾念看着张主管无比得意的模样，嘴角勾起一抹嘲讽："既然张主管问了，那我们把事情一件一件来说吧。莱雅，把昨天晚上到现在的香水成交记录给大家看一下。"

"是，顾小姐。"

莱雅听到顾念这么说，立刻拿出早上给顾念准备好的成交记录打印单，放在桌子上。

"顾氏这个季度的香水已经全部被预订出去了，我们现在在预订明年三月的春季新品。"

其他人听到莱雅这么说，纷纷欣喜不已。

张主管也没有料到顾念还有这个本事，脸色微微一变，见大家有所动摇，立刻说道："你们可别被这个黄毛丫头唬住啊，工商局的事解决不了，销量解决了有什么用？都是白搭。"

"嗯，那还真的不巧了，清白的人问心无愧，顾氏的产品没有任何问题，今天，工商局的人会给顾氏一个清白，如果没有，我会直接请辞。"

张主管："……"

顾念满意地看着张主管脸色煞白的模样，随后视线扫向眼前的职员，挑眉道："现在告诉我你们的去留问题……"

众职员听顾念这么说，立刻激动地说道：

"既然顾小姐都这么说了，我们相信顾小姐。"

"是啊……顾小姐可真厉害啊。"

"以后我们可得在顾氏好好干啊。"

顾念满意地勾起嘴角，随后轻声道："那大家开始研究明年春季新品吧，希望在新品上市的时候，我可以从你们之中靠业绩选出最适合担任主管的人，和年龄、资历无关，全看能力。"

顾念的话，无疑让香水部的职员吃了定心丸，众人顿时欢呼一片。

张主管则面如死灰，怒斥道："顾念，你真的是太过分了，哼……走着瞧。"

见张主管扬长而去，顾念美眸清丽，莱雅则迅速上前道："顾小姐，真的有人给张主管抛出橄榄枝了。"

"哪一家？"

"安氏……"

安氏？安萱？

顾念浅眯美眸，顿时觉得后背有几分凉意。

安萱明面上嚷嚷着让安家人在工商局给顾氏美言几句，却能力不够，所以没有帮上忙……背后，却暗暗挖墙脚。

顾念仔细琢磨了一下，安萱想必是"真心实意"地要帮自己解决工商局的事，因为她背后已经给自己埋好了坑。

哪怕解决了工商局的事，背后再弄出顾氏员工大批跳槽的破事，呵……

这个女人，真的是厉害啊。

"嗯，我知道了。"

"顾小姐，您真厉害啊，居然把工商局的事给搞定了。"

"其实……可以买瓶可乐庆祝一下的。"

顾念刚说完这句话，意识到和傅景深的约定，有些懊悔："算了，温水吧，以后我戒可乐了……"

"啊，您不是很喜欢吗？"

顾念听着莱雅的自言自语，其实心都在滴血，狠狠地在心里把傅景深嫌弃了一番。

莱雅给顾念倒了一杯温水，好奇地询问道："顾总，您是不是早就预料到工商局的事会解决，所以提前把销量给做起来的？"

"嗯，假一罚百、被工商局盯上，不少块骨头也得脱层皮，外面购入香水的人多半也是这么想的。"

所以……这算不算是置之死地而后生呢？

利用这些人的心理，打了个心理战。

顾念端起水杯轻抿一口，润了润嗓子。

莱雅打心底里佩服顾念，明明年龄不大，却很是聪慧，果决干练。

"莱雅，你去处理一下工商局后续的事……有事及时给我打电话。另外，张主管算是公司老人了，我担心走得不干不净的，交接的事，你也盯一下。"

"好的。"

中午，春嫂送午餐来顾氏的时候，顺带告知了顾念晚上回傅家用餐的事。

说是袁珊张罗的，顾念顿时有些头疼，明着回绝不太好，可是去傅家走那么一遭……也是心累。

顾念点头应允，只是不知道为何，心底总是有那么一股不安，毕竟……袁珊是极度厌恶自己的。

顾念开车到了傅家之后，春嫂热情地招呼道："念念来了啊。"

"春嫂好，景深呢？"

"少爷还没到……"

"嗯。"

顾念和春嫂简单地打了招呼之后，便走进客厅，得知傅景深还没到，总是有几分不安。

"爸妈、爷爷……"顾念走进客厅之后，看到傅老爷子和傅杨、袁珊坐在沙发上，嘴角挤出一丝笑意，礼貌地打着招呼。

顾念浅眯美眸，视线扫向沙发上的三人，若有所思。工商局的事虽然解决了，但是问题来了。

捣鬼的人锁定在傅家，而这三个人到底是哪一个她还不得而知。

"嗯，坐吧。"

傅老爷子摆了摆手，示意顾念坐下，傅杨则没给什么好脸色，也没有应一声。

袁珊雍容华贵地坐在沙发上，把玩着自己手腕上的翡翠镯，冷哼了一声。

"顾念，知道顾氏出事，我原本还想和安萱一道帮帮忙，没想到你得罪了大人物……据说被盯上了，任何人说话都不好使？"

袁珊说得幸灾乐祸，顾念神色一怔。

她这个模样，倒像是完全不知情的样子。

似乎……根本不是她去给工商局施压的。

难道是老爷子和傅杨?

可他们俩是军人出身，一直比较正直，应做不了这样下三烂的事。

还真的是头疼了。

顾念试探性地开口道："妈，没有的事，顾氏的情况已经解决了。"

"什么？"袁珊神色一惊，原本是准备看笑话的，联想到傅景深所说的话，立刻反问道，"是景深帮你的对吗？"

见袁珊诧异的模样，顾念暗想，如果袁珊真的是背后施压的人，想必工商局早就把顾氏的情况告诉她了。

看样子真不是袁珊。

"嗯。"顾念勾起嘴角，看着袁珊气得不行的模样，心里暗爽。

"夫人，安小姐到了。"

安萱?

顾念浅眯美眸，就看到袁珊立刻换了个脸色，起身上前迎接，和刚刚对自己的态度简直判若两人。

安萱到了没多久，傅景深也姗姗来迟。

傅景深到了之后便搜寻顾念的身影，见女人坐在沙发上垂着眸子，若有所思，薄唇抿起。

顾念抬眸看向傅景深，主动上前从男人手中接过西装外套，柔声道："我帮你。"

"嗯。"

傅景深见顾念兴致不高，大致也明白是因为在傅家。

袁珊见傅景深到了，便开始大肆夸奖安萱。

"顾念啊，今天把萱萱请回家吃饭，这顾氏工商局的事是解决了，但也得感谢一下安萱和你安伯父，他们俩为了你的事可是鞍前马后，最后帮不上忙，也是因为有人针对顾氏。顾氏平日里得罪的人太多了，他们使不上劲儿啊。"

安萱一脸娇羞，随后故作谦逊地开口道："伯母，您千万别这么说，这些都是我应该做的，其实没能帮上什么忙，我心里挺不是个滋味的。"

还真的是一唱一和啊。

顾念嘴角勾起一抹淡淡的讥讽，果然，回到傅家之后，袁珊便不打算让自己好过。

"嗯，还是得说一声谢谢的。"顿了顿，顾念嘴角扬起一抹浅淡的弧度，继续说道，"对了，作为回报，知道安氏中意顾氏调香部的张主管，准备高薪聘请，所以，君子不夺人所好，张主管我已经让他请辞了。"

顾念笑得倾国倾城，让人如沐春风。

"安小姐，你回去可以和安伯父知会一声了。"

明眼人都能瞧出问题，安萱顿时有些尴尬，没想到张主管居然那么㞞，这么快就败露了。

"安氏可是从不碰香水产业，念念，你是不是误会了啊？"

"张主管亲口说的，那么多顾氏的人都在……看样子安小姐一直在傅氏做事，忽略了安氏的情况吧。"

顾念予以反击，琢磨起安氏的用意来。

明明家里有公司，却跑到傅氏做个秘书，想必安家盯的不是秘书这个位置，而是傅家少夫人这个位置吧。

客厅内的气氛变得有些尴尬，傅老爷子满意地勾起嘴角，这个顾念丫头啊，可不是好惹的，小嘴儿伶牙俐齿的。

袁珊没好气地开口道："顾念，你这是什么意思？"

"妈，我这是示好啊，感谢安家的帮忙，顺带知道安氏想挖张主管，主动给张主管自由身。"

"你……"

傅景深薄唇抿起，见顾念把袁珊气得火冒三丈，直接开口道："妈，时间不早了，我有点饿了，先吃饭吧。"

"先等等，今天我还约了季扬来家里吃饭，听说他昨天晚上回来了……你和季扬是多年的好朋友，也该聚聚了。"

顾念脸色微微一变，终于看到袁珊放出的大招了。

袁珊话音刚落，门外传来汽车声，顾念知道，季扬到了。

客厅内的气氛有些诡异起来，傅老爷子面不改色，稳如泰山，傅杨则坐不住了：“袁珊，你把他往家里招是什么意思啊，你又不是不知道当年的事。”

袁珊还没说话，傅老爷子已经沉稳地开口道：“好了，傅杨，你少说两句，季家和傅家交好，这结不是死结，景深现在和顾念已经结婚了，这事儿也该了了。”

不得不说，傅老爷子说到顾念心坎里了。

她和季扬清清白白，况且，季扬和傅景深当初关系不差，情同手足，只是这误会……说不清。

顾念咬了咬唇，看向身侧的傅景深，还未开口，傅景深已经抬手握住了顾念的手，磁性的嗓音在她耳边响起：“客人来了，我们出去迎接一下。”

手背传来男人手心里的温热，顾念嘴角挤出一丝笑意：“嗯。”

安萱瞧着傅景深的动作，暗暗在想，傅景深怎么就这么沉得住气呢。

当初……这事可是深深地伤害到了男人的自尊啊。

还是说，傅景深为了顾念，自尊都不要了？

“傅叔叔、袁阿姨、老爷子，好久不见。”

季扬衣着得体地走进傅家，将手中拎着的几盒营养品递给了用人。

袁珊见状立刻客气地开口道：“人来就行，客气什么啊……”

“应该的。”

顾念攥紧小手，指尖有些发颤。

算起来，傅景深和季扬也有三年没见了……

“别来无恙。”

“嗯。”

傅景深勾起薄唇，语气客套而生疏，随后伸出大手，和季扬简单握了握。

两个男人之间暗流涌动，一切尽在不言中。

顾念顿时觉得心紧绷到极限，手心里都是汗。

季扬视线落在顾念身上，见顾念精神紧绷，抿了抿唇，眸子里尽是关切，担心自己的突然到访让顾念情绪波动太大。

袁珊邀约，打的又是傅家的名义，他没有不来的理由。

顾念嘴角挤出一丝笑，轻声道：“时间不早了，吃……吃饭吧。”

“好。”

傅景深收回自己的手，表情冷冽，让人望而生畏。

餐桌上，傅老爷子像是没事人一般和季扬寒暄着。

季扬在西雅图的生意做得风生水起，k市商界的人对其可是津津乐道。

季扬态度不卑不亢，温润得体，也让老爷子很是满意。

其间季扬也关切地询问了傅氏的情况，傅景深不咸不淡地应答了几句，便不了了之。

顾念胃口一般，随意地动了两筷子便不再吃了。

傅景深和季扬将顾念的表现尽收眼底，两人一同将筷子落在了同一块糖醋排骨上，随后季扬率先收回了筷子。

傅景深薄唇抿起，和季扬认识多年，知道他不爱吃糖醋排骨。

但是顾念爱吃……

傅景深目光微动，随后将糖醋排骨夹给了顾念。

顾念咬了咬唇，虽然胃口不好，但还是将傅景深夹给自己的排骨吃了下去。

袁珊倒是不断热情地给安萱夹菜："萱萱，你多吃点。"

"谢谢伯母。"

袁珊满意地看着安萱乖巧的模样，挑眉道："念念啊，你给季扬夹菜啊，以前总是听你叫季扬哥季扬哥的……季扬可是在国外照顾你整整三年呢，怎么见了面也不亲昵啊……"

袁珊……还真的是够了。

顾念听到袁珊这么说，扯了扯嘴角，并未动手夹菜，而是简单客套道："季扬哥，你多吃点。"

"好。"

吃完晚餐，顾念走也不是，不走也不是。

季扬主动开口道："景深，我想跟你聊聊。"

"好，去书房吧。"

傅景深显然对于季扬的提议毫不意外，直接应允。

看着两个男人高大的身影一前一后上楼去了书房，顾念的心简直是提到了嗓子眼。

当初季扬对她承诺过，当年的事，永远不会再提。

只是……他和傅景深之间的误会，如果不提当年的事，是永远解不开的。

见顾念心不在焉，安萱紧接着热情地开口道："念念啊，听说后花园的菊花开得正旺呢，我陪你去看看吧。"

安萱热络的语气丝毫不像是来做客的，而是如同女主人一般，顾念倒像是不请自来的。

"嗯，好。"顾念嫣然一笑，并没有回绝，傅杨刚想开口，却被傅老爷子抬手拍了拍手给拦了下来。

孩子之间的事，她们自己有解决的法子和逻辑。

"景深，我欠了你一句恭喜。"

季扬温润如玉地开口，语气不卑不亢，态度诚恳。

傅景深凌厉的黑眸扫向眼前的男人，随后猛地伸手揪住季扬的领口，将男人压在了一旁的墙壁上："这些年，你是怎么照顾她的？"

季扬："……"

照顾?

顾念心底筑了一堵墙，她和其他人都保持着一墙之隔，其他人进不去，而她也不想出来。

这三年，自己还是没能走进她的心，治疗她的心病。

"她瘦了……

"你知不知道，她在我身边，我都没舍得让她进厨房……

"原先那个恃宠而骄的顾念，被你照顾去哪儿了？"

谁说女人娇蛮就不可爱了？傅景深就喜欢自己的女人恃宠而骄、有恃无恐、无法无天，而不是现在这般战战兢兢，收拾好自己的小心思、小情绪，行事小心翼翼。

季扬："……"

傅景深眼神犀利，几乎是要把季扬吞噬一般。

季扬领口被傅景深拎着，有些呼吸不畅，听着男人的话，嘴角紧紧抿起。

谁说……傅景深冷静到骇人的地步？

遇到顾念，或者是有关顾念的事，他会偏执、暴躁到发狂的状态。

顾念就是他的情绪，他的一切。

两个男人的对峙，一个冷冽如冰，一个温润如玉。

傅景深黑眸凌厉骇人，自从顾念回来之后憋着的火，一直找不到宣泄口，如今季扬回来，傅景深终于爆发出来。

三年了，傅景深一直想问，当初两个自己最亲密的人，为什么双双背叛了自己。

这几乎是魔咒一般困扰着他。

季扬神色平静，薄唇抿起，最后缓缓地开口道："你比三年前，更爱她了……"

被季扬戳中心事，傅景深眯了眯黑眸，迅速松开手，将季扬一把推开："说吧，你要跟我聊什么？"

傅景深不耐烦地扯了扯自己脖颈处的领带，三年后，重新见到季扬，他到底还是不能保持平常心。

季扬将顾念带离自己身边的三年，对于傅景深而言，是噩梦一般的存在。

"工商局施压的事，是你做的吧？"

多年的好友，季扬对于傅景深的脾性可是一清二楚。

顾氏的事，季扬虽未明面上插手，却没少打听。

能给工商局施压，同时也无形之中解决问题的人，除了傅景深，再无其他人。

傅景深薄唇抿起，并未否认。

的确……知道季扬回来之后，他并不想顾念的事被其他男人解决，除了自己。

所以，他给工商局施压，放下话，顾氏的事除了自己，不许任何人插手和干涉。

傅景深就是这么个较劲的人。

季扬见傅景深没有开口，显然是承认了，薄唇勾起。

果然……傅景深就是这么一个爱顾念到极致的人，逼她到绝境，然后再出手，为的是牢牢地掌握她的所有。

季扬理了理凌乱的领口，视线落在傅景深身上，见男人并未平息怒火，缓缓开口道："一点儿都不意外。"

傅景深眯了眯黑眸，看着季扬平静、温润如玉的模样，薄唇抿起。

他也没变……待人和蔼，从不轻易情绪波动。

"当年为什么跟她一起走？"

傅景深问出了自己一直想问的话。

时间在这一刻仿佛定格，季扬眸子里翻滚着错杂的情绪，脑海之中挥之不去的是三年前，还是个高三学生的顾念的无助，以及这些年顾念在外的辛酸……他无从和傅景深说起。

她变得越发干练，变得更加独立，和之前孩子气、娇蛮的顾念判若两人。

对这些，心疼的不只是傅景深，还有他自己。

季扬是看着她三年来的成长和变化的。

"抱歉。"

傅景深听闻季扬的话，沉了脸色。

季扬的个性傅景深清楚，他开口说了抱歉，就代表不会说。

顾念对赏花的事不在行，原本思绪有些凌乱，如今出来吹了冷风，倒是冷静了一些。

这个安萱……突然把自己叫出来是为了什么？

顾念决定不动声色，先看安萱出招。

"念念啊，其实我知道你今天挺难做的，我挺能理解你的。你有什么心里话一定要跟我说啊，我一定会做你最好的朋友。"

安萱是想趁着自己思维混乱的时候，乘虚而入？

这个女人的心思好厉害啊。

顾念浅眯美眸，随后勾起嘴角，没有言语。

这女人三番五次算计自己，自己是不是也得礼尚往来？

顾念若有所思片刻，看向前方的台阶，很快有了主意。

"念念……虽然我知道这是你的隐私，我不该问，但这是你的心病，我也想帮你解解惑，让你心里好受些。"

顿了顿，安萱试探性地开口道："当初你和季扬一走了之，给傅先生留下了多大的尴尬和烂摊子啊……这到底是为了什么啊？"

"那个时候忽然觉得温润如玉的男人比较有趣吧。"顾念淡淡地开口，随后轻声道，“前些日子顾氏动荡的事，你不是也知道吗？现在傅景深和傅氏是我坚强的后盾嘛。”

顾念故意说得不在乎的模样，惹得安萱心里很是吃味。

顾念云淡风轻，却偏偏把男人掌控在手心里，而自己努力了这么久，却是无用功。

安萱见顾念“态度真挚”，以为顾念对自己敞开了心扉，赶忙趁热打铁道：“那你真是魅力大啊，傅先生那么骄傲的人，你回来了……他还不计前嫌。”

顾念闻言嘴角上扬，随后踱步向着台阶方向走去，站到差不多的位置。

“哪有那么多不计前嫌的人啊，你都说了，他那么骄傲。”

顿了顿，顾念抬手落在了自己的小腹上，勾起嘴角：“我这是奉子成婚……我……怀孕了，有了傅家的继承人呗。对了，先别和老爷子以及爸妈说，我准备给他们一个惊喜，这事只有我和景深知道。

“你说这傅家多传统啊，要是我成功地生下儿子，那指定全家人都会笑开花。

“哪怕是女儿……傅景深是傅家独子，这唯一一个血脉，傅家人肯定疼得厉害。”

说到这儿，顾念看着安萱难以控制地变得狰狞的脸色，身体抑制不住地发颤，扯了扯嘴角。

安萱……我可是把路给你铺好了，上不上套，就是你的事了。

“怀孕之后，我就特别爱吃酸的……医生说了，多半是个男孩，老爷子以后肯定喜欢得不得了，这傅家的少夫人位置啊，我是坐得稳稳的。”

安萱：“……”

不行，不能这样!

安萱拼命攥紧小手，虽然傅景深和顾念已经结婚，可她没有放弃，就打算乘虚而入，让他们俩的婚姻土崩瓦解。

没想到……

顾念居然怀孕了。

不行……不能让她把这个孩子生下来。

安萱瞧着顾念站在台阶之上，视线往下看，紧张地攥紧小手。

如果自己伸手把她推下去，佯装她失足的话……是不是，自己还有一线机会做傅家的少夫人?

安萱心里惊涛骇浪，顾念倒是思绪平静。

因为她赌安萱一定会动手。

一个女人心思藏得那么深，能够抛开家族企业，委身在傅氏多年只做秘书，她对傅家少夫人位置渴望的程度恐怕到了极致的程度。

所以，现在已经“怀孕”的自己肯定是她的眼中钉、肉中刺。

这是个机会，顾念是不会放弃的。局设下了，入不入是她的事。

顾念笑意明媚，看着安萱有些僵硬的模样，勾唇道：“安小姐，我们往下走几步吧，这台阶不低，要是一不小心摔下去，孩子肯定保不住。”

如果说之前所有的构想只是安萱在脑海之中刻画的，那么顾念的这句话，无疑是压倒骆驼的最后一根稻草。

安萱眼里尽是阴鸷，见顾念转过身，颤抖地伸出了手。

只是快要推开顾念的时候，安萱猛地缩回了手。

不行，这里只有自己和顾念两个人，如果顾念出事，自己就是最大的怀疑对象。

到时候如果和傅家树敌，那么哪怕毁了顾念和她的孩子，自己也得不偿失。

怎么办?

这个孩子是留不得的……

安萱脑海之中快速思索着法子，随后眼前一亮。

“念念，你看……那边菊花好漂亮啊。”

顾念点了点头，顺着安萱手指的方向看去，那儿……可真黑啊。

“我们过去看看？”

“嗯。”

顾念和安萱走近一看，黑漆漆的，是适合动手的好机会。

“中间那盆看不清啊，你……你过来，给念念把菊花端过来。”

“是。”不远处正在管理花圃的用人被安萱直接叫了过来，顾念眯了眯凤眸。

借刀杀人?

顾念不动声色地上扬嘴角，看来安萱比自己想象之中要聪明得多……

“少夫人，您看看。”

用人前往花圃深处，将一盆粉菊端了过来，安萱顺势伸出脚，趁着夜色黑，将用人绊倒，用人便倒向了顾念。

顾念早有准备，略微闪躲，随后佯装身体失去平衡，猛地向下摔去。

“啊……少夫人。”

“念念。”

顾念借助巧力摔在了台阶下，并未受伤，随后故作痛苦地伸出手落在了腹部之上。

“哎呀……”

“顾念。”

“念念……”

身侧是男人急切的呼唤声，顾念没想到傅景深和季扬也在后花园，刚好撞上了这一幕。

顾念视线对上男人幽深的黑眸，见他眼神冷冽如冰，心漏跳了半拍。

他的眸子里……情愫藏得太深，她完全看不清。

傅景深当下迅速上前，难以抑制住心颤和不安。

用人吓得直接跌坐在地上，不敢言语，安萱则没想到傅景深会突然出现，整个人如坐针毡，紧张得嗓子眼都好似干涩了。

“傅先生……”

傅景深眼神冷冽如冰，并未理会安萱的话，迅速询问顾念的情况：“你怎么样？”

傅景深的心几乎要提到嗓子眼了，着急得快要发狂，声音因为紧张都开始颤抖。

“那个……肚子疼……”

顾念对傅景深撒谎，多少有些紧张和忐忑不安，不敢对视男人的黑眸，垂下了视线。

听了顾念的这句话，傅景深当下就明白了。

顾念怀孕是假的……她怎么会肚子疼。

傅景深迅速检查顾念身上其他地方有没有碰伤，确定没有明显外伤之后，微微松了一口气，随后将顾念抱入怀中。

“我带你去医院做个详细的检查。”

顾念试探性地开口道：“好，去市人医吧。”

“嗯。”

安萱紧张得心里发颤，琢磨不透傅景深的心思。

“傅先生……”

“离她远点。”

安萱刚刚想着将责任推给管理花圃的用人，没想到傅景深对她如此冷漠和疏离。

安萱脸色煞白，傅家人闻言迅速赶了过来，就只看到傅景深将顾念抱上车，扬长而去。

傅老爷子敲了敲手中的拐棍，厉声道：“怎么回事？”

安萱双眸迅速挤出了泪水，楚楚可怜道：“刚刚陪着念念来看菊花，有一盆粉菊太远了，我就让她把花盆端过来，没想到……她居然把念念给推下去了。”

用人被点名，顿时吓得腿软。

“我……我不是故意的，刚刚……”

用人刚想说被绊了，对上安萱狠戾的眼神，立刻不敢说话了。

“好了好了，没事，不就是摔了下嘛……这台阶不算高，只会是擦伤。”

傅老爷子以为没多大的事，便摆了摆手。

安萱见状泣不成声，颤声道：“老爷子……念念，念念怀孕了啊，呜呜，上天保佑，孩子千万别出事啊。”

安萱知道，有些话自己不说，傅家人也会知道，所以聪明的法子是先老实交代。

“什么？”傅老爷子握着拐棍的手一顿，傅杨和袁珊也脸色一变。

这丫头居然怀孕了？

季扬闻言抿了抿唇，以子逼婚的事，季扬是知道的。

但是顾念不说，季扬也知道，孩子的事肯定是子虚乌有的。

顾念对于男人的靠近都是排斥的，怎么会有孩子？

顾念被傅景深抱到副驾驶位置上，随后就看到男人迅速启动引擎，扬长而去。

顾念小心翼翼地偷瞄着男人的反应，暗暗在想……以傅景深的聪明才智，能猜到是安萱吗？还是说需要自己提点一下？

顾念闭眸佯装休息，想着季扬刚刚和傅景深说了些什么。

如果孩子没了……他会生气吗？

顾念被快速送到了市人医，傅景深语气冰冷："安排主治医生对她的身体进行全面检查。"

"是，傅先生。"

有人认出傅景深的身份，战战兢兢地应道。

傅景深小心翼翼地将顾念放在推车上，随后想到了什么，补充道："安排女医生。"

"是……傅先生。"

进了急救室之后，顾念便快速拿出手机拨通了当初给自己做伪怀孕证明的主任的电话。

顾念简单说明来意，主治医生犹豫片刻，示意顾念让身侧的急救医生接了电话。

顾念暗暗庆幸，还好傅景深送自己来了市人医，否则换了家医院，她还得重新疏通关系。

因为要伪装成流产的事实，所以医生装模作样地给顾念挂了补充营养的点滴，顺带仔细检查了一下顾念的外伤。

只是一些简单的擦伤，没有什么大碍。

"顾小姐，那我把检查结果告诉傅先生了？"

"嗯，麻烦了。"

傅老爷子得知顾念怀孕之后，立刻赶到了医院。

傅杨和袁珊也不敢怠慢，迅速跟上。

安萱则哭啼了一路，一直道歉自责，声称自己没有照顾好顾念。

季扬淡淡地看着安萱泣不成声的模样，蹙了蹙眉，眼中闪过一抹不悦。

傅老爷子赶到医院的时候，碰巧医生从急救室出来，汇报顾念的情况。

"傅先生，顾小姐小产，需要注意休息，您可以进去探望她了。"

意料之中的答案，傅景深抿唇道："大人呢，有擦伤骨折等情况吗？"

急救医生没想到傅景深越过孩子的事，直接询问大人，一时语塞："没……没问题。"

"嗯，脑部CT这类的查了吗？"

"还没。"

"去给她做个详细检查，我必须确保她没事。"

“好的……”

医生暗暗咋舌，不过是从高处摔下，需要这么夸张吗？

但是傅景深的吩咐他不敢怠慢，只能立刻去办。

傅老爷子听闻“小产”两个字，脸色顿时有些难看。

安萱小心翼翼地琢磨着老爷子的表情，再偷瞄袁珊一眼，微微松了口气。至于傅杨，脸色也不太好看。

安萱鼓足勇气，伸出手狠狠地甩了自己几个耳光。

啪啪啪的耳光声，在空旷的医院走道上显得格外刺耳。

“是我不好，我没有照顾好念念。傅先生，我只是见她因为季先生心情不好，所以想陪她去花园散散心的，没想到会发生这样的事。”

安萱格外咬重“季先生”这三个字，强调顾念和季扬之间不明不白的关系。

傅景深闻言眼神更冷了几分。

“念念还高高兴兴和我说怀孕的事……说正是因为怀孕，你们俩才走到一起，呜呜……”

袁珊听闻安萱这句话，立刻奓毛了，抓住傅景深的胳膊问个不停：“景深，你快告诉妈，当初顾念是因为这个孩子逼婚的吗？哼，我就说嘛，你当初被她伤得那么重，怎么会轻易地娶她呢。”

“爸、傅杨，你们看看这个顾念啊，简直是小妖精，不简单啊，无所不用其极。”

安萱满意地看着袁珊的反应，知道自己稍微点一下就行。

“伯母，您千万别这么说，念念不是这样的人。”

“她啊，就是这样的人。萱萱，你看看你千方百计地想帮顾氏的忙，结果呢，她晚上倒打一耙，说安氏要挖墙脚。”

“伯母……”安萱越说越委屈，一个劲地伸出手抹眼泪。

“够了，都不要再说了，现在人还在病房里躺着呢。”傅老爷子敲了敲手中的拐棍，一声怒斥，安萱和袁珊便不敢再多说什么了。

傅景深薄唇抿起，凌厉的黑眸扫向身侧的安萱，目光中尽是冷意。

“安萱，顾念是我的妻子，你并没有资格在我面前对她说三道四。”

怀孕的事是假的，顾念不可能无缘无故在安萱面前提及这件事，唯一的可能性是顾念在下套、在试探。

结合刚刚女人让医生谎报小产的事，傅景深仔细一琢磨，就可以弄懂这其中的因果关系。

再度看向眼前的安萱，傅景深眯了眯黑眸。

一直以来，安萱识大体，业务能力强，所以在任人以贤的傅景深眼中，只有安萱的能力。

傅氏的任何一个职员的入职，全部是凭借着真本事。

女人心底的小心思，傅景深并没有多大兴趣，但是现在不一样了，顾念因为安萱受伤了。

“傅先生，我……”安萱委屈得不得了，眼泪包裹在眼眶里。

刚刚傅景深的一句“离她远点”还在安萱耳边回荡，谁知道现在男人的话语更冷漠如水。

“既然安氏想要做香水产业，那么你不如回自己的家族企业帮忙吧，离我和顾念远一点。”

安萱连忙哭啼道：“傅先生，顾念受伤和我无关啊，都是那个用人不小心，她自己都承认了。”

“过程对我而言不重要，但是你的出现，让她受伤，这就是你的罪过了，哪怕是潜在的威胁，还没有证实是否和你有关，我都要杜绝这一层可能出现的伤害。”

安萱闻言脸色煞白。

袁珊见状要开口帮忙却被傅杨给拦了下来。

无论如何，顾念小产是事实，再者，这安萱太聒噪了，傅杨也着实是厌恶得很。

安萱委屈得不得了，有些歇斯底里：“傅先生……”

“滚。”

傅景深冷冽的黑眸中迸溅出危险的气息，安萱有些心惊肉跳，不敢再多言，只能捂嘴低泣。

袁珊见傅景深动了怒，也不敢再煽风点火，示意安萱尽早离开。

安萱无可奈何，只能恨恨地转身离开。

傅景深随后走进急救室，查看顾念的情况。

顾念躺在病床上，正百无聊赖，听到急救室外的喧闹声，不用猜也知道是安萱。

没多久就看到傅景深推门而入，顾念立刻变得紧绷起来。

对于傅景深，她是怀有歉意的……到底自己骗了他。

他想要孩子吗？

“现在感觉怎么样？”傅景深淡淡地询问道。

“对不起。”

顾念抬眸，美眸中尽是真诚。傅景深知道她不是为了孩子小产的事道歉，而是因为撒谎的事道歉。

“嗯。”

傅景深黑眸中闪过一抹复杂之色，季扬则是关切地抿唇道：“怎么那么不小心？”

顾念闻言淡淡地扯了扯嘴角，自然是安萱那个妖精做的好事啊。

“季扬哥，我没事，是个意外。”顾念报以浅淡的笑，视线却落在季扬和傅景深之间。

两个男人在书房聊了些什么，她不得而知。

季扬点了点头，怎么会是意外，分明是阴谋。

“爷爷、爸妈……抱歉，让你们担心了。”顾念言语温顺，乖巧懂事，毕竟……也得有自知之明，傅家人可不待见自己。

如今孩子“没了”，她算是彻底没有保护伞了，仗着军婚，一纸婚约才能维系。

现在她不适合和傅家人起冲突。

“好好休息，孩子没有了，还能再要。”

老爷子视线落在顾念身上，心里说不惋惜是假的，不过好在顾念和傅景深年轻。

袁珊听出傅老爷子对顾念的偏袒，气不打一处来。

“顾念，你当初是不是用这个孩子逼婚的？你个小妖精，好心计啊……你怎么不和萱萱学学，你看看她刚刚哭得多伤心。”

“够了，不要再说了，我们先回去吧，让她好好休息。”

袁珊还想嚷嚷，傅老爷子一声怒斥，傅杨立刻拉着袁珊离开了病房。

“少说两句吧，孙子都没了。”

“哼……”

时间不早了，季扬跟着傅老爷子一块儿离开了，病房内，只剩下傅景深和顾念两个人。

原本顾念就想离开医院，毕竟只是轻微擦伤而已。

没想到医生又叮嘱第二天的脑部CT等一系列检查，顾念只能再留院住一个晚上。

顾念偷瞄着傅景深冷冽的俊脸，屏住呼吸道：“傅先生……”

“说吧，到底是怎么一回事？”

见傅景深脸色凝重得骇人，顾念决定实话实说。

关公面前不耍大刀，这一点顾念还是明白的。

“我看得出来安萱对你有意思，所以我为了稳固傅家少夫人的地位，刻意地在她面前显摆怀孕的事，然后她……叫来用人搬花，那个用人不知道怎么回事就无缘无故地摔倒扑在我面前了。准确来说，是被绊倒，刚好，安萱就在她的身侧，但是……我没有证据可以证明是安萱做的。”

“嗯。”傅景深淡淡地应了一声，眯了眯黑眸。

顾念把该说的都说了，傅景深是个明白人，点到即止。

第二天早上八点，顾念如愿等来了安萱，按照安萱白莲花的个性，自然是来哭哭啼啼扮可怜和无辜的：“念念，你没事吧。”

安萱进了病房，见傅景深不在，顾念还躺在病床上，暗自琢磨着。

顾念见安萱双眸红肿，脸色苍白，瞧着像是一宿没睡的模样，勾起嘴角。

想必安萱昨天晚上都开心得要疯了吧，自己的“孩子”被她折腾没了。

顾念猛地抬手狠狠地甩了安萱一个耳光，啪的一声，巴掌声在空旷的病房内格外响亮。

安萱睁大眼睛，故作难以置信地看向顾念，颤声道：“念念，你这是做什么？”

顾念先发制人，直接训斥道：“为什么要推我下去？”

“我……我没有啊，是用人她推的。”

“呵，不是你绊倒她的吗？”

安萱一时有些语塞，颤声道：“不是这样的……”

顾念嘴角勾起一抹冷笑，凝视着安萱无辜的模样，淡淡地开口道：“别忘了，傅家监控、红外线都有，安萱，你的任何小动作都逃不出监视器。”

安萱脸色微微一变，随即开口道：“那我也不是故意的，昨天晚上天很黑的，我也不知道我绊了谁。念念，我知道你流产之后心情不好，我都理解，你千万不要因为我气坏了身体啊。”

看来这个女人比自己想象之中要难缠，自己都已经把话说到这个份上，也动了手，女人居然不为所动。

顾念嘴角勾起一抹冷笑：“那你是承认，昨天晚上你绊了她吗？”

“我……”

见安萱眼神躲闪，顾念扯了扯嘴角，漫不经心地继续开口道：“安萱，我知道你想做傅家的少夫人很久了……”

顾念起身下床，随后示意安萱跟着自己走到走道口，缓缓开口道：“安萱，如果你从这台阶上滚下去，我就考虑一下，只要安氏资金给得足，我就离开傅家。”

顾念的思绪转动得太快了，安萱根本跟不上节奏，听到顾念这么说，不知道该信还是不信。

可这是个机会啊。

安萱咬了咬牙，如今傅景深已经开除她了，她不能再冒险。

“念念，你在说笑吗？我……我怎么会想做傅家的少奶奶呢，你别离开傅家，和傅先生好好过，孩子以后都会有的。”

顾念对于安萱的伪装并不意外，扯了扯嘴角，这女人真是个角色啊。

被自己甩了一巴掌……居然还在这儿一个劲儿地劝自己。

呵……顾念猛地抬手对着安萱的后背就是一推，安萱重心不稳，整个人往下摔去。

高度正好，不会致命，但她肯定摔得不轻。

顾念美眸中闪过一抹冷意，听着轰隆隆的坠地声，踱步走下楼梯，走到安萱面前。

看着安萱一脸狼狈，顾念扯了扯嘴角，低喃道：“安萱，我是个睚眦必报的人，你推我下去，那我就连本带利地还给你。”

顿了顿，顾念继续道：“傅家少奶奶的位置嘛……我坐稳了，傅景深是我的男人，你连想都别想……”

说完，顾念满意地看着安萱脸上变化多端的表情，扬长而去。

甩了一巴掌，又推小贱人下楼梯，顾念觉得……心情好多了。

这女人……可真狠啊。

顾念走上楼梯，准备回病房，就看到傅景深站在门口，视线凌厉，显然早已洞察一切。

傅景深视线落在顾念身上，再扫了一眼顾念身后的安萱，薄唇抿起。

顾念："……"

完了，好事不出门坏事传千里，自己娇蛮的一面又被傅景深看到了。

安萱见傅景深来了，神色一喜，顾不得自己一身狼狈，迅速跌跌撞撞爬上楼来："傅先生，您不要生念念的气，念念因为失去孩子太伤心了，才会动手的。"

顾念："……"

都这个时候了还要伪装，真假。

傅景深表情寡淡，视线落在顾念柔白的小脸之上，并未理会安萱，而是缓缓开口道："你刚刚说，我是你的男人？"

顾念："……"

在安萱面前宣示主权了，没想到被傅景深抓个正着。

顾念不想在安萱面前输了气场，轻声道："是啊，傅先生可不就是傅太太的吗？"

傅景深闻言原本寡淡的表情冷漠了几分，整个人的气场也变得冷冽起来。

顾念琢磨不透傅景深的情绪，轻声道："我先回病房了。"

"嗯。"

傅景深视线落在女人逃开的背影之上，思绪有些涣散。

顾念初一的时候嚷嚷着要把自己追到手，忙碌了一个学期没有任何进展之后，一次运动会上，顾念咬着牙跑完一千五百米长跑，获得第一名站在主席台上发表得胜感言。

"初一（7）班的顾念同学，请问你是如何支撑自己跑到终点的呢？"

"我……我要关照大家伙儿一个事。"

刚刚长跑完，顾念还有些上气不接下气，秀发被汗水浸湿，小脸更是红扑扑的，很是惹人怜爱。

"高中部的傅景深同学，是我顾念的男人！"

顾念一嗓子吼出来，全场都震惊了。

"其他人平时情书和礼物就别送了啊，没戏！年纪轻轻的，千万别当第三者啊，否则我告诉你们爸妈，说你早恋。"

正在准备跳远的傅景深完全黑了脸。

顾念这丫头怎么好意思说别人早恋？

思绪戛然而止，傅景深薄唇抿起。

比起她现在说傅先生是傅太太的，自己更乐意从女人口中听到，自己是顾念的。

安萱看着傅景深眸子深处激荡着烟火一般的光彩，随后转瞬即逝，恢复平静，心里惴惴不安起来。

“傅先生，念念她一定不是故意的。”

顾念的身影消失在走道上，傅景深才收回视线，转而看向身侧狼狈的女人：“不对，她就是故意的。”

傅景深直截了当打断了安萱的话，顾念睚眦必报的脾性，自己是知道的。

“那……她为什么要这么做啊？呜呜……”

安萱洞察不了傅景深的情绪，还以为刚刚顾念的行为惹怒了傅景深，便扮起无辜和可怜来。

傅景深淡淡地扫向眼前的女人，嘴角勾起一抹淡淡的讥讽：“因为我教过她，被人骂了，要打回去，被人打了，要连本带利地还回去……”

安萱闻言脸色煞白得骇人，她万万没想到傅景深会这么说。

傅景深这么说，无疑是肯定了安萱之前设计顾念的事实。

“我……”

“安萱，你千不该万不该，不该把心思动到顾念身上，记住，刚刚顾念只是帮我要点利息罢了……至于你所做的，我会连本带利地全部讨回来。”

说完，傅景深不再理会面如死灰一般的安萱，扬长而去，留下安萱一个人跌坐在地上，褪去所有的伪装，面色变得狰狞起来，整个人好似坠入冰窖一般，感觉到无边的凉意。

顾念回到病房后，若有所思。

傅景深是傅太太的……

顾念勾起嘴角，说到这句话，她不由得想到初一运动会上自己的壮举。

从嚷嚷着要把傅景深收为忠犬男友之后，自己死缠烂打，却无缝插针，偏偏傅景深坐怀不乱，她攻了半个学期也没见成效。

不仅如此，傅景深是学校里出了名的男神，无数女生不顾男人高冷，前仆后继。

那个时候，对于顾念而言是前有狼后有虎。

她一直想着当众跟人宣布傅景深的归属问题，运动会无疑给了她机会。

那个时候，只有一千五百米这样的长跑得奖的人才能上主席台。

所以顾念一根筋地报了名，然后拼了大半条命拿了第一。

她在全体师生面前，豪言壮语，可惜帅不到三秒。

表白之后，她便体力不支地晕倒了。

后来谁送她去医务室的，顾念人事不省，早就不知道了，醒来的时候，是季扬在照顾她。

没多久，傅景深便黑着脸来了，把季扬赶了出去，对着她严肃教导。

顾念只记得被骂得狗血淋头……

“顾念，你不要命了吗？”

“顾念，你是蠢到家了吗？”

“顾念，你自己要丢人可以，别拉上我。”

“顾念……”

回忆着过往的窘事，顾念忍不住笑出声。

事实证明，顾念的确做对了……自打她宣告了所有权之后，傅景深便再也没有收到其他女生的情书、礼物等。

顾念不知道的是，当她在主席台昏倒之后，傅景深以惊人的速度快速从跳远场地赶到了主席台，在大庭广众之下将她抱到了医务室。

那个时候……男女还不可以很亲昵，校长手拿着喇叭嚷嚷着让傅景深放下顾念，否则就要开除了。

即便如此，傅景深还是没有松开手。

后来为了这事，傅景深被罚扫了一个月的操场，甚至……被请了家长。

至于顾念之所以全身而退，全是傅景深帮她挡了下来。

明明就没有什么问题，偏偏顾念被留在医院做了一系列检查之后才被放行。

顾念站在医院大厅里，见傅景深办好了出院手续，踱步而来，嘴角挤出一丝笑意，开口道：“傅先生，如果你忙的话，先去忙公司的事吧，等一下莱雅会来接我。”

木凡已经将车开到医院门口，傅景深直接道：“上车。”

男人话语笃定，并没有征询她意见的意思。

顾念点了点头，乖巧地跟着傅景深坐上车，给季扬发去平安的短信，又给莱雅发短信了解了一下公司的近况。

说起来……自从傅景深帮她摆平工商局的人后，顾氏倒是顺风顺水的。

顾念思索片刻，忍不住询问道：“傅先生，你有办法查到谁在背后给工商局施压，不许搭理顾氏的事吗？”

傅景深表情平静，听闻顾念的话，蹙了蹙眉：“顾氏得罪了哪些人，你不是应该比我更清楚吗？”

这球无形之中又踢给顾念了。

顾念主要把袁珊的嫌疑排除了，只剩下傅杨和老爷子。

可这俩人又不太可能……顾念现在也没个头绪了。

傅景深直接送顾念到了公司，随后木凡开车扬长而去。

顾念暗暗琢磨着傅景深的心思，从昨天晚上开始，似乎并未看到男人情绪上的波动……

其实，孩子对于他们俩而言还是过早，毕竟两个人都没有做好当爸妈的准备。

虽然如此，顾念心底还是非常抱歉的。

欺骗无论有什么理由，都是不对的。

自己和傅景深已经结婚两个多月了，可是顾念始终觉得两个人只不过是有着亲昵关系的陌生人。

顾念刚到公司，春嫂便送来了补身的鸡汤，叮嘱顾念好好休息，别一直忙于工作。

言辞之中，听得出来春嫂对这个孩子极其惋惜。

顾念心里有些不是滋味……

“爷爷呢，情绪怎么样？”

“老爷子啊，昨天从医院回来在书房里坐了一宿呢。”

顾念闻言心里更不是滋味了。

“念念，你别泄气，你和少爷还年轻，孩子啊，会有的。”

顾念点了点头，嘴角勾起淡淡的弧度。

孩子……心病啊。

自己这心病没根治，想要个孩子，对于其他人而言轻而易举，对她而言却难于上青天。

“好，谢谢你，春嫂。”

顾念忙完手头上的事，给季扬拨去了电话，约在顾氏楼下咖啡厅见面

静谧的咖啡厅里，季扬一身白色的西装，坐在靠窗的位置，陌上人如玉，公子世无双。

顾念勾起嘴角，如果当初……没有年少气盛的赌约，指不定现在有爸妈牵线，自己倒是和季扬哥谈起恋爱了，也就没有三年前那些乱七八糟的事了……

顾念走到季扬面前，对着身侧的服务员开口道：“一杯咖啡。”

“我已经帮你点温牛奶了，特殊期……得注意。”

自己的生理期，他比自己还熟。

顾念小脸微微一红，用汤匙搅拌着面前的牛奶，犹豫片刻，还是问出了心底的问题：“季扬哥，你昨天晚上和他聊什么了？”

季扬听着顾念关切的询问，俊脸上挂着浅淡的笑：“聊了些公司的事，我准备在k市重新开始，而景深在行业内是佼佼者。”

“骗人。”顾念想也没想，直接否了季扬的回答。

季扬闻言扬起嘴角：“他比三年前，成熟很多……”

这话倒是真的，顾念也深有感触。

傅景深的心思现在越发让人琢磨不透了。

顾念有的时候也在想，当初自己到底是如何攻下这么个冷漠如冰的男人的。

顾念垂下美眸轻抿着手中的牛奶，轻声道：“其实，变化很大的岂止他啊，昨天晚上以身试险的我，不也和三年前判若两人吗？”

“念念，三年前的事，你还是决定不和景深说吗？”

顾念攥紧手中的杯子，嘴角勾起淡淡的弧度，摇了摇头：“她……再怎么说，毕竟也是他的母亲啊。”

母子连心……

顾念也是做人子女的，怎么会不懂子女对父母的那份心呢。

季扬凝视着顾念忧心的模样，勾起嘴角，站起身，抬手揉了揉顾念的发丝，抿唇道："他心里还是有你的……给他点时间，给自己一点时间。"

顾念听闻季扬的话，神色一怔，抬眸对上季扬温润的眼神，点了点头："嗯。"

顾念送季扬离开后，约了个时间去探望季爸爸和季妈妈。

算起来也有三年没见了。

自打季扬回来后，顾念心里踏实了很多。

可能顾城不陪在她身边，季扬给了她哥哥一般的安全感。

顾念准备转身回公司的时候，却被眼前突然出现的景瑞给拦了下来。

"我果然没猜错……是季扬，顾念，你嫁的老公就是季扬吗？"

这又是哪一出？

顾念看着景瑞愠怒的黑眸，浅眯凤眸。

"不是和你说了，我们俩的事扯平了，你怎么又出现在我面前了？景少……"

顾念不想和他撕破脸，尊称景瑞一声景少，这般疏离，惹得景瑞越发恼怒了。

景瑞没想到自己主动来示好，这个女人也不领情。

自己真是犯贱啊。

"谁说我们俩扯平了……顾念，你得陪我去看男科。"

什么？

顾念还没反应过来，景瑞已经攥住她的手腕，拉着她坐进了路边的骚包跑车里。

他要做什么？

顾念没想到景瑞真的把自己带到医院看男科了。

这就尴尬了。

正常去医院不打紧，可是来看男科的，大多是夫妻俩，或者说男患者一个人。

景瑞痞气十足，并未挂号，直接扣住顾念的手腕到了主治医生办公室，随后关门，挑眉看向医生自顾自地开口道："帮我检查一下身体，我有病。"

顾念："……"

谁会说自己有病？

何止是顾念蒙了，医生都有些诧异。

紧跟着进来的护士赶忙询问道："这位先生，你挂号了吗？"

"滚……我景瑞还需要挂号？这栋楼当初都是我出资建的……"

景瑞一声呵斥，护士立刻就不敢多问了，随后认出景瑞的身份，在主治医生耳边耳语几句，主治医生更加战战兢兢了。

"景少……您身体哪儿不舒服啊？"

"你问她对我做了什么？"

顾念："……"

伴随着景瑞的开口，护士和医生齐刷刷地看向她，顾念小脸腾地就红了。

这个问题在男科这个部门问出来，怎么听怎么暧昧。

景瑞习惯了痞气、吊儿郎当，清俊的五官更是邪魅，医生瞧着顾念是个脸皮薄的人，连忙清了清嗓子开口道："年轻人嘛……要节制啊，不要玩那么刺激，尤其是高难度的姿势，千万别用。"

顾念百口莫辩，连忙开口道："不是……你想的那样。"

景瑞闻言眯了眯眼眸，却并不开口解释，而是挑眉道："怎么，你不承认是你做的吗？"

是……当初自己做的。

顾念有些懊恼，更解释不清楚了。

主治医生也被搞糊涂了，不敢耽搁，连忙开口道："那景少，我给您检查一下？得麻烦您跟我进去……"

景瑞点了点头："嗯。"

随后，景瑞挑眉看向身后的顾念，玩味道："乖……等我，毕竟我现在这个病情，都是你一手造成的。"

顾念瞧着景瑞跟着医生进了内室检查，有些气不打一处来，自己居然惹上了这么个天不怕地不怕的主。

顾念咬了咬唇，没多久，就看到景瑞跟着医生走了出来。

"景少啊，你……没有什么问题……"

"不可能，否则我怎么对女人没兴趣……对那方面的事也没兴趣呢。"

"这个……"

主治医生原本以为是情事激烈导致的一些损伤，结果压根没问题啊。

这就犯难了。

顾念轻抿唇瓣，径直开口道："医生，我还是高中的时候在他内裤上撒过胡椒粉，算算看，起码四年的时间了，时间过去这么久了，不至于还留下什么病根吧？"

"按理是不会的，但是得谨防皮肤过敏问题，不过时间过去这么久了，应该也没事了。"

主治医生进行短暂判断之后，下了结论。

景瑞闻言眉目微动，随后猛地抬手拍在了桌子上，言语冷冽："你这是什么诊断结果，没有问题我能来你这儿？谁说一定得是病根呢，万一伤害到我幼小的心灵了呢？"

顾念："……"

她真想现在给景瑞的内裤上洒点硫酸……

主治医生被景瑞一顿呵斥，立马回过神来："景少说的话也是有点儿道理的……可能是心理障碍，导致性趣不高……"

"嗯，这话中听，现在越看你越觉得医德不错。"

景瑞满意地勾起嘴角，随后眯了眯眼眸，瞧着顾念气得不行的小脸，心情更是美得很。

什么玩意嘛?

顾念硬着头皮，耐着性子，嘴角挤出一丝笑意：“医生，那你看他的病得怎么治？”

顿了顿，顾念见主治医生犯难，嘴角勾起一抹冷笑：“照我看嘛，不如开个刀一了百了，别在这儿祸害人了。现在不是流行化学阉割吗？既然不行的话，干脆别要好了。”

景瑞轻哼一声，连忙反驳道：“顾念，你这丫头不厚道啊……我现在这样都是你造成的。”

“死一边去，别以为我不知道，你搞大不少小姑娘的肚子。”

“我都跟你说多少遍了，都是那些女人为了表现跟我关系亲昵，在外面造谣的，小爷我还是纯洁的。”

“那我也还是那句话，苍蝇不叮无缝的蛋。”

“……”

主治医生完全被顾念的气场所震慑，初见的时候，还以为她是个娇滴滴的小娇妻，没想到……是个小辣椒，说出来的话一套一套的，甚至连景瑞都不是她的对手……

主治医生嘴角挤出一丝笑意，随后安抚道：“我……我水平有限，治不了您的毛病……景少，不如您换个省级医院？军区医院也成……算我求您了。”

“嗯，承认我有病就行。给我开个病情诊断……别让人以为我是存心装病赖上她。”

“好的好的，我立马就开。”

“……”

顾念美眸一冷，深呼吸控制着自己心头交织的怒火。

景瑞看着顾念像是奓了毛的小野猫一般，嘴角的笑意越发灿烂了几分。

检查完之后，顾念气得小脸鼓鼓的，向着医院门口走去，根本不理会身后紧跟的景瑞。

“我好歹是病人，你难道不该等等我，或者是好心扶我一下？”

“……”

“你说我是不是犯贱，居然觉得你发火的模样挺可爱的。顾念，你知道其他女人对我都是前仆后继，一个比一个温柔吗？”

“……”

“傅景深？”

景瑞的低喃声让顾念成功地停下脚步，她顺着景瑞的视线看去，赫然看到傅景深怀里抱着个孩子，身侧还站着个温柔的女子。

顾念神色一怔……

医院的大厅人来人往，顾念的脚步却像是扎了根一般。

顾念仔细瞧了瞧，傅景深怀里抱着的孩子穿着粉色的毛衣，两三岁的模样，是个女孩子，模样看不太清，被傅景深高大的身子挡住了。至于身侧的女人则是身形高挑，穿着乳白色的羽绒服，很是温婉，模样很干净。

他们向着儿科的方向走去，顾念没来得及细看，他们已经走远了。

顾念脸色苍白了几分，平日里傅景深冷漠如冰，刚刚看着怀里的孩子难得神情柔和，对那个孩子的关心……是骗不了人的。

至于那个女人，则是满脸温柔关切地瞧着傅景深和孩子。

怎么瞧着都像是一家三口。

和傅景深青梅竹马这些年，男人身边的朋友，顾念多少是清楚的，只是对于这母女俩，顾念毫无印象。

应该是自己离开这三年里，突然冒出来的吧。

顾念收回视线，小手却不着痕迹地攥紧。

景瑞视线落在身侧的顾念身上，见女人脸色并不好，眯了眯黑眸。

顾念着实是谜一般的女人，辗转于傅景深和季扬之间。

本来以为顾念回国之后会激起千层浪，殊不知，女人却嫁了人。

按照她和季扬离开的日子来算，加上顾念并未否认，所以景瑞很自然地认为顾念嫁给了季扬。

嫁给季扬，却搅乱傅景深的心，顺带把自己也给迷得神魂颠倒的。

景瑞也想知道这个女人有什么魔力。

“别看了，你前男友走远了。”

顾念：“……”

听到身侧景瑞酸不拉叽的话，顾念回过神来：“你不说话没人把你当哑巴。”

“傅景深充其量算个前男友，我现在可是对你前夫比较感兴趣。”

景瑞瞧着傅景深抱着孩子，身侧跟着女人，并未多想。

顾念抬手轻揉眉心，随即反驳道：“景少，我头婚，没有前夫……”

“有了我，你很快就有前夫了。”

“……”

顾念心思有点乱，无暇和景瑞再争论下去，径直向着医院门口走去。

景瑞见状迅速跟了上去。

“顾念……”

顾念不理会景瑞，随后快速伸手拦了一辆出租车扬长而去。

景瑞看着顾念直接走人，气不打一处来。

还从来没有女人敢在他面前这样，这顾念真的是吃了熊心豹子胆了。

坐进车内，顾念拨通了莱雅的电话，安排莱雅去景氏善后。

既然景瑞愿意嚷嚷着男科这档子破事，倒不如让莱雅明天直接带着男科医生去景氏，替他好好诊断一下，让全景氏的人都知道。

顾念非得气死景瑞不可……

出租车直接开回了南城别墅，一路上，顾念让自己不要胡思乱想，可是……承认吧，她有点儿吃醋了。

虽然明知道他们俩不会有什么关系，可是瞧着傅景深和其他女人在一块儿，还带着个孩子，顾念就是看着不爽。

她忽然觉得年少气盛真好，可以当着全校师生的面大声嚷嚷傅景深是自己的男人。

现在性子稳了，这些事却做不出来了。

顾念到南城别墅时，发现别墅外多了辆陌生的奥迪。

顾念神色一怔，春嫂听到动静便跑了出来："念念，安家人来了……"

顾念："……"

安萱？和她爸妈？

顾念点了点头，挑眉道："一家三口？"

"对，带了一大堆礼物呢，说是来给你赔礼道歉。"

"……"

顾念点了点头，轻声道："只要袁珊不来掺和就好。"

说完，顾念径直向着客厅走去，春嫂立刻跟了上去。

顾念刚走进客厅，就听到安父训斥安萱的声音，安母也跟在一旁教育。

至于安萱则满脸是伤地垂头坐在沙发上。

顾念嘴角噙着一抹冷笑，人前教育，装模作样，人后教育，才是真教育。

见顾念走进客厅，安母立刻站起身上前道："顾小姐是吧，怎么不多多休息啊。"

安母和安父瞧着很年轻，可见保养得很好。

只是一家三口瞧着都极其伪善，不怀好意。

顾念点了点头，表情寡淡而疏离。

"顾氏香水部还在进行人事调整，事比较多。"

顾念此话一出，安父脸色微微一变。

这顾念不简单啊，把球给踢回来了……

这就是在暗示自己在顾氏挖人的事。

安父嘴角挤出一丝笑意："顾小姐啊，我和你父亲可是旧交，知道顾氏的香水做得好，还想着出钱和顾氏做生意呢。"

顾念闻言点了点头，看样子是准备用钱来把事儿了了。

"这样吧，我出资三千万，和顾氏二八分成合作下一批春季的香水研发，你觉得怎么样啊？"

安父现在是焦头烂额，安萱得罪了傅景深，安氏现在岌岌可危……说起来安氏是个独立的企业，可事实上依附着傅氏生存，和傅氏比起来，根本不值一提。

顾念扯了扯嘴角，并未直接拒绝，轻声道："嗯，我会考虑的。"

一时没了什么话题，气氛变得尴尬起来。

顾念留意到安萱一直低头紧攥着手，忍着情绪，知道女人恨自己恨得不行，却还得伪装。

"少爷，你回来了啊。"

春嫂的声音在玄关处响起，顾念闻言站起身，微微松了一口气，这安父安母终于不用自己应付了。

顾念踱步到傅景深面前，笑意明媚："老公……你回来了啊……"

一声老公，叫得傅景深立刻骨头都酥了。

安家一家三口闻言则煞白了脸色。

傅景深脸色微变，瞧着顾念身后的安家人，当下就知道顾念的用意了，心底消化之后，表情恢复正常："嗯。"

顾念从傅景深手中接过西装外套挂了起来，一抹淡淡的茉莉花香蹿入鼻间，顾念眼神一暗。

第五章
我希望我们可以重新开始

面对安家人的到访，傅景深表情寡淡，眼神冷冽。

呵，傅氏不过是对安氏略微施压，安家就坐不住了。

碍于袁珊的面子，傅景深薄唇轻启：“有事？”

刚刚顾念和傅景深的亲昵，已经让安家人脸上挂不住了。

算起来，安萱从学生时代到工作……已经陪在傅景深身边十年都不止了。

本来以为，等到彼此岁数到了，袁珊施压，安萱便可以坐上傅太太的位置。如今顾念回来了……他们的美梦顷刻间土崩瓦解。

重点是，顾念三年前离傅景深而去，给了男人莫大的羞辱，傅景深这么一个骄傲的男人，却仍娶她为妻，哪怕顾念刚刚“流产”，男人依旧宠爱。

了解情况之后，安父立刻谄媚地开口道：“知道萱萱误伤了顾小姐，所以我们老两口特地带着萱萱来道歉。”

“安叔叔，你不必总称呼我顾小姐，嫁夫随夫，以后叫我傅太太就成了……否则总是顾小姐顾小姐的，景深会以为我是不是想自立门户呢。”

顾念笑得明媚，却让安父的脸色越发难看：“对对对，是傅太太……”

顾念之所以这般步步紧逼，是因为这安萱对傅景深的心思，安家人自然一清二楚，所以……必须得让对方承认失了傅太太这个位置，从而放弃奢望。

否则养虎为患，以后都是一堆破事。

顾念对养大王是感兴趣的，对于养情敌则毫无兴趣。

傅景深勾起薄唇，看着女人美眸里的狡黠，目光微动。

“景深，刚刚安叔叔说要给顾氏投资三千万，一块儿做香水生意呢，你帮我参谋参谋呗。”

说完，顾念嘴角上扬，鼓足勇气伸出小手挽住了傅景深的胳膊，姿态极其亲昵，宛如恩爱的小夫妻。

察觉到伴随着自己的小手落在男人的胳膊上后，傅景深高大的身子僵硬得厉害，顾念暗叫不好，心底顿时惴惴不安。今儿她之所以比平日里主动些，一方面是因为安家人的到访，另一方面，也是因为刚刚在医院看到那一幕，心底是吃味的。

傅景深本就气场强大，虽然在消化女人的亲昵，但是很快恢复平静，双腿叠放，姿态闲适优雅，瞧得出来顾念是对安氏的投资来了兴趣。

“三千万偏少。”

伴随着傅景深磁性的嗓音响起，顾念心底暗爽，故作若有所思地开口道：“是啊，之前精油原料的报价也不止这个数呢……”

安父现在只想花钱买太平，见傅景深都开口了，赶忙说道：“我之前对这行不了解，那顾……不，傅太太，你开个价吧。”

好……爽。

顾念扯了扯嘴角，强忍住笑意，看向身侧的傅景深，轻声道：“安叔叔，实话说，我也是临危受命，对公司的事一窍不通，景深，我听你的。”

明明小妮子的美眸里难藏雀跃，此时此刻却在装模作样询问自己的意见，典型的扮猪吃老虎，把事儿推到自己身上。傅景深眯了眯黑眸，随后漫不经心地开口道：“起码一个亿。”

一个亿，对于安氏这样的小企业而言，不说是重创，最起码也得脱层皮。

傅景深本来是想把安氏给搞死……没想到，安父还算聪明，懂得找上顾念，抛出合作的商议。

的确，有人白砸钱，对于现在的顾氏而言，不要白不要。

顾念强忍住心底的雀跃，故作为难地摇了摇头：“景深，会不会太多了啊……安小姐不过是一不小心推了我下楼而已……”

顾念刻意地咬重“一不小心”这四个字，吓得安父一哆嗦。

“不多不多，一个亿而已嘛，有投资才有回报嘛。”

顾念顺水推舟，也不矫情，点了点头，笑意倾城：“那就好，我明天会安排我的秘书拟写合同的，如果安叔叔觉得没问题的话，那就可以签约了。”

“嗯……好。”

安母和安萱脸色难看得厉害，知道顾念是狮子大开口，可碍于破财消灾，也只能认了。

安萱垂下的眸子里满是阴鸷，没想到自己居然栽在了顾念手上，今日的一切，自己一定要加倍报复回去。

安父见破了财，担心待下去再惹怒傅景深，连忙说道：“傅先生、傅太太，时间不早了，我们……先告辞了。”

“嗯。”

傅景深淡淡地应了声，并未有起身相送的意思，春嫂见状迅速上前，招呼安家人离开。

等到安家人离开，春嫂才把大王给放了出来。

“汪汪。”

昨天大王没有见到顾念，今天见了格外亲昵，在顾念身侧蹭来蹭去的。

顾念迅速收回挽着傅景深的胳膊，抬手揉了揉大王的头。

“乖，明天给你做烤肠吃。”

白敲了一笔……

顾念现在是心情美到爆啊。

傅景深：“……”

因为一只狗，她居然松开了挽着自己的手？

傅景深现在是越看大王越不爽，当初就不该把大王给招来……

傅景深黑眸冷冽如冰，整个人的气场瞬间冷了下来。

“顾念，吃饭之前不要用手碰它，有细菌。”

“嗯……”

男人的话透着严肃和冷意，顾念的好心情当下散了一半，不知道男人为什么突然就变得不高兴了。

“春嫂，离开的时候把大王带走。”

“是，少爷。”

顾念本来想开口再挽救一下的，碍于傅景深严肃的模样，只能作罢。

纵使再恋恋不舍，顾念也只能看着大王被春嫂牵走。

春嫂刚走，傅景深见顾念恋恋不舍的模样，气不打一处来，猛地攥住顾念的手腕：“刚刚谁允许你挽我胳膊的？”

顾念心底一颤，暗叫不好，抬眸撞入男人深邃幽远的黑眸之中。

现在算不算是秋后算账了？

她还以为男人是厌恶自己的靠近。

顾念压根不知道，傅景深现在突然变脸色，全是因为她刚刚抽出手摸了大王的额头……

手腕被男人攥得有些疼，顾念见傅景深冷着脸，遂实话实说：“不想让安家人再惦记着你了，省得以后多事，万一我再被人推下楼就不好了。”

傅景深看着女人小心翼翼地琢磨着自己的脸色，心底微微一痛，在她面前，他总是控制不住自己的情绪。

“嗯。”

见傅景深收回扣住自己手腕的手，脸色有所缓和，顾念礼貌地开口道："傅先生，刚刚多谢你了，如果不是你，安家也不会那么好说话拿出一个亿的投资。"

一声傅先生让傅景深刚刚缓和的脸色又变得难看起来。

自己有利用价值的时候，她口口声声亲昵地叫着景深，甚至今天还开口叫了声老公。

现在人走了，他没有利用价值了，她便疏离地道一声傅先生。

傅景深神色冷冽，随即口是心非地开口道："别自作多情，我并不是为了帮你。"

嗯？顾念神色一怔，有些没理解傅景深的话。

"记住，那一个亿，我七你三，你只要了三千万，安家后加的七千万是我的。"

什么？

"安氏的财务把款项拨给顾氏的时候，我会直接安排人从中抽走七千万。"

顾念蒙了。

"怎么，我说得有问题？"

刚刚还眉飞色舞的小脸，瞬间就垮了下来，顾念好似受了天大的委屈一般，傅景深逗弄顾念的兴趣也浓了几分。

比起女人装模作样地叫自己傅先生，他更乐意看到女人脸上多变的表情。

"没……傅先生，您英明神武，决断力更是厉害，我全仰仗着您……"

傅扒皮啊，这么黑……

顾氏虽然坑了安氏三千万，好歹还得走走过场，意思一下。

他刚刚就说了两句话，就拿了七千万，什么世道嘛！

顾念心底不平，却还是在傅景深面前挤出笑意，表情很是狗腿。

傅景深目光微动，强忍住嘴角的笑意，寡淡地开口道："去洗手吃饭。"

"嗯……"

三年前，傅景深是个寡言的人，顾念则叽叽喳喳说个不停。

现在顾念不敢多说，担心惹恼傅景深，所以两个人的单独相处，大多是彼此缄默。

吃完晚餐之后，傅景深便去了书房，顾念心情还算不错，想喝可乐，可因为答应了傅景深，便作罢。

再者……她也得做做样子。

算起来，如果真的流产了，得四十天不能过夫妻生活，这也算是个正当理由可以避免和傅景深亲昵。

只是孩子是护身符，袁珊对自己态度敌对，傅杨也厌恶她，老爷子则琢磨不透。

自己和傅景深……有着夫妻关系的陌路人，婚姻……如履薄冰啊。

顾念攥紧拳头，无论如何，为了支离破碎的顾家和顾伟一辈子的心血，她也得走下去。

虽然被傅景深黑了七千万，顾念还是主动示好地给傅景深泡了龙井，送去书房。

书房的门虚掩着，男人磁性的嗓音从书房内传来：“桑榆，雯雯的烧退了吗？”

桑榆是下午在医院的那个女人吧，至于雯雯，是那个小姑娘的名字?

很好听啊。

“嗯，那就好，你们早点休息。”

傅景深声音寡淡，却不疏离，而是真的关切。

顾念好想知道桑榆和雯雯是谁……

“进来吧。”

顾念正胡思乱想的时候，就听到男人低沉磁性的嗓音传来，她攥了攥小手，随后推门而入。

“傅先生，我给您泡了茶。”

傅景深放下手中的电话：“放下吧。”

“好。”

男人深邃的黑眸落在有些局促的女人身上，无事不登三宝殿，尤其是以顾念的个性……想必女人是有事要说。

顾念将手中的龙井放在书桌上，犹豫片刻，轻声道：“傅先生，我有些话想跟你说，不知道你现在有空吗？”

“你有十分钟的时间。”傅景深看向手腕处的钻表，随后视线落在顾念身上，目光微动。

顾念：“……”

十分钟，果然是傅景深的做事风格。

顾念稳定了一下心神，开口道：“孩子的事……还是想再说一声抱歉。”

顾念神色真挚，对上男人冷峻华贵的脸庞，无论如何，纵使自己有再大的隐情，用孩子的事逼婚，还是自己的错。

因为并未撒过太多谎，担心自己言多必失，顾念随后继续说道：“我觉得这正好也是个契机，我想和你重新开始，毕竟，我们已经结婚了。”

重新开始……

这四个字，宛如磐石一般重重地砸在傅景深心头。

这无疑是顾念时隔三年回到他身边之后，首次表达了积极的态度。

顾念撞上男人深邃的黑眸，深呼吸一口气，柔声道：“虽然为了避嫌，我不应该说，但是我也不想藏着掖着……季扬哥回来了，你和他原本是很好的朋友，我希望不要因为我影响你们之间的友谊。”

顿了顿，顾念见男人表情平静，难以洞察男人的心思，将自己心底想说的话，一鼓作气地全说了出来：“我希望……我们都能重新开始。你和我，你和他……”

自从季扬回来之后，顾念就在想这个问题，如今终于说了出来。顾念说完之后，小心翼翼地抬眸看向男人的表情。

男人清俊高冷，姿态清雅，那股发自骨子里的矜贵让人无法忽视。

傅景深抬眸凝视眼前的顾念良久，时间越长，顾念心底越惴惴不安："可……可以吗？"

"孩子没了……你难过吗？"

顾念："……"

伴随着傅景深磁性的嗓音，顾念神色一怔，傅景深并未回答自己的问题，而是抛出了他的问题。

顾念捏了捏自己的手指，犹豫片刻，随后笃定地摇了摇头。男人黑眸深邃，顾念越发局促，即便知道说伤心，说不定傅景深会心疼一下自己，但是她不想再在这事上做文章了。

"当初用孩子逼婚，一直觉得利用他了，虽然现在说这些有点矫情，但是孩子没了，也让我松了口气，算是彼此的契机，重新开始。"

见傅景深神态并未有太多变化，顾念垂下美眸，气氛陷入缄默。

重新开始，顾念知道这对傅景深有多难，尤其当初的真相他并不知情。

在所有人看来，自己和季扬私奔了，给他带来了奇耻大辱，现在季扬回来了，她又在这儿要求傅景深重新开始，算是强人所难。

顾念长时间得不到傅景深的回应，缓缓地开口道："时间不早了，那我先回房间了。"

顾念转过身，神色有些落寞，还没迈开脚步，手腕却被身侧的男人攥住。

"好。"

顾念神色一怔，反应片刻之后才意识到傅景深是同意自己刚刚所说的重新开始了。

顾念扬起嘴角，难掩心底的雀跃，顾不得手腕处温热的触感，惊喜地看向眼前高冷依旧、摄人心魄的男人："真的？"

"以后不许碰大王，我嫌脏。"

顾念："……"

"你的十分钟到了，可以出去了。"

"……"

好吧。

顾念扯了扯嘴角，果然不能指望傅景深太多。

"好的……傅先生，那我先去睡觉了。"

"嗯，春嫂下午的时候熬了燕窝，我现在没胃口，你帮我喝掉，我不喜欢浪费。"

"嗯……"

虽然被傅景深丢了男人不吃的东西，顾念还是屁颠屁颠地离开了书房。

傅景深目光微动，眸中渲染的深邃情愫，在女人离开之后，无边际地扩延。

重新开始……不得不说，他不是圣人，纵使他为她和季扬找了千万个理由，怎么会不介意三年前的事。

只是，她说重新开始，他虽然故作高冷，明面上勉强应了，事实上她说什么，他只会答应，不会说不。

傅景深回到卧室的时候，顾念已经睡了，床头放着一只盛放燕窝的空碗，傅景深满意地勾起嘴角。

第二天，顾念到公司之后，立刻让莱雅拟写了合作协议。

全数是霸王条款，顾念简单浏览一遍后，满意道："送去安氏吧。"

"顾小姐，您确定这没问题吗？"

见莱雅迟疑，顾念点了点头。

安家是想花钱买平安，说白了，砸钱罢了，所以根本不会看条款内容。

顾念随手签上自己的名字，莱雅见顾念很是自信，立刻前往安氏，一个小时后，给顾念打来了电话："顾小姐，太不可思议了，安总毫不迟疑直接签字了呢，这一个亿，不明摆着白送吗？"

"嗯。"

准确来说是三千万。

顾念满意地上扬嘴角，即使三千万，也足够了，毕竟是白坑来的。

重点是警告了安家，虐了安萱。

下午的时候，顾氏来了不速之客。

袁珊和安萱盛装而来，并未预约，袁珊直接夺门而入，莱雅拦都拦不住，面露尴尬："抱歉，顾小姐。"

"没事，莱雅，送两杯咖啡进来。"

"好的。"

"伯母，算了吧，您别和念念过不去。"

安萱脸上还挂着磕碰的伤，气色很难看，显得受了多大的委屈一般。

袁珊拍了拍安萱的手背，安抚道："放心吧，我还不信我治不住她。萱萱，我一定为你讨回一个公道。"

顾念："……"

这一唱一和的，不知道的人还以为是母女。

顾念抬眸扫向眼前的袁珊，挑眉道："你怎么来了？"

"顾念，你这是什么态度？"

"如果不是傅景深的话，我可能直接轰你出去，又或者是……报警抓你。"

顾念话语清冷，尤其是"报警抓你"这四个字更是意有所指，惹得袁珊更加恼火："哼……就凭你？我今天来找你，是让你别盯着安家了，顾念，你可真狠啊，为了挤对萱萱，居然连自己的孩子都下得去手。"

"如果不是萱萱提点我了，我还没想到。"

“……”

顾念嘴角勾起一抹冷笑，美眸扫向袁珊身侧的安萱，看样子“白莲花”反击了啊。

“伯母，我相信念念不是这样心狠手辣的人。”

安萱一个劲儿地在袁珊面前拍着胸脯保证，顾念美眸之中的讥讽越发清晰。

见顾念不应答，袁珊继续道：“昨天我听说安家人真心诚意地去跟你道歉，你居然还讹了安家一笔，你知不知道我和安家的关系？如果不是你，我们早就是亲家了。”

安萱见袁珊气势凌人，心底窃喜：“伯母，您说什么呢，念念和傅先生都结婚了。”

顾念眯了眯美眸，安萱这般白莲花，乖巧会谄媚，着实是袁珊喜欢的类型。

袁珊仗势欺人惯了，就喜欢别人顺着她。

顾念美眸中掠过一抹凉意，明明自己才是她的儿媳妇。

顾念真想知道，当初袁珊为什么那么做……

“安萱，我本想息事宁人，如果你再和她这么闹下去，安氏可不是赔偿一个亿那么简单了。”

安萱听得出来顾念话语中的警告，心底顿时惊涛骇浪。

对于顾念，自己似乎一直低估了，本来以为只是个二十多岁的黄毛丫头而已……

“伯母……”安萱像是被顾念吓到，立刻可怜兮兮地拉着袁珊的胳膊，眼眶里包着眼泪，“我们回去吧，不要给念念添麻烦了。”

“不行，今天我非得逼她把安家的一个亿吐出来不可。”

好大的口气啊。

顾念闻言勾起嘴角，坐在办公椅上，小手随意地翻着眼前的合同。

“如果，我说不可能呢？”

袁珊闻言更加气不打一处来。

顾氏总裁办公室里气氛一度紧绷。

比起袁珊和安萱的脸色难看，顾念表情则慵懒许多，玩了玩一旁签字的笔，玩累了，便端起眼前的温水杯抿了一口。

“顾念，你嫁到傅家想要过安生日子，就得听我的。”

袁珊火冒三丈，自打顾念回来之后，自己就没有顺过心意。

原先是等着适当的日子提出安家和傅家联姻的，没想到这个狐狸精就是有本事，先和傅景深把婚结了，打了自己一个措手不及。

顾念好似听到了天大的笑话一般，眯了眯美眸，缓缓站起身，低喃道：“袁珊，我本来以为安萱的事算是给你敲了一记警钟，让你懂得分寸，你要是再这么找上门来挑衅……我也很难办。”

“你在威胁我？”

“不错，刚回国我就警告过你……我们俩井水不犯河水，你是个聪明人，安家说到底是外人，你当真要为了安家和傅景深闹掰的话，可以考虑一下后果。毕竟，我想安萱没告诉你的是，安家只提出三千万的合约，而我老公，也就是你儿子傅景深，为了我直接提到一个亿。”

顾念默默地装了一下，事实上，傅景深可是为了自己，这一个亿，他直接抽走了七千万。

但是输人不能输气场，她顺带吆喝一下老公对她的疼爱，非得气死这两个女人不可。

袁珊闻言脸色一变，一旁的安萱则是被顾念戳中心事，脸色有些难看。

安萱迅速噼里啪啦地掉眼泪，拉扯着袁珊开口道：“伯母，我就说别来和念念闹不愉快……我担心您的身体啊，万一惹怒了老爷子、伯父以及傅先生，他们迁怒您，那就不好了。”

顾念：“……”

好聪明的女人啊。

袁珊作威作福惯了，如今安萱的话，无疑是把她降了一级，言下之意，自己的出现，影响了袁珊在傅家的地位。

傅家的三个男人都向着自己，以袁珊的骄傲和自尊心自然是受不了的。

“有我在，她还成不了气候。”袁珊火冒三丈，随后抬手，作势要狠狠甩顾念一个耳光。

顾念动作更快，扣住了袁珊的手腕：“别激动嘛，年纪大了，容易有心血管方面的疾病，如果中风就不好了，毕竟，我作为儿媳妇是不打算伺候你的。”

顾念温婉地笑了笑，气死人不偿命。

“景少……哎，景少，您没有预约，不能进去啊。”

顾念和袁珊、安萱僵持之际，就听到门口一阵喧闹声，随后景瑞推门而入，头上还绑着绷带，却丝毫不影响俊脸的帅气，倒是显得玩世不恭、痞里痞气。

“滚开，别挡小爷的路。”

景瑞推门而入，就瞧见办公室里的三个女人剑拔弩张，气氛诡异。

他很快就认出了袁珊，至于安萱，他有些印象，一副整容脸。对了，上次傅景深带她参加了宴会，是傅氏的秘书……

这是唱的哪一出？

一想到袁珊是傅景深的母亲，景瑞当下神色一紧，直接开口道：“她们欺负你了？”

顾念有些头疼，抬眸扫向眼前的男人，抿唇道：“你怎么来了？”

“你安排莱雅带男科医生去景氏找我的？”

顾念：“……”

活该。

见顾念不说话，俨然是默认，景瑞挑眉继续道："顾念，你惹上大麻烦了，我现在不光那方面有问题，脑波也出现问题了，刚刚去医院鉴定过，我受到刺激了，你得对我负责。"

受刺激也应该是内伤，他头上缠着绷带是几个意思？

"够了，你先出去，我还有事。"

一波未平，一波又起，本来袁珊和安萱就在挑自己的刺，现在景瑞来了，又说得那么暧昧，顾念真的是醉了。

景瑞怎么可能会出去，抬手扣住顾念的手腕，强行把女人拉到了身后："我出去了，岂不是任由你被她们俩欺负？"

顾念："……"

第一次景瑞说"欺负"两个字的时候，她有点不耐烦。现在男人再开口说欺负，她竟然感觉到心头有那么丝暖意。

可是景瑞……你可知道你帮了倒忙吗？

顾念几乎可以预料，袁珊和安萱一定会在景瑞的问题上大做文章的。

"呵……顾念，你可真了不起啊。"

顾念听得出袁珊的讥讽，还未开口，一旁的景瑞已经开口反驳道："没想到傅夫人瞧着是名媛淑女，温柔得体，背后居然这么野蛮泼辣，还好你没做成顾念的婆婆，只是前男友的妈，否则不得欺负死我们家顾念了。瞧你这尖酸样，典型一个恶婆婆啊。"

顾念："……"

袁珊脸色一变，刚想出言反驳，被安萱悄悄地拉了拉衣角。

事实上，隐婚的事，越少人知道越好。

毕竟，安萱和袁珊可指着顾念和傅景深悄然离婚，抹掉这段婚姻的。

袁珊气得不行，但是也是有点分寸的人，景瑞在k市谁人不知谁人不晓，可是不能轻易得罪的主儿。

这主儿软硬不吃，景家人也都拿他没办法，把他宠成宝贝。

安萱见袁珊不说话，擦了擦眼角的泪，故作柔弱地开口道："景少，您和念念很熟吗？之前只知道念念和季扬、傅先生关系很好……"

顾念还真是感谢安萱帮自己记得这么清楚。

"那些都是前任，我未来会是正主儿。"

顾念："……"

袁珊闻言讥讽道："哼，那也是我们家景深剩下来的。"

"话可别这么说，三年前，可是顾念抛弃你儿子的，如果以后我追上顾念，那我比傅景深就高一个档次了。对了，当初顾念该不会因为未来可能有你这个恶婆婆，所以才逃婚的吧……换作是我，如果有你这么一个尖酸恶毒的丈母娘，我也早跑路了。"

顾念："……"

没想到景瑞口不择言，倒是撞上了真相，袁珊被戳中心事，顿时脸色难看。

景瑞算是歪打正着，帮顾念虐了袁珊和安萱，听景瑞说三年前自己是始作俑者，袁珊气得鼻子都要冒烟了。

“伯母，我们走吧，您要是身体气出什么毛病来，可就得不偿失了。”

安萱的话算是给了袁珊台阶下，让袁珊不至于丢人丢得那么难看。

“顾念，你给我等着。”

临走之前，袁珊还是忍不住放了狠话。顾念扯了扯嘴角，自己已经过了那个听到狠话会害怕的年龄了。

袁珊和安萱走了，顾念却有些头疼，以袁珊的个性，一定会去傅氏在傅景深面前好好地大做文章。

顾念转过身，看向眼前妖孽邪魅的男人，坐到沙发上，没好气地开口道：“别指望我跟你说谢谢……景瑞，你给我惹大麻烦了。”

真是好心当成驴肝肺。

“如果不是我，你刚刚就被她们欺负坏了。”

顾念抬手没好气地将男人额头上的纱布扯了下来，嫌弃道：“不关你的事，你别在这儿给我装柔弱了，滚蛋，否则我明天就让莱雅带男科医生去景家了。对了，景瑞，景家人要是知道你对我一个已婚之人死缠烂打，后果是什么，你一清二楚。”

景瑞：“……”

果然是吃力不讨好。

以女人的伶牙俐齿，其实刚刚不需要自己轰那两个女人走，顾念也不会受委屈的。

“你跟我来。”

顾念：“……”

什么意思？

顾念的手腕被景瑞扣住，随后男人强有力的胳膊拉着她向着电梯方向走去。

这里毕竟是顾氏，拉拉扯扯的并不好看，顾念迅速甩开景瑞的胳膊，莱雅则快速示意其他职员回到自己的办公室。

“景瑞，你想做什么？”

“带你回景家，用实际行动告诉你，我敢冒天下之大不韪，以后我光明正大地纠缠你，纠缠有夫之妇。”

顾念头更疼了。

和景瑞接触久了，顾念已大致摸清楚男人的痞气，知道硬碰硬的激将法是不行的。

顾念耐着性子，抿唇道：“景少，我觉得我们可以做朋友，合伙做生意……你现在对于我的兴趣，绝大多数只是因为当年在我这里吃了瘪。”

“你是我第一眼见了就感兴趣的女人，说白了，就是未来上床的关系，怎么做朋友？”

景瑞少有地认真道，神色深邃。当年他因为过敏在医院对肇事者深恶痛绝，可傅景深和顾城联手护着，他只能作罢。

事后他找到顾念，女人笑靥如花，那一抹笑好似最明媚的阳光一般，瞬间消散了他所有的怒火，让他怦然心动……

而后……就是顾念和傅景深要订婚，顾念逃婚，一走了之……

果然，痞气的男人不会拐弯抹角。有的时候，年少做错的事，总有一天会找上门来的。

"顾念，当年你在我内裤上撒胡椒粉是你的事，现在，我对你有兴趣，想争取你，是我的事……互不干预，成吗？"

顾念有些语塞，随后就看到景瑞嘴角扬起一抹痞笑，表情极其邪魅。

"你不开口，我就当你答应了，我现在回景家跟他们说。顾念，我景瑞还不至于是那种会让女人有负担的男人。"说完，景瑞径直向着电梯方向走去。

顾念想开口阻拦，却发现喉咙有点堵，只能目送景瑞渐行渐远。

他……还不至于是会让女人有负担的男人。

大抵，景瑞的个性是可爱的，只是当初自己不了解他罢了。

算起来，他们俩还真的是不打不相识，如果放在学生时代，一定可以做哥们儿。

袁珊和安萱不出顾念所料，离开顾氏之后直奔傅氏。

安萱识相地没有露面，在秘书部等着袁珊。

袁珊刚进办公室，就忍不住嚷嚷道："景深，你看你娶的什么好媳妇，她居然明目张胆地和景瑞在顾氏眉来眼去，办公室私会。"

傅景深正在批阅合同，听闻袁珊的话道："妈，你去顾氏找她麻烦了？"

"你这是什么话……"袁珊没想到傅景深的注意力不在景瑞身上，而是落在了自己身上，脸色难看，"她要给你戴绿帽子了，先是季扬，现在又是景瑞，这个女人不简单啊。"

"顾念对他没兴趣。"傅景深淡淡地开口道，神色成熟而又稳重。

他虽然爱吃醋、傲娇、占有欲极强，但是并不傻，当年顾念在景瑞的内裤上撒胡椒粉的事，还是自己和顾城联手摆平的。

景瑞对于顾念有兴趣是正常的，毕竟……顾念的个性是可以令所有男人着迷的。

而顾念对于景瑞那一类型的男人并不感冒。

袁珊见傅景深话语平淡而冷静，很是诧异："景深……"

"妈，我和念念已经结婚了，虽然婚姻是两个人的事，我还是想得到你和爸爸的认可。家和万事兴，傅家世代都是军婚，我们俩是离不掉的。"

袁珊心底惊涛骇浪，不难听出来，傅景深在警告她，她无力地跌坐在沙发上，脸色惨白："我，我知道了。"

傅景深见袁珊把自己的话听进去了，站起身来："妈，我派人送你回去，抽空我和念念回家陪你吃饭。”

袁珊知道傅景深刚刚跟自己说了重话之后，现在是在安抚自己，扯了扯嘴角。

自己是断然不能接受顾念的，况且，三年前因果已经种下了，顾念也不会放过自己的，现在一切都是顾念报复的开始。

但是自己生的儿子自己知道，硬碰硬是没有好下场的。

一想到这儿，袁珊只能假装应允：“嗯。”

派人送走袁珊之后，傅景深眯了眯黑眸。

手机响起，是顾念的电话，傅景深勾了勾唇，顾念何其聪明，自然知道袁珊到自己这里走了一遭。

“傅先生，今天顾氏没什么事，我就先回南城别墅了，准备自己做饭，你想吃点什么啊？”

傅景深：“……”

自己的女人，他可不许她做饭。

顾念手握方向盘，戴着耳麦，知道袁珊和安萱去傅氏告状了，都说好和傅景深重新开始了，怎么也得装模作样示好，然后解释一下。

顾念屏住呼吸，却没听到男人有个回应。

“傅先生？”

“顾念，你做的东西都是给狗吃的，人能吃吗？”

听着男人劈头盖脸来这么一句，顾念有些尴尬。

这话说得……看样子傅景深还没忘记上次她给大王做的牛肉炒饭。

顾念嘴角挤出一丝笑意，自黑道：“其实狗都不吃……上次你不是说大王都不爱吃吗？”

说完，顾念笑了两声，试图缓解一下尴尬，没承想，说完之后，电话这头的男人气场更冷了。

是啊，狗都不吃，自己偷偷用打包盒带到傅氏吃了。

傅景深都瞧不上自己了。

“开个玩笑，傅先生，您想吃点什么，回去我好做。”

“狗肉。”

顾念：“……”

什么？

伴随着电话的挂断声，顾念还没回过神来。

狗肉？顾念扯了扯嘴角，莫非傅景深生气了？

看样子袁珊和安萱该得意了，挑拨成功了，毕竟……上次去参加宴会，就是自己跟景瑞。

那个时候傅景深的脸色就很难看，一想到这儿，顾念顿时有些头疼。

顾念回到南城别墅时，春嫂还没走，见顾念提前回来有些诧异。

顾念先和大王玩了一会儿，便洗手进厨房麻利地准备起晚饭。

“春嫂，今天晚饭我来做。”

“开什么玩笑，你哪儿会做饭啊。”

顾念听闻春嫂的话，勾起嘴角，低喃道：“这三年间啊，我练就了一手好厨艺，春嫂，你就等着尝吧。”

春嫂还是有些不相信，但是看着顾念熟练地洗菜切菜，倒真像那么回事。

如果少爷知道顾小姐下了厨房，回来非得大发雷霆不可，他啊，当初可舍不得念念下厨房，闻油烟。

春嫂难免心里感慨，都是好孩子，可就是有误会没说清楚。

没多久，顾念就端上了第一盘葱爆牛柳，春嫂尝了那么一口，忍不住惊叹道：“念念，真好吃啊。”

“汪汪……”

大王也闻到香味跑到厨房来，顾念夹了一块牛肉丢到大王的碗里，大王立刻狼吞虎咽吃完了。

顾念撇着小嘴，这哪儿是狗不吃嘛，分明是吃得津津有味。

春嫂不想打扰小两口，便提前离开了南城别墅。

原本她准备带上大王，大王可能知道顾念今天做了好吃的，死活不肯走，缠着顾念的小腿，惹得顾念心一软，就把大王留下了。

顾念准备好四菜一汤，听到门口的汽车声，神色一喜：“傅先生，你回来了啊。”

顾念笑得明媚，身上还穿着围裙没有解开，长发扎成丸子头，粉扑扑的小脸很是可爱。

见男人依旧不苟言笑，顾念继续说道：“吃饭吧，我都做好了……”

“汪汪。”大王见傅景深回来了，也激动地上前汪汪直叫。

“它怎么没走？”

“……”

“我不是要吃狗肉，它怎么还活着？”

“……”

顾念知道傅景深看到大王心情不好，连忙开口道：“今天忙做饭忙忘了，明天晚上一定把它送走。”

“嗯。”傅景深淡淡地应了声，扫了一眼脚下蠢萌的大王，扯了扯嘴角，神色尽是嫌弃。

四菜一汤，荤素搭配，看着色泽很诱人。

傅景深眯了眯黑眸，眸底闪过一抹暗光，看样子，顾念真的是厨艺突飞猛进，之前一个牛肉炒饭不过是小试牛刀。

傅景深心底没有任何雀跃之情，而是心疼。

“我给大王吃，它吃了……春嫂也说还可以，所以傅先生，你可以放心吃，不会很难吃的。”

听到顾念这么说，傅景深凌厉幽怨的黑眸迅速扫向顾念脚下的大王，满是嫌弃。

大王嗷呜一声，继续乖乖地趴在顾念脚下，不和傅景深计较。

傅景深夹了一块牛柳咬了一口，酱汁入味，的确很好吃，他深邃的黑眸中闪过一抹幽深的暗光。

顾念则忐忑地询问道：“好吃吗？”

“不怎么样。”

顾念：“……”

好吧，人家可都是吃米其林三星级主厨做的东西，怎么会觉得自己做的好吃呢。

顾念心底慢慢嫌弃，嘴角却挂着一抹明媚的笑意：“那我以后多练习练习。”

“不必了，我想对我自己的胃负责。”

好吧，这就尴尬了。

顾念硬着头皮又给傅景深夹了其他菜，男人脸上均是写着嫌弃，似乎难以下咽。

顾念索性不管傅景深了。

即便如此，很快，四个盘子里的菜还是见了底。

顾念有些诧异，傅景深不是说不怎么样吗？

“不喜欢浪费。”傅景深吃完之后优雅地擦了擦嘴角，说得道貌岸然的，倒真像是那么回事。

“以后能不能麻烦你尊重一下我的胃，远离厨房？”

“好。”

顾念乖巧地点了点头，见男人闭口不提袁珊和安萱的事，心里犯着嘀咕。

不如……自己先提？还是装傻充愣？

“不是说这辈子都不要进厨房的吗？怎么想起来学做东西了？”吃完晚饭，傅景深并未着急离开，而是缓缓地开口询问道，好似茶余饭后的闲聊，脑海之中挥之不去的，是顾念上高中时候对厨房的厌恶。

“景深哥，张爱玲说要想得到男人的心，必须抓住男人的胃，这早过时了，现在啊，都是得抓男人的下半身了。

“以后家里多买点真丝睡衣，你觉得怎么样？

“喂，景深哥，你别不理我啊……我虽然是A，但是我给国家省布料了啊……

“人家真的不想去厨房嘛，油烟那么大，还得碰生肉，我这辈子都不要进厨房做饭。”

……

顾念原本准备起身收拾东西，听到傅景深的话，脸色微微一变。

顾念放下手上准备收拾的碗筷，轻声道：“西雅图外来的留学生并不是很多，所以刚到那儿的时候还经常受到排挤。”

其实顾念还是有所隐瞒的。

外来人受排挤这只是一部分原因，事实上，刚到西雅图的时候，她情绪非常不稳定，起初都是将自己丢在一个密闭空间慢慢克服，同寝室的人不明所以，就更排斥她了。

那个时候，有人说她是精神病，还有人说……她吸毒。

总之舆论简直到了一种可怕的程度。

顾念美眸中难掩酸涩，事实上，她已经尽可能地控制自己的情绪了。

顾念勾了勾嘴角，继续开口道：“然后就自己搬出去住公寓了，一个人住的时候，刚开始也是吃外卖，后来吃到吐，就想着吃点米饭这类的，然后就试着自己做蛋炒饭，后来弄点配菜，就学着炒菜之类的了。

“没了。”

顾念嫣然一笑，傅景深闻言目光微动：“嗯。”

看样子她过得并不是很好。

季扬，你是怎么照顾她的?

长时间的缄默后，顾念樱唇抿起：“时间不早了，我先收拾一下。”

“不用，明天让春嫂来吧。”

“嗯，那我去喂狗。”

傅景深闻言蹙了蹙眉，紧接着，就看到顾念从碗柜里端出一小盘葱爆牛肉，和米饭搅拌在一块儿。

见傅景深有些困惑，顾念解释道：“我特地留了一小盘给它……本来以为可以剩很多放在一块儿搅拌的，没想到没剩什么东西。”

“汪汪。”大王也闻到了菜香味，激动得摇头晃脑的。

傅景深：“……”

没想到大王居然有这个待遇吃独食？还藏食?

傅景深俊脸一黑，真是便宜它了。

大王吃饱之后，见男人坐在沙发上看报纸，顾念柔声道：“傅先生，我准备出门遛狗了，今天春嫂特地关照过的。”

“我跟你一起去吧，这里最近治安不太好。”

顾念神色一怔，这里只有南城别墅这一栋啊，而且这一圈地皮都是傅家的。怎么会不安全?

顾念似懂非懂地点了点头，好奇道：“真的吗？”

“嗯，我没必要骗你。”

这倒也是。

顾念给大王上了狗链，然后穿了一件毛绒外衣，跟着傅景深走出了别墅。

深秋气温越来越低了，不知道什么时候会迎来第一次降雪。

大王吃饱了，走起来格外慵懒，顾念思绪顿时有些涣散。

还记得高中的时候，她也曾等到傅景深从部队回来和自己一块儿遛狗。

一晃，三年了。

我能想到最浪漫的事，就是和你一起牵手、遛狗，相伴白首。

顾念抿了抿唇，瞧着身侧男人颀长的身形出神。

“既然出去的日子并不好过，为什么不回来？”

“……”

顾念牵着狗绳正在发呆，听到傅景深这么说，神色一怔，还以为他会嘲讽自己当初为什么要走的。

顾念垂下美眸，扬起嘴角：“当初是我要走的嘛……不是有句话说得好，自己选择的路，跪着也得走完。傅先生，如果……当初我回来了，你会不会原谅我？”

想了想，顾念将心底想问的问题抛了出来。

傅景深目光微动，听闻女人的话，嘴角勾起一抹淡淡的嘲讽：“如果不是顾家出事，恐怕你根本不会回来吧？”

顾念：“……”

再度被男人一语道破心事，顾念脸色微微一变。

三年了……自己的心理康复治疗事实上还没有完全完成，并且她也不知道该如何面对他。

总之……可能是自己矫情了，但当初自己毕竟只是个高中毕业生，一张白纸一样，从未见过世间的残酷。

k市对于她而言是一座伤城，回到这儿，就会让她回忆起当初的不堪、狼狈、绝望，以及初到西雅图的窘迫、被孤立，人不像人，鬼不像鬼。

顾念并未否认，轻声道：“嗯，应该吧……”

安静的夜晚，不知道是不是特别适合打开心扉，顾念的话比平时也多了些：“我想留在西雅图并不是因为季扬哥，虽然当初我们是一起走的，但是到了西雅图之后，便分开了，我求学，他创业。”

顾念避重就轻，主要还是想让傅景深对季扬释怀。

傅景深听闻季扬的名字，心情难免烦躁，抬手扣住顾念的手腕：“当初，为什么要走？”

顾念，你可知道我当时有多绝望，心有多痛，感觉心在被你撕扯。

“当初为什么不回来？”

你可知道，我一直在等你。你走了，我就犯贱地乖乖在原地等你，怕你回来之后找不到我。

“你和季扬当我傻吗？任你们耍弄，想来想走随心所欲？这么多年，你可曾想过我？”

重点是，傅景深想要一个答案，当初他们俩为什么会在一起，为什么会走，三年了，却还是毫无答案。

傅景深所有的骄傲已经在这件事上被磨平了。

听着傅景深劈头盖脸的三句话，顾念心里不是个滋味。

她攥紧小手，美眸忍不住泛着湿润，手腕被男人攥得火辣辣地疼。

顾念根本不知道，傅景深真正痛苦的根源是如果不是自己千方百计逼她回来，她根本不会想归国……

自己在原地老死，也不见得能重新见到她。

“汪汪。”

两人僵持之际，一旁的大王以为傅景深要欺负顾念，立刻冲上前，用肥硕的身子把傅景深挤开。

顾念手中牵着狗绳，没有反应过来，随着大王激烈的跑动，整个人向前摔去。

傅景深脸色微微一变，迅速抬手将女人接在了怀里。

顾念顿时觉得脚踝处传来火辣辣的疼。

“是不是扭到了？”

顾念吃痛地点了点头，大王似乎意识到自己犯了错，立刻乖巧地趴在了顾念脚边。

“能走吗？”

“嗯。”

顾念咬牙点了点头，尝试着走了两步，发现右脚踝火辣辣地疼，根本走不了。

傅景深神色一紧，随后弯腰抬手对顾念的右脚脚踝进行检查：“骨头没事，应该只是普通的扭伤，冷敷一下就会好。”

顾念神色一怔，还记得原先有傅景深在的时候，她只需要安心地当个傻瓜，因为他掌控一切，而她掌握他就够了。

傅景深入伍期间，生活独立，尤其是对于受伤的常识更是了如指掌。

“上来，我背你回去。”

傅景深薄唇抿起，在顾念面前弯下腰，神色恢复平静，刚刚的戾气褪去，又变得深不可测，心思难以洞察。

见顾念还有些犹豫，傅景深声音冷了几分：“还不上来，难道你想变得更严重吗？”

“嗯。”

顾念小心翼翼地趴在傅景深的后背之上，咽了咽口水，心扑通扑通跳个不停，好似要从嗓子眼里跳出来一般。

刚刚傅景深还勃然大怒要发火，如果不是大王……场面恐怕也不会变得这么戏剧性了。

傅景深背起顾念，顾念则牵着大王，大王乖巧地走在一旁。

身上的女人很轻，傅景深眼神深邃，事实上，她很“重”，是一个占据自己整个心尖的女人，一个让自己费尽心思的女人。

是自己的全世界。

顾念欲言又止，知道自己无从解释，哪怕现在开口说了对不起，男人也会怒斥自己。

不是所有的对不起……都值得被原谅。

顾念抬手搂住男人的脖颈，安静地趴在男人的后背上，已经感觉不到脚踝火辣辣的疼了。

明明刚刚已经散步很长距离了，可顾念还是觉得很快就到别墅了。

这样被男人背着的时间好短。

到了别墅之后，傅景深小心翼翼地将顾念放在沙发上，随后从女人手上将狗链解开，将大王直接连狗带狗链丢到了别墅外。

“汪汪……嗷呜……”

砰的一声关门声后，顾念听到大王委屈的汪汪声却不敢开口。

傅景深走进洗手间，没多久就拿出一块冷毛巾敷在了顾念的脚踝上。

刚刚在夜色中没看清，现在在灯光下，他才发现顾念白皙的脚踝上扭伤的地方有些泛红。

“感觉好点了吗？”

顾念点了点头，凝视着男人在自己面前弯腰，神色极其温柔。

“嗯。”

傅景深站起身，顾念见状脸色微微一变，抬手拉住了男人的大手。

“怎么了？”

女人的手很小，只够抓住傅景深的手指。

撞上男人深邃如海的黑眸，顾念有些语塞，担心男人要走，心底一动，故作疼得不行，难受蹙眉，余光却在偷瞄男人的反应：“我……我好像突然很疼，特别疼。”

这是她之前的撒手锏，一有不舒服的话，就立刻装柔弱，或者是装模作样地挤出两滴眼泪，傅景深立刻就会服软的。

“我看一下。”

傅景深没有留意到女人美眸中的精光，俯下身子迅速再次做了检查，确定没有伤到骨头。

其实痛感已经轻很多了，可是顾念眼下除了示弱，也没想出好的法子。

“可以了，我抱你回房间休息。”

“好。”

顾念点了点头，任由男人公主抱地将自己抱回卧室。

傅景深将顾念放在大床之上，便转身去浴室洗澡，房间内，弥漫着淡淡的药油味，顾念却思绪混乱。

本来她想着示好，没想到傅景深压根没提袁珊和安萱……

果然，男人心思如海底针一般难以琢磨。

这么多年，你可曾想过我？

傅景深最后一句几乎是吼出来的话还在脑海里回荡，顾念神色一暗。

怎么会没想过……却不敢想。

一旦想起他，她势必会想到袁珊，以及袁珊所做的一切，那些自己刻意忘记的噩梦便会铺天盖地而来……

顾念美眸酸涩得厉害，很快就听到浴室水声停了。顾念抽了抽鼻子，将美眸之中的酸涩逼了回去。

“明天我送你去顾氏，你不要开车了。”

男人的声音冷冷的，却带有毋庸置疑的肃然，顾念乖巧地点了点头：“刚刚谢谢你了，傅先生……”

“嗯，休息吧。”

“好。”

傅景深余光看向身侧入睡的女人，薄唇抿起，她并未给自己一个答案。

顾念……这三年的时间里，你可曾想过我？

你可知道，我一直在想着你……

顾念第二天醒来的时候，脚伤已经好多了，傅景深责令春嫂顾念脚伤没好之前不许把大王接过来，所以一大清早，大王就被春嫂送走了。

顾念敢怒不敢言……如果不是昨天傅景深突然情绪激动，大王也不会护主。

吃完早餐之后，顾念换上平底鞋坐在了男人的副驾驶位置上。

两人一路缄默，顾念试图找点话题，但看到男人冷硬的俊脸只能作罢。

没想到车子刚到顾氏门口，却遇到了不速之客。

安萱是来这儿堵顾念的，想看看昨天袁珊去找傅景深之后，顾念的反应，万万没想到傅景深居然会开车送顾念来上班。

尤其是顾念还坐在副驾驶位置上，深深地刺激了安萱，让女人的眼睛变得猩红起来。

顾念扯了扯嘴角，这个安萱……又要做什么？

因为顾念受伤，所以傅景深率先下车，将副驾驶位置边上的车门打开，方便顾念下车。安萱不明所以，更加羡慕嫉妒恨了。

“小心一点。”

“嗯。”

顾念被傅景深小心翼翼地搀扶下了车，其实她好得差不多了，鉴于安萱在，顾念整个人直接倚靠在傅景深怀里装柔弱。

不得不说，男人的身材很好，即使离开部队，傅景深一直有锻炼的习惯。

这般倚靠在男人的怀里，顾念完全可以感觉到男人结实的胸膛。

“傅先生……顾小姐，早上好啊。”

安萱嘴角挤出笑意，热情地跟傅景深打招呼。

傅景深闻言蹙了蹙眉，如果不是安萱出声，他还未发现女人的存在。

安萱脸上的擦伤还没好，虽然化上了精致的妆容，却还是难掩狼狈。

“你怎么来了？”

听着傅景深冷漠的话，安萱脸色微微一变，嘴角挤出一丝笑：“带了点补品，来看看念念。”

原本她以为和男人同学多年，毕业之后，自己不在安氏而是选择留在傅氏做个普通的小秘书，男人会意识到自己的存在，对自己和其他女人有那么一点不一样。

事实上，傅景深一如既往地狠……冷漠如冰。

现在他看向安萱的眼神更是好似看陌路人一般，甚至带着厌恶。

补品？

呵……昨天她才和袁珊一块儿来砸场子的……

顾念转念一想，美眸中闪过一抹暗光，看样子，安萱多半是来看自己的笑话的。

毕竟按照女人的逻辑，袁珊去找傅景深说自己和景瑞那些破事，傅景深自然是会找自己麻烦的。

不过超出她们所料，包括自己，傅景深并未提景瑞的事。

顾念瞧着身侧男人冷冽的表情，故作痛楚地开口道：“景深，我觉得脚还是疼得厉害，走不去办公室那么远。”

“我送你去医院。”

傅景深见顾念巴掌大的小脸面露痛楚，心底一紧。

理智告诉他，女人娇嗔的成分偏多，但是理性已经屈服了。

“不用了，公司里还有好多事儿呢，之前张主管被安氏挖墙脚，现在香水部还在调整。”

说完，顾念委屈地眨巴眨巴凤眸，眼睛更是泛红。

“还有啊，昨天她和妈妈又来顾氏大闹了一场，顾氏现在更是人心惶惶，以为我得罪了什么人呢，瞧着特别像追债的。”

只看这么一眼，他就知道顾念是故意的。

看情况，她见自己不开口、不追究，与其等着安萱开口，她……决定先告状。

只是小妮子眼眶泛红，几乎是瞬间俘虏了他的心。

安萱的脸色青一阵白一阵的，今天自己是来看顾念笑话的，万万没想到却变成顾念恶人先告状。

“傅先生……”安萱慌忙要解释，有些口不择言，“我昨天只是陪着伯母一块儿来探望念念的。”

“好像不是这样吧，你们一路闯进我的办公室，顾氏可是有监控的。”

顾念委屈得不得了，美眸更是泛红，小手揪住傅景深的衣角，靠在男人的怀里。腿疼，也给了顾念借口。

傅景深眯了眯黑眸，大手不着痕迹地扣住女人的腰肢，防止女人重心不稳摔倒受伤。

安萱急得额头上都是汗，一时有些语塞：“那个……”

“安萱……我知道你还想说景少的事，之前他跟我合作的精油出了问题，他想来表达歉意，我就在他面前大夸特夸我老公有本事，直接给我解决了工商局的事，他啊，立刻就下不来台了。说起来啊，我老公真棒。”

傅景深：“……”

女人的话半真半假，可信度虽然不高，却取悦了他。

尤其是一口一个老公……着实是悦耳动听。

安萱再度哑口无言，根本没法开口了。

顾念根本不是普通的对手，过往自己不仅仅是轻敌了，现在更是盲目迎敌。

傅景深见顾念嘚瑟得差不多了，薄唇抿起，寡淡地开口道：“外面风大，我抱你上去吧。”

“好啊。”

顾念点了点头，余光偷瞄身侧脸色死灰一般的安萱，勾起嘴角。

真……感谢大王，让自己腿受伤了，可以借着傅景深对付安萱。

回头自己给它找个媳妇吧，瞧着单身狗，好可怜啊。

安萱见傅景深抱着顾念离开，感觉整个人被狠狠地抽打了无数个耳光，面目更是狰狞得厉害。无论如何，她都不会轻易放弃傅景深。

为了傅家少奶奶这个位置，她已经努力了那么多年，怎么可能放弃。

傅景深直接公主抱将顾念抱在了怀里，并未去顾氏大厅，而是走旁边的走道上了货运电梯。

这一点分寸傅景深还是知道的，顾念执掌顾氏，闲言碎语是切忌的，否则会影响女人的权威性。

他其实想要在全世界的人面前宣告对顾念的所有权，但是，现在并不是最佳时刻。

对于顾念而言……她手上的顾氏重整旗鼓之后，她首先是顾总，其次才是他傅景深的妻子。

否则……对于其他人而言，她顾念只是个傅家的媳妇，别人看不到她做出的努力，以及能力。

傅景深抱着顾念直达总裁楼层，顾念忙挣扎着从男人的怀里下来："我感觉好点了，可以自己走。"

"嗯。"

顾念偷瞄着男人的反应，算起来，傅景深还是第一次陪着她一块儿来顾氏。

"我担心秘书部人多嘴杂，传出我们俩的关系。"

"嗯。"

见傅景深表情深邃，难以琢磨，顾念深呼吸一口气，试探性地开口道："傅先生……你晚上有空来接我下班吗？我……腿不方便走路和开车，顾氏的司机回老家了……他……他老婆生孩子。"

顾念一本正经地胡言乱语，傅景深原本因为女人着急跟自己撇清关系已冷下俊脸，闻言薄唇情不自禁地勾了勾："我今天比较忙，现在无法确认下午的行程，等到下午五点，我再给你打电话。"

顾念闻言扯了扯嘴角，见傅景深"好不容易"抽出时间，乖巧地点了点头："好啊。"

傅景深不放心顾念，扶着她走出电梯，不需要顾念指路，便很准确地找到了办公室的位置。

对于顾念所处的环境，他比任何人都要了解。

莱雅看清来人之后，大惊失色，被顾念一个眼神安抚下来，迅速让秘书部张望的人继续手上的工作。

哇……不知道刚刚有没有看错，居然看到傅先生了，真人看起来更有气质、更帅啊。

"不要分心，专心走路。"

男人声音冷淡，不苟言笑，顾念暗暗咋舌，自己在想什么，傅景深都知道。

"好。"

顾念嘴角挤出一丝笑意，等下得让莱雅交代下去，别让顶楼秘书部的人废话多。

傅景深扶着顾念走进办公室，办公室布局简洁大方，放置了两盆绿植，办公桌上堆积的全是文件。

不仅如此，办公桌旁的墙壁上贴满了便利贴，看样子全是顾念用于提醒自己的日程安排的。

傅景深蹙了蹙眉，新接手的顾氏对于顾念而言是个烂摊子，破事自然多。

这积压的文件，按照顾念的进度，不知道何时才能做完。

傅景深扶着顾念坐在办公椅上，随后薄唇抿起。

"把顾氏的财务报告拿给我看，我想知道傅氏注入的资金去向。"

"好……"

顾念神色一怔，没想到傅景深突然要看财务报告，不是说很忙的吗？忙的话，不是得走了吗？

见顾念还有些困惑，傅景深淡淡地挑眉道："傅氏注入的资金我有知情权，怎么，有问题吗？"

"没有。"

顾念坐在办公椅上，迅速拨通了莱雅的内线："莱雅，把顾氏这一周的财务报告尽快整理好给我，傅总要看。"

"是，顾小姐。"

顾念挂断了电话，看着男人已经优雅地坐在沙发上，双腿叠放，姿态极其优雅，开口道："傅先生，报告需要一点时间，所以你要稍微等一下，如果你赶时间的话，等会儿我让莱雅直接传真到顾氏。"

"不必了，这一点耐性和时间我是有的。"

"嗯……"

有傅景深在，顾念有些无所适从，桌子上的文件也看不下去了。

顾念深呼吸一口气，随后抽出积压的文件，看到之后更是头疼。

是香水部的报告，顾念蹙了蹙眉，香水部门重新起步，万事开头难，现在真的是一团乱。

因为说好的是挑优秀者坐主管的位置，导致现在群龙无首，管理困难。

看样子，安氏挖墙脚也是有缘由的，这群龙无首，自然是一盘散沙。

以现在顾氏在业界的影响力，资历高深的主管并不会选择顾氏入职，顾念也不想病急乱投医，毕竟现在顾氏情况特殊，筛选不到资优的主管，外调的话，也会打压香水部门其他人的积极性。

见顾念蹙眉，傅景深薄唇抿起，漫不经心地开口道："怎么了？"

"还不是顾氏的香水部……"

顾念脱口而出，撞上傅景深深邃的黑眸，迅速噤声。

这是顾氏自家的事……她不该去烦傅景深，他已经为顾氏注入大量资金了。

"事实上，傅氏给顾氏的资金款项，最起码有三分之一流向了香水部这边。"

"嗯，我看一下。"

提及资金的事，傅景深站起身，抽出顾念手中的文件，大致翻阅了一下："与其群龙无首，为什么你不以代理主管的名义对香水部进行管理呢？"

顾念闻言困惑道："我会不会名不正言不顺？"

"你现在就是代理总裁，多代理一个部门的主管，并没有问题。"

好有道理啊。

傅景深还真的是深不可测，顾念只知道男人在短短的三年内创造了一个帝国，却从未见过男人的管理能力，今天瞧见了，的确是佩服。

"好。"终于解决了一件烦心的事，顾念美眸一亮。

傅景深在这儿等着也是等着……还不如帮她处理公事……

一想到这儿，顾念迅速拿起一旁积压的文件，快速浏览着询问道："傅先生，k市东南方不是有块地皮吗？我考虑解决一下顾氏的精油问题，一直以来，我们的精油都是依靠下面工厂提供，我想进行种植，你觉得可行吗？"

傅景深闻言挑了挑眉，种植？

顾伟这么多年都不敢进行尝试，顾念才管理顾氏不到三个月，就已经敢提出并且落实到实践，确实是冒险，有气魄。

"这样并不治本，重点还得考虑植物的来源，现在市面上的精油提取都是来自法国的植物，你可以考虑从法国引进植物培养的工程师，这样就一劳永逸了，单单种植，怕是后患无穷。"

顾念："……"

奸商！太聪明了。

顾念重重地点了点头，迅速拿笔进行批注："谢谢你啊，傅先生。"

傅景深看着女人明媚的神情，薄唇勾了勾，随后平淡地开口道："你刚刚咨询了我两个问题，我的时间很宝贵，按秒收费。"

奸商……

不过……既然已经算时间了，顾念听了之后立刻来了精神："好……没问题。"

然后顾念开始事无巨细，均问傅景深的意见。

综合傅景深的意见，顾念觉得自己成长得非常迅速，之前在学校里都是理论经验，实践的话，顾伟忙于顾家琐事，并没有给她太多指导。

现在傅景深言简意赅，顾念一开始忙于记笔记，后来索性用录音笔了。

很快，半个小时的时间，顾念桌子上的文件已经少了一大半，本来顾念以为自己最起码需要一天的时间才能做一半。

咚咚咚。

莱雅敲门而入，恭敬道："顾小姐、傅总，财务报告整理好了。"

"嗯，给我吧。"

"是，傅总。"

莱雅不敢怠慢，将报告递给了傅景深，随后离开。

见顾念看向自己发呆，傅景深抬手用手中的报告轻轻地敲了敲小妮子的额头："愣着做什么？继续看文件。"

顾念："……"

好吧。有才，有颜，了不起啊？

有傅景深这个严师在一旁监督着，顾念自然是懈怠不了。

"顾氏最近职员离职率非常高，新的职员招聘的话……怎么办？挖墙脚？"顾念抬手揉了揉额头，看向身侧正在看报告的男人，咨询道。

“不必，考虑到用人成本问题，你可以招聘大四学生。现在马上就到寒假了，大四的学生还有半年就可以毕业了，这半年的时间，正好可以作为他们的实习期，到时候，你筛选有能力的人转正就可以了。

“另外，打电话通知莱雅，第二页的数据是有问题的，我希望她可以在一旁批注，再给我个解释。”

顾念：“……”

传说中的一心二用吗？

财务部的报告基本上都是密密麻麻的数字，瞧着很乱，他……居然看得那么仔细，而且还可以准确找出问题，顺带回答自己的问题。

“好。”顾念用座机拨通了莱雅的电话，让莱雅重新整理第二页财务报告。

在傅景深的帮助下，顾念赶在中午之前将桌子上积压的文件全部处理掉了，不过录音笔记录的内容还需要花时间整理一下。

“谢谢你啊，傅先生，耽误您时间了。”

傅景深见顾念笑得明媚，淡淡地开口道：“我主要想看傅氏对顾氏的资金投入都去了哪儿……顺带指导你一下。”

“嗯……”

“前些日子你不是坑了安氏三千万嘛……我会从中调取一千万，作为我今天的咨询费。”

什么？

顾念脸色一变，便听到傅景深漫不经心地开口道：“怎么？不愿意？”

顾念心疼得都要滴血了，却还是挤出笑容，道：“没……”

傅景深看着顾念强忍心痛的模样，心情不知不觉也变愉悦了。

“顾念，我很忙的……”

“傅先生，那我送您。”

“不必了。”

傅景深径直向着办公室门口走去，走到门口的时候停下了脚步，随后转过身道：“关于下午来接你回家的事，我日程很满，到时候等我通知。”

顾念：“……”

她突然都不想……要他接了。

本来想装柔弱拉近关系的……

顾念心底有些崩溃，嘴角却挤出一丝笑：“好啊……”

傅景深原本表情冷淡，转过身之后，嘴角浮现一抹淡淡的弧度。

傻瓜……这钱要来要去，自己的钱可不都是她的吗？

傅景深坐进车内，掏出手机，看着木凡的多个未接来电，回拨了过去。

“傅总，您可接电话了，您一句延迟……我还担心您出事了呢。”

今天早上傅氏可是多个高层会议，还有国际视频会议，事先都做出很多筹备的，没想到快开始的时候，却收到了傅景深的一条短信：延迟。

木凡还在想，抛下这么重要的会议不开……傅景深肯定是被重要的事耽搁了。

“嗯，全部集中在下午五点之前，时间挪不开的话，推迟到明天。”

“好的……傅先生，老爷子在您办公室等着您呢。”

老爷子？

傅景深闻言蹙了蹙眉，随后薄唇抿起，立刻开口道：“先安排饭局，确定地址之后发给我，我马上过去。”

“好的。”

傅景深赶到扬名天下私人包厢的时候，就看到傅老爷子正在和景家老爷子热聊。

傅景深薄唇抿起，傅老爷子和景家老爷子是生死之交，两人共同入伍上战场，感情深厚。

后来各自家业兴旺，老兄弟俩私交也仍未变。

景家老爷子生了独子，独子下面是三个女儿、一个儿子……

对比之下，傅杨也是独子，但是再往下，只有傅景深这一根独苗了。

算起来，傅景深和景瑞很像，除了傅景深没有三个姐姐之外……大抵两人家世背景是差不多的。

只是两人的个性却天差地别，傅景深深不可测，景瑞则玩世不恭。

傅老爷子见傅景深到了，赶忙开口道：“景深啊，你来了，路上接到你景爷爷的电话，就请他一块儿来吃了。”

“嗯，景爷爷，好久不见。”傅景深恭敬地跟景老爷子打招呼道。

“景深啊，你可是大忙人啊……唉，同样是孙子，老傅啊，你说这景深就瞧着根红苗正……我家那个啊，不省心。”

傅老爷子闻言摆了摆手：“景瑞那孩子有他的好，这俩孩子个性不一样，用不着放一起比较。”

“他啊……之前流连花丛，没个谱儿，昨天还跑回来跟我说……他准备娶个有夫之妇，气死我了。”

傅景深原本正在给老爷子倒酒，闻言蹙了蹙眉，下意识地对“有夫之妇”这四个字格外敏感。

“他还说，现在万事俱备，就差那个有夫之妇离婚了。还什么不想让她有负担，追求她是自己的事……只要对方不算军婚，他就不算犯罪，属于正常追求。”

傅景深闻言勾了勾唇，漫不经心地开口道：“景爷爷，万一是军婚呢？”

“这个……”景老爷子闻言也愣住了……

景瑞个性玩世不恭，野性不改，真要是军婚，那可如何是好啊……

景老爷子听闻之后蹙眉道：“不行不行，我得尽快去查查他到底看上哪一个有夫之妇了。”

顿了顿，老爷子看向傅景深，询问道：“景深，你在k市人脉广，知不知道他这些天和哪个女人走得近啊？”

傅景深闻言勾了勾唇……

景瑞想勾搭的，极有可能是自家媳妇。

因为景老爷子提供的信息并不能明确地指出是顾念，虽然顾念和景瑞确实有接触，但是景瑞花名在外……确实是不好判断的。

并且……傅景深也不想这个时候牵扯到顾念，影响顾念的名声，以及傅老爷子对顾念的看法。

傅景深薄唇抿起，淡淡地摇头道：“不太清楚，这些是景少的私交，我一般不过问他人的私交。”

景老爷子知道傅景深说一不二，点了点头，看向一旁的傅老爷子，大吐苦水：“老傅啊，你不知道，那孙子啊，气死我了。”

傅老爷子轻哼一声，随即道：“那也是你给惯的……”

“这个……”景老爷子无力反驳，确实是这么回事。

当初景家男丁单薄，自己就想着，有那么一个带把的，生下来可以入伍，为景家光耀门楣。

没想到盼来一个混世魔王，一天部队都没去，成天花花公子，瞧着痞气十足，哪有正气的样子。

“我看得出来，我这孙子之前都是玩闹，这一次啊，是认真的……他还是第一次回家当着众人的面提出喜欢一个女人，想要那个女人，说起来，那个女孩倒是引起我的兴趣了。”

傅景深眯了眯黑眸，一旁的傅老爷子则不动声色地看向傅景深。当初顾念第一次回顾家的时候，袁珊可是在自己面前念叨着，顾念和景瑞走得近，还一块儿参加宴会。

老景头说的该不会是顾念吧……

一想到这儿，傅老爷子立刻打起圆场：“好了，吃饭吧，咱老哥俩就谈谈心，别说这些孩子的烦心事了。”

“好好好。”景老爷子听到傅老爷子这么说，立刻举杯畅饮。

傅景深则是作陪，听着两个泰山北斗热谈当年打仗的趣事，小的时候，这些都是常有的事。

吃完饭之后，两个老爷子都有点喝高了，傅景深安排木凡送景老爷子回景家，他自己则扶着傅老爷子坐在他的车内。

傅景深坐到驾驶位置上，视线通过后视镜看向后座上的傅老爷子，询问道：“爷爷，您今天去傅氏找我是有什么事吗？”

“没事，年纪大了没事做，就想着四处走走看看。”

傅景深发动引擎："我送你回傅家还是去傅氏坐一会儿，不过我下午会比较多，没太多时间陪您。"

"去傅氏吧……回傅家闲着也是闲着。"

"好。"

傅老爷子闭目休息，酒醒了些，才缓缓开口道："景深，派人查一下景瑞最近和哪个女人走得近……"

傅景深握住方向盘的大手收紧："怎么，爷爷对景瑞的私事感兴趣？"

"我不是对景瑞感兴趣，怕是景瑞对你家的顾念感兴趣啊，前两天你妈还在我面前念叨着，这顾念丫头和景瑞走得近。"

傅景深眯了眯黑眸，顾念归国之后，他便极力想要在老爷子面前维护小妮子的形象。

这景瑞……还真的是破事多。

"爷爷，顾念对景瑞没兴趣。"

傅老爷子见傅景深并未否认，蹙了蹙眉，看样子，自己孙子和自己想到一起了。

"万一景瑞对顾念兴趣大了去呢……已婚之妇都照追不误，这景瑞的脾性啊，我也是知道的，看样子他是动真格的了。"

"嗯，我会处理。"

"景深，你这媳妇啊，真不让人省心。"

傅景深听闻傅老爷子的话，薄唇勾了勾："我要是给您娶个没人过问的孙媳妇，岂不是说明我的眼光不好。"

"重点是，你这媳妇前有季扬，现在又来个景瑞，我怕你应付不来。"

"我从来都没有想过要应付他们。女人喜欢择优，这些男人出现，意味着我得变得更优秀，对她更好。"

"你……"傅老爷子有些语塞，轻哼一声。

傅景深的个性他是知道的……就算心底满是对顾念的爱，也不会直接表达出来，而是端着架子。

所以，这顾念丫头瞧得到吗？

傅景深送傅老爷子回到办公室之后，便立刻开始开会。

上午没完成的事，全数压缩在了下午。

下午五点，傅景深抬手轻揉了下眉心缓解疲惫，随后拨通了顾念的电话。

"原本下午六点有会，对方临时取消了，六点我去接你下班。"

顾念今天倒是清闲，其实想早点下班的，谁让傅景深效率高，把自己的事都给完成了。

"好的，麻烦傅先生了。"

"嗯。"

傅景深挂断电话，一旁的傅老爷子见状扯了扯唇，满是嫌弃。

“你早上没来公司也是因为你媳妇吧？”

傅景深：“……”

“刚刚那么强节奏的开会频率，是为等下去见她？”

“……”

“傅景深啊，你为个女人，也真出息啊。”

傅景深看着老爷子对自己的嫌弃，薄唇勾起。

“您跟着我们一块儿回南城别墅做电灯泡，还是我派人送您回傅家？爷爷，我得收拾一下去接她下班了。”

“哼……我才不做电灯泡呢，我啊，不和你一般见识。”

说到这儿，老爷子摆了摆手，傅景深立刻安排木凡送老爷子回傅家。

顾念在顾氏无所事事地等着傅景深，浑然不知自己的存在已经在景家掀起了轩然大波。

到了六点，顾念小心翼翼地一瘸一拐向着顾氏门口走去，就看到傅景深的车子停在了路边。

傅景深见状迅速下车，走了过来：“有没有好一点？”

男人的声音低沉磁性，顾念闻言点了点头：“还有点疼，但是好多了。”

“嗯。”

顾念被傅景深扶着坐上了车，屏住呼吸，偷瞄男人的侧脸。

“景瑞为了你跟景家摊牌了，景老爷子今天对爷爷大吐苦水。”

伴随着傅景深冷冽的嗓音逸出，顾念脸色微微一变：“他真这么做了？”

顾念下意识地脱口而出，傅景深闻言暗了眼神。

看样子景瑞口中的女人百分之百是顾念了……

顾念说完这句话也恨不得把自己的舌头给咬掉。

这么说……真是暧昧啊。

顾念迅速稳定自己的情绪，琢磨着傅景深的表情，开口道：“我可以解释……你想听吗？”

“嗯。”

傅景深随后勾起嘴角，发动引擎，她愿意解释是个好现象。

“他还记恨着当初我在他内裤上撒胡椒粉的事。”

傅景深闻言点了点头，意料之中。

景瑞这辈子顺风顺水的，唯一吃的瘪全在顾念身上。

“所以，景瑞对我只是一时兴趣比较大……况且，我已经坦白结婚的事实。”

顾念回答得认真，随后抿唇道：“但是我并没有说我结婚的对象是你，不想给你造成不必要的影响。”

说完，顾念小心翼翼地瞧着男人的反应，不知道傅景深对于自己的回答认可度多高。

“嗯。”

傅景深淡淡地应了声，眉头却忍不住蹙起。

事实上，同样是男人，他可以三年前准确地捕捉到季扬喜欢顾念，三年后，对于景瑞的想法他也一清二楚。

景瑞对顾念绝对不是兴趣那么简单，是一个男人幼稚地在表达对一个女人的喜欢。

很幼稚，却很纯粹……

“如果他再对你纠缠不清的话，就告诉我，我帮你解决。另外，我并不介意你告诉他，我们俩已婚的事实。”

顾念原本紧张的心扑通扑通跳个不停，听到傅景深的话，神色一怔。

“可是这样的话，你和我……”

结婚的事，就会很快暴露出去了。

当年她一走了之，给傅景深留下的是奇耻大辱。如今如果她和傅景深的婚讯公布……

顾念已经不是个孩子了，大致也能明白，傅景深无疑会成为众人的笑料。

“你不是说要重新开始吗？怎么那么快就忘记自己说的话了？”

听到傅景深这么说，顾念立刻摇头道：“没有……”

傅景深淡淡地瞥了一眼身侧的女人，薄唇抿起：“嗯，系上安全带。”

“好。”

顾念暗暗嫌弃自己，上车居然把安全带给忘了。

回到南城别墅，春嫂已经带着大王离开。

吃完饭后，傅景深主动给顾念热敷，顺带重新擦了一下药油。

顾念感觉脚踝处好了许多，基本上已没有什么疼痛感了。

“我先去浴室洗澡了。”

傅景深闻言蹙了蹙眉：“浴室地滑，我扶你过去，你不方便站太久，用浴缸吧。”

“好。”

双肩被傅景深扶着，伴随着男人狂狷的气息席卷，顾念紧张得心扑通扑通跳个不停。

如果不是假流产……她说不定就可以穿着丝质睡衣勾引他了。

顾念小脸通红，被傅景深扶着坐在了浴室的椅子上，便看到傅景深熟练地冲刷着浴缸，然后放水。

浴室很快变得水汽氤氲，气氛一下子就变得暧昧起来。

“水温我试过了，我就在房间里看文件，有问题叫我。”

“好。”顾念点了点头，有些尴尬，傅景深的俊脸也带了几分不自然的红。

傅景深离开浴室之后，顾念将身上的衣服脱下来整个浸泡在超大的按摩浴缸里，很是舒适。

她洗完澡之后，拿起浴巾小心翼翼地裹在自己身上，擦干之后从衣柜里拿出一套棉质睡衣穿在了身上。

顾念走出浴室，就看到傅景深双腿叠放坐在沙发上正在看文件，小脸微红道：“我洗好了。”

“嗯。”傅景深淡淡地应了声，黑眸落在眼前的女人身上，喉结滚动了几下。

女人刚刚洗完澡，肌肤吹弹可破，小脸粉扑扑的，长发散落在肩头，还未完全干。伴随着顾念的走近，女人身上淡淡的沐浴乳香味蹿入鼻腔。

她在里面洗澡，伴随着水声，他在外心思凌乱，根本无法将注意力放在合同上。

顾念乖巧地坐在床边，拿起毛巾擦拭着长发，没有留意到沙发上的男人呼吸变得浊重起来。

和顾念待在一个房间里，傅景深觉得自己呼吸越发困难起来。

傅景深站起身，迅速向着浴室方向走去，留下顾念有些不明所以。

傅景深每天晚上都会带点公事回来做，说不定她以后也可以，到时候方便咨询。

一想到这儿，顾念眼前一亮……

伴随着沙发上的手机振动声响起，顾念才留意到傅景深的手机在沙发上。

顾念轻抿唇瓣，误以为是电话，拿起之后才发现只是一条短信。

桑榆：抱歉，我想我不能接受，文件材料我已经寄去傅氏了，你的心意我心领了。

顾念：“……”

桑榆……雯雯……

对于这对母女，顾念充满了兴趣。

顾念攥着小手，将手机重新放在了桌子上。

傅景深给了她什么？

她拒绝了。

傅景深为什么要给她东西？

顾念若有所思，大抵虽然是信任傅景深的，但是女人总是有那么点小心思，会去胡思乱想。

一想到这儿，顾念勾起嘴角，如果按照原先自己的脾性，一定会直接打电话过去，问个一清二楚，顺带挽着傅景深的胳膊不撒开，非得让男人说出个所以然来才罢休。

现在她的个性倒是淡定很多了。

是激情淡了吗？

还是说，三年了，她和傅景深之间也生分很多……

傅景深走出浴室，就看到顾念坐在床上发呆：“在想什么？”

顾念听到傅景深的话撇着小嘴：“在想……我是不是这个世界上最可爱的人。”

说完，顾念满怀期待地看向傅景深，随后就听到男人磁性的嗓音在房间内响起："不是。"

"……"

顾念不死心地继续问道："那谁是？"

傅景深薄唇抿起，对上小妮子期许的眼神，深邃的黑眸中闪过一抹幽深的暗光，淡淡地开口道："红军。"

顾念："……"

真不按常理出牌啊。

顾念心底对傅景深满满的都是嫌弃，垮着小脸。

"怎么突然想起来问这个了？"傅景深目光深邃，紧锁住眼前有些失落的女人，抿唇道。

"没……就在想我有什么优势。"

顾念撇着小嘴，当初她扬言要追傅景深的时候，顾城就问她有什么、凭什么。

那个时候，顾念搓衣板的身材，跟假小子似的，上课打盹，下课来神，成天不学无术，就想着如何拿下傅景深。

面对顾城的质问，顾念想了半天，才说自己可爱……

事实上，可爱这个词似乎和她沾不上边。

可不管如何，她确实是拿下了傅景深。

"睡觉吧。"

傅景深淡淡地开口，薄唇却忍不住勾起。

可爱……

在他心底，她是最可爱的人。可爱到爆……

可爱到他瞧着顾念，会去憧憬他和她的女儿是什么模样。

连续三天，顾念借着脚踝不舒适的理由让傅景深送她去顾氏上班。

顾念自我感觉她和傅景深的关系缓和了些……

就好似细水长流一般，虽然进展缓慢，但是对于她和傅景深之间的重新开始，已经是莫大的进步了。

顾氏楼下的咖啡厅。

"这位爷爷，您如果没带现金的话，可以用支付宝或者微信支付。"

"支付宝是个什么东西？"

店员闻言并不意外，老爷子瞧着都已经七十好几了。

"那抱歉，这块蛋糕您不能买。"

"不行，我得买去给我孙子吃，你这丫头怎么就不知道变通呢，我不是不给你钱，待会儿我的司机会来付钱的。只剩一块草莓蛋糕了，要是被其他人买去了，怎么办？"

"这个……我们也没办法啊。"

顾念忙了一上午，准备下楼买杯咖啡，走进咖啡店的时候，就看到一名气宇不凡的老人正跟店员讨价还价。

老爷子穿着一身中山装，瞧着虽然上了年纪，但是身子骨特别硬朗，说起话来更是带着股霸气。

顾念勾起嘴角，随后踱步上前："多少钱，我来给吧。"

店员认出了顾念，连忙开口道："好的，一共一百八十九块钱。"

"嗯，我用支付宝。"

顾念拿出手机出示二维码给店员扫码，随后看向身侧的老爷子，勾起嘴角，"爷爷，这个就是支付宝，一个软件，回头让您孙子教您好了，用起来特别方便快捷，现在年轻人都这么用。"

景老爷子若有所思，随后摆了摆手："我用不惯，丫头，我的司机去加油了，回头我让他把钱给你。"

景老爷子派人查了三天，终于查到勾了景瑞的魂的女人就在这儿上班，听说景瑞三天两头往这儿跑。

应该是错不了了。

车到了这儿，司机见油不多便先去加油，景老爷子原本在路边等着，就被这蛋糕店给吸引了，尤其是看到景瑞喜欢的草莓蛋糕，就想买下来带回去。

顾念看着老爷子一本正经的模样，轻抿唇瓣，见窗外开始飘雨，轻声道："那您别去外面等了，坐在这儿等着吧，我陪您。"

"好啊。"

"麻烦给我们两杯牛奶。"

"好的。"

顾念跟店员点了单之后，扶着老爷子坐在一旁的位置上。事实上，她比较担心老爷子年纪大了会迷路。

景老爷子见顾念不仅帮自己付了款，还给自己点了杯牛奶，忍不住赞许道："小姑娘啊，你真可爱，真善良。"

可爱?

顾念听闻老爷子的话轻笑出声，不由得想到傅景深的话。

"不对，红军才是最可爱的人。"

景老爷子没想到顾念的回答居然是这个，很是惊喜，瞬间就好感倍增："哎呀，你这丫头，简直是说到我的心坎里了，思想觉悟高啊。"

啥?

顾念神色一怔，就听到对面的景老爷子激动道："当初我一个人可是赤手空拳干掉七八个敌人不在话下啊，还有，三八式步枪我玩得比任何人都好。"

景老爷子许久都没有和人聊起当年自己的英勇，一聊起来简直是停不下来。

顾念哑然失笑……

自己是遇到话痨了吗?

看样子是误打误撞遇到老红军了。

“对了，爷爷，您很疼爱自己的孙子吧？”顾念主动询问道。

“是啊，他啊，被我宠坏了。”提及景瑞，景老爷子是又骄傲又无可奈何……

“他最近又爱上有夫之妇了，可是把我气得不轻。”

顾念闻言勾起嘴角，端起面前的牛奶杯抿了一口：“感情的事是说不清楚的，您别太担心了，毕竟担心也是白担心。”

景老爷子听到顾念的话，心里好受了些：“你这丫头就很好，漂亮又知书达理的，还特别善良、可爱，我那孙子要是能娶到你，可是天大的福气。”

顾念听到老爷子在乱点鸳鸯谱，赶忙摇了摇头：“不行，爷爷，我结婚了。”

景老爷子闻言脸色一变，有些可惜，没想到眼前的小丫头年纪轻轻的，居然已经结婚了，想了想，老爷子随后笃定道：“如果是你，哪怕是已婚之妇，我也支持他去追。”

顾念：“……”

这老爷子的孙子瞧着玩世不恭、痞里痞气的，看样子，孙子的脾性倒是遗传了爷爷啊。

顾念哑然失笑，不知怎么的，看到眼前中气十足的老爷子，就会莫名其妙地想到景瑞。

顾念看了一眼手机上的时间，本来是准备买杯咖啡，顺带散心解乏，没想到和老爷子一见如故。

景老爷子何其聪明，见顾念看手机时间，连忙说道：“哎，小丫头啊，你要是忙就先走吧，我这人生地不熟的，应该不会迷路吧？外面还下着雨……应该也不会受凉感冒吧？”

顾念：“……”

老爷子这话说得，顾念都接不起话茬。

顾念思索片刻，随后摇头道：“没事，我陪着您吧……”

景老爷子很是满意顾念的回答，热情道：“好啊，那我们继续刚刚的话题吧。要是你老公对你不好，就来找我，我让我孙子娶你。你这么善良、这么可爱的丫头，值得好的男人照顾。真不是夸我孙子啊，他就是表面上看起来吊儿郎当的，事实上特别疼媳妇。”

确定是夸？不是贬?

顾念的重点放在了“吊儿郎当”这四个字上。

“他啊，虽然女朋友很多，但是我知道，都是骗人的，他还是纯情男。这些年，从来没见过他在我面前提什么女人，唯独前两天提到那个已经结婚的女孩。”

女朋友很多……顾念又捕捉到了重点。

顾念强忍住嘴角的笑意，点了点头，试探性地询问道：“那您是支持他去追有夫之妇了吗？”

“不不不，要是你，我就愿意，其他人不行。”

这老爷子倒是不迷糊，不上套啊。

不过对于其他人的家事，顾念也不方便多言。

顾念勾起嘴角，轻声道：“老爷子，感情是两个人的事，您别直接否定了，回头看看对方，说不定就喜欢了。对了，也说不定，这可能就是您孙子一头热，人家姑娘和她的丈夫也许过得很幸福。”

“你这话倒也对……不过我孙子还是很迷人的啊，周围好多小姑娘喜欢他，他啊，颇有我年轻时候的风范。”

顾念被老爷子逗乐，实在是觉得对方太可爱了，简直是活宝。

顾念点了点头，轻声道：“那姑娘要是看不上您孙子，肯定是眼神不太好。”

“就是嘛……”景老爷子跟顾念越聊越开心，完全忘记了时间。

景瑞神色着急地赶到咖啡厅时，就看到老爷子和顾念面对面坐着，他脸色微微一变，快速上前，将顾念拉到了身后：“爷爷，您怎么到处乱跑，知不知道我和司机找了您很久？”

景老爷子见景瑞来了，蹙眉道：“你怎么来了？”

“还有，您找她做什么？我喜欢她和她无关，是我自己的事。”

景老爷子刚想开口，听到景瑞的话，当下愣在了原地。

至于顾念，则是云里雾里，一时之间没摸清楚头绪。

爷爷？

景老爷子？

顾念蒙了……

景老爷子头脑迅速转了下，眼前一亮，惊喜地开口道：“你说你喜欢的有夫之妇就是她？”

景瑞闻言眯了眯黑眸，难道景老爷子不是查到顾念的身份找上门的吗？

“老爷子，您平时多下下棋、赏赏花、玩玩鱼，总之，您离她远点成吗？”

景瑞继续把顾念护在身后，顾念真的想堵住景瑞的嘴，让他别继续说了。

老爷子见景瑞护短，并未生气：“这丫头啊，我喜欢，她刚刚还夸我可爱。”

顾念：“……”

自己明明是夸红军可爱，没想到……就莫名其妙地夸对人了。

景瑞也有些蒙，看了一眼身后的顾念，显然不明白到底发生了什么事。

顾念嘴角挤出一丝笑意，解释道：“我刚刚看他想买草莓蛋糕，但是没带钱，又不会用支付宝和微信，所以我帮忙付了钱。然后，我以为是孤寡老人，担心他和家人走丢，加上外面又下雨，所以就陪他在这边坐了会儿……”

顿了顿，顾念无奈道：“我……真不知道他是你爷爷。”

景瑞扯了扯嘴角，看样子是误打误撞。

景老爷子瞧着顾念越看越欢喜，忍不住开口道：“瑞瑞啊，我们中午和这位小姐一块儿吃饭吧，感谢她一片好意收留我，还帮我付钱。”

一声瑞瑞，叫得景瑞汗毛都竖起来了。

“老爷子，您别自作主张，我得先问她的意见。”

景瑞淡淡地应了，随后看向身后还在诧异的顾念，歉意地开口道：“抱歉，我以为把你的消息隐藏得很好，没想到老爷子还是找到顾氏来。另外，关于午餐，你想一起吗？不想的话，我回绝他。”

这么真诚地跟自己道歉的景瑞，顾念还是第一次见到。

顾念摇了摇头，轻声道：“不必了，中午有人送饭给我吃。”

老爷子听闻顾念的话，连忙反驳道：“看你小身子骨这么瘦弱，走，跟我们去吃点好吃的。”

景老爷子盛情相邀，顾念有些为难。

景瑞则主动道：“爷爷，我送您回家，您别打扰她了。”

“你……”景老爷子气不打一处来。

顾念见状则迅速道：“既然景少来了，景爷爷，我公司还有事，先回去忙了。”

说完，顾念迅速离开，老爷子还想拦着，景瑞已经挡了下来：“最后再跟您提个醒，不许打扰她、勉强她……”

“哼……”景老爷子对于景瑞的话嗤之以鼻，轻哼一声，瞧着顾念离开的背影，赞许不已，“这丫头啊，我看着喜欢……”

景瑞闻言扯了扯嘴角，有些嫌弃：“爷爷，您之前不是还嫌弃她是有夫之妇吗？”

“这破坏别人家庭的事，我们是坚决不能做的，如果说她老公对她不好，我支持你……”

景瑞：“……”

一早他就知道顾念这妮子神气，没想到居然一盏茶的时间就成功拿下老爷子了。

天助我也啊。

景老爷子等顾念离开之后，将桌子上的草莓蛋糕递了过去：“喏，给你买的，你小的时候最喜欢吃了。”

景瑞：“……”

好吧。

“对了，不用送我回去了，我有司机送就行，你去找她吧。”

景老爷子笑眯眯地看向景瑞，随后扬声道：“是不是觉得没什么借口啊？放心吧，我给你留了一个，草莓蛋糕一百八十九块钱还没给她……去吧。”

景瑞莫名觉得老爷子的套路有点儿多啊。

景瑞嘴角勾起一抹邪魅的弧度，点了点头，将桌子上的草莓蛋糕拎起来："嗯，我知道了……"

不是说女人都爱吃甜品的吗？

那他借花献佛，送去给顾念吃。

景老爷子被景瑞送上了后座，便激动地开口道："开去傅家，我要和傅老头聚聚。"

"是，老爷子。"

司机不敢怠慢，连忙送景老爷子去了傅家，景老爷子则给傅家打去电话，通知一下自己要到访的事，让傅老爷子陪着他下下棋，让厨房多烧几个他爱吃的下酒菜。

傅老爷子见景老爷子一进门就乐呵呵的，有些诧异，赶忙道："什么风把你吹来了？"

"春风……"

白天傅家只有傅老爷子一个人，略显孤独，如今有了景老爷子，傅家变得热闹起来。

"老傅啊，我要喝茅台酒，给我开一瓶，我知道你藏了一瓶52度的精装。"

傅老爷子哭笑不得，示意下人开了瓶自己珍藏的茅台，主动询问道："说吧，什么事让你今天心情这么好，这下雨天，心情好得有些奇怪啊。"

景老爷子乐呵呵地坐在餐桌上，笑道："我啊……见到景瑞喜欢的女孩了。"

傅老爷子闻言脸色微微一变，抿唇询问道："那个女孩什么来历啊？"

"完了。"景老爷子听闻傅老爷子的话，将手上的筷子给丢在了桌子上，"我把最重要的事给忘了，只知道她应该是在顾氏上班，叫什么名字还没打听。这景瑞啊，把那丫头保护得很好，怕我们去找她麻烦。"

"顾氏"两个字让傅老爷子脸色一沉，这已经可以百分之百确定是顾念了。

"那丫头啊，明眸善睐，笑起来跟花儿一样，特别可爱，不仅如此，还很善良……"

景老爷子将自己在咖啡厅邂逅顾念的事说了一遍。

"对了，我夸她可爱，你知道她跟我说什么？她说，最可爱的人是红军！哎呀，这个丫头太懂事了。"

傅老爷子心里不是个滋味，暗叫不好……

"景老头，她可是有夫之妇啊，你也不介意？"

"不介意，如果她老公对她不好，那景瑞完全可以取而代之啊。"

傅老爷子闻言轻哼一声，看着眼前丰盛的午餐顿时胃口全无。

"什么叫对她不好？"

"说不定她老公对她态度冷漠啊……这年头，不疼女人的男人多了去了。唉……谁家要是能娶她进门，真是福气啊。那丫头一看就长得旺夫。”

“……”

傅老爷子琢磨着要不要实话实说，就此断了景家追顾念的心。

可是傅景深和顾念不温不火的，说不定有竞争才有戏看。

只要景老爷子没有准确说出顾念的名字，那么自己不如装作不知道，给傅景深施压……

就暂时对不住这个老战友吧。

一想到这儿，傅老爷子勾唇道：“喝酒吧，景家有没有这个福分是景瑞的事，你啊，就别跟着瞎操心了。”

景老爷子闻言轻哼一声，坚定不移地开口道：“所以我不能光指望景瑞那个浑小子，我也得参与进来，这叫孙媳妇保卫战……”

傅老爷子闻言心里有些不是滋味。

“老傅啊，回头我把这丫头介绍给你看看，你帮我琢磨琢磨，哪怕做不了孙媳妇，我也打算认干孙女，这丫头着实讨喜。”

“嗯。”傅老爷子点了点头，自己的孙媳妇被人大肆赞美，被别人家惦记着……还真的是又开心又不是滋味啊。

傅景深，你可给我争气点啊。

下午三点，傅景深正在开会，就看到桌子上的手机振动起来，他眯了眯黑眸，道了一声抱歉，随后走出会议室接通了电话。

“爷爷，有事？”

“嗯。”

听着老爷子低沉的声音透着股不悦，傅景深薄唇抿起，看样子有人得罪老爷子了。

“关于景瑞喜欢的女人，你查清楚了吗？”

傅景深抿了抿唇，修长的手指摩挲着手机，淡淡地开口道：“爷爷……”

“哼，你还有脸叫我爷爷，你知不知道，景老头都找上门来了，说他看上顾念了，觉得顾念可爱善良又旺夫，还支持景瑞去追她。”

傅景深蹙了蹙眉，这又是哪一出？

傅老爷子忍不住将景老爷子和顾念相遇的事又给傅景深讲了一遍。

“傅景深，你媳妇怎么那么不让人省心啊？你知不知道，景老爷子已经唱响了孙媳妇保卫战！”

傅景深：“……”

孙媳妇保卫战？

傅景深更加觉得自己头大了。

“好了，不说废话，下班把顾念接回家来吃晚饭，这孙媳妇保卫战怎么可以只有他景老头唱，我们傅家啊，也得唱起来。”

说完，傅老爷子直接挂断了电话。

傅景深听着电话那头嘟嘟嘟的声音，眉头蹙得更深了。

顾念回到办公室之后还觉得有些莫名其妙的。

景老爷子的威名在k市可是尽人皆知的，和傅老爷子并称k市的泰山北斗。

她一直以为景老爷子是个严肃刚正的人，没想到见到真人了，瞧着可真逗。怪不得可以培养出景瑞这样痞气的孙子。

“顾小姐，景少来了，想见您。”

莱雅恭敬地敲门而入，顾念闻言立刻说道：“说我不在……”

景瑞没有直接闯进来，倒是让顾念很是新奇。

莱雅离开之后没多久，就拿着草莓蛋糕走了进来：“顾小姐，这个是景少留下的草莓蛋糕，说是给您吃的。”

顾念：“……”

这个草莓蛋糕不是自己买给景老爷子的吗？

顾念放下手中的文件若有所思，其实景瑞心知肚明自己在顾氏。

不纠缠的景瑞，她倒是第一次见到。

“你拿出去跟大家分了吧，我对草莓味的蛋糕不感兴趣，比较喜欢吃蓝莓的。”

“好的，顾小姐。”

景瑞并未离开，等莱雅出来，见莱雅手中还拎着草莓蛋糕，蹙了蹙眉：“她没吃？”

“顾小姐说她比较喜欢吃蓝莓口味的。”

景瑞闻言眼睛一亮，掏出手机拨通了助手的电话：“派人采购最好最新鲜的蓝莓送到顾氏来，另外，去买口味最好的蓝莓蛋糕送过来……

“什么，你不知道哪一家口味最好？那就每家都买一份送过来。

“凡是和蓝莓口味有关的零食，都给我买了送到顾氏来。”

莱雅：“……”

秘书部的其他秘书同莱雅一样目瞪口呆地听着景瑞的吩咐，忍不住咽了咽口水。

传说中的景少，确实不走寻常路啊。

景瑞挂断电话之后，黑眸扫向眼前的莱雅，挑眉道：“等会儿东西到了之后立刻送给她，懂？”

“好的。”

“另外，不要说是我送的，说是景老爷子送的，懂？”

“是。”

景瑞满意地点了点头，看着紧闭的总裁办公室门，扬起薄唇。

下午三点多，顾念正在看文件时接到了傅景深的电话。

“老爷子让我们回傅家吃晚饭，晚上我去顾氏接你一块儿回去。”

“好。”顾念点了点头，攥紧了电话，心底深处对傅家是排斥的。

“我等一下还有会，先挂了。”

“嗯嗯。”

听得出来顾念有些忐忑，傅景深淡淡地开口道：“不必担心，有问题我会帮你处理。”

“好。”顾念点了点头，有了傅景深的安抚，心里忽然没有那么排斥了。

下午，临近下班的时候，顾氏一下子多了好些蓝莓蛋糕，顾念有些诧异，询问之后才知道是景老爷子派人送来的。

顾念有些无奈了。

实在是盛情难却啊……

不一会儿，满办公室都是新鲜蓝莓。

甚至还有蓝莓口味的零食不断往办公室里送，顾念抬手轻揉眉心，抿唇道：“派人分给大家吧，就当是公司福利。”

“好的，顾小姐。”

下午六点，傅景深准时出现在顾氏门口，身侧顾氏的职员已经陆续下班，手中拎着蛋糕和零食。

“哇，今天可真幸运啊，居然收到那么多蓝莓口味的吃的。”

“可不是嘛，听说都是景家送给顾小姐的呢，顾小姐喜欢蓝莓。”

“景家？哇——这来头可不小，你说景少会不会喜欢顾小姐啊，今天还往顾氏跑呢。”

“当然喜欢啊，不喜欢的话，怎么会一仓库一仓库的美味往顾氏送，顾小姐吃不下，我们就享福了，人手一份啊哈哈。”

傅景深：“……”

听着几个女职员的闲聊，傅景深眯了眯黑眸，眸子里尽是凉意。

景瑞和景老爷子倒是行动迅速，连顾念喜欢蓝莓都打听到了。

顾念走出顾氏的时候，就看到傅景深的车停在路边，迅速坐了进去：“抱歉，临时出了点事，处理了一下。”

“嗯。”

傅景深言语冷漠，顾念琢磨着男人的情绪，似乎今天男人心情并不是很好的样子。

顾念乖巧地尽量少言语，琢磨着等一下去傅家该如何是好。

前些日子她可是把袁珊和安萱给得罪了，再者，季扬回来了，有太多袁珊可以大做文章的地方。

一想到季扬，顾念多少有些歉意，他的个性自然也是知道和她的接触会让她有负担，所以季扬回来之后，尽量避免和她接触，不给她添麻烦。

顾念轻抿唇瓣，等到季扬的公司走上正轨之后，应该适当地找些机会让傅景深和季扬接触，化敌为友。

他们俩的关系，本不该如此的……

下车的时候，傅景深安排用人将后备厢里的礼物拎了进去。

这些都是傅景深为她准备的，顾念心里感激，知道傅景深不会让她在礼数上落人口舌。

“爷爷、爸妈，我们回来了。”

顾念挽着傅景深的胳膊走进大厅，热络地跟坐在沙发上正看电视的三个人打招呼，笑容很是甜美。

袁珊轻哼一声，对于顾念气不打一处来，眼神阴鸷。

傅杨则因为顾念前些日子“小产”的事，心里多少不是滋味，简单地应了声。

傅老爷子认真打量着顾念，脑海之中挥之不去的全是景老爷子说的旺夫相。

这丫头有没有旺夫相他不知道，但是这丫头可是把他唯一的孙子的魂给勾住了。

傅景深俨然已经成妻奴了。

瞧着这小两口有些貌合神离的，傅老爷子心里就有些担忧。

关键是，这孙媳妇还有人正惦记着，还不止一个。

傅老爷子从顾念身上收回视线，开口道：“先洗手吃饭吧，饭菜是春嫂准备的，都是你爱吃的。”

顾念闻言心里一暖，点了点头：“谢谢爷爷。”

顾念余光扫向傅老爷子身侧的袁珊，眯了眯美眸。

看着袁珊强忍怒火，顾念不得不说，心情还不错……

晚餐虽然谈不上温馨，众人有一搭没一搭地闲聊着，还算平静。

傅老爷子时不时叮嘱顾念多吃点。

傅杨则目光若有若无地扫向顾念，袁珊就没什么好脸色了。

顾念嘴角挂着得体的笑容，心里却在琢磨着尽快离开。

吃完晚餐之后，顾念和傅景深陪着老爷子品茶时，老爷子咳嗽出声，傅杨见状立刻开口道：“爸，您怎么样？”

“天气转凉，年纪大了，受风寒是常有的事……”

傅景深眯了眯黑眸，下午老爷子打电话训斥自己的时候，还是铿锵有力的。

“年纪大了，其实啊，就想着子孙绕膝，只可惜，傅家啊，人丁单薄。”

顾念：“……”

这话说得如此直白，如果她再听不懂，可就真是傻了。

顾念咽了咽口水，余光偷瞄傅景深。关于孩子的事，似乎让傅景深开口更好。

“爷爷，我想和顾念多过两年二人世界。”

傅景深岂会不明白老爷子的心思，景老爷子唱响孙媳妇保卫战，掺和进来，老爷子打算用重孙子直接秒杀景老爷子。

还真是两个老爷子之间的孙媳妇保卫战。

傅老爷子还未开口，一旁的傅杨已经忍不住训斥道："什么二人世界？是顾念不想生吧？景深，你也老大不小了，不孝有三，无后为大。"

袁珊见傅杨的意思也是想要孙子，连忙用胳膊推了推他："你胡说八道什么啊，以后的事根本没个谱，这么早说孩子的事有什么用？"

顾念听闻袁珊的话，嘴角勾起一抹冷笑。其实三年前她就知道，她和袁珊的关系是无解的，大概这也是当初她离开的理由之一……

她总不能在无凭无据的情况下，跑去对傅景深说，他亲妈派人强暴自己吧。

顾念眼神暗了暗，轻抿唇瓣，乖巧地不言语。

傅老爷子闻言怒斥道："行了，少说两句，纵使之前有千般万般不满意，现在顾念也是傅家的人，傅家可是军婚，这婚啊，轻易离不了的。"

顾念明白，傅老爷子的话可不只是说给袁珊听的，也包括自己。

当初嫁给傅景深的时候，她就明白，这段婚姻，除非傅景深想结束，否则，主动权永远不在自己手上。

老爷子怒斥这么一嗓子后，众人缄默。

傅景深眯了眯黑眸，老爷子还真的是在旁敲侧击啊。

这保卫战打得真响，符合老爷子一贯的作风。

"念念，你和景深既然已经结婚了，就是傅家的人了，景深如果有对你不好的地方，你尽管和我说，我会帮你好好教训他的。"

"谢谢爷爷，我知道了。"

顾念道了一声感谢，紧接着，就看到傅老爷子笑眯眯地开口道："对了，刚刚说到哪儿了？这傅家啊，太冷清了，念念，你和景深虽然都很年轻，但是毕竟也相识那么多年了，要个孩子也是情理之中的事。爷爷还想趁着有能力，帮你们带孩子，你们啊，到时候忙工作就好。"

这算不算是软硬兼施？先打一巴掌震慑一下，现在又给蜜枣吃了。

顾念下意识地攥紧小手，随后勾起嘴角："嗯，爷爷，我知道了。"

"真乖，真懂事。"

傅老爷子满意地点了点头，随即说道："时间不早了，今天你们不如在傅家留宿吧，关于婚房，我已经安排人将景深之前的房间收拾好了。"

顾念暗叫不好。

看样子老爷子不只是口头上说说，是打算监管了。

顾念头皮发麻，更重要的是她并不想和袁珊住在一起。

"傅家是老宅，知道你可能会住不惯，念念，我也安排人在物色靠近香山或者是临海的别墅，到时候啊，你挑个喜欢的地方养胎。"

顾念："……"

养胎？

话题什么时候已经到这步了？

傅景深闻言眉头蹙起，见老爷子越说越起劲，淡淡地开口道：“爷爷，这些不用您操心，我会准备的。关于留宿的事，我和念念在南城比较习惯。”

“那就得安排春嫂二十四小时照顾，否则我不放心。”

傅景深：“……”

老爷子话语笃定，毋庸置疑，傅景深眯了眯黑眸，知道老爷子势在必行。

恐怕安排春嫂不是单单照顾那么简单吧，帮老爷子扮演监管角色倒是真的。

“嗯。”傅景深抬手看了一眼手腕上的钻表，随后大手落在顾念的手背上，见女人手冷，蹙了蹙眉，“时间不早了，我们先回去了。”

“嗯。”傅老爷子轻哼一声，忍不住再教训傅景深几句，“景深，媳妇是用来宠的，你现在毕竟结婚了，要以家庭为重。”

“嗯，我知道了。”

顾念闻言心里一暖，虽然今天来傅家，老爷子恩威并施，她却隐约觉得有那么点不一样了。

老爷子在护自己，并且善意地提点傅景深。

走到门口，顾念准备上车的时候，就听到袁珊在一旁冷嘲热讽道：“有了季扬作为前车之鉴，我想该立下的规矩还是得立的，免得某些人顶着傅家少夫人的身份，还去和其他人鬼混。”

顾念眯了眯美眸，袁珊明显是在说景瑞。

顾念还未开口，身侧的傅景深已经开口道：“妈，你的儿媳妇有魅力，我想你该提醒的人是我，而不是顾念。提醒我应该打起十二分精神，毕竟优秀、被瞩目是一件好事，从不是件见不得人的事。”

袁珊听到傅景深的反驳，脸色微微一变，刚想动怒，被身侧的傅杨给拦了下来：“行了，景深，你们早点回去吧，路上小心点。”

“嗯。”

见傅景深开车载着顾念扬长而去，袁珊气得直跺脚，冲着身侧的傅杨大发雷霆：“你这么由着你儿子，你儿子迟早被顾念那个小贱人给骗得团团转。”

“事已至此，还能怎么办？”

傅杨虽然气当初的事，前些日子也接受不了傅景深已婚的事实，现在经过一些日子的沉淀，倒慢慢接受了。

顾念既然是傅景深的劫难，看样子是躲不了的。

见袁珊和傅杨争执，傅老爷子直接怒斥道：“行了，你们都少说两句，先把孙子给盼上再说吧。”

回到南城别墅后，傅景深便去处理公事了，顾念心里却一直在想老爷子所说的有关生孩子的事。

她和傅景深迟迟都没有越过那一步。

没有任何药物的帮助，她是抗拒傅景深的靠近的。

而这些日子她一直在忙顾氏的事，心理干预治疗一直没有继续……

手机铃声响起，扰乱了顾念的思绪，是个陌生号码，顾念蹙了蹙眉接通了电话。

这么晚了，该不会是公事吧？

“丫头，你好啊。”

熟悉的嗓音，令顾念神色一怔，很快就认出是景老爷子的声音。

“老爷子，您怎么知道我的号码？”

“嘿嘿，你今天不是用支付宝帮我付款了吗？司机跟我说，去问店员就知道你的号码了，我跟她说，你是我孙女。”

事实上，景老爷子说的是，那闺女是我孙媳妇。

“指望景瑞啊，他肯定不会把你的手机号给我的，连你的名字他都不愿意跟我说。”

“……”

好吧。

顾念勾起嘴角，就听到景老爷子乐呵呵地开口道：“丫头啊，我改天请你吃饭，好好谢谢你。”

“老爷子，举手之劳，您千万别客气。”

听得出来顾念在回绝自己，景老爷子立刻转变了语气：“唉，你不知道，人老了啊，现在陪我吃饭的人好少好少，他们都顾不上我，嫌我老了无趣了吧。”

景瑞是难缠，这景老爷子似乎……比景瑞更厉害。

顾念蹙了蹙眉，电话那头的老爷子继续开口道：“丫头啊，你放心，我知道景瑞在追你，我绝不掺和进去，我请你吃饭，纯粹是喜欢你这个丫头。”

顾念：“……”

她忽然觉得景老爷子真可爱。

顾念心里一暖：“爷爷……”

“不是白天还夸红军可爱吗？难道陪我吃顿饭都不愿意吗？”

“那好吧……”顾念无可奈何，只能应允。

“我明天去顾氏楼下的咖啡厅等你啊，不见不散。”

“嗯，但是老爷子，您千万别再给公司送东西了，我用不着。”

送东西？

景老爷子立刻明白是景瑞假借自己之名献殷勤了。

“行，我答应你。”

顾念挂了电话，有些无可奈何。

景老爷子怎么跟着掺和进来了……

算起来，傅老爷子也掺和进来了。

她真的是一个头两个大。

顾念正若有所思的时候，就看到傅景深走进了卧室，她忙挤出一丝笑："我先去洗澡。"

顾念刚想拿换洗的衣服进浴室，却被傅景深直接扣住手腕，揽入怀中。

男人狂狷的气息扑面而来，顾念紧张得头皮一紧。

安眠药……顾念脑海之中最先闪过的就是这三个字。

没有安眠药，她会排斥男人的靠近，就像现在，她已经感觉到后背发麻了。

"喜欢男孩还是女孩？"男人低沉磁性的嗓音在耳边响起，顾念神色一怔。

男孩……女孩。

什么意思?

孩子吗?

顾念屏住呼吸，只觉得男人的呼吸很灼热，喷洒在她耳畔的时候，可以明显感觉到耳边的肌肤都变得滚烫了。

"都喜欢。"顾念如实开口道，曾经她就想着给傅景深生一双儿女，只是出事之后，就没有想过了。

"我喜欢女孩。"

女孩……

顾念琢磨着男人的话，这算是明示吗?

今天发生了不少的事，顾念有些头昏脑涨，一时之间觉得自己的分析能力也并不是那么强了。

"嗯。"顾念有些发蒙地点了点头，傅景深勾唇将女人揽入怀中，薄唇落在顾念的红唇上摩擦着，意有所指，暗示意味非常明显。

顾念紧张地咽了咽口水，大致也明白傅景深要做什么。

她颤抖地伸出小手落在男人的胸膛之上，哑声道："傅景深……"

"嗯？"

傅景深饶有兴致地看着女人长而翘的睫毛扑闪不停，勾了勾唇，没有留意到淡黄色的灯光下，女人惨白的小脸。

"我……我想先去洗澡……"

然后换上丝质睡衣，最重要的是吃一颗安眠药。

傅景深眯了眯黑眸，凝视着面前面容姣好的女人，嘴角上扬："嗯。"

顾念微微松了一口气，下一秒，男人低沉的嗓音再次响起："我陪你一起。"

第六章
有生之年，非你不可

什么？一起？

顾念听闻傅景深的话，当下僵在原地。这不太好吧，一起去浴室，她怎么在傅景深眼皮子底下吃安眠药呢？

顾念咽了咽口水，颤声道："不行……"

说完，顾念觉得不太好，又哑声道："我……我一个人可以。"

顾念还未说完，整个人就被傅景深抱在了怀里，向着浴室走去。

男人的手臂极其有力，顾念被禁锢在男人怀里，根本动弹不得，只能任由男人这么抱着。

相比较傅景深的神色平静，顾念则忍不住紧张得心扑通扑通跳个不停。

到了浴室之后，傅景深直接将顾念放在一旁的台子上："乖乖在这儿坐着，我去放水。"

顾念看着傅景深转过身，熟练地往浴缸里放水，嘴角抿起，绞尽脑汁想着今天晚上该怎么办才好。

明明两个人顺其自然走到一块儿，再有个孩子，会是两个人关系最大的进展，但是她克服不了来自心底深处的恐惧。明明三年前，她日想夜想，就是想扑倒傅景深，没想到三年后，一切都变得面目全非了。

"好了。"很快，傅景深就将浴缸放满水，看着一旁的顾念小手都要拧成麻花了，薄唇若有若无地勾了勾，"怎么……不愿意？"

水汽氤氲，男人目光如炬，顾念心里有些发颤，迎上男人的黑眸，坚定地摇了摇头："不是，只是还没有准备好。"

顾念回答得认真，并未闪躲，美眸清澈如水，傅景深目光炙热，抬手落在女人的脸颊上，就看到顾念颤抖地伸出小手握住了他的大手：“给我一点时间好不好？我……我……”

“好。”

顾念原本是硬着头皮，在想肯定又会被傅景深的狂怒席卷。毕竟婚姻之中，女人的拒欢对于男人而言是一种挑衅。而在床事之中，她已经不止一次地挑衅他了……

顾念紧张地咽了咽口水，难以置信地看向眼前的男人，下一瞬，傅景深俯下身，吻住了她的唇。

顾念只觉得唇上一热，熟悉的触感让顾念一时之间头脑空白。害怕、恐惧、惊喜、诧异，错杂的情绪交织在心头，明明她想要推开眼前的男人，找一个密闭的空间封存自己。顾念小手紧握成拳，感觉锋利的指甲都嵌入了手心。

傅景深并未留意到顾念的异样，只是觉得吻不够、要不够。

她的唇瓣很是柔软，好似果冻一般，入口即化，带着丝丝甜蜜的气息蹿入他的鼻息之间，然后是心底，最后在心底扎根，情愫变得激荡起来。

原本他以为，激情已经沉淀下来，殊不知，当他真正吻她的这一刻，激情瞬间翻腾。她是他的青春啊，是他所有的年少冲动。

顾念根本使不上力气，只能任由男人势如破竹一般强势豪取。

傅景深明显感觉到怀里的女人身体发颤，他抿起薄唇，只能停下，否则，怕自己会控制不住伤害到她。

“下一次，你逃不掉了，刚刚收的是利息。”

利息？伴随着男人的薄唇离开自己的唇，和她保持相对安全的距离，顾念心还被刚刚的吻拎着，没有回过神来。

良久之后，对上男人幽深的黑眸，顾念似懂非懂地点了点头。

下一次？什么时候，在哪儿？顾念心里敲响了警钟。

傅景深凝视着眼前的女人。三年前，她对他百般撩拨，瞧着是个张牙舞爪的野猫，事实上，心思却清纯好似孩子一般。

就好比现在，她水汪汪的大眼睛满是无辜，灵动，刺激着男人心底那一抹发狠欲，恨不得将自己融进女人的骨血里。

她还没有准备好，事实上，他也需要准备。属于彼此的第一次，怎么可以就这么随便交付。他要给她最美的回忆……傅景深并不是不会心急，想要这个女人的心比任何时候都要强烈……只是，他都已经等了这么多年，怎么还会贪恋现在的几天呢。

傅景深努力按捺住心底深处的躁动，薄唇抿起，声音沙哑而又迷人：“我先出去了，你小心一点，虽然脚踝已经不疼了，但是瘀青还没有散去。”

“啊……好。”顾念有些发蒙，点了点头，看着傅景深转过身要走，鬼使神差地伸出手拉住了男人。

女人白皙娇嫩的手心，因为刚刚指甲的嵌入，还带着几分血丝。

傅景深因为顾念突然伸手的动作，喉结滚动了几下。

“谢谢你。”

谢谢刚刚傅景深没有动怒，没有强迫自己。顾念知道，自己挑战了男人的威严、男人的自尊心。

傅景深视线灼灼地凝视着女人的小手，良久之后，抿了抿唇：“嗯。”

傅景深走后，顾念紧绷的弦一下子就断了，她深呼吸一口气，脱掉衣服瘫坐在浴缸里，深呼吸平复着心绪。

逃过一劫……劫后余生？可以后该怎么办？

顾念可以感觉到她和傅景深关系的缓和，却也能感觉到两人因为她的心理抗拒，走进了死胡同。

安眠药……顾念眼神黯然，现在，她能想到的，只有这三个字。

康复治疗的话，她在西雅图已经进行了三年，虽然有好转，但是距离康复遥遥无期……

洗完澡之后，顾念走出浴室，才发现卧室里已经没有男人的身影。顾念蹙了蹙眉，听见楼下厨房有动静，迅速向着厨房走去。刚到楼下，顾念就看到傅景深在厨房里忙碌着，动作很娴熟。

“我熬了海鲜粥，要一块儿吃吗？”傅景深听到身后女人的脚步声，勾起嘴角，转过身凝视着顾念，询问道。

“要……”刚刚在傅家根本没有什么胃口，顾念早就饿了。

顾念穿着乳白色的睡衣，衬托得白皙的肌肤吹弹可破，长发湿润地散落在肩头，宛如坠入人间的精灵一般。

傅景深喉结滚动了几下，这岂止是精灵，分明是妖精、尤物。

“嗯，坐在餐桌前等我，很快就好。”

“嗯嗯。”

鹅黄色的灯光下，一切都显得异常温馨。印象中，顾念还是第一次品尝傅景深做的美食。不得不说，这个海鲜粥的味道还不错，入口很鲜美。

傅景深不是不会做饭的吗？顾念神色一怔……

在众人心目之中，傅景深一直是个全能的男人。但事实上，顾念知道三年前男人有个很大的“不足”，那就是……不会做饭。

傅景深算是十指不沾阳春水，从小对于做饭这类细活并不是很擅长。

那个时候顾念还在想，以后两人过日子要怎么办啊。所以，顾念决定先吆喝自己不做饭，不进厨房，因为傅景深宠她，所以男人一定会为她做饭的。

从前的顾念，总是仗着傅景深的宠爱，扮猪吃老虎，从未想过，身边会没有他，或者是他不爱自己了。

事实上，三年后，两个人都烧得一手好菜。所以有的时候，人算不如天算，一切都是上天安排好的。顾念小口小口抿着碗里的海鲜粥，柔声道：“很好吃……你是什么时候学会做饭的？”

傅景深优雅地喝着粥，知道顾念在傅家一定没有吃饱，果不其然，他给顾念盛的一碗海鲜粥已经吃了一半。傅景深拿纸巾擦拭了一下嘴角，轻声道：“在你离开之后。”

随后他淡淡地继续补充道：“其实之前已经有要做饭的心思，因为你不想做。”

听闻傅景深直白的话，顾念心里很不是滋味，一下子竟然不知道要接什么话。

顾念咬了咬牙，随后哑声道：“所以你是为了我学的吗？”

“嗯。”傅景深淡淡地应了声，俊脸上虽然面无表情，但是黑眸冷漠如冰，落寞一闪而过，顾念还是轻而易举地捕捉到了。

顾念一时之间好似失言了一般。三年前，她只顾着自己一走了之，避开这个伤心地，事实上，却没有关心过傅景深。

这三年的时间，他过得怎么样？自己给他留下了难堪，让他成为众人的笑柄，顾念美眸中翻滚着错杂的情愫，颤声道：“对不起。”

“不用说对不起……如果不想伤害，根本不会有日后说对不起的机会。”

不得不说，傅景深的话是有道理的。顾念哑口无言，微微合上美眸，吃着碗里美味的海鲜粥，一时之间却有些难以下咽。

“我似乎一直没有问过你，这三年……你过得怎么样？”犹豫片刻，顾念还是问出了自己心底想要问的话。

傅景深黑眸微微一暗，女人归国已经有三个月了，虽然迟到了三个月，但是来自顾念的关心，无疑暖了他的心。

“过去的事，不用再提了，我想和你重新开始。”

“好。”顾念点了点头，抽了抽鼻子。

傅景深也有诸多问题要问，例如当初为什么选择季扬……

总之……问题太多，又是陈年旧事，问不出个所以然来。

如果顾念想说，根本不需要他去问。

傅景深心底一直有一根刺，既然拔不掉，他便准备用力按入血肉中，封存好，不让那根刺伤害顾念。

吃完海鲜粥，顾念受到了刚刚傅景深“重新开始”的话的鼓舞，主动开口道：“我们出去散散步，消消食吧？”

“嗯。”

属于两个人温馨的夜宵后散步，没有大王，多少有些冷清。

顾念以前还会叽叽喳喳说个不停，现在听着傅景深的呼吸声，就觉得很是圆满。

傅景深见女人穿得单薄，蹙了蹙眉：“在门口等我一下，我回去帮你拿一条毯子。”

“好。”

没多久，傅景深就拿着一条毯子披在了顾念身上，顾念身上一暖，嘴角上扬：“不知道什么时候会下雪，瑞雪兆丰年。”

“嗯。”傅景深点了点头，心里琢磨着顾念的话。

“对了，算算日子，马上就要到圣诞节了，这下子k市要热闹起来了。”顾念尝试着找回当初的感觉。

重新开始，两个人的相处模式也该回到最初的状态。

“顾氏和傅氏应该会准备许多圣诞节的活动吧，我们香水部门也会有特别企划，因为男孩子送女孩子礼物的话，现在香水是首选。

“其实圣诞节花和巧克力貌似也很热销，到时候可以匹配香水一块儿做活动。

“以前我记得每年圣诞节，你……”

顾念一打开话匣子就不能自已，差一点脱口而出。

每年的圣诞节，傅景深都会给她准备礼物和惊喜，大抵会让她觉得拥有了全世界，是全世界最幸福的女人。

傅景深目光灼灼，见顾念突然噤声，明知故问道：“都会什么？”

“都会给我准备礼物……”顾念如实开口道。

无论是昂贵的还是精致的，总之，每次的礼物，因为是傅景深送的，总是会给她不大不小的惊喜。

例如，精致的水晶杯，杯子，一辈子。

总之数不胜数。

傅景深停下脚步，看着顾念眉宇之中写满了雀跃，薄唇抿起：“今年圣诞节，我要去法国开会。”

顾念：“……”

伴随着男人低沉的嗓音逸出，顾念神色一怔，随即僵在原地。

什么？去法国出差……

偏偏选在圣诞节的日子，似乎……太凑巧了吧。

今年哪怕没有礼物，顾念也想着可以和傅景深待在一块儿。

顾念咬了咬唇，嘴角挤出一丝笑：“出差啊，要去多久？”

“得半个月。”

事实上，这次出差并不是临时安排的，而是公司一早就决定好的。

圣诞节这类节日，对于欧美而言是大节，是傅氏开拓海外市场最好的机会。

顾念离开的这三年时间，他每年在节日的时候，都会靠工作来麻痹自己，所以今年木凡依旧给他安排了紧凑的工作，不让他分心。

顾念努力控制着自己的面部表情，还是情不自禁地垮了小脸。

半个月的时间未免太长了。

“好吧。”

傅景深目光灼灼地凝视着身侧突然失落的女人，心底一动，刚想开口，说出差可以取消，就看到顾念扬起嘴角道：“没事啊，出差是公事，我能理解的……”

傅景深喉结滚动几下，眼前的小妮子成熟了，也跟着懂事了。如果放在三年前，顾念铁定拉着他的胳膊不松开。

景深哥，不要去嘛，陪我嘛……

原本还算温馨的气氛，因为圣诞节傅景深要出差，顾念心情低落，也跟着寡言起来。

傅景深陪在小妮子身侧，见夜晚温度着实太低，顾念又刚洗完澡，头发没干，抿唇道：“时间不早了，我们回去吧。”

“嗯。”

回到卧室，顾念躺在柔软的大床上，默默地在心底嫌弃傅景深千万遍，随后见身侧床铺凹陷，男人上床，她便嘟着红唇，小声道：“晚安。”

“晚安。”

晚安……我爱你。

傅景深并未着急入睡，直到听到身侧的女人呼吸平缓，这才抬手将女人额前的碎发理至耳后。

“今年的圣诞节……你想要什么礼物？嗯？”

她想要的，他会想尽一切办法送给她……

只要她想要，他就会给。

傅景深凝视着身侧的顾念，薄唇抿起，事实上，他的书房的柜子里堆满了礼物。

这三年，虽然她人不在，但是每逢节日，他都会为她准备一个独一无二的礼物，等她回到自己身边的时候送给她。

只是他等了三年，她却没有回来的意思。

和傅景深前后脚离开南城别墅后，顾念刚开车到顾氏门口，就看到景老爷子守在顾氏大门外。

顾念神色一怔……迅速将车停在路边，然后上前：“景老爷子，您怎么一大清早就来了？”

“来看你啊，给你带了早饭，据说现在的年轻人经常不吃早饭就来上班，时间长了对胃可不好。”说完，景老爷子特地将手中的早饭拿出来显摆了一下。

顾念闻言心里一暖，的确……如果不是住在南城别墅，每天有春嫂准备早饭，以顾念的个性，肯定是饥一顿饱一顿的。

现在气温都快接近零度了，让一个八十多岁的老人在门口等着自己，顾念心里实在不是个滋味。

“谢谢您。”顾念从老爷子手上接过热腾腾的早饭，随后轻声道，“今天的我接下了，但是明天您千万别送了，我每天都会吃完早饭来上班的。”

顾念勾起嘴角，景老爷子这才看到顾念是开车来上班的，穿着更是价值不菲。

似乎……并不是普通工薪阶层啊。

再者女人谈吐不凡，更是透着几分高贵优雅的气质。

景老爷子一时之间竟然觉得自己昨天并不是第一次见顾念，先前，他应该见过小妮子。

她给自己的感觉很熟悉。

“老爷子，我得上班了，您在楼下咖啡厅等我呢，还是跟着我一块儿上去，在我的办公室坐一会儿？”

“我……”

“顾小姐早。”

“嗯，早。”

景老爷子刚想开口，就听到身侧来往的职员毕恭毕敬地跟顾念打着招呼，顾念均报以浅淡的笑。

景老爷子一时之间没有回过神来，没想到小妮子有自己的办公室，还姓顾……

该不会？

“丫头，你……该不会还是个当官的吧？”

老爷子之前入伍多年，许多说话的习惯并未改过来，顾念闻言轻笑出声：“嗯，如果按照您这么说的话，算是了。老爷子，时间不早了，我得上班了，去我办公室吧。”

“好。”

顾念扶着景老爷子坐上电梯，轻声道：“其实这是顾家的家族企业，我是爸爸的小女儿，叫顾念，我的父亲您不见得打过交道，但一定听过，叫顾伟。”

景老爷子闻言一怔。

顾二……

丫头在顾氏上班，又能和景瑞打上交道的，一定是个不凡的人。

自己早该想到的。

“你就是和景深……”

后面的话，老爷子还未说完，顾念早已明白老爷子要说什么：“嗯。”

“还有……当初就是你在景瑞的内裤上撒胡椒粉的？”

好吧，看样子景老爷子也知道当年那件事。

“是……”

顾念点了点头，看着老爷子震惊不已的样子，大致也明白老爷子之前对自己的传闻略有耳闻。

顾念美眸里尽是歉意，电梯停在顶楼，她扶着老爷子直接进了总裁办公室。

“老爷子，当初景瑞的事，我承认我有问题……但是，我也是听说他搞大我室友的肚子，气不过才……好吧，我也听说好像和他没关系，不过他在我们学校名声一直不太好，女朋友……非常多。”

顾念一股脑地将自己的嫌弃全部说完后，偷瞄着老爷子的表情，补充道：“老爷子，所以景瑞不是真的喜欢我，就是感兴趣罢了。”

真的是一波冲击啊，景老爷子显然还没有从顾念的真实身份中回过神来。

自己和傅老头关系好，也知道当初顾念把傅景深的魂儿给勾走了，后来他等着参加他们的订婚宴，没想到准新娘却临时悔婚，还是和傅景深的挚友一块儿离开的。

总之……当初这个顾小姐可是给自己留下了极深的印象啊。

景老爷子和顾念虽然交往不深，但凭他阅人无数，也知道眼前的丫头绝对不是众人说的那么不堪。

“顾念丫头，我得缓缓……”

“嗯，我扶您在沙发上坐一会儿。”

顾念扶着景老爷子坐在沙发上，老爷子感慨道：“我还以为你是顾氏的普通职员……小小年纪，像是大学刚毕业。没想到啊，没想到……”

顾念闻言抿了抿唇，美眸中闪过一抹幽深的暗光。

“是啊，顾念这两个字，在k市真的是声名狼藉，非常不堪……”

“胡说！”老爷子直接反驳道，“他们是没有接触过你，不了解你是什么样的人。你在我眼里，就是可爱善良，和声名狼藉、不堪扯不上任何关系。”

老爷子的话，让顾念觉得暖意十足。

她拨通办公桌上的内线，给门外的莱雅打去电话：“莱雅，送一壶龙井茶进来。”

“是，顾小姐。”

莱雅很快泡好龙井送了进来，顾念亲自给老爷子倒了一杯：“其实喝茶的门道太多，我是不清楚，爸爸以前倒是很喜欢喝茶。”

顾念给老爷子泡上了茶，见老爷子还一个劲儿地瞧着自己，轻笑道：“老爷子，您还没回过神来啊。”

“我压力大啊……”

顾念：“……”

这话是什么意思?

顾念琢磨着老爷子的话，就听到老爷子感慨道：“我原本以为，你就是个普通职员，有个老公，你老公要是对你好，你们俩真心相爱，我一定责令景瑞那小子离你远点，然后衷心祝福你。结果倒好……唉，我们景家的竞争对手太多了……

“这傅家，还有季家……

“傅家那个傅老头啊，和我可是多年的兄弟，我本来觉得我孙子竞争力很强大的，但是和傅景深一比，就毫无可比性啊。

“而季家这样文绉绉的人也难对付啊，道理是一套一套的。”

“……”

顾念越来越觉得老爷子可爱了，强忍住嘴角的笑意，点了点头，柔声道：“老爷子，您别跟着担心了。”

“唉，你不懂……”

景老爷子端起面前的龙井品了一口，入口微苦，就如同自己此时此刻的心境。

本来他以为多年来景瑞第一次情动，如果顾念就是当初在景瑞的内裤上撒胡椒粉的小女孩，那么无疑……这情根早就种下了，只是景瑞年少轻狂，有些时候对情况不了解。

景老爷子是过来人，看得多了，就明白了。

顾念确实不懂老爷子在想什么，拿起老爷子给自己送的包子尝了一个。

毕竟是老人家的一片心意，哪怕冷了，不那么好吃了，但是顾念吃得也是津津有味的。

“老爷子，味道真不错，但是再提醒您一下，下次别送了，您送我也不接了。”

“好……”景老爷子琢磨着顾家的事，顾家出事他也略有耳闻，没想到，居然是这丫头在撑着。

景老爷子轻声道：“念念，哪怕你做不了我景家的孙媳妇，我还是喜欢你，你这丫头讨喜。”

“您不计较我过去那些不好的名声吗？”

“这是非曲直，公道自在人心，嘴长在其他人嘴上，你啊，干涉不了，何必多想呢，做到自己问心无愧就好。”

顾念闻言心里一暖。

“仔细想想，是景瑞和你没有缘分啊。你都已经结婚了，傅家那小子如果知道了，心里怕是也不好过吧。”

顾念对于傅景深而言，是不能提的禁忌，也是傅家的禁忌，让傅家颜面扫地。所以这些年，景老爷子并未询问过傅老爷子有关傅景深的私事。

平日里瞧着寡情、冷漠的人，其实往往用情至深。

“……”

顾念欲言又止，攥紧小手，在想要不要告诉老爷子她和傅景深结婚的事。想了想，顾念还是决定作罢。

毕竟这也影响傅家的声誉。

婚姻这种事，傅家提出来更好。

“好了好了，我不打扰你工作了，你快去忙吧，我去楼下逛逛，然后你中午陪我吃个饭就行。”

“好。”

顾念不放心老爷子单独行动，安排了秘书搀扶他下去。

景老爷子离开之后，顾念迅速忙碌着手上的事，嘴角抿起。

景老爷子得知她是顾家小姐的时候，还是诧异的，不过老爷子的态度暖了她的心。

临近下班的时候，顾念接到了季扬的电话。

顾念勾起嘴角，习惯和季扬许久不联系，却彼此挂念。

在西雅图的时候，两人的相处模式就是这样。

自己上学，季扬开着公司，平日鲜少聚在一块儿，但是见了面，会心照不宣地通过对方的表情、神态，了解对方过得好不好。

“季扬哥……”

“最近怎么样？”

“还不错，顾氏亏得越来越少了，算好事吗？”

“呵……”

听着季扬愉悦的笑声，顾念的心情也跟着愉悦。

“算好事，至少是进步。”

“嗯，我也是这么想的，再有半年时间，顾氏就该逐渐恢复了。”

说完，顾念主动询问起季扬的情况：“季扬哥，你呢……新公司怎么样？”

“毕竟稳定，最近在物色好的地皮作为工厂。”

“很巧，我也是，最近在物色好的地皮专门做精油。”

顾氏拒绝了和赵家的精油合作，总不能靠着景瑞给的精油来供给，从根本上解决问题很重要。

“嗯，听说圣诞节的时候，k市会召开土地拍卖会，到时候可以一起去看看。”

“好。”

提及圣诞节，顾念心里难掩失落。

季扬听出女人在电话那头的情绪变化，柔声道：“怎么了？”

“平安夜的时候他要去法国出差，所以今年的圣诞节，可能还是只有我一个人。”顾念如实说道，并没有在季扬面前藏着掖着。

季扬闻言，长时间沉默着。

我爱你，但是我……要错过你。

这无疑是天底下最痛彻心扉的事。

“以后，还是会有机会的……”

“嗯，也只能这么想了，希望明年的圣诞节可以一块儿过，今年的圣诞节前后顾氏也很忙，更别说傅氏了。对了，我看了下土地拍卖，就在圣诞节当天啊……”顾念一手拿着电话，一手查看着眼前的电脑。

“那到时候一起。”

“好。”

顾念和季扬又聊了几句，询问了季父和季母的身体状况，知道老两口都还不错，顾念就放心了。

她很想去看看他们，但是又担心他们会询问当年的事，到时候她可能都不知道该说什么好了。

顾念开车回南城别墅的时候，犹豫了片刻，还是在药店前停了下来。

顾念买了些安眠药放在包里，可能是因为昨天的事，现在的她，有些安眠药，心里莫名会踏实一些，毕竟傅景深说了，下一次，肯定不会放过她。

吃完晚餐之后，顾念研究着土地拍卖会上的地皮，想看看有没有适合顾氏的。

春嫂将卫生打扫好，便主动回到房间里，不打扰顾念和傅景深的二人世界。

大王见顾念一个人窝在沙发上看着电脑屏幕，忍不住跳到沙发上，趴在顾念身边，难得乖巧。

顾念余光看了一眼电脑屏幕的右下方，已经是九点半了，但是傅景深还未回来，顾念看着难免有些心不在焉。

顾念打了个哈欠，又强撑了一会儿，继续看着电脑屏幕。

到最后实在是受不了了，顾念忍不住靠向大王打起了瞌睡。

因为知道顾念期待和自己的圣诞节，所以傅景深便提前安排了法国所有的事在国内进行，在未来一周内加班加点，解决法国的事项。

傅景深轻手轻脚地开车进了别墅车库，走进大厅，就看到温馨的灯光下，顾念穿着睡衣，睡在大王的肚子上，沙发边的桌子上放着一台笔记本，以及一杯咖啡。

傅景深蹙了蹙眉，天气已转凉，哪怕是客厅里开了空调，但是也极其容易受凉。

大王的警觉性很高，随着傅景深的走近，顾念还在熟睡，大王已经睁开眼睛，一脸警惕。

“嘘……”

伴随着傅景深做了一个嘘声的动作，大王原本张嘴要叫，似乎听懂了傅景深的话，乖乖地没有汪汪大叫，反倒有点害怕。

“不许动……”

大王挣扎着要下沙发，拍拍屁股走狗，却再度被傅景深拦了下来。

大王：“……”

好委屈，却无可奈何啊。

傅景深还算满意大王的表现，今天他安排春嫂将大王带回来，也是想让顾念晚上在别墅里不孤单。

大王在某些方面还算是有那么一些用的。

傅景深将身上的西装脱下，扯了扯脖颈处的领带，随后俯下身小心翼翼地将顾念抱在怀里。

大王肚子上的重量一轻，压根不敢撒开腿跑，见傅景深给了眼神示意，这才跳下沙发。

“唔。”顾念睡得很熟，并未醒，只是顺着热源下意识地靠在了傅景深怀里。

傅景深目光微动，见小妮子眉头舒展，知道她睡得很好。

傅景深抱着顾念向着楼上的卧室走去，小心翼翼地将女人放在柔软的大床上，然后温柔地俯下身，脱下顾念脚上的鞋子，将顾念扶正，盖上被子。

他并未急着离开，而是抬手握住了女人的小手。

顾念因为睡在沙发上，小手冰冷，傅景深蹙了蹙眉，小心翼翼地将女人的手放在唇边哈气暖着。

直到卧室里的空调温度逐渐升高，手心里女人的小手暖和起来，傅景深才将顾念的手放在了床上。

小妮子睡熟之后，任何人都吵不醒的。

忙碌了一天，回到家里有这么个人在等着自己，那种感觉着实温暖，让他一身的疲惫一扫而尽。

顾念一觉醒来，才发现自己并未在客厅的沙发上，而是在卧室。

身侧已经没有傅景深的身影了，顾念打了个哈欠走到楼下，餐桌前也没有男人的身影。

“春嫂，他人呢？”

“少爷啊，一大清早就去公司了，早饭都没来得及吃。”

顾念：“……”

昨天晚上是傅景深把她抱回卧室的吧。

本来她要等他的……结果睡成懒猪了。

顾念暗暗嫌弃自己，实在是蠢到家了。

“嗯，那我去洗漱，吃早饭。”

“好的。”

春嫂见顾念有些失落，暗暗偷笑，想必念念小姐是想少爷了。

一连三天，傅景深都早出晚归。

顾念努力打起精神要等男人回来，但是抵不住困劲，经常趴在沙发上就睡着了，醒来的时候却在卧室的大床上，下楼的时候，傅景深已经离开去公司了。

早上的时候，大王总是对着顾念汪汪不已，好像有许多话要和她说一般。

顾念不知道大王是什么意思，每次只忍不住哑然失笑，心里却有些失落。

傅景深……成天在忙些什么啊？

难不成是忙傅氏的事？

顾念到了公司之后，莱雅迅速上前道：“顾小姐，景少在您的办公室等您呢。”

顾念：“……”

她好想走人。

顾念停下脚步，就听到莱雅继续开口道：“他说了，您总要办公的，他会一直在办公室里等您，直到您出现为止。”

顾念：“……”

景瑞还真是懂自己在想什么啊。

顾念眯了眯美眸，随后低喃道：“去准备咖啡，一杯放糖，一杯放盐……记得多放一点，到时候放盐的那一杯给谁，莱雅……你懂的。”

“是……”莱雅咽了咽口水，顾小姐好狠啊。

顾念走进办公室，就看到景瑞正坐在沙发上看手机，见她来了，扬起嘴角。

“顾总上班还真是准时啊。”

“准确来说，只是代班……谈不上准时。”

顾念嘴角上扬，美眸却清丽动人，见不得景瑞痞气妖孽的模样。

“有事快说……我不太想闲杂人等影响我办公。”

“跟我去个地方。”

“理由。”

“赵文伯不是断了你的精油吗？不想着虐回去？”

顾念：“……”

这话说得还真是一针见血啊。

顾念点了点头：“想是想，但是如果虐得不爽怎么办？”

“连他女儿一块儿虐，怎么样？”

顾念：“……”

这个可真的是筹码了啊。

顾念一直看赵萌不是很爽，当初自己刚回国，就是赵萌在顾家和赵家之间的生意上使坏，想要报复自己。

不仅如此，在傅景深面前，赵萌更是胡言乱语，让顾念气得不行……

虽然后来顾念拿到了精油，让赵家吃瘪，但心情终归是不太好。

“这样会不会太残忍了？”顾念嘴上说着犹豫的话，美眸中却闪烁着小狐狸一般灵动的精光。

“如果会，那残忍也是算我的。”

说完，景瑞直接推着顾念向着门口走去。就知道这个小妮子扮猪吃老虎，睚眦必报。

景瑞直接驱车带着顾念来到一家私人会所，顾念眯了眯美眸，不太清楚景瑞带自己来这儿是做什么。

“你……”

“放心，我如果想睡你的话，有无数种法子……”

顾念脸色微微一变，随后不自然地开口道：“满口胡说八道。”

“顾念，小爷我对你是很尊重的，这么说吧，没有你的允许，我不会亲你的，纯洁吧？”

顾念：“……”

纯洁到哪儿去？

“摸手也不行……”

“……”

景瑞见顾念看向自己满脸提防，扯了扯嘴角，随后摊手道：“好，算你狠。”

说完，景瑞解开胸前的安全带，视线扫向身侧的顾念，抿唇道：“下车吧，我的祖宗。”

顾念如愿看着景瑞吃瘪，忍不住扑哧笑出声，不得不说，心情还不错。

顾念解开胸前的安全带，好想看热闹啊。

她紧跟着景瑞的步伐进了私人会所，景瑞显然是这里的常客，佩戴经理牌子的工作人员见景瑞到了，立刻上前道：“景少。”

“嗯，你不用招呼我，今天我不打算留宿，给我一张可以打开任意房间的门禁卡。”

“好的。”

经理暧昧地看了一眼景瑞和顾念，随后立刻恭敬地前去准备，顾念顿时有种哑巴吃黄连、有苦说不出的感觉。

看样子经理是误会了。

“一看你就是这里的常客……”

“祖宗，这家私人会所是我旗下的，我是老板！”

景瑞忍不住为自己辩解，实在是受不了小妮子戴着有色眼镜看他。

顾念听着景瑞的话，还是忍不住小声地嘀咕道：“正经人哪会开什么私人会所啊，就是你这种不正经的人才会做这样的事。”

景瑞：“……”

“顾念，长得帅的，不一定就是花花公子；长得老实的，不见得本分。”

顾念撇着小嘴，坐在一旁的沙发上，喝着面前的果汁，显然对于景瑞的辩解并不搭理。

她放心地喝着果汁，知道景瑞不是出格的人，瞧着不靠谱，事实上还算是很靠谱的……

经理很快送来通用门卡，景瑞满意地接在手中，随后将门禁卡递给了前台的小姐。

“待会儿如果有个叫赵萌的女人过来，你把卡给她。”

“好的，景少。”

顾念：“……”

景瑞这么做是什么意思？

顾念似懂非懂，就看到景瑞双腿叠放坐在沙发上开始打电话：“嗯，我现在开好房间了，1102，房卡交给前台了，你来直接报名字取就好。

“当然会有惊喜等着你……”

说完，景瑞挂断了电话，嘴角挂着讽刺的笑。

顾念有些丈二和尚摸不着头脑，不知道景瑞葫芦里究竟是卖的什么药。

约了赵萌开房？不是说要虐赵家人吗？

顾念仔细思索了好一会儿，也没有思索出个所以然来。

不对，赵萌不是喜欢傅景深吗？她怎么会答应景瑞呢？

私人会所，单独房间，孤男寡女，让人不瞎想都难啊。

“走吧，我们去楼上1101房间等着吧。”

“嗯。”

顾念虽然心底困惑，还是迈开脚步跟上了景瑞的步伐。

到了1101房间，她才发现这私人会所别有洞天。

单这房间的布局而言，足够精致，私人泳池，高大的落地窗，方便住客俯瞰整座k市。

墙壁上挂着的壁画，都是精挑细选的。

总之，很别致，足见是花了心思的。

“喜欢？”

“嗯，还不错……”顾念实事求是地点头道。

对于景瑞的经营模式，她也忍不住赞许。

景瑞把景氏打理得有条有理的，可见不只是明面上的花花公子那么简单，他是有能力的，只是被妖孽的外形遮掩了。

顾念看了一眼时间，随后坐在沙发上，挑眉看向眼前的景瑞，勾唇道：“时间不早了，景少，你也别卖关子了，我现在真的很好奇，你到底带我来看什么戏？”

“待会儿就知道了。”

的确，人都来了，赵萌很快也要来了，是不在乎多等这么几分钟的事。

顾念站起身，欣赏着k市的全景。

三年来，k市的经济取得了长足的进步，总之……和三年前有着明显的不一样。

时间就这么一点一滴地改变着生活。

景瑞凝视着女人的背影，往高脚杯里倒了些红酒，慢条斯理地品着。女人并不是一直扮猪吃老虎，有的时候会难掩落寞。

景瑞眼神黯然……顾念是个有故事的女人。

她足以吸引自己全部的注意力，然后勾起自己的兴趣，让自己想要去探寻。

就好比刚知道她回国时，他只是想对她小施惩戒，顺带也挑衅一下傅景深。

没想到……却好似坠入旋涡一般，根本无法自拔。

景瑞薄唇若有若无地扯了扯，看着顾念失了神。

景瑞的手机响起，顾念迅速回过神来，快步走到景瑞面前，就看到男人把手机屏幕递给了她。

是赵萌的短信：景少，我到了。

顾念嘴角满意地上扬，这么快就来了啊，看样子这个赵萌真的是饥渴啊。

“看戏吧。”

顾念跟着景瑞坐在沙发上，紧接着，就看到男人打开液晶电视的屏幕，随后电视屏幕上便出现了赵萌站在1102房间门口的画面。

大冬天的，赵萌居然穿着超短裙，上身的毛衣领口更是拉得很低，春色一目了然。

脸上则浓妆艳抹，化得勾人。

顾念扯了扯嘴角，这个赵萌，初中时自己怎么就没发现她这么作呢？

赵萌在进房间前还特地从包里拿出粉扑补了一下妆，这才从包里掏出房卡，刷卡进入房间。

这个时候，景瑞迅速切换液晶电视屏幕，画面切换到了1102房间里。

顾念：“……”

看样子这个1102房间里另有乾坤啊。

顾念扯了扯嘴角，紧接着，就看到赵萌吃惊地捂住嘴，然后尖叫出声。

她看到什么了？

顾念瞪大美眸，更加仔细地看着电视屏幕，屏幕上出现了大床上凌乱的场景……

顾念：“……”

一男一女，赤身裸体，男的……还压在女人身上。

顾念迅速反应过来，然后伸手捂住了眼睛。

景瑞看着身侧顾念孩子气的动作，薄唇若有若无地勾了勾，抬手扣住顾念的手腕，将顾念的手从眼睛上移开。

“他们已经把被子裹上了。”

顾念：“……”

“难道你不好奇床上的人是谁吗？”

顾念听了景瑞的话，按捺不住好奇心，视线重新落在了屏幕上，咽了咽口水……

果然画面里床上的女人已经裹上被子，赵萌则是冲上前和床上的女人厮打起来。

那个男人迅速下床，然后开始穿衣服。

等一下……是赵文伯？

顾念脸色一变，呵……这个赵文伯居然出来找小三了啊，被打的女人虽然看不清模样，瞧着却年轻。

丑闻啊。

顾念扯了扯嘴角，赵文伯一大把年纪了，和女人厮混，又被女儿捉奸在床，实在是恶心啊。

尖叫声、怒斥声此起彼伏，赵萌倒是战斗力惊人，揪住床上的女人的头发就不撒手，但是女人显然也不是省油的灯，一开始还闪躲着赵萌的攻击，但是很快就予以反击，顾不得自己赤身裸体，和赵萌扭打在一块儿。

赵文伯大惊失色，穿好衣服之后想帮忙拉架，却有心无力……

"虐赵家父女还满意吗？"

景瑞玩味的嗓音在耳边响起，顾念闻言点了点头："还不错，有点爽……"

"想看他们身败名裂吗？"

顾念："……"

身败名裂？顾念还没想那么多，自己更多的是小孩子心理，看他们吃瘪就已经跟孩子吃到糖一样，心情极爽了。

"你什么意思？"

"看下去就知道了。"说完，景瑞发了一条信息出去，没多久，顾念就听到门外有急促的脚步声，随后大批媒体记者出现在屏幕上。

顾念："……"

记者扎堆冲进房间之后，对着房间里凌乱的场景就一阵猛拍。顾念当下脸色微微一变，她有预感，赵文伯和赵萌，毁了……

这样的丑闻，对于赵家来说，无疑是灭顶之灾。豪门之间那点破事，一直是众人关注的焦点。顾念看向身侧的景瑞，没想到男人居然做得如此不留余地。

"他们欺负过你，我只是连本带利地讨回来罢了。我知道，对于我做的你不会感动，但是这样正好，也不会有罪恶感。"

顾念："……"

的确，景瑞做的事，她没多少感动成分在。当初如果不是他，精油也不会卡在工商局那边。所以确实，她也不会有罪恶感……

顾念看着身侧男人玩世不恭的模样，眯了眯美眸："嗯，不过你是怎么勾搭上赵萌的？这个我很好奇。她可是一直喜欢傅景深啊。"

听到顾念的反问，景瑞嗤笑出声："她要的从来不是男人，而是权贵。"

一语点醒梦中人，顾念点了点头，可能因为是从学生时代走出来的，所以她还认为赵萌对傅景深说不定是偏执的。

顾念入神地看着屏幕上赵文伯和赵萌的惊慌失措，至于那个赤裸的女人，已迅速拿起薄被盖在头上，逃之夭夭。

这个时候，大家关注的重点是赵家父女，对于那个逃走的女人疯狂拍照留个证据，也就不去管了。

"我们走吧，接下来还有好戏看。"

顾念闻言挑眉道："留下这个烂摊子，你不准备收拾一下？起码派保安之类的装模作样走个流程。"

“不必了，赵文伯很大方，每次都会预付一个月的房钱。”

顾念：“……”

“对了，知道为什么我大早上带你来捉奸吗？赵文伯为了躲避老婆的查岗，晚上一般不出来鬼混，都是利用上班时间鬼混。”

好吧。顾念迅速跟上男人的脚步，准备看男人接下来的好戏。

景瑞和顾念刚走到地下车库，就看到众人将一个赤身裸体裹着被子的女人围在中间。

顾念神色一怔，很快就认出这个女人就是刚刚在楼上和赵文伯……苟且的女人。

“你们是谁？放……放我走，呜呜……”女人脸上都是血，头发更是凌乱，身上除了欢好时留下的痕迹，其他都是抓痕。看来赵萌的战斗指数很高啊。

“你不认得我了？”

景瑞好似撒旦一般慢条斯理地上前，嘴角勾起一抹讽笑，声音更是透着蚀骨的寒冷。

“你……”

女人颤抖地抬起头，看到景瑞时脸色一变：“景少……”

等到女人看清楚景瑞身侧跟着的顾念时，更是脸色煞白：“顾……顾念。”

顾念：“……”

这个女人居然叫出了自己的名字。顾念原本以为只是个陌生女人，还在想为什么景瑞说在这人身上看好戏。她打量着女人的五官，因为血迹模糊，辨认起来也需要些时间。

“徐雅雅？”顾念试探性地叫了声，结果女人一连向后退了好几步。

“不是，我不是，我不是……”

顾念：“……”

看样子真的是徐雅雅了，顾念有些诧异，徐雅雅的五官对比学生时候，还是变化了些，应该是整容了，也可能是化妆的缘故，印象中她是个单眼皮、鼻梁不高的女孩子。

当初，就是她跑来和顾念说，被景瑞搞大了肚子，然后接下来的事，就是顾念一根筋，因为景瑞早就花名在外，就认为徐雅雅受了天大的委屈，找上门去刁难景瑞。

顾念想想，自己当时真是蠢啊。可能景瑞说得对，徐雅雅造谣，只是为了让其他人误会她和景瑞的关系而羡慕嫉妒恨，没有想要自己所谓的打抱不平。顾念挑眉看向身侧的景瑞，抿唇道：“你怎么把她找来了？”

“为了证明我的清白。”

顾念：“……”

清白？这东西，他有吗？

景瑞从口袋里掏出一张检查报告，递给顾念：“这个是她的检查报告，她在高一的时候流过产，另外，大二大三的时候流过产，在所谓的高三时，并未有流产记录。”

顾念：“……”

果然是证明清白来的。

“我和她并没有过任何肢体上的接触，这一点，我确实没有办法拿出实际证据，所以她是唯一的证人，我让她来告诉你事实。”

顾念：“……”

徐雅雅见景瑞要算旧账，赶忙开口道：“景少，不关我的事啊，当初是她……是她在你的内裤上撒胡椒粉，她只是想吸引你的注意力，和我没有关系，我什么都没有说，呜呜……”

顾念听着徐雅雅的倒打一耙，不可否认，对景瑞是更加信任了。

“徐雅雅，那你倒是说清楚，当初，我正眼瞧过你吗？”

“当然……没有。”

徐雅雅咬牙切齿道，心里早已怨念丛生。景瑞花名在外，她一直觉得自己长相不俗，可以和男人交往，这样的话，以后她就有权有势了，也有花不完的钱，再也不需要去给人当小三，被人包养了。没想到，景瑞正眼都没有瞧她一眼，甚至对她满是厌恶……

后来她气不过，听其他女孩子讽刺自己倒贴，便扬言自己怀孕了，是景瑞的孩子，以此来显摆她和男人的关系。

那个时候顾念已经有傅景深了，自己故意在顾念面前哭诉，就是为了炫耀。她有傅景深，而自己也不差，有景瑞。万万没想到，顾念找上了景瑞……后面的事，就超出徐雅雅的预估范围了。

顾念眯了眯美眸，上前蹲下身子，凝视着面前狼狈的女人：“你为什么要这么做？”

顾念声音清冷，透着凉意，美眸清丽逼人，直视着徐雅雅。

“我没说错，当初就是你故意在景少的内裤上撒胡椒粉，吸引他的注意力，想要勾引他。你不甘心只拥有傅景深一个人，傅景深常年在部队里，你空虚寂寞。”

啪——

顾念抬手狠狠地甩了徐雅雅一个耳光，巴掌声在空旷的车库里极其响亮：“我问你，你当年为什么要在我面前撒谎？”

徐雅雅的左侧脸颊迅速红肿起来，足以看出顾念力道不轻。

“你这个泼妇，是不是我把你的真面目戳穿了，你……你恼羞成怒啊。”

顾念嗤笑出声，都到这个地步了，徐雅雅还在这儿无力挣扎：“如果你不回答我的问题，我不介意再给你一巴掌。”

徐雅雅呆若木鸡，大抵没想到顾念能在景瑞面前丝毫不顾忌地打自己的耳光。徐雅雅咽了咽口水，整个人战栗不已：“我……”

顾念眼神犀利，等着徐雅雅接下来的回答。

“顾念，我嫉妒你，我讨厌你。”这一嗓子，徐雅雅几乎是吼出来的。

顾念：“……”

事实上，讨厌自己的人很多，顾念是知道的，例如刚刚捉奸的赵萌。只是，赵萌对自己的敌对，在初中的时候虽然没有彰显出来，顾念也看得出来她不喜欢自己。

至于徐雅雅……顾念还记得她经常拉着自己的胳膊，姿态很是亲昵，顾念还自作多情地以为她喜欢自己。

“理由。”

“因为傅景深，因为你的家世，你凭什么啊！”

顾念：“……”

傅景深，家世？呵……傅景深是自己千辛万苦追来的，况且，也正是因为傅景深，顾念才会被袁珊设计，至于自己的家世，如今顾家受难，她也担着责任。

所以这有什么好羡慕的？世人只看到了她的幸福和荣耀，却没看到她身后的艰辛。

“那个时候，你我都是普通的高中生，凭什么，你有傅景深对你那么好……”

学生时代，徐雅雅就见识到了傅景深对顾念的宠溺。

顾念生理期不舒服，傅景深便专门坐好几个小时的车从部队赶回来照顾她；顾念在学校里受委屈了，傅景深派人摆平。傅景深无疑是国民校草、男神，多金，气宇不凡。至于顾念呢，傲娇，时不时地对傅景深耍小姐脾气，傅景深居然全数忍了，而且还将顾念宠上天都不止。总之，傅景深对顾念的好，是让人发疯一般嫉妒的。

“别以为我不知道，你在跟大家显摆，所以，我也要显摆。

“我勾引景瑞不成，便故意在你面前说他把我的肚子搞大了，说我们俩有个爱情的结晶。后来我无法自圆其说，只能说他抛弃我了。

“我没想到，你居然当真了，还跑去帮我打抱不平。

“顾念，这一切都是你造成的，如果不是为了在你面前显摆，我又怎么会吹牛呢。”

“你这是道德绑架，在为你的虚荣心找理由。”景瑞蹙眉，当下直接怒斥徐雅雅。这样的女人，他见识多了。

顾念听着景瑞的话，再看向眼前的女人，觉得有些陌生和诧异。如果不是三年后，自己和景瑞重逢，大抵也不会知道徐雅雅是这样的人。

顾念嘴角勾起一抹淡淡的嘲讽：“所以你之前和我做朋友，都是伪装的了？”

“当然，像你这么自私自利的富家小姐，根本没有人愿意跟你做朋友。你就是仗着傅景深喜欢你，否则你根本是一无所有。别以为我不知道你是怎么进重点高中的，都是找关系进来的吧？你初中的时候，可是出了名的打酱油，成绩特别差。”

顾念：“……”

偏见！自己是因为和傅景深赌气，发愤图强，连续两个月熬夜，把成绩补上来的。

顾念眯了眯美眸，如果放在三年前，她现在肯定会特别伤心，而现在的自己，更多的感觉是可悲。

“我和你做朋友，不过是想混点好处，顺带可怜你……”

“不需要！”顾念直接反驳道，随后美眸扫向眼前的女人，淡淡地开口道，“你跟我做朋友，不只是讨一点好处那么简单吧，如果我没记错，高中三年你的学费是我爸爸资助的，后来又资助了你的生活费。至于大学学费，也是。算起来，这笔钱可不少。”

说完，顾念勾起一抹冷嘲的笑，看着眼前女人无比狼狈的模样，嫌恶道：“人都有眼瞎的时候，不过我想我的失明快治好了，谢谢你，徐雅雅。下次别得罪我，否则，我可就不是单单打两巴掌那么简单了。”

说完，顾念转过身，看向景瑞开口道：“我们走吧，对了，通知赵萌，徐雅雅在地下车库，把徐雅雅交给她吧，太暴力的事，我做不了。”说完，顾念嫣然一笑，样子显得极其倾城。

景瑞完全看入迷了，没想到一个女人在说着冷漠的话时也可以如此勾人心魄。

越是和顾念深交，他越是控制不住自己被她所吸引。

“嗯。”

景瑞并未错过顾念眸底深处的黯然，心里了然，她在徐雅雅面前只是故作刚强，事实上，徐雅雅的话还是对顾念有所触动的。

徐雅雅完全被保镖困在中间，动弹不得，听到顾念这么说，冲着顾念的后背颤声怒吼道：“顾念，你……你太过分了！你这个狠毒的女人，你会遭报应的。你别以为我不知道，傅景深都不要你了。没有傅景深，你一无所有。”

顾念腰板挺直，并未受到徐雅雅的话的影响，跟着景瑞径直离开。景瑞则听不下去，派人封住了徐雅雅的嘴。

和景瑞道了歉，顺带请男人吃了顿火锅之后，顾念回到顾氏，打开电脑，关于赵家的新闻铺天盖地，几乎已经席卷了整个新闻版面。

顾念大致翻阅了下，就直接关掉了网页。看样子这个赵氏真的是死定了，三十年河东，三十年河西，当初赵文伯和赵萌可是嘲讽顾氏会死的，没想到报应轮到他们身上了。

顾念继续处理着顾氏的事，还有三天就是圣诞节了，全数是和圣诞节有关的企划案。顾念心里正有些不是滋味，莱雅敲门进来恭敬道：“顾小姐，市场部让我问您关于平安夜和圣诞节的企划案，您觉得可以吗？”

“Ok的，直接去做吧。”

“好的。”

顿了顿，莱雅打开手中的文件，柔声道：“顾小姐，关于土地拍卖，市政府决定放在平安夜晚上，您有空参加吗？还是直接远程遥控？”

所谓远程遥控，就是在知道地皮、价格、竞争力的情况下，通知会所的人要不要抬价进行购买。

“嘿嘿，一般平安夜都是有活动的啦，所以要问问您。”

顾念闻言扯了扯嘴角，眼神难掩失落：“实话说……并没有，所以我直接出席吧。”

“好的。”

莱雅欲言又止，想了想，还是壮着胆子开口道：“顾小姐，您要不要问问傅先生啊，万一他那天有安排呢？”

“不用了，他近期会去法国出差半个月左右，没空的。莱雅，你把最新的地皮资料发我邮箱吧，我晚点回家看。”事实上，这几天傅景深忙碌得自己根本看不到他的人影。

“好的。”

莱雅有些惋惜，见顾念有些失落，不敢多说什么，赶忙离开。

顾念结束了手上的工作，驱车回到南城别墅，春嫂临时有事回了傅家，留下了做好的晚餐以及大王。

吃完晚餐，虽然有大王陪着，顾念还是觉得孤零零的。

大王乖巧地趴在顾念身侧，顾念打开电脑邮箱，强迫自己专心致志地翻看莱雅发来的地皮资料，随后用打印机直接打印下来。

算起来，这一次政府还真的是年度放血，一连拿出了六块地皮，各有千秋。

最符合顾氏要求的是东城的那块地皮，临近山区，特别适合植物的栽种。

不过问题来了，东城的地皮，会有人跟自己争吗？如果真的有人争，现在标价是三千万，真要是有人抢，炒到三个亿都是正常的。

一想到这儿，顾念蹙了蹙眉，在打印纸上勾画着，随后又仔细地查了一下东城的地皮，以及这一次参与竞争的其他公司各自有什么业务需求。

因为是属于k市年度土地拍卖，所以几乎所有的k市企业都参与进来了。

龙头企业自然是傅氏，一般来说，傅氏在每年的土地拍卖上都会购入一到两块地皮，不见得立刻投入使用，也可以是投资……

其次就是景瑞的景氏，景氏近些年在景瑞大刀阔斧的操持下，已经稳健发展，所以拓展是在所难免的。

然后就是季扬了，季扬在西雅图做得风生水起，这一次归国，更是属于投资，得到了政府的大力支持。他现在急需土地用于自己的公司构建，或者是土地开发等……属于手上有大把的钱，就等着大干了。

其他就是中小型公司了……顾氏在这里面充其量算中小型公司吧，毕竟元气大伤。一想到这儿，顾念苦恼了。

顾氏和其他中小型公司竞争都存在压力，更何况是和傅氏、景氏争。

看样子自己要拿下东城地皮，得大费周章啊，东城地皮可是这六块地皮当中最好的。

顾念绞尽脑汁，最后有些无解，索性直接抱着大王趴在沙发上冥想，结果想着想着就睡着了，大王又一次华丽丽地当了肉垫子。主要是毛茸茸的身子，顾念抱在手里很是舒服，太喜欢了。

大王舔了舔顾念的小手，没敢乱动，见顾念睡得香，将狗头歪在顾念的身上，跟着顾念一块儿睡了。

傅景深回到南城别墅时，再度看到大王和顾念抱在一块儿睡的画面。

莫名地，他竟然有几分羡慕大王了，毕竟大王可以陪在顾念身边，被顾念满足地抱在怀里。

傅景深上前摸了一下顾念的小手，确定女人手心不凉，这才放心。

至于大王，有了傅景深的警告，嗷呜一声，没敢乱动，也没敢汪汪叫，很是通人性。

傅景深视线落在了顾念放在桌子上的纸张上，拿起来一看，是土地拍卖的地皮资料。

傅景深眯了眯黑眸，视线紧锁着东城地皮的土地介绍，上面有顾念勾画的痕迹，其他土地介绍则没有。靠近山林……傅景深目光一闪，瞬间明白了顾念的意图。

上次去顾氏的时候他就了解了顾念想建工厂，自给自足解决顾氏精油的问题，那么东城这块地皮靠近山林，无疑是最好的选择。

这妮子还真的是好眼光，东城地皮可是许多人都惦记着，包括傅氏。

傅景深勾起嘴角，看向女人的电脑屏幕，是傅氏近期的发展图介，看样子顾念也在查傅氏对东城地皮的需要度。

傅景深凝视着小妮子熟睡的模样，她的安详入睡，无疑安抚了他的心。

他想陪着她，想爱着她，尤其是天冷的时候，格外如此。

傅景深抬手捏了捏女人白皙的脸颊，这几天连续熬夜，傅景深脸色并不佳，黑眼圈也比之前重了些。

顾念倒是养得好，白皙的肌肤吹弹可破。傅景深满意地勾起唇，女人胖了些，总算是比刚回国的时候手感好了。

虽然疲乏，但是傅景深凝视着顾念，却想着时间是不是可以永远停在这一秒……良久之后，傅景深才将顾念抱回卧室里，给了大王一个好脸色。

大王嗷呜一声，乖顺地趴在沙发上继续入睡。其实有女主人抱着，真的是很舒服的一件事啊。

顾念第二天起了个大早，还是没能见到傅景深。春嫂见顾念早起，连忙说道：“念念啊，傅先生让我跟你说他出差了。”

顾念：“……”

没能见到某人，倒是听到某人出差的事，顾念下意识地开口道：“那他有没有说什么时候回来啊？”

“这个啊，没说，嘿嘿……”

“嗯。”顾念点了点头，心里有些不是滋味。啊啊啊，气死人了。

看样子男人是去法国了。平安夜啊，圣诞节啊，连傅景深的人影都看不到。一想到这儿，顾念就没了胃口，简单吃了些，放下筷子去了公司。

春嫂看着顾念离开的背影，忍不住偷笑。其实啊，小两口短暂分别，更容易知道彼此的珍贵。

顾念刚到顾氏，就听到莱雅上前道：“顾小姐，赵萌想要见您，我安排她在等候室等候，您想见吗？”

“见。”顾念淡淡地应了声，勾起嘴角，走进办公室没多久，赵萌就走了进来，有些狼狈，脸上还有伤痕，看样子是昨天和徐雅雅纠缠的时候留下的。

“赵小姐，有事？”顾念声音寡淡，透着冷漠，坐在办公椅上凝视着眼前狼狈的女人，淡淡地询问道。

“昨天，你和景瑞在一起？”

顾念：“……”

事后，她让景瑞把徐雅雅交给赵萌，所以通过徐雅雅的嘴，赵萌知道也是迟早的事。

顾念并不否认，点了点头：“嗯，顺带看了一场赵家的好戏，很精彩，谢谢赵小姐的演出。”

顾念美眸中闪过一丝玩味，看着赵萌眼中的恨意，知道女人恨自己恨得牙痒痒的。

“顾念，你太过分了，你，你居然又抢我男人。”

顾念：“……”

欲加之罪，何患无辞啊。怎么就变成又了？

依赵萌的意思，是把傅景深自动囊括成她的，然后变成自己抢人了。实在是太可笑了。

“你的意思是，傅景深和景瑞都是你的？证据呢？你是有结婚证呢，还是有离婚证呢？”

“你……”赵萌气得不行，攥紧手，恨不得上前狠狠地甩顾念几个耳光。

“拿不出来是吧，那你说个什么劲儿，有意思吗？”

“我……”

“我还有事，如果你没有什么事的话，可以走了。”说完，顾念直接下了逐客令。

“都是你坏了我的好事，是不是你勾引景瑞，让他设计我们赵家？”

“赵萌，我可以允许你尖酸刻薄、刁蛮任性，但是，你得有脑子。赵文伯出轨徐雅雅，难道是我逼他的？另外……你确定你勾引上景瑞了？不过是从头到尾被景瑞设计罢了。”

赵萌被顾念一语道破真相，脸色一白：“都是你害的，都是你！”

"呵……"顾念早已习惯这些女人的不可理喻，知道多说无益。

顾念抿了抿唇，似乎想到了什么，挑眉道："对了，赵萌，你有心思来找我算账，不如好好想一下，赵家该怎么办。顾氏断了和赵氏的合作，如今赵家又丑闻缠身，更没有人敢和赵家合作了。所以，你这赵家的大小姐可是快要做不成了。"

赵萌大惊失色，显然之前没有认真考虑过这种事情。

顾念看着女人没脑子的模样，暗暗在想，这个赵文伯可真是生了个好女儿啊。

当初如果不是赵萌在顾氏和赵氏的合作中作梗，赵氏的精油也不会滞销。

不过赵文伯也不是个好东西，否则怎么会这么大把年纪还在男女关系上犯错，搬起石头砸自己的脚。

"你既然来了，就回去帮我带句话吧，告诉赵文伯，他手上的那批精油，我花三百万买下来，如果愿意卖就联系我。"

"你开什么玩笑，那可是价值三千万的精油，你居然只出三百万。"

"这是基于当初正常合作的前提下，我记得顾氏出现危机，你们落井下石，直接漫天要价。现在嘛，赵氏急需资金，我出个十分之一，算是对得起你了。"

赵萌还想说什么，却被顾念直接打断："把这批精油给我，赵氏还不至于让这批精油留在仓库，没有价值。"

顾念嫣然一笑，看着赵萌气得七窍生烟的样子，心情很不错。

"顾念，你……你太过分了。"赵萌气得摔门而去，虽然她并未留下任何话，但是顾念知道，赵氏的这批精油势必得出手。

三百万捡了三千万的精油，心情……特别好啊。

时间一晃到了平安夜。

早上，顾念到了公司后，便给全公司的人送去了平安果。昨天晚上傅景深没有回来，她在沙发上待了一晚上，睡着后再也没有人抱她回房间了。

中午的时候，顾念接到了赵文伯的电话："顾小姐啊，你可不能这样，赵氏现在遇到麻烦了，可是你也不能开价三百万啊。"

一天的时间，赵文伯便坐不住了。

"话可不能这么说，当初顾氏出问题，你可是漫天要价，将顾氏往死路上推啊。"

赵文伯："……"

"赵总，明人不说暗话，合同我已经拟好了，如果你觉得ok，我安排秘书去你公司签约，如果你觉得不ok，那么你就给你家的精油找个下家吧，前提是你觉得找得到。"

赵文伯被顾念一下子堵住了所有的后路，顾氏是k市的香水大户，除了顾氏，其他人根本不需要这批精油。

尤其是现在赵氏正处于风口浪尖……他又很需要钱来解决赵氏因为名誉受损造成的毁约问题。

"好好好，你派人来吧。"

“嗯，成交。赵总，不需要太感谢我，我这么做，也算是看在多年来赵、顾两家合作的面子上，你啊，可是给我做了个好榜样。”

“哼……”赵文伯气得不行，也只能是哑巴吃黄连，认了。

顾念挂断电话之后，立刻安排莱雅去赵氏签约。

莱雅很快就带着合约回到了顾氏：“顾小姐，已经搞定了。”

“嗯，去邻市找找下家，这一批精油报价在三千万左右，对方出到两千五百万就可以卖了。”

“好的。”

莱雅有些困惑，忍不住开口道：“我们做香水也需要精油啊，您为什么不直接用这一批啊？”

“马上我们会有自己的精油原料厂，我在想，顾氏香水走下坡路，可能也跟赵氏的供货有关系，所以这一批精油我只想赚差价。”

“明白了。”莱雅暗暗佩服顾念实在是聪明，而且能干。

“莱雅，你晚上有安排吗？如果没有的话，陪我去土地拍卖会吧。”

“好的，嘿嘿……没有安排。”

顾念看着莱雅笑得明媚，扬起嘴角：“明年的话，希望你有安排。”

“是啊，我也好希望，不想再单着了。”

平安夜，顾念和莱雅坐车前往拍卖会。

整个k市都沉浸在平安夜的喜悦之中，天上更是下起了小雪。

雪量一开始偏小，而后越来越大。顾念看着窗外的初雪，嘴角上扬。今年冬天的第一场雪，来得真是时候啊。

莱雅见顾念坐在车内看雪失神，问道：“顾小姐喜欢雪吗？”

“嗯，喜欢。”

顾念柔声道：“大抵每个女孩子心里都是有浪漫因子的，我也不例外，总觉得下雪是一件特别浪漫的事。”

“嘿嘿，是啊，都说下雪天和心爱的人在一块儿散步，可以白头到老呢。”

“嗯。”

“顾小姐，您要和傅先生幸福啊，嘿嘿……”

“嗯。”

顾念淡淡地点了点头。说好的重新开始，礼物没有就算了，陪伴也没有，这叫她心里如何是个滋味啊。顾念撇着小嘴，有些嫌弃傅景深……但是心底的思恋也被男人拨动着。

一想到这儿，顾念看了一眼包里的安眠药。本来是上次回南城别墅的时候买来准备用的，结果却一直都没有用上。

“顾小姐，您睡眠质量不好吗？”

莱雅见顾念凝视着安眠药，关切地询问道。

“别担心，备用的。”

“那就好。”

到了拍卖会会场，外面的积雪已经有些厚了，雪则是越来越大。顾念刚到会场，季扬已经穿着一身卡其色的西装过来，身后跟着助手。

“外面下雪了，怎么还穿这么单薄？”

季扬蹙了蹙眉，虽然声音一如既往地温润如玉，却有些着急关切：“去把车里我的大衣拿过来。”

“是，季先生。”助手不敢怠慢，立刻向车库方向走去。

顾念看着季扬着急的模样，柔声道：“你别担心了，这里空调那么足，再说了，这好歹也是公众场合，我肯定不能穿着羽绒服、大衣啊。”

季扬见小妮子笑得明媚，知道自己拿她没办法，轻声道：“快开始了，我陪你进内场，那边温度更高一些。”

“好。”

顾念点了点头，还未走进内场，听到会场门口一阵喧闹声，随后便见景瑞骚包的身影出现在门口。

顾念：“……”

景瑞居然来了。她还以为恰逢平安夜，男人会直接安排手下人来的。

顾念扯了扯嘴角，来这儿的都是k市的权贵以及商界精英，众人见景瑞来了，立马巴结着上前，很是谄媚。

“完了，又多个竞争对手。”

顾念撇了撇嘴，有些闷闷不乐。季扬闻言勾起嘴角，轻声道：“怎么，我也算你的竞争对手？”

“当然了。季扬哥，等会儿你可别跟我客气啊，我们公平竞争。”

“嗯。”季扬点了点头，看着小妮子孩子气的模样，轻声道，“走吧，进去吧。”

“嗯。”顾念刚想抬脚进会场，就听到身后男人痞气的声音响起。

“原来你在这儿。”

景瑞知道顾念要拍地，便特地赶来，一进门就寻找她的身影，终于瞧见女人了，却在看到顾念身侧的季扬时冷了脸色。

他怎么来了？

“景少……”顾念客气地打了声招呼，毕竟众人在场，爱理不理的不太好，“这位是季扬。季扬哥，景瑞，我想你应该认识。”

“嗯。”

季扬知道顾念在为自己做介绍，薄唇勾起：“久闻大名。”

景瑞闻言轻哼一声，在他看来，自己查不到顾念的结婚对象是谁，那么顾念极有可能是和季扬在西雅图登记结的婚。除了季扬，他想不到顾念的结婚对象会是谁。

景瑞对季扬并不友善，扯了扯嘴角道："季总，想见你很久了，你之前在西雅图可是大展宏图啊。"

"谬赞了。"

两个男人你来我往，暗流涌动，伴随着大手相握，一切尽在不言中。

"对了，季总今天看上哪一块地皮了？瞧上的话跟我说一下，我说不定会高抬贵手。"

"不必了，君子不夺人所好，我想景少前来，自然是因为看上某块地皮，准备拍入吧，所以不如各凭本事，免得伤了和气。"

景瑞听闻季扬的话，嘴角勾起一抹邪魅痞气的笑，视线却落在了顾念身上："谁说我是为了地皮，我是为人来的。"

顾念："……"

她要再听不懂就是傻了。

顾念看向身侧的景瑞，眼里是满满的嫌弃。

"景少，有些饭可以乱吃，但是话不可以乱说。"

景瑞见顾念动怒，倒也不恼，他格外喜欢女人伶牙俐齿的模样。

季扬听闻景瑞的话，大概之前也听闻过景瑞和顾念频繁接触的事："景少真的是爱说笑。"

季扬打着圆场，薄唇上始终挂着温润如玉的笑，好似春风一般，让人心神宁静。

季扬总是有这么一种魔力，可以平复人的情绪。

不想让季扬和景瑞过多纠缠，顾念扬声道："季扬哥，我们进去吧，快开始了。"

"好。"

季扬嘴角挂着浅淡的弧度，礼貌地跟景瑞告别："景少，告辞了。"

景瑞："……"

顾念居然就这么把自己抛下了。

景瑞气不打一处来，心里不是滋味，瞧着季扬抱得美人归，人生第一次，他尝到了所谓嫉妒的滋味。

嫉妒顾念和季扬的亲昵，嫉妒季扬可能已经娶了顾念的事实。

虽然心里嫉妒得紧，但景瑞还是控制不住跟上了顾念的脚步。

顾念挽着季扬的胳膊走进会场，嘴角挂着得体的笑。在场的各位，其实之前或多或少都是和顾氏交往过的，和顾伟更是熟识。

只是今时不同往日，顾氏前些日子资金出现问题，差一点破产，也没看到在座的叔伯出手相助。

见顾念身体有些紧绷，季扬脸上闪过一抹关切神色，柔声道："陪你去和他们打招呼，这些人毕竟以后免不了要接触。"

“好。”

季扬的话温润如玉，顾念心里好似涌入一股暖流。

顾念陪着季扬一块儿和商界的前辈有一搭没一搭地闲聊着。

季扬性格温润，很会打交道，顾念则始终保持得体的笑容，偶尔被问话，便出言回几句。

言多必失……毕竟现在的顾氏才刚稳定下来。

众人皆用暧昧的目光看着顾念和季扬，不由得想起了三年前，顾念退婚的事。

幸亏今天傅景深没来，否则，这可就热闹了。

景瑞平日里最不屑这些交往了，如今因为顾念，也跟着参与进来。

只是景瑞痞气惯了，从不看任何人的眼色行事。

众人因为景瑞，对顾念更是捧着，明眼人都看得出来，景瑞和季扬都护着顾念。

景瑞和傅景深一邪一正，却都被顾念给套牢了，不得不说，顾念是真有本事。

至于季扬的突然归国，众人纷纷揣测，西雅图的事业做得那么风生水起，却选择回来从头开始，自然是因为顾念了。

一个女人影响着三个男人，众人忍不住想，要是傅景深归来，指不定就有趣了。

拍卖会在晚上八点正式开始。

顾念和莱雅坐在第三排，相对而言靠中间，比较低调，季扬很自然地坐在了顾念左侧，至于景瑞，更是毫不避讳地坐在了顾念右侧，中间隔着莱雅。

景瑞也没有泄气，隔着莱雅照样跟顾念有一搭没一搭地闲聊着。

“你还没有跟我说，你看上哪一块地皮了。”景瑞毫不避讳地当众和顾念亲昵。

顾念美眸扫向身侧的景瑞，眼神满是嫌弃，随后嘴角勾起一抹淡淡的笑：“你猜。”

景瑞：“……”

女人心，海底针，这个他怎么猜得到？

景瑞勾起薄唇，宠溺地道：“不用猜了，不如我都买下来送给你。”

顾念：“……”

这个男人到底要不要这么土豪？

顾念抑制不住心底的嫌弃，扯了扯嘴角：“死开……”

景瑞：“……”

你到底知不知道，你这么高冷，很容易失去我的？

季扬见景瑞吃瘪，嘴角上扬，视线落在手中的地皮简介上，大致也知道顾念相中的是哪一块地皮了。

东城地皮临山，适合顾氏做精油生意。

事实上，这块地皮他也看中了，不过既然顾念看中了，他自然是要相让的，或者说，买下来送给她做圣诞节礼物……

一想到这里，季扬眸子里瞬间闪过一抹亮光。

对，今年的圣诞节礼物，自己完全可以拍下这块地皮送给她。

其实，季扬有千万件礼物想送，只是没有合适的理由。

“季扬哥，你看中哪一块地皮了？”顾念抿了抿唇，试探性地询问季扬的想法。

季扬当初离开k市是为了她，离开西雅图也是为了她，所以顾念心底深处对季扬是有歉意的，而且很想偿还男人的恩情。

如果季扬真的跟她一样看上了东城地皮，且是开新公司需要，那么她也得让。

季扬对上顾念认真的眼神，淡淡地勾了勾唇：“北城的那块地。”

北城……顾念闻言微微松了一口气。

还好不是东城的……

顾念身侧的景瑞闻言挑眉道：“北城位置偏，再者说，周围居民区偏多，真要想大刀阔斧地用地，周围的居民可是很容易闹事的。季总，你得考虑清楚啊。”

季扬嘴角挂着浅淡温润的笑，景瑞话语之中的冷嘲热讽很清楚明了。

“嗯，但是价格低廉也是个优势。”

顾念原本听到景瑞那么说，还有些困惑，如今听到季扬开口，点了点头：“的确，有利有弊。”

“嗯，你呢？看上哪一块地皮了？”季扬明知故问地开口道。

“唔，东城的，临山，很适合做精油加工厂，我也想在山林中种一些植物，到时候提取香料。”顾念如实开口道，并未在季扬面前有所避讳。

“嗯，不错……”季扬对于顾念的回答并不意外，薄唇抿起，准确地分析着当下的形势，“东城的地皮算是六块地皮当中最好的，如果你要拿的话，竞争会非常强，到时候价格也会水涨船高，先不要着急喊价，看其他家的态度。”

“好。”

顾念点了点头，一旁的景瑞记下了顾念看上东城地皮的事，冲身后的助手开口道：“景氏瞧上了哪一块地？”

“回景少，东城的……”

“换！”

助手蒙了，随即弱弱地开口道：“我们为了这块地皮进行了很多考量啊……”

“闭嘴，小爷说换就换。”

“好的……”

顾念：“……”

果然，最好的地皮，景氏也看上了。

景瑞见顾念若有所思，瞧着女人白净的侧脸，扬声道：“别担心，你想要的话，我不会跟你争，也可以买下来送你。对了，就当作圣诞节礼物，你觉得怎么样？”

顾念：“……”

是不是太热情了？

景瑞目光灼灼地看着她，会场的其他人时不时投来关注的目光，顾念嘴角挤出一丝笑道："不必麻烦了，我可以自己买。"

"这是我的心意。"

"那也不用，无功不受禄。"

"不行，我的礼物，你必须得收。"

顾念："……"

季扬见顾念犯难，淡淡地开口道："确实不用麻烦景少了，这块地皮，我会作为圣诞节礼物送给念念的。"

顾念："……"

苗头不对。

顾念暗叫不好，并不想让季扬和景瑞敌对。

毕竟两个人实力都不差，真要是敌对起来，极其容易两败俱伤。

再者说，虽然顾念嫌弃景瑞，可景瑞这个人也不是那么讨厌的。

至于季扬，重新回到k市万事开头难，正是要立足的时候，现在根本不是树敌的好时机。

"季扬哥……"顾念刚想开口，却被季扬按住了肩膀。

言下之意，男人之间的战争，顾念别掺和。

顾念领会了季扬的意思，心里更不是滋味，还有隐隐的担忧。

景瑞挑了挑眉，见季扬按住顾念的肩膀，顾念就当真不说话了，两人之间的默契顿时让他心生嫉妒。

"既然季总都开口挑衅了，那我也把话放下了，这块地皮，我要定了。"

"嗯，那么我想，我的表现也不会让景少失望的。"

顾念："……"

这两个男人算是杠上了吗？

顾念暗叫不好，事实上，季扬完全成了替罪羔羊。在景瑞看来，季扬极有可能是和她结婚的人。

顾念有些着急，忽然意识到自己漏了最大的竞争对手。

傅氏……

傅景深看上哪一块地皮了？

一想到这儿，顾念迅速搜寻着傅氏负责人的身影，在最后一排看到了傅氏的人。

是木凡领队，身边还有个女人，顾念眯了眯眼眸，那人很熟悉，应该是秘书部的成员。

"莱雅，去打听一下，傅氏看上哪一块地皮了。"

"好的，顾小姐。"

没多久，莱雅就回到了顾念身边，小声地嘀咕道：“顾小姐，暂时没有探出消息，他们手上没拿什么材料，根本看不出他们想要什么。”

这是以往傅氏参加拍卖会的特点，别人根本琢磨不透傅氏人的心思。

“嗯，我知道了。”顾念点了点头，小手却忍不住攥紧。

如果她和傅景深看上同一块地皮了怎么办?

抢还是不抢?

顾念思索片刻，很快坚定了想法。

废话，当然是抢啊!

傅景深现在应该远在法国忙公事吧，一想到平安夜和圣诞节男人都不陪在身边，顾念心里多少有些不是滋味，憋着一股火。

一定要抢，气死傅景深。

谁让男人不陪在她身边了。

再者，傅景深那般高深莫测不苟言笑的男人，顾念觉得适当地刺激一下男人的情绪，也是一件好事。

拍卖会正式开始，前两块地皮，竞争不是很大，先后被林氏、张氏给买下了。

第三块地皮则是今天晚上拍卖会上的重头戏，东城地皮。

顾念抿起嘴角，听了季扬的话，决定暂时不动声色，先看看其他家是个什么态度。

事实上，k市的其他企业，均是以傅氏、景氏马首是瞻，如今又来了季扬，无疑是三强争霸，根本不敢轻易去抢夺这块最热门的地皮。

所以东城地皮一开始，叫价的人并不是很多。

景瑞慢条斯理地在季扬之前举牌道：“一亿。”

顾念：“……”

真的是有钱烧的。

景瑞这么一叫价，其他企业的负责人根本不敢再加价了。

景氏看上的，怎么敢去抢啊。

主持人见景瑞叫了价，连忙开口道：“景少叫价一亿……”

“两亿。”

季扬淡淡地举牌，顾念想要拦下已经来不及了。

顾念心里的底线是三亿，这是顾氏所能承受的最大金额。

“五亿。”

顾念：“……”

这下她真的是叫价的机会都没有了。

因为没有钱……

顾念小脸垮了下来。

景瑞和季扬这么一叫价，会场立刻炸开了锅。

有好戏看了啊，一个痞气，一个温润，真要是斗上，绝对是火花四溅啊。

“听说没有，季扬在西雅图的公司可都是上市的，资金链大得惊人。”

“当然听说过啊，景瑞也不错，这两年，没发现势如破竹吗？”

“哇，那也不能这么烧钱吧，实在是太疯狂了。”

众人交头接耳，顾念心里紧张得像绷紧了一根弦，小声地开口道：“景瑞，你至于叫价五亿吗？”

你让我……怎么叫?

景瑞闻言很是无辜，浅眯黑眸，看向顾念身侧的季扬：“拍卖会向来是价高者得，公开、公正、透明、合理。”

顾念：“……”

好吧，自己穷，自己没有理。

季扬看着顾念有些委屈的模样，轻声道：“本来想把三亿的叫价机会让给你的。”

顾念闻言心里一暖，还是季扬懂自己。

“然后你叫了之后，我再叫五亿抬价。”

顾念：“……”

好讨厌，真的是一个比一个讨厌啊。

顾念心里满满的都是委屈。

“你说他们争这块地做什么啊？”

“谁知道啊，说不定争的不是地那么简单呢。”

“嘿嘿……”

众人话语意有所指，显然都在等着看东城这块地皮最终会花落谁家。

顺带也好奇，顾念这个女人，到底是有多大魅力啊，前有傅景深、季扬，现在连景家独子、k市最玩世不恭的男人也被吸引了。

景瑞叫了五亿之后，嘴角扬起一抹邪魅的笑，视线扫向顾念身侧的季扬，淡淡地开口道：“季总难道还想继续吗？我可是愿意奉陪的。”

“当然。”

季扬嘴角上扬，随后想要举牌子，却被顾念攥住了手腕：“季扬哥，你别跟着他胡闹。”

事实上，那块地皮价值在五亿到八亿之间，太多的话，确实不合适。

季扬看着顾念眼眸里的关切，薄唇抿起，淡淡地开口道：“想买来送给你做圣诞节礼物，一直想送你喜欢的、你需要的……”

顾念：“……”

男人嗓音很是轻柔，也很寡淡，却透着深沉的情愫，顾念目光微微一闪。

“八亿。”季扬温润的嗓音在内场响起，无疑再度引爆了大家的讨论。

这一场拍卖会实在是太让人吃惊了啊，众人完全没想到会炒到这个程度。

景瑞眯了眯黑眸，脸上闪过一抹危险的气息，呵——看样子季扬是存心要跟他玩了，那么他无疑是要奉陪到底的。

顾念劝不住季扬，便看向身侧的景瑞，抿唇道："景瑞，你别闹了，你买下来送我，我也不需要，ok？"

"送是我的事，收不收是你的事。"

顾念没有听懂景瑞话语之中的深意，只是觉得男人妖孽的俊脸看似痞气、玩世不恭，现在却透着几分认真。

女人是永远无法理解男人的认真和幼稚的。

男人较真的点和女人也是不一样的，对于心爱的女人更是志在必得，不想输。

同时，心爱的女人想要得到的东西，男人会不惜一切代价去拿到送给她。

哪怕……倾家荡产。

"哇……季总开价到八亿了，无疑是今天晚上的最高价了。"

主持人的声音也控制不住地激动起来，大抵也没想到今天会拍出这么大的数字。

季扬报以浅淡的笑，景瑞闻言眯了眯黑眸："九亿。"

景瑞并未过高抬价，事实上，他和季扬都心知肚明，这块地最高只值八亿。

如果说之前他们叫价是根据地皮的价值来的，现在的叫价，就完全是任性了。

多出一亿，可都是有去无回，纯粹是砸钱的。

"季总，你刚从西雅图回来，一切得重新开始，千万别把西雅图的那一套拿回国用，不好使，在国内啊，还是认所谓的地头蛇。"

顾念听得出来景瑞话语之中的警告，担忧地看着身侧的季扬，轻声道："景瑞说得对，回国一切都需要钱，何必把钱砸在这无意义的地方呢。"

季扬凝视着顾念的担忧，抬手拍了拍女人的肩膀："不必担心。"

顾念："……"

主持人激动地继续道："景少九亿一次，九亿两次，九亿——"

主持人话还没有说完，季扬刚准备举牌，忽然，一道低沉磁性宛如天籁的嗓音在会场后方响起："十亿。"

顾念："……"

熟悉的嗓音，带着深不可测的语气……

是……傅景深。